古典は遺産か？

日本文学における
テクスト遺産の
利用と再創造

Are Classics a Heritage?

Uses and Re-Creations of Textual Heritage in Japanese Literature

Edoardo GERLINI

河野貴美子〈編〉

勉誠出版

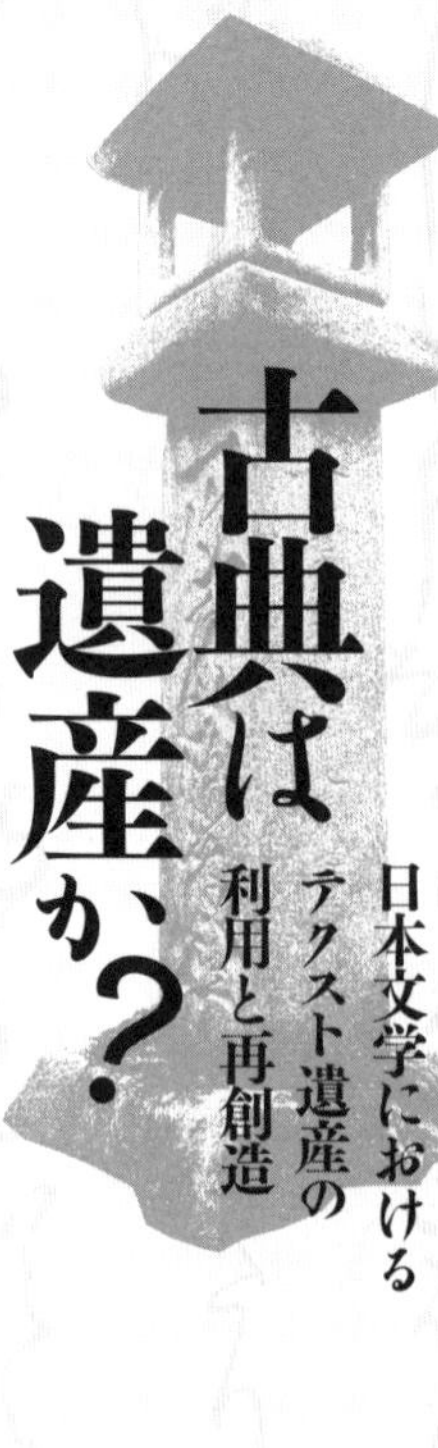
古典は遺産か？
日本文学における
テクスト遺産の
利用と再創造

Ⅰ

所有性

Ⅱ

作者性

Ⅲ 真正性

Ⅳ テクスト遺産の広がり

序言

Edoardo GERLINI

本書は、日本古典文学をテクスト遺産として捉え直そうとする、初めての試みである。今日、古典文学が文化遺産の一つであることを否定する人はほとんどいないだろう。しかし、いざ「文学は遺産か」、または「文学遺産とは何を示しているのか」と問われた場合、果たして明確な回答をすぐさま出せるだろうか。「古典」と称される作品群はそのまま文学遺産と呼べるか。過去に作られ、今は資料館や図書館の棚に眠っている書写資料も全て遺産とすべきなのか。そしてそもそも、「古典」という語に対して、遺産という概念はいかなる意味とニュアンスをもたらし、またいかなる思考を導入するものなのか。

本書の主な目的は、「テクスト遺産（textual heritage）」というキーワードを提案することによって、古典文学研究に新しい問題意識を促すことである。それは、文学作品を精確に解読し、それぞれの歴史的背景に正しく位置づけることにとどまらず、テクストが代々継承される過程でいかに利用され、どのように再創造されたか、またいかにその評価や価値が改められてきたのか、という問題を注視しようとするものである。

過大な主張と捉えられるかもしれないが、おそらく今日の古典文学研究に対して画期的、かつ学際的な視野を与えようとするならば、「遺産」は最もタイムリーで、効果的な概念ではなかろうか。もちろん、間テクスト性（intertextuality）やカノン化（canonization）などをめぐる先行研究においても、関連する課題については既に一定の検討がなされてきた。しかし「遺産」というキーワードを活用させることによって、文学研究および人文学を越境する、包括的でダイナミックな視野が得られるものと期待できる。例えば、カノンと同様に、遺産もまた、エリート階層の支配的で制度化された価値観を反映することが多いが、一方、マイノリティーの声に力を与え、あるいは小さなコミュニティーの歴史的アイデンティティーを支えて、支配階級のそれとは異なる世界観を語る遺産のケースも少なくない。周知の通り、遺産を対象とする最もスケールの大きなプログラムや施策をみれば、それらは確固とした政治的な権力に基づく、文化庁やユネスコのような国家機関及び国際機関によって実行されているものである。しかしそればかりではなく、先行研究によって論証されているように、ローカルなレベルでグローバル化に抵抗しようとする人々と集団の場合も、文化遺産という装置が有効な働きを果たし、遺産という概念によってその文化の形成と継承の過程を分析し、理解することが可能である。つまり、文学も含めて、世界の文化的多様性を理解し、それを保護する方法を考える際は、カノンや古典という概念をもってするよりも、遺産はフレキシブルなアプローチを可能とするものであると予想できる。

現在、文化をめぐる社会の関心を俯瞰すると、古典やカノンという単語よりも、遺産のほうがより身近な存在感を表しているのではないか。まず、遺産とみなされるモノの類は圧倒的に広い。自然環境、建築物、美術品、芸能、伝統的知識、言い伝え、料理、道路や産業施設等々。普段、文化としては認識されていないような生産物および知識まで もが、ユネスコ「世界遺産」を初め、様々なリストや目録に登録され、遺産として認められるようになった。こうして「〇〇遺産」という付箋が付けられたものは、政治や経済に携わる人々にも重視されるようになり、政務機関の政策とその資金投資の重要な対象にもなっている。しかしながら、稀なケースを別にして、古典文学はそのような注目を浴びることは滅多にない。古典やカノンは、古くから固定した形で継承されるものとして理解され、その不変でハードな性格ゆえに権威あるものとして捉えられる一方、日常とは縁の無い、無用なモノ、無駄な知識として軽蔑されることも少なくない。それに対して遺産は、変わり続けるモノであるという可変的な性格があるためか、あるいは常に保護を必要とする虚弱さ（fragility）が内在するせいか、現在の人々にそれに対する責任感を与え、日常生活ともより深い関係を感じさせる力がある。近年の研究が打ち出している遺産の定義に即して見ても、物質的な存在としてよりも、新しい価値と意味を作り出す力のある文化的・社会的営為としての「遺産」の働きがますます注目されてきていることが判る。

実は、（文化）遺産に対する理解や定義は必ずしも一致しているわけではない。遺産と遺産化（heritagisation）を主な課題とする学問、いわゆる遺産研究（Heritage Studies）の領域においても、「遺産」という言葉の含意に関しては、異なる立場が多々ある。しかしそれでも、「遺産」を考える場合には「遺された（財）産」という文字通りの意味は看過できない。それは言い換えれば、「遺産」という概念の最も根本的な要素は、過去と現在（あるいは世代と世代）との関係と、価値作りの過程という二点を含む、ということである。例えば、経済の視点からしても、財産とは絶対的な価値を内在するものではなく、社会における価値観と資源状況によって位置付けが左右される。また、地理的、歴史的な背景が変われば、同じ財産でもその価値は変わる。これは文化遺産についても同じことで、その経済的な価値はともかく、現在の人々がどのようにその歴史や文化を評価し、いかなる方法によってそれを保存し、次の世代に伝えるか、という問いこそがそれを遺産と定める基礎だと言える。なお、ここでいう「現在」とは、必ずしも我々の二十一世紀を意味するものではなく、通時的な次元で理解するべきである。本書収載の論考から例を挙げるならば、紀貫之の筆跡を写した藤原定家の時代（十三世紀）、『蒙求』に振り仮名をつけた毛利貞斎の時代（十七世紀）、『東海道中膝栗毛』を引用しながら新しい作品を著した泉鏡花の時代（二十世紀）、これらは全てそれぞれの「現在」であった。そして各時代の「現在人」が成した様々な営為によって決められた形と意味をもって、我々の手元にテクスト遺産というモノ・知識が届いたのである。

本書に収載する各論文は、このような通時的なアプローチによる考察を通して、日本の古典テクストがいかに各時代の「現在人」によって読まれ、理解され、複製され、修正され、編集され、教えられたか、すなわちいかなる「利用と再創造」が行われてきたのかを検討するものである。文化遺産の一つとして、テクスト遺産という概念には様々な意味と意義を見出すことができよう。本書収載の各論文から浮かび上がるテクスト遺産の理解は、その多様性を反映し、そして、テクスト遺産を定義することの困難さと同時に、その必要性を証明するものでもある。編者は、ここで、テクスト遺産なるものの定義をただ一つに集約させることを避け、まずはテクスト遺産を課題として投げかけ、各執筆者からの意見や理解を受け取った上で、「テクスト遺産」という概念の可能性を追究することにした。

本書の構成

本書は、日本で作られ、現在まで伝承されてきた様々なテクスト、いわゆる古典籍を研究する専門家たちに「テクスト遺産」という概念による考察を課題として与えたものである。執筆者にはそれぞれの先行研究を踏まえながら、古典をテクスト遺産として捉え直し、その意味や働きを検討してもらった。本書は、古代から近代までの例を取り上げる十本の論文と、経済や文化交流史などの更なるパースペクティブから貢献する六本のコラムと一本の特別寄稿を通して、テクスト遺産の意味を追究するものである。

緒論「なぜテクスト遺産か」では、遺産研究の経験と理論に基づき、テクスト遺産という論理的なカテゴリーの必然と可能性、および限界と問題点を論述する。以下、各論文、コラムをはさみ、最後の結論「テクスト遺産とは何か」では、執筆者から提案されたテクスト遺産の定義を参考に、本書全体を通して開かれたテクスト遺産という新しい古典文学研究のアプローチの可能性と有効性を総括する。

本書は以上の構成によって、古典文学研究がこれからどのように展開すべきか、古典テクストの理解はどのように深まるか、他の学問分野とはどのような新たなコネクションや対話が可能か、といった大きな課題への接続を目指す。

ところで、本書の執筆者のほとんどは日本古典文学の専門家であり、各論文やコラムの注目は当然、主として前近代文学に置かれることになった。しかし本書の主眼は「文学遺産」ではなく、あくまで「テクスト遺産」という語句へのこだわりにある。それは通常の文学、つまりヨーロッパで形成され、近代に日本に導入されたliteratureの概念と、そこから発展した日本の国文学という立場を相対化し、より広く知のシステムとしての「文」（テクスト）の世界を含意したいが故である。テクストというものの多様性を十分に把握した上で、東アジアと日本に特徴的なテクストの伝来、受容、変容のありかを検討することによって、今後の研究の発展を導く機縁となることを願う。

さて、ここでの狙いは、テクスト遺産というものを、ただの論理的カテゴリーではなく、文学研究を貫く大課題を実際に再考するための道具として提供したいということである。文化を遺産として捉え直そうとするならば、多くの課題が眼前に現れてくるはずであるが、本書では特にテクストの所有性、作者性、真正性という三つの課題に照明をあてることにした。これらのキーワードを軸に、本書の第一部～第三部を構成した。そしてこれらに加えて第四部ではテクスト遺産を文学研究の外から望むことによって、この新しいパラダイムの可能性と未来を予想していきたい。

第一部　所有性（**ownership**）というのは、テクストが誰のものなのかという、一見単純な質問を導くものである。渡来した漢籍であれ、日本で新しく作られた書物であれ、ほとんどのテクストは、主に写本や版本といった複製品として流布し、伝わってきた。古代朝鮮半島の文人などが日本に持ち込んだ書籍は日本人のモノになり、平安時代の目録に収録されている漢籍は日本が所有するモノに間違いはない。これらのテクストの存在は、日本文化史に大きな影響を与えたことはいうまでもないが、実際にそれらを有していた人々は、どのような意識でそのテクストを保存し取り扱っていたのか。

本の内容だけではなく、物体自体が、まるで財産のごときものとして大事にされ、他人に容易に渡されることはなかっただろう。寺院や家の中で継承される訓点の流儀や和歌の秘伝などの知識を書き留めた資料やテクストは、秘伝として守られ、簡単には他者の目には触れさせなかった。一方、例えば一部の仏典のように、写経などの営為によってそれを複製し、社会に広く流布させ、できるだけ多くの人に読ませることが目指されたテクストもあったはずである。

テクストの所有者はいかなる道理や目的をもってそれを独占し、あるいは他人に手渡し、または複製して大勢と共有していたのか。次世代に伝える時は、どのような志によって、どのような義務感に促され、テクストの存在を守り、

「遺産」として残したのか。また、蔵書印や奥書によって、書物の所有者を証明することは、それを受け継いだ人たちにとってはどのような意味と付加価値があったのか。そのようなテクストの授受が繰り返されることで、人々の時代意識と歴史観はどのように形成されたかという問題を考える必要がある。

第二部　作者性（authorship）は、少なくとも七〇年代以来の文学理論において頻繁に問題とされてきた大きなテーマであるが、本書はこれを「遺産」という概念とともに検討する。本書では、古典作品の原文を作った真の作者は誰だったのかという問題に集中するのではなく、注釈や翻訳などによってその作品に新しい姿を与えた人々の立場から考えたい。例えば、本文をそのまま残しながら新しいテクストを追加する注釈書に対して、翻訳は本文を砕いて異なる言葉でそのテクストを作り直すものである。あるいは訓読という技では原文を残しながらその側に新しい文字、文章、意味を追加するのである。このように、権威ある古典テクストに手を加える人々は、自分がオリジナルのコンテンツを生み出す「作者」であるという意識があったのか、あるいは忠実にテクストを伝承しながら説明しようとしただけなのか。元の作者と自分（翻訳者、注釈者、撰者）との間にはどのような関係が成り立っていたのか。そして過去に生きていたその人々と、書誌学や文献学の規則に従って新しい校訂本や翻訳を作成している今日の研究者との「作者性」はどのように異なるのかという問題も次の課題になるだろう。

第三部　真正性（authenticity）の視点から前近代テクストを検討することは、ただ本物と偽製とを区別するだけではない。それよりもむしろ、そもそも「オリジナルとは何か」という問いを考えることになる。基本的に古典籍は写本、つまり複製であり、『源氏物語』のような名作でさえ原本にたどり着くことはできない。『源氏物語』もそうであるが、例えば『平家物語』ではもともとただ一つの原文があったわけでもない。また、既存のテクストを典拠としたり、引用したり、あるいは同じ内容を他の言語に訳したり、違う言葉で語り直したりするという志向は、古典文学の根本的な要素だと考えられる。現代の感覚では、テクストの再利用は通常ただの剽窃かパロディー、またはオマージュとしか捉えられないであろうが、例えば中世の歌人にとっては本歌取りのように既存の歌を引用するのはその腕を誇る至上の技であった。新しいテクストと元のテクストの関係を検討するには、間テクスト性というパラダイムが効果的ではあるが、真正性はそれに更なる次元を加える。例えば既存のテクストの原型はどのように評価され、どのように保存されていたのか。どの表現と内容ならば変更が許され、どの箇所が「古典」として尊重されて守り続けられたか。テクストの真正性という意識が存在したのか。もしそのような感覚があったとしたら、いかにそれは評価されたか、どのような作法において求められたか。物体としての書物とその内容に対する際、真正性はどこに置かれていたか。

第四部では、古典文学研究のパースペクティブを出発点として、「テクスト遺産の広がり」というテーマでこの概念のポテンシャルを考える。経済学や文化交流史などの他分野から見た場合、テクスト遺産はどのような顔を表すのか。テクスト遺産がモニュメントなどの形に具現化するといかなる役割を果たすか。テクストに潜在するデジタルな本性は、どのように二十一世紀のテクスト遺産の存続と普及を支えるか。テクストをめぐる概念もさまざまであるが、「遺産」という次元を加えることによって、より包括的なパースペクティブが得られ、広義での文化の発展と社会におけるその位置と役割をさらに把握できると考えられる。本書は日本古典文学に集中するが、「テクスト遺産」という概念はより多用的で、学際的な考察を導く可能性があるので、この第四部では、様々な方向へ展開するテクスト遺産についての考察を集め、テクスト遺産の未来を垣間見る。

テクスト遺産という架け橋を通じて、文学、とりわけ古典文学の研究が、「古典の危機」を乗り越えられるかどうかは、まだ分からない。しかし、遺産という概念を取り込むことによって、現在と将来の社会における古典文学の価値と役割をより明瞭に、そして批判的に位置付けることができるだろう。そもそもほとんどの他の文化財とは異なり、テクストは理論上だけでも、無限に複製できる文化的生産物であり、もっとも共有しやすい文化財だと考えられる。日本のテクスト遺産は、中国、朝鮮半島などの隣国をはじめ、東アジアと日本との交流を語る貴重な資料であるに違いない。しかし同時に、世界に対峙せねばならぬ日本のアイデンティティを確かめ、再構築するための重要な道具でもある。本書の目的は、ただ日本の古典テクストを理解し、それらを伝承し続けた人々の考えと世界観を知ることに止まらない。古典テクストの内に宿る過去の知識を理解した上で、「日本テクスト遺産史」、つまり日本で伝承され、再創造されたテクストの歴史を描き始める意味もある。

改めて考えれば、本書のページ上に引用され、分析され、解釈される様々な古典テクストは、実際に、ここでもまた利用され、再創造されているわけである。その意味では、本書自体が、文化的営為としてのテクスト遺産の一例、あるいはテクスト遺産の具現化の一つであるとさえ考えられる。

本書が紹介する日本古典文学の新しい読み方に出会った読者各位が、過去と現在の関係をより正確に、あるいはより批判的に把握できたと感じてくださるならば、本書の所期の目標は十分に達成されたといえよう。

緒論　なぜ「テクスト遺産」か

Edoardo GERLINI

エドアルド・ジェルリーニ――ヴェネツィア・カフォスカリ大学アジア・北アフリカ学科研究員（兼：早稲田大学総合人文科学研究センター角田柳作記念国際日本学研究所招聘研究員）。専門は日本中古文学（特に和歌と漢詩）、比較文学。著書に *Heian Court Poetry as World Literature. From the Point of View of Early Italian Poetry* (Florence: Firenze University Press, 2014)。注釈つき翻訳書に *Sugawara no Michizane. Poesie Scelte* (Rome: Aracne, 2015)。編集に *Antologia della Poesia Giapponese. Dai canti antichi allo splendore della poesia di corte (viii-xii secolo)* (Venice: Marsilio, 2021) などがある。

本書は、日本における「テクスト遺産」の歴史と諸相を、この新しい概念の有効性とともに描き出してみようとするものである。この緒論では、「テクスト遺産」というテーマの視角と背景を紹介し、さらにはこれを古典文学研究に適用するメリットと可能性を示したい。

まず、この五十年にわたる遺産／ヘリテージという概念の発展を俯瞰し、それに応えて生まれた学際的なプラットフォーム、すなわちいわゆる遺産研究《heritage studies》の主な取り組みを紹介する。それから、遺産というカテゴリーにおける古典文学と文学研究の位置付けを確認し、文学が遺産としてはこれまであまり強調されてこなかった原因を考える。そして「テクスト遺産」（英文の論文ではTextual heritage）という概念を提案し、これが古典テクストの利用と再創造という過程を理解するために特に有効であることを論証する。最後に、「テクスト遺産」へのアプローチの具体例として「古今伝授」を取り上げ、テクストの利用と再創造、及び所有性、作者性、真正性という諸概念を問題として提起し、考察する。

以下、古典文学を遺産として捉えなおすことによって、個別の作品に限らず、より広く日本古典文学の発展と諸相を把握できることを提示していきたい。

一、遺産の発展

序言にも述べたように、近年、文化遺産（Cultural Heritage）はますます身近なものとなってきた。[1] 博物館や観光業界のみならず、メディアや政治機関、ＮＧＯや研究施設など、多様な場面で頻繁に「遺産」という言葉が使われている。一般の理解によれば、文化と関係のあるモノならば、すべて「heritage《遺産》」という付箋が貼り付けられてもおかしくない。万里の長城、エッフェル塔、東大寺、ポンペイの遺跡などの壮大な建造物や発掘地域だけではなく、廃墟になった工場や鉱山、車が通れない険しい巡礼道や特急電車が走れない古い線路等、今まで「文化」として認められなかったものも、遺産という言葉を通して今日の人々によって認識され始めた。そしてまた、これらの建造物やモニュメントなどの物体の他に、言語、手工芸、舞踏、演劇、儀式、料理、さまざまな伝統技術と知識も無形文化遺産《Intangible Cultural Heritage》という名称で評価されるようになり、更には遺産という用語の利用と可能性が拡がってきた。

その妥当性はさておき、遺産という単語の流行は、相続財産などの金銭的な範囲を越え、また審美的な判断も超え、より広い、社会的及び政治的な意味を含む概念に発展し、人権や民主主義をめぐる討論にもますます登場するようになった。奴隷貿易ルート遺産やＬＧＢＴ遺産、移民遺産や植民地遺産など、社会的マイノリティーの権利とアイデンティティをめぐる論争は頻繁に「遺産」を戦場にするのである。つまり遺産は、捨てがたい、忘れてはいけないとされている過去の欠片そのものを示すだけではなく、その過去の欠片の保護と伝承をめぐる様々な活動を指し、過去の文化に新しい価値と意味を与える有力な装置になった。

いうまでもなく、「文化遺産」という単語は、ほとんどの人々にとっては「ユネスコ」に繋がるものとして認識されている。確かに、国際連合教育科学文化機関いわゆるユネスコ《UNESCO》という国際機関は、一般社会における遺産の定着とその人気の付与に決定的な役割を担った。しかし遺産は、ユネスコ条約などによって結晶された概念ではなく、より流動的で多面的な概念である。今日、遺産という言葉は、ユネスコとは無関係に、あるいはユネスコと対立して使われることが少なくない。とはいえ、世界の文化遺産を認識し、保護するための基盤を決める最も影響力及び権力のある組織はユネスコに他ならない。ユネスコが発行する条約や憲章は、直接に各国で行われる遺産の保存政策を左右し、遺産の意味と定義を決めるのに、最も権威のある書類とされている。

本書収載の各論文は、直接にユネスコと関わる問題は取り上げない。そして、日本古典文学をユネスコの遺産リストに登録させる方法などを考える目的もない。しかしながらこの緒論では、テクスト遺産という新しい概念の意義を論証するため、遺産の歴史を俯瞰しながら、まずやはりユネスコが作り出した遺産の概念とその様々なカテゴリーを問うことにする。

先行研究が論証したように、ユネスコが当初から促進しているのは、「遺産の普遍的な理解」[2]であると言える。ユネスコが一九七二年に採択した「世界遺産条約」は、遺産となるものには「顕著な普遍的価値（Outstanding Universal Value）」[3]が内在しているという前提を明記し、その理念を普及させ、一般的な遺産の理解に大きな影響を与えた。その結果、遺産は「モノ」として扱われ、専門家によって保存され、紹介されるべき文化財である物体の類として理解された。専門家以外の人々は、それを受動的に尊重し、楽しむべきだという考えが一般化した。

しかし九〇年代から、世界遺産条約で定められた遺産の定義は、西洋の文化理論と価値観を反映する歪んだ見解にすぎないと批判されるようになった。石材で作られた多くの西洋のモニュメントや遺跡を対象とする保護及び保存方法は、アジアを始め、非西洋の国々では必ずしも通用しないと指摘され、西洋の諸国によって繰り返される植民地支配の更なる政策としてすら問題視された。ユネスコが求める「顕著な普遍的価値」はそもそも「特質」、「希少性」、「多様性」など、西洋の価値観に基づく抽象的なカテゴリーに過ぎず、「普遍的な価値」ではなく、「普遍的なステージに登場させた西洋の審美的な鑑賞の要素である。社会的な価値観に基づいておらず、反論されるはずである」[4]などとも批判されている。

このような批判を元に、二〇〇三年にユネスコは「無形文化遺産の保護に関する条約」を作成し、画期的な遺産のカテゴリー、いわゆる「無形文化遺産」[5]を定めた。その後、文化政策と資金プログラムが倍増し、たった約二十年の間で、ユネスコのリストに登録されている無形文化遺産の数は約六〇〇件にまで上り、従来の「世界遺産」の数に迫ってきた。このように、遺産の焦点は、モニュメントから人へ、モノから機能へと移動したとされているが、(6)この背景には遺産研究という学問の貢献も重要であった。

二、遺産研究の誕生

遺産研究（Heritage Studies）は、ある固定した学問を指すというよりも、学際的な領域、あるいは様々な学術的なアプローチを含むプラットフォームとして考えた方が良い。遺産の価値が普遍的でモノに内在するという前提が疑われ始めると、それまで遺産を独占的に扱っていた美術史、考古学や建築学などの学問に加えて、社会科学の諸学問が遺産研究に参画した。

近年の遺産研究からみた遺産は、過去よりも、現在と関係のあるものとして理解されている。先駆的文献とされている『The Past is a Foreign Country（過去は外国である）』（Cambridge University Press, 1985）の冒頭部では、David Lowenthal氏が「過去は今日（の人々）によって再形成された外国のようであり、その名残を保護する我々の方法によってその違和感が同化《domesticated》されるのである(7)」と述べている。二〇一七年の講演で、同じLowenthal氏は「遺産は歴史ではない。遺産は、人々が気持ち良くするために自分の歴史をもって作るモノである(8)」と主張した。

誰がその過去を語る権利があるか、無数の文化的生産物のどれを評価し保護すべきなのか、という問題が、その後の遺産研究の主題となった。Lowenthal氏から始まった批判的な姿勢は、二〇一二年に創立された「Association of Critical Heritage Studies（批判的遺産研究学会）」に継承され、このアプローチによって、普遍的で積極的な「遺産」の概念が問題として浮かび上がり、遺産の多面性が強調され、その理解を新たな次元に深めた。

今日の遺産研究の主な立場からいうと、遺産はただ過去の名残、つまりモノではなく、現在行われている政治的かつ社会的な営為及び実践である。現在の人々が常に行う選抜過程によって、国やコミュニティーの文化遺産が指名され、保護され、あるいは逆に放置され、壊される。つまり遺産は、不変のモノではなく、利用されながら、常に作り直される文化として理解されている。批判的遺産研究学会の創立者Laurajane Smith氏は、遺産は「モノではなく、文化的かつ社会的プロセスであり、記憶活動と関わることによって、現在を理解する、現在に取り込む新しい方法を作り出すのだ」[9]と述べる。また他の学者にとって遺産は「歴史から形作られた現在の生産物」[10]、「人間の行為と働きに関係する過程及び動詞」[11]、「文化的政策」[12]、「未来に対する熟考」[13]、「文化に付加価値を与えるメタ文化的過程」[14]などと、様々に定義され、理解されている。

このようなアプローチをとる場合は、過去の文化を知ることよりも、その文化が現在の社会においてどのような位置を占め、どのような役割を果たしているか、人々の日常生活にいかなる可能性をもたらすか、あるいは逆にいかなる制限を加えているのかといった問題が重要となる。文化的現象が遺産として認識される過程は、ただ技術的及び審美的な判断によるものではなく、社会に由来する政治的な意図と期待を含意する複雑なプロセスとして現れるようになった。

更にいうと、遺産は、ただの過去の生産物、あるいは記録ではなく、現在の人々の記憶と価値観に基づいて形成されるものであると考えられる。時代と地域が変わると、同じモノであってもその価値と理解は変わることが当然だが、時に真逆の意味が与えられることさえある。また、記憶は普遍的なものではないので、それが共有されず、調和しない場合は、困難な遺産《difficult heritage》あるいは不調和遺産《dissonant heritage》[15]と称される遺産の類が生まれる。これらは、国際的な認証を受けようとすると、外交的事件の原因となることが多い。日本の場合は、メディアにも取り上げられた「軍艦島」や「南京虐殺の資料群」などがこの類の分かりやすい例だろう。また、破壊された遺産の場合、その原物は不在ながらも、人々の記憶や、写真などの資料に残ることによって、「不在遺産《missing heritage》」として活躍し続けることも推定された。バーミヤン渓谷の石仏、ノートルダムの屋根、首里城の正殿の再建や修復をめぐる論争を見ると、世論に残る不在遺産の活躍、つまり言説としての文化的営為の役割が分かるだろう。破壊された遺産をどのように再建するか、これはただ技術的な問題ではなく、人々の記憶と価値観に関わる難題である。

ところで、遺産の保存か破壊は人々の記憶と感情、または信仰や価値観によるものであることを表す例がどの国にも、どの時代にも多々ある。パリ・コミューンの時代に、帝国主義の記憶として人間性を汚すシンボルだとの訴えのもとで打倒されたヴァンドーム広場の円柱は、コミューンが崩壊してから、その帝国の過去を尊重するという真逆の価値観の象徴として間もなく再建された。その円柱に内在する美術的な価値はともかく、その打倒と再建とはパリとフランスの公的な過去の記憶を形成し、修正し、あるいは修復して結晶とするという意図によって行われた営為の例である。日本の場合は、のちに「原爆ドーム」と呼ばれるようになった広島県産業奨励館の廃墟を処理するか、修復するか、そのまま残すかという議論も、広島と日本の戦争記憶にどのような形を与えるべきか、つまり忘れるか、伝えるか、という意味があっただろう。

以上、遺産研究の主な焦点は、過去そのものより、過去を受け継ぐ現在に置かれていると言える。従って、遺産をめぐる多くの先行研究は、現在に行われ、あるいは現在に最も近い、二十世紀、早くとも十九世紀末に行われた文化財保護政策などに集中する傾向がある。しかし、先述の例から分かるように、過去の文化財を保護する、あるいは逆に意図的に破壊するという過程は、どの時代にもあったはずである。この推定に基づき、David C. Harvey氏は「遺産史《History of Heritage》」[16]という歴史的なアプローチの必要性を訴えた。ハーヴェイ氏によると、遺産という概念は十九世紀末の西洋で誕生したとされているが、明確に過去を意識して、現在のニーズに応えるための道具としてそれを利用し、再創造するということは、前近代にも、そして世界中のどの国にもあったと確認できる。ハーヴェイ氏によれば、過去を遺産として評価するプロセス、いわゆる遺産化《heritagisation》は、「資源として過去の一つの見解を呼び出す現在中心的な現象として、昔から人間の本質の一部」であり、つまり人間の文化的活動の根本的な要素なのである。

ここで留意したいのは、「遺産史」というアプローチの導入は、文献学や歴史学など過去の文化そのものを主題とする学問分野に遺産研究という沃野への扉を開いたということである。遠い過去に行われた遺産化を知るためには、史料を解読できる歴史学者の業績が有効である。そしてまた、当時の人々の考えと動機、あるいはその感情と価値観を知るためには、文学研究の経験と能力が必要となる。「遺産史」というアプローチを活用することによって、筆者は日本古典文学を対象とする試みをすでに行ってきたが[17]、本書もまた、この論理的な背景に基づくものである。後程詳しく述べるが、本書は「日本テクスト遺産史」を書く試みとして考えても良い。

三、文学は本当に遺産なのか

上述したように、遺産を検討する学問分野の数は増えている。文化人類学、社会学、地理学、政治学、そして法律学や経済学、マネージメントやIT関係まで、それぞれの研究者たちが異なる視点から遺産の意味と現在社会におけるその役割を問うている。また、遺産をめぐる先行研究を俯瞰すると、遺産とアイデンティティー、遺産と記憶、遺産と環境、遺産と感情、遺産と都市計画、遺産とマーケティング、遺産と国際法律、遺産と人権など、幅広く重要な課題を遺産というキーワードに絡めて検討する研究者が多い。このような研究成果はいずれも、遺産という論理的なカテゴリーの多様性と可能性を確認できるものであろう。

一方、遺産と文学、または遺産とテクストというテーマを主題とする単著や論文などは、遺産研究の叢書や雑誌にはほとんど見当たらない。稀な例を別にして、文学研究は未だこの新しい学際的なエリアに参画していないと言わざるを得ない。そもそも、文学が文化遺産であることは、ほぼ常識だと言える。ポストコロニアル理論の中心的な人物であったエドワード・サイードも、すでに一九九〇年の論文において文学は「国家文化遺産を再構築」するための不可欠な要素だと主張していた。(18) しかし文献学者であったサイード氏自身も、他の文学研究者も、その後、「文学遺産(literary heritage)」などの語句を時に使用したにも関わらず、文学遺産という概念の意味と役割をあまり検討しなかった。おそらく、遺産という課題は文学とは無関係か、あるいは文学研究の目標には無用であるように思われたのだろう。この懐疑は今まで続いているが、ここで一旦、その理由をより詳しく考えてみたい。

まず、社会科学の理論に基づき、フィールドワークなどに多く拠る遺産研究のアプローチは、人文学の研究者によってあやしく見られたかもしれない。しかしこのような「学問の壁」があったとしても、文学の研究者によっても、文学が文化遺産であるとの連想があまりなされないのはなぜか。やはり、文学と文学作品という文化的生産物には、どこかで遺産の概念にうまく当てはまらないところがあるのではないか。

このことを確認するために、ユネスコによる遺産プログラムにおける文学の位置を見てみよう。ユネスコの様々なプログラムの中には、文学やテクストが全くないわけではない。「ユネスコ文学の都市」(UNESCO City of Literature)や、今は停止された「ユネスコ代表的作品集」(Collection of Representative Works)[19]など、文学に直接に関わるプログラムもある。しかしこれらには文学を遺産として扱い、あるいは文学作品を文化遺産リストに登録させようという目的は全くみられない。

ユネスコの最も有名な遺産プログラム、いわゆる「世界遺産」と「無形文化遺産」はどうだろうか。一九七二年の「世界の文化遺産及び自然遺産の保護に関する条約」(通称：世界遺産条約)によると、文化遺産は「記念工作物」、「建造物群」、「遺跡」という三つのカテゴリーに分けられており、美術作品や文学作品などは対象とされていない。世界遺産リストに登録されるための「十一項の登録基準」の中には「(vi)顕著な普遍的価値を有する出来事(行事)、生きた伝統、思想、信仰、芸術的作品、あるいは文学的作品と直接または実質的関連がある」[20]というものもあり、「文学的作品」(英語版ではliterary works)との関係は全く無視されているわけではない。しかし、文学を文化遺産の一つのジャンルとして認め、文学作品そのものが登録されることはない。

「人類の無形文化遺産の代表的な一覧表」(Representative List of the Intangible Cultural Heritage of Humanity)の中には、文学に近い文化的現象が見つかる。例えば、日本の歌舞伎、能楽、浄瑠璃という、古典文学の一部とされてもおかしくない伝統芸能が早くから登録された。しかし、この場合も、登録に関わる書類や公式情報を見てみると、文学およびテクストとの繋がり、例えば謡本や脚本の伝承と役割は重視されず、演技という「生きた伝統」とその口頭的な再現と授受、あるいは服装や仮面作りという伝統技術がもっぱら強調されているのである。つまりユネスコの無形文化遺産リストにも、通常の文学及び文学作品はほとんど見当たらないのである。

実は、「世界遺産」や「無形文化遺産」ほど有名ではないが、本や筆記資料を主な対象とするもう一つのプログラム「世界の記憶」(UNESCO Memory of the World)もある。しかし、一九九二年に創設されたこのプログラムもまた、文学及び文学作品ではなく、世界史に特別な役割を果たした様々な史料だけを「資料遺産《documentary heritage》」として列挙するのである。マルクスとエンゲルスの「共産党宣言」、ベートーヴェンの「交響曲第九番」、藤原道長の「御堂関白記」などが登録されているが、世界文学の傑作はほとんど見当たらない。「シェイクスピアの書類群」という登録があるが、それはシェイクスピアの脚本や詩などの文学作品ではなく、彼の日常生活に関わる様々な証明書や書類などを主に集めているのである。ちなみに、以上の例でも、作品としての内容よりも、それが綴られているオリジナルな媒体（原稿、写本、版本など）が資料として保護の対象になっていることには留意したい。例えば、「世界の記憶」に登録されている『御堂関白記』は、平安中期に道長が自筆した巻子本十四巻、その物体をはっきりと対象として示している。一方、日本古典文学の最も重要な作品とされている『源氏物語』は、作者紫式部の自筆本が残っていないため、「世界の記憶」に推薦さえされなかったそうである。つまり明らかに、「世界の記憶」は歴史的な価値のある資料を保護するためのプログラムであって、「文学作品」を「遺産」として捉え直すという意図は全くない。

では、文学が文化遺産の一類であることは否定されてはいないものの、それではなぜ今までユネスコの遺産リストにも登録されず、遺産研究の先行研究によっても検討されてこなかったのか。文学と文学作品、あるいはより広くいうとテクストという文化的生産物は、他の有形遺産や無形遺産とはいかに異なるのか。

「世界の記憶」に関わる公式書類を参照するといくつかのヒントが得られる。例えば、「世界の記憶」で示される「資料（document）」とは、内容（contents）と媒体（carrier）を合わせた物体（object）として定義されている。[21] この内容及び媒体という組み合わせは、例えば文献学者が分析する写本などの資料には相当するが、一般的に想定される「文学作品」とは少し意味が異なっている。『源氏物語』にしろ『坊っちゃん』にしろ、時代を問わずあらゆる文学作品は必ず一定の媒体に付着しているものではない。逆に、ほとんどの場合は文学作品を読むということは、作者の筆記原稿というオリジナルな媒体を読むのではなく、他の媒体に写されたその内容を読むという意味がある。一次資料を読まなければならない学者以外は、一般的な読者にとってどの媒体で読んでも、同じ内容であれば変わりがないと言って良い。つまり、「資料」と「作品」とは同一ではないものの、内容は同じであるという性格を有するため、それらを遺産化するという行為の意味も変わる。

一方、世界遺産リストに登録されているモニュメントなどを作品として考えた場合、それらは必ず一定の媒体のみに具現化されているもので、完璧な複製が作られたとしてもそれはただの模擬に過ぎず、オリジナルに取り替えられるものではない。文学作品の内容を忠実に写せば、紙であれ、タブレットの画面であれ、読者の好みと便宜を別にして、どのような媒体で読んでも同じである。

この「資料」と「作品」の根本的な違いは、ユネスコにおける遺産プログラムの目的にも見出せる。例えば、「世界の記憶」の目的は、重要な筆記資料の保存（preservation）とアクセス可能性（accessibility）を補助することであると明記されている。[22] これは、貴重な写本などの文学資料にも適合できるが、文学作品の場合はどうだろうか。最も代表的な文学作品ならば、すでに社会に流布しており、特別な保護対策などせずとも、人々に読まれ、存続するはずである。これは、大量に出版される現代の作品のみならず、主な古典文学の作品も同様であろう。例えば、万が一『源氏物語』の古写本が今日か明日全滅したとしても、作品としての『源氏物語』、つまりその内容は（しかも、様々な現代訳や翻訳も）読めなくなるわけではない。そもそも、すでに無数の影印版や活字版などの媒体に複製された内容が完全に失われることは難しいし、資料館や図書館によってデジタル化が推進されている中、そのリスクはさらに低くなっていく。言い換えれば、他の遺産と異なって、文学作品の内容は破壊の危機に直面している状態にはないと考えられる。つまり文学作品は、一定の歴史資料に限らない、より柔軟で多面的な存在であるので、特定の物体の保存を目指す従来の遺産政策には当てはまらないと考えられる。

では、画期的なカテゴリーとされている「無形文化遺産」の場合はどうだろうか。二〇〇三年に始まったユネスコ無形文化遺産プログラムでは、破壊の危機に直面して緊急保護が必要な遺産のリストだけではなく、世界の多様性を表す「代表的遺産リスト」も作成された。先述したように、このリストには文学的な要素も含む歌や演劇などの芸能が多く登録されているが、通常の文学作品は見当たらない。世界遺産と世界の記憶と異なって、ユネスコ無形文化遺産のリストは資料や作品などのモノではなく、それらを作り、または演技するための伝統的技術かつ知識が対象となっている。二〇〇九年と二〇一三年にそれぞれ登録された「中国の書道」と「モンゴル書道」は明瞭な例であろう。中国の書道者によって書かれている内容は、唐詩などの古典文学の作品からの引用であると推定できるが、遺産として登録されるのは特定のテクストではなく、その文字を筆で書く能力と知識である。

以上、ユネスコのリストから見た限りでは、文学、とりわけ古典文学は、無形文化遺産のような「生きた伝統」としてみなされておらず、また特別な保護が加えられるべき遺産ではなかったことを述べてきた。それでは、文学と文学作品、あるいはテクストというのは、遺産になるときはどのように活躍するのか。遺産研究の経験をテクストに及ぼした場合、テクストと文学のどのような側面が見えてくるのか。

本書が提案する「テクスト遺産」という概念は、批判的遺産研究に学んで、古典文学を文学テクストそのもののみならず、それを継承し咀嚼するための文化的・社会的営為も含め、包括的に捉え直すための研究視角である。本書の各論が論証するように、テクストの遺産化は、二十一世紀の現在だけではなく、前近代においても通時的に行われてきた人間の営みである。そこで本書を「日本テクスト遺産史」を綴るための第一歩として、提出したい。

「なぜテクスト遺産か」という問い、つまりテクスト遺産の本質を考察すること自体には、二つのメリットがある。一つ目は、テクストと文学があまりコミットしてこなかった今日の遺産概念を改めて見直し、その範囲を広げることである。すなわち古典文学の研究者による知見がこれからの遺産研究の進展に豊穣かつ広大な沃野を拓くことが期待できる。これはまた、文学研究の成果と知識を遺産研究という領域に働かせることによって、その成果をより広く社会に届けられる副効果をもたらすとも期待できる。近年訴えられる古典文学の無用、つまり「古典の危機」という論争にも「テクスト遺産」は新しい視点を示唆するものとなるかもしれない。

もう一つのメリットは、逆に、文化の保存と伝承を主題とする遺産研究の成果を古典文学に適用することによって、文学を「モノ（作品）」と「人（作者）」に止まらず、社会におけるより複雑な文化的営為として理解する可能性が得られるであろう。この学際的な対話によって、文学研究と遺産研究がそれぞれの立場と前提を相対化し、更なる発展へと成長できるのではないか。これが、筆者の一つの望みである。

四、日本におけるテクスト遺産の利用と再創造

遺産研究の最も重要な成果は、遺産の本当の意味が過去の保存ではなく、現在に行われている過去の利用と再創造にあることを気づかせたことだと言えよう。このことから着想を得て、本書収載の各論文を貫く糸はテクストをめぐる利用と再創造の諸相にした。これは、過去のテクストの利用と、代々続くそのテクストの再創造といった実践をより総合的に考察する必要があると主張するものである。古典作品は、単独に存在するものではなく、既存のテクストからの引用や典拠などという間テクスト性の下に生まれたものである。繰り返し書写され、注釈され、多くの人々の異なる理解あるいは誤解によって、多様な形をとる不思議な実在である。そして読み続けられ、朗詠され、演奏され、翻訳され、訓読されることによって、そのテクストは代々異なる人々の記憶と意識に生き残るものになる。このような利用と再創造無しには、次世代の人々はそのテクストを知ることも、評価することもなく、そのテクストが記録した「過去」と接することもできない。

古典テクストは、何らかの価値が認められていたからこそ伝えられ続け、教えられ続けたものであり、その意味では堂々と「遺産」と呼ぶべきである。しかし、既述したように、テクスト遺産という語は未だ明瞭に定義されず、十分に検討されたことがない。

文学関係の学術出版物などにテクスト遺産や文学遺産という単語は散見されるが、ほとんどの場合は漠然とした使い方で、あるいは古文書などの資料を文化財として示すものであるなど、いずれにせよ近年遺産研究が提案してきた論考と研究成果を参考することは稀である。[23] 本稿ではこれ以上、理論的な考察を深め、決定的な定義に固定していくことは避けるが、「テクスト遺産」という問題と刺激を提供することによって、日本古典文学に対する再考を促したい。また、古典テクストをめぐる多様な利用と再創造を検討することによって、所有性、作者性、真正性という論理的な概念を再考し、古典文学に対する通時的な理解を深めたい。このような試みは、日本文学研究ではもちろん、おそらく海外の文学研究でも未だに行われていない。

ところで、テクスト遺産を考察するのであれば、日本、そして日本文学ほど相応しい出発点はないかもしれない。日本は、無形文化遺産という新しいカテゴリーの定着と、ユネスコにおけるその正式な認証に主導的な役割を果たしたことがよく知られている。[24] 特に、日本に強く求められた「オーセンティシティーに関する奈良ドキュメント」[25]では、文化遺産に対する保護方法が多様で、それぞれの文化の社会的な価値観に適合した方法が望ましく、遺産の真正性という概念に大きな変化をもたらした。これは、日本文化には西洋中心の文化論と価値観を相対化し、批判する潜在力がある証拠だとも考えられる。

また、日本列島各地に存在する資料館、文庫、図書館の棚には、日本だけではなく、東アジアで作られた貴重な古典籍と珍しい古文書などの資料が大量に並べられている。他の国よりも、日本は、東アジアのテクスト遺産の宝庫だと言って良い。たとえば、大陸では失われ、日本にだけ伝存した漢籍、いわゆる佚存書は、日本人のみならず、東アジアの人々が自分の過去を理解し、語ること、つまり遺産化することを可能にする貴重な資料である。そしてまた、先行研究によって論証されたように、[26] 漢字漢文を基盤に成長した日本の「文」の世界は、大陸の古典籍を保存し、真似するだけではなく、それらに新しい解釈、注釈、読み方、翻訳などを作り続け、東アジアの思想と文化の発展に重要な貢献を果たした。

五、日本のテクスト遺産の一例「古今伝授」

本書収載の各論文では、数々のテクスト遺産のケースが取り上げられ、日本古典文学の利用と再創造、いわゆるテクスト遺産の諸相が細かく検討されている。ここでは「古今伝授」という一例を取り上げ、本書の部立てをなす三つの観点である所有性、作者性、真正性、そして、本書の核となる利用と再創造という問題を簡単に提示し、説明しておきたい。

「古今伝授」とは、日本文学の重要な古典である『古今和歌集』に関する秘説の授受、いわゆる秘伝のことである。『日本古典文学大辞典』[27]によると、古今伝授の授受過程は次のように少なくとも四〇〇年の間に繰り返されていた。

古今伝授に先立ち、弟子は秘説を他に漏らさないことを神にかけて誓う誓約書を提出した。その上で師は『古今和歌集』全般について故実に倣って講釈をし、講釈の終了を示す証明書を与える。弟子は講釈の聞書きを清書して提出し、合わせて不審を問う。師は聞書きを点検して詞を加え、講釈聞書きであることを示す加証奥書を記して返却する。

つまり、古今伝授は、一つの作品あるいは一定の資料ではなく、『古今集』という古典テクストの理解に関わる知識が師から弟子へ伝わるという過程そのものである。これは、ちょうど遺産研究が提案する社会的及び文化的営為としての遺産の定義に相当すると考えられる。過去の文化を利用して、現在のニーズに応えるためにそれを受け継ぎ、次の世代に伝えるというプロセスである。古今伝授を受けることは、平安朝の貴族文化を代表する和歌、その最も権威のある古典テクスト『古今集』をめぐる秘説を象徴的資本として獲得するという社会的な意味があったと考えられる。そして古今伝授のその社会的かつ政治的な価値は、誓約書や証明書というテクストの存在によって証拠づけられている。秘説という知識が高く評価されていたからこそ、他人に漏れないように、その授受方法が厳しく制限されていた。

ここで興味深いのは、加証奥書などのテクストの役割である。これは、弟子が書き留める聞書きの真正性と所有者を確かめるものである。つまり、その写本に綴られた内容と、それを持っている人が古今伝授を正当に受け継いだことを証明し、その遺産の正統性を語るのである。もし、その奥書がなければ、その聞書きは無許可で書写された写本であるか、またはその内容が不適切かと疑われただろう。師の証明書や奥書というテクストは、古今伝授を遺産化するために不可欠な要素であったと推定できる。この意味ではこれらはまるで権力付きの遺産言説（authorized heritage discourse、以降はＡＨＤ）[28]のような働きを現している。ＡＨＤは、批判的遺産研究の最も代表的な論説であり、ユネスコを初め、世界の遺産を管理してきた諸組織が、その権力を正統化するために作り出した言説のことである。「国民国家というナラティブの内から、ＡＨＤはエリート階級の経験と価値観を明白に促進する。［略］ＡＨＤは、諸集団の歴史的、文化的、社会的な経験を排除する一方、この集団の批判力を束縛し、制限するために働いている」[29]。古今伝授に関わる証明書や奥書などのテクストは、国家体制や社会的なマイノリティーの批判力とはあまり関係がないだろうが、古今伝授という遺産の扱い方と普及の可能性を制限することによって、文化的かつ社会的なエリートの人たちに権威を与えるという権力を明らかに維持した、文字の形を取る言説だと考えられる。

さて、古今伝授のコアな部分、つまり秘説という知識は、主に講釈という口述で授受されるものであるため、そうした意味では「無形文化遺産」として捉えることもできる。しかしここで注目したいのは、授受過程の途中に、弟子の聞書き、証明書や誓約書、奥書など、いくつかのテクストが作成されていたことである。古今伝授は無形文化遺産としても考えられるが、やはりテクストという存在が必要不可欠とされ、ただの口頭という形のみでは、不可能であったと言える。

そして師の講釈から弟子の聞書きへと、秘説という知識が毎回新しい媒体に写されたが、その新しく制作された写本を元に、師になった弟子が今度、次の世代の弟子に同じ知識を伝える。このような無形（講釈）と有形（聞書き）の相互関係は、従来の文化遺産の概念とそれをめぐる先行研究では未だ十分に説明できない。無形文化が有形文化（つまり、道具や作品などの物体）に具現化《embodiment》するというプロセスはすでに検討されたが、[30]その逆の方向、つまりどのように有形遺産が無形遺産に影響を与えるかという課題に関しては未だ検討の余地が残っている。筆者は別稿で[31]この有形と無形の相互的な関係について論考し、無形と有形という厳しい区別を再考する必要があることを主張した。つまりテクスト遺産は常にテクストという作品（有形）とそれを作り出す営為（無形）の間に従来の理解に対する疑念を挟むものと言える。有形と無形という極端な区別を越える必要は先行研究[32]においても強調されたが、テクスト遺産はちょうどこの課題を検討するための貴重な視角を提案する。古今伝授が行われるたびに、講釈の聞書だけではなく、その他のテクストも利用され、再創造されている。この利用と再創造のプロセスこそは、テクストの遺産化、つまりテクスト遺産そのものであると主張したい。

本稿ではこれ以上細かな検討を行う余地がないが、ここで注目したいのは、古今伝授が続いた四〇〇年の間には、秘説というテクストが繰り返し再創造されると同時に、その知識の社会的な価値も改められ、確認されるというプロセスも伴なっていたことである。そして、今日では古今伝授が絶えて行われていないという事実は、その遺産を支えた価値観が現代には伝わらなかったことの証拠であると推定できる。[33]

所有性、作者性、真正性という概念に関しては、いま取り上げた古今伝授の例が興味深い問題をそれぞれ提示する。まず、古今伝授を所有することはどのような意味があったのか。ただ一冊の写本を持っていれば良いというわけではなかった。権威のある講釈を受けて、師の修正を受け、正確に理解した人だけが、古今伝授を継承したと言える。このような所有性はもちろん、現代の著作権と異なるものであるが、古今伝授という知識に認められる社会的な価値を得たことを意味し、その独占的な扱いを証明する。

また、古今伝授の作者性を定めることは可能なのだろうか。『古今集』の歌を解釈するための知識としては、藤原俊成まで遡るとされているが、それでは俊成は古今伝授の作者であると言えるのか。継承される『古今集』の秘説テクストは、何人の手を経て修正されたのだろうか。おそらく、一人の作者に遡ることは難しく、あるいはそうした追究自体無意味であろう。

同じく真正性に関して、現存している資料から古今伝授の原型に遡ることは可能なのだろうか。講釈から聞書きへと書き留められることが繰り返されたその内容の「真正性」はどのように確かめることができるだろうか。そもそも、文化的営為としての古今伝授の真正性を考えることは、どのような意味があるのか。

以上、古今伝授という秘伝は、『古今和歌集』という重要なテクストに独特な解釈を与え、秘密の読み方、つまり『古今集』の特別な利用を伝え続け、そのプロセスの途中で聞書き、誓約書、奥書などの他のテクストなども再創造する複雑な社会的かつ文化的営為であった。そして古今伝授が行われるたびに、その知識に新たな価値と意味を与えられ続けた。前近代日本に出現したテクスト遺産を検討するには、古今伝授が特に有意義な例だと考えられる。

最後に、古今伝授という伝統は断絶したと言っても、それをめぐる遺産化の過程は完全に止まったわけではない。静岡県三島市の市内には「古今伝授のまち三島」という標柱が立てられているが、[34]これによって街とその古典テクストとの関係が確かめられ、古今伝授の権威が市民によって象徴的にでも継承されていると理解できる。つまり、古典

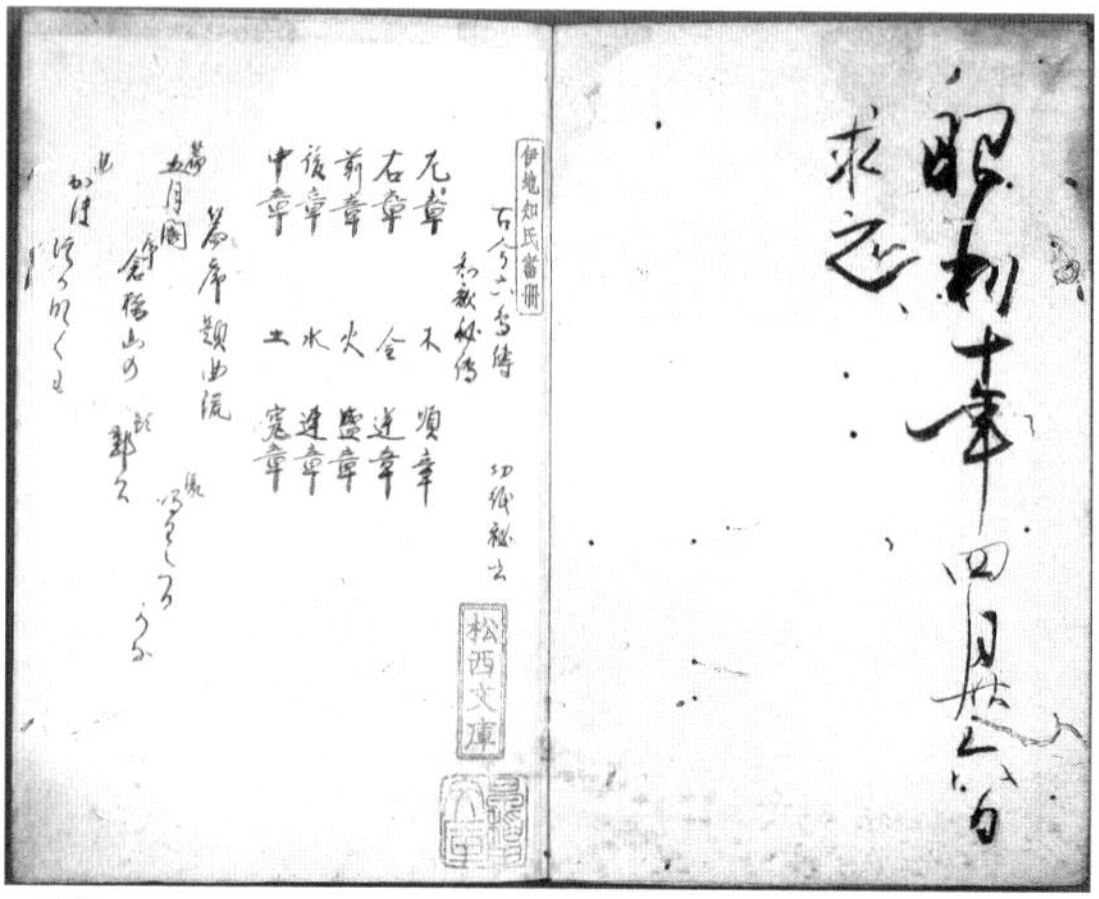

一丁表

表紙

図1　『古今伝授書』（早稲田大学図書館蔵）

籍が現在社会においてアイデンティティ構築などの目的で文化的な営為に利用されるケースがあるのである。これはテクスト遺産と呼ぶべき現象だと指摘することができよう。

　また、近年積極的に進められている、図書館・博物館が所蔵する資料のデジタル化によってそのテクストを世界の人々にインターネット上で公開することも、遺産化の例だと考えられる。例えば、早稲田大学図書館には、源可道という人物が書写したとされている『古今伝授書』（一七七三年）という写本が所蔵されている。これは、古今伝授が行われ続けた四〇〇年の間に作成されたテクストの一つであり、つまり無形遺産としての古今伝授の有形的な具現化《embodiment》だと考えられる。さて、図書館の文献情報によると、この写本は伊地知鉄男旧蔵の一冊であり、他の一一二二点とともに昭和六十三年に早稲田大学図書館に寄贈されたものであり、その全丁がデジタル化され、早稲田大学図書館古典籍総合データベースというサイトで公開されている。現在この古典籍の所有者は間違いなく早稲田大学図書館であるが、デジタル版として、誰もが閲覧可能で、ページのダウンロードもでき、デジタルな形でありながら無数の複製を簡単に作ることができるようになっている。このように、古今伝授という秘伝は、今や世界中の人々に公開され、人類が共有する文化遺産になったと言っても良かろう。

　当然、以上のような「遺産化」の過程は、資料のデジタル化が始まる前から、パブリックにその「知」のサービスを提供する公立図書館などの施設が設立されると同時に始まったと言える。しかし、古典籍や歴史資料のデータベース化というプロセスが加速した今日では、地理的かつ物理的な障害や制限などが急激になくなっており、空前のアクセシビリティの拡大をもたらしたのである。こうした状況は、図書館にとって、利用者のニーズに応える一方、社会に対する所蔵者の責任と義務、つまり遺産研究では「スチュワードシップ《stewardship》」と呼ばれる役割をいかに負っていくかということにも大きな影響を与えることとなろう。

「テクスト遺産」の問題は、このように現在、デジタルデータ化された遺産の所有性、作者性、真正性のありかをいかに考えるかという新しい課題にも直面している。その検討は本稿の目的に余るものであるが、後考を期したい。

おわりに

本書が提案する「テクスト遺産」という新しいカテゴリーは本当に必要なのか。古典や伝統などの用語では前近代文学を十分に把握できないか。遺産とはそれらに何を加えるのか。本稿では、決定的な答えには及ばなかったが、文学研究が遺産という課題を取り込む必要があることを訴え、その研究の可能性を論証してみた。おそらく、狭義の古典文学研究の立場から見ると、遺産という概念では、文学作品の理解を深めることはできないとの指摘もあろう。しかし、古典の教育は無用であると言い、その価値を認めない言論が増えている二十一世紀において、古典文学に新たな意味を引き出し、専門家以外の人々の興味を引くためには、文化遺産という概念は特に効果的だと考えられる。

また、古典文学を「遺産」という枠組みに位置付けることによって、社会や政界における文学研究への認識が高まるかもしれない。経済的な利益を持たない文化財は無駄であるという立場は稀ではなかろうが、その一方で、国際的な組織や各国政府においても、平等で豊かな社会を創るのに文化遺産は重要な役割をはたしうるという確信が強くなっている。ユネスコの「文化的表現の多様性の保護及び促進に関する条約」（二〇〇五年）や欧州評議会の「社会における文化遺産の価値についての基盤条約（Faro Convention）」（二〇〇五年）など、国際法によって制定されている条約の背景には、文化の価値に対する新たな意識の誕生が証明されている。

このような社会的背景は、学問の活動にも影響を与えている。欧州委員会《European Commission》が執行するHorizon Europe《ホライゾン・ユーロップ》という大規模な研究支援政策が今年始まったが、その中で人文社会科学に対象とするプログラムは「民主主義《democracy》」、「文化遺産《cultural heritage》」、「社会的経済的変更《social and economic trasformation》」(35)といったキーワードによって方針づけられている。つまり人文学の研究者がこのプログラムに応募したいのであれば、ただ「〇〇文化」ではなく、「〇〇文化遺産」という枠組みの中に自分の研究企画を位置付けなければならないということである。

つまり、文化とその遺産はただのエンターテインメントではなく、景気や福祉と同じようにレジリエントな社会の改善に不可欠な要素であると認められ始めた。国際社会の平和な共存のために言語的アイデンティティや文化的ダイバーシティ(多様性)がこれからも必要とされるのであれば、文化遺産という課題もまたこれから一層重視されていくだろう。二十一世紀の文学研究は、遺産の概念を通して、このような社会的な役割を狙うことができる。本書は、文学研究をそのチャレンジを受け取るための初めての試みだと言える。

注

(1) 日本における「文化遺産」という単語の普及については、松田陽「パブリック、遺産、文化財、考古学の関係について」『パブリックな存在としての遺跡・遺産：平成24年度遺跡等マネジメント研究集会(第2回)報告書』(奈良文化財研究所)、二二—二七頁(二〇一四年)を参考されたい。

(2) Thomas Carter, David C. Harvey, Roy Jones, Iain J.M. Robertson共編, *Creating Heritage. Unrecognised Pasts and Rejected Futures*, London, New York: Routledge, 2020,p.1. 本稿の英語文献からの引用は、全て引用者によって日本語に訳されている。

(3) UNESCO, *Convention Concerning the Protection of the World Cultural and Natural Heritage*, UNESCO, Paris, 1972.

(4) «In the UNESCO process, "outstanding universal value" is evaluated in terms of the quality, rarity, and diversity of things. These are abstract categorizations based on nothing except Western values. They are Western components of art appreciation rolled out onto the universal stage. They are not grounded in social values and are bound to be contested.» Ian Hodder, "Cultural Heritage Rights: From Ownership and Descent to Justice and Well-being", *Anthropological Quarterly*, Vol. 83, No. 4, 2010, p. 863.

(5) https://ich.unesco.org/en/lists

(6) Tolina Loulanski, "Revising the Concept for Cultural Heritage: The Argument for a Functional Approach", *International Journal of*

Cultural Property, n.13, 2006, pp. 207–233.

(7) «The past is a foreign country reshaped by today, its strangeness domesticated by our own modes of caring for its vestiges». David Lowenthal, *The Past is a Foreign Country – Revisited*, London: Cambridge University Press, 2015, p.4.

(8) «Heritage is not history: heritage is what people make of their history to make themselves feel good.» Hugh Clout, “David Lowenthal Obituary”, The Guardian, 二〇一八年九月二十七日. https://www.theguardian.com/culture/2018/sep/27/david-lowenthal-obituary

(9) «This book explores the idea of heritage not so much as a ‘thing’, but as a cultural and social process, which engages with acts of remembering that work to create ways to understand and engage with the present.». Laurajane Smith, *Uses of Heritage*, London, New York: Routledge, 2006, p.2.

(10) «a contemporary product shaped from history». J.E. Tunbridge, G.J Ashworth, *Dissonant Heritage: The Management of the Past as a Resource in Conflict*, Chichester: Wiley,1996, p.20.

(11) David Harvey, “Heritage Pasts and Heritage Presents: temporality, meaning and the scope of heritage studies”, *International Journal of Heritage Studies*, 7:4, 2001, p.327.

(12) William Logan, Máiréad Nic Craith, Ullrich Kockel, “The New Heritage Studies: Origins and Evolution, Problems and Prospects”, William Logan, Máiréad Nic Craith, Ullrich Kockel (eds), *A Companion to Heritage Studies*, Chichester: Wiley, 2016, p.1.

(13) Rodney Harrison, *Heritage: Critical Approaches*, London, New York: Routledge, 2013, p.228.

(14) Cristina Sánchez-Carretero, “Significance and social value of Cultural Heritage: Analyzing the fractures of Heritage”, Rogerio-Candelera, Miguel Ángel (eds.), *Science and Technology for the Conservation of Cultural Heritage*. London: Taylor & Francis, p.387.

(15) 前掲Tunbridge and Ashworth, 1996. 前掲Harrison, 2013, pp.192-194.

(16) 前掲David C. Harvey, 2001. David C. Harvey, “History of Heritage”, Brian Graham, Peter Howard, (eds.) *The Ashgate Research Companion to Heritage and Identity*, Aldershot: Ashgate, 2008, pp.19-36.

(17) 日本古典文学における「過去の遺産化」については、筆者が執筆した下記の論文を参考いただきたい。「平安朝文人における過去と現在の意識――漢詩集序をテクスト遺産言説の一例として」(『第43回 国際日本文学研究集会会議録』国文学研究資料館、二〇二〇年)一五〇―一六七頁。「漢文とラテン語に対する俗語の正統化と遺産化――『古今集』真名序とダンテ著『俗語論』を比較して」(『WASEDA RILAS JOURNAL』第八号、二〇二〇年)九三―一〇五頁。「富士山は誰のモノなのか――和歌を通した象徴的私物化と文化遺産における矛盾」(静岡県富士山世界遺産センター編『富士山学』第一号、二〇二一年)五二―六〇頁。

(18) «Literature has played a crucial role in the re-establishment of a national cultural heritage, in the re-instatement of native idioms, in the re-imagining and re-figuring of local histories, geographies, communities». Edward Said, “Figures, configurations, transfigurations”, *Race & Class*, 32(1), 1990, p. 1.

(19) http://www.unesco.org/culture/lit/rep/index.php

(20) https://www.unesco.or.jp/activities/isan/decides/

(21) UNESCO, *Recommendation concerning the preservation of, and access to, documentary heritage including in digital form*, 2016. https://unesdoc.unesco.org/ark:/48223/pf0000244675.page=5

(22) UNESCO, *Statutes of the International Advisory Committee of the 'Memory of the World' Programme*, https://en.unesco.org/sites/default/files/iac_memory_world_programme_statutes_en.pdf

(23) 日本文学研究でその稀な例外は、次の文献を挙げられる。Roberta Strippoli, *Dancer, Nun, Ghost, Goddes. The legend of Giō and Hotoke in Japanese Literature, Theater, Visual Arts, and Cultural Heritage*, Brill, 2017.

(24) Noriko Aikawa-Faure, «From the Proclamation of Masterpieces to the Convention for the Safeguarding of Intangible Cultural Heritage», Laurajane Smith, Natsuko Akagawa, *Intangible Heritage*, London, New York: Routledge, 2009, pp. 13-44.

(25) ICOMOS, *Nara Document on Authenticity*, http://www.japan-icomos.org/charters/nara.pdf

(26) 特に近年の先行研究の中では、河野貴美子、Wiebke DENECKE他共編『日本「文」学史』(第一～三冊)(勉誠出版、二〇一五～二〇一九年)を参考されたい。

(27) 小髙道子「古今伝授」(日本古典文学大辞典編集委員会編『日本古典文学大辞典　簡約版』明治書院、一九八六年)。

(28) 前掲Smith 2006.

(29) «Within the narrative of nation, the heritage discourse also explicitly promotes the experience and values of elite social classes. […] While the AHD may work to exclude the historical, cultural and social experiences of a range of groups, it also works to constrain and limit their critique» 前掲Smith 2006, p. 30.

(30) Dawson Munjeri, "Tangible and Intangible Heritage: from difference to convergence", *Museum International*, vol. 56, no. 1–2, 2004, pp. 12-20.

(31) エドアルド・ジェルリーニ「投企する文学遺産　有形と無形を再考して」(荒木浩『古典の未来学』文学通信、二〇二〇年)六一三―六二五頁。

(32) 前掲Carter et al. 2020.

(33) 古今伝授の終焉については、青山英正『幕末明治の社会変容と詩歌』「第一章　孝明天皇と古今伝受」(勉誠出版、二〇二〇年)を参考されたい。

(34) https://www.city.mishima.shizuoka.jp/ipn001151.html

(35) 欧州委員会の公式サイトを参照されたい。https://ec.europa.eu/info/research-and-innovation/funding/funding-opportunities/funding-programmes-and-open-calls/horizon-europe/cluster-2-culture-creativity-and-inclusive-society_en

書物およびテクストの所有性における奥書の役割について

佐々木孝浩

ささき・たかひろ――慶應義塾大学附属研究所斯道文庫文庫長・教授。専門は日本古典書誌学・中世和歌文学。主な著書に『日本古典書誌学論』（笠間書院、二〇一六年）、論文に「室町・戦国期写本としての「大島本源氏物語」」（『中古文学』九七、二〇一六年）などがある。

書物の物理的な末尾に存し、何を、何の目的で、何時誰が書いたのか等の情報を伝えるのが「奥書」である。その存在ばかりが注目されがちであるが、これが無いものも少なくないのである。本稿は、仮名書き作品の写本を中心として、「奥書」存在の意義を探るとともに、その不在の意味についても、通史的に検討したものである。

はじめに

書物を所持するということは、その書物に保存されたテクストを所有することでもある。人はテクストに何時でもアクセスできることを目的として書物を所有するし、またテクストよりも、書物という物質自体を占有することに喜びを覚える者もいる。両者を一体のものと認識して書物を愛する者もいるのである。

「古典遺産」という概念を検討するに当たっては、両者を敢えて分離させて、テクストの所有性を主たる対象としつつも、物質としての書物の所有の問題とも絡めて考察を進めることとしたい。

一、「奥書」の役割

書物に保存されたテクストの素性を考える上で、最も参考になるのが「奥書《おくがき》」であることは言うまでもない。「奥書」は、書物の物理的な末尾に存し、どのようなものを、どのような目的で、何時誰が書いたのかなどの、テクスト及び書物自体の情報を、基本的に漢文体で記したものである。同じ作品の別の伝本のテクストとの比較を行ったことや、その書物を誰かに贈与することなど、多様な内容を有するものもあるが、本稿では基本的に、新たにテクストを書写した際に加えた「奥書」に限定して、考察を進めたいと考える。

「奥書」がすべての書物にあれば、その書物の性格を直ぐに把握できてありがたいのであるが、これが無いものも少なくない。その存在の比率は、テクストのジャンルによって大きな偏りが存しているようである。在るのが普通なものもあれば、無い方が圧倒的に多いものもあるのである。

「奥書」は自ずと、それが存する書物に保存されたテクストの保証書・証明書としての役割を有している。正統性や師資相承性などが重要視される、仏教を中心とする宗教関連の書物や、律令制の中に組み込まれ、国家的な認定を受けていた、紀伝道・文章道・明経道などの中国伝来の学問に関する書物では、保存されたテクストの正統性を保証すると共に、そのテクストを保持する権利を証明することにもなる「奥書」が存していることが普通であった。

またそのような重要なテクストは、師から弟子へ、更にまたその弟子へと継承されていくものであったので、「奥書」が幾つも併記されているのも普通のことであった。幾つも並んだ奥書を確認していけば、そのテクストの相伝過程はもとより、その学統の系譜を知ることも可能なのである。

新たにテクストを書写した際に加えられる「奥書」を「書写奥書」と呼ぶ。「書写奥書」は書写に関する「奥書」の最末にあるのが普通であり、新たに書写したことを伝えるために、転記した部分の末尾から少し離して、文字を大きく書いたり、書風や書体を少し改めるなどして、一目見て「書写奥書」と分かるように書かれることが多かった。またその署名は基本的に書写者自身の名前や花押なので、いかにも書き慣れた調子で書かれているものである。

これに対し、書写するテクストに既に存在しており、そのまま転記されたものを「本奥書《ほんおくがき》」と呼び、「書写奥書」と区別する。元の本にあった奥書という意味である。「本奥書」を書く際に、その冒頭の右上に小さく、「本云（曰）」や単に「本」と書き加えることがある。また「書写奥書」の署名部分を転記する際に、そこに花押がある場合、これを模写することもあるにはあるが、その花押部分に「在判」あるいは「判」と書くか、何も書かないで済ませるのが一般的である。また「本奥書」は、テクスト部分と同じ調子で、言わば事務的な調子で書かれることも多く、「書写奥書」と区別が付きやすいのが普通である。

常に「書写奥書」が加えられるのであれば、最末尾がそれで、それ以前のものは「本奥書」となって、識別は難しくないのだが、「本奥書」だけ書き写して、「書写奥書」を加えていないものも非常に多いのである。また「本奥書」であっても、「本云」や「在判」と明示されていないものも実に多く、さらには親本の「書写奥書」を花押も含めて模写した「本奥書」も存している。本を調査する際に「奥書」が存していれば、それがどちらの「奥書」に該当するのかを判断することが求められるのである。この識別を誤ると、その本の認識自体を誤ってしまうことになるのはもちろんだが、その誤りを信じて本文の研究を行ってしまうと、負の連鎖が続いてしまい、取り返しの付かないことにもなりかねない。どちらの「奥書」であるのかの識別は、極めて重い意味を有しているのである。

二、「奥書」の有無

素性の良い仏典や漢籍には、奈良時代以来「本奥書」や「書写奥書」が存在しているのが普通であり、それは時代を超えて変わらない傾向であると言える。これに対し、九世紀半ば頃には成立していたと考えられる、平仮名で書かれた書物には、平安時代を通して「奥書」がないのが普通であったと言えそうである。

これは漢字が日本では「真名」とも呼ばれるように、真の文字、つまり公式な文字であったのに対し、仮の文字である「仮名」は、意味を有さない表音文字であり、文字としての格が低かったことと関係していると思われる。この事は、「奥書」が基本的に漢文体で記されるものであったことが証明していると言える。公式な性質を有するためには漢文体で書かれる必要があったのである。それだけに、仮名書のものに「奥書」があるのは、非常に特殊な事例なのであり、当然それが存するその理由を考えなければならないのである。

平安時代の仮名書本で「奥書」を有する例として著名なのが、東京国立博物館蔵の国宝『古今和歌集』綴葉装二帖である。この本の上帖末尾には、「元永三年七月廿四日」と年月日のみが記されている。これによりこの本は「元永本」と通称されている。何故下帖には「奥書」がないのか、元永三年（一一二〇）は四月十日に「保安」と改元されているのに、七月下旬になっても改められていないのは何故なのかなど、色々と謎の多い存在である。それはともかくとして、文章にもなっておらず、年月日のみが記されている点は、漢籍などの「奥書」とは異なり、非公式的な性格が強いと言えるであろう。

奇しくも同年の奥書を有する散文作品が、名古屋市博物館蔵の『三宝絵』残簡である。粘葉装であったこの本は、もともと有欠本であった為か、少なからぬ部分が切り出されて古筆切に仕立てられ、伝源俊頼筆の「東大寺切」と称される名物になっている。この『三宝絵』の「奥書」が注目されるのは、「保安元年六月七日書うつし／おはりぬ」（「／」は改行を示す）と、珍しく平仮名交りで記されていることである。この作品自体が、仏書の一種でありながら漢字平仮名交りであるのは、作者源為憲が永観二年（九八四）に、若くして仏門に入った冷泉天皇第二皇女の尊子内親王に奉ったものであるからである。成立から約一五〇年後に書写されたこの本も、高貴な女性の為に書写されたか、あるいは女性が書写したものであろうことを、仮名書の「奥書」が教えてくれていると考えられるのである。

「元永本古今集」と「東大寺切本三宝絵」に共通するのは、文字種と同年の「奥書」の存在のみではない。胡粉を厚く塗って具引《ぐび》きした上から、雲母の文様を版木で刷りだした「唐紙《からかみ》」という、高級紙を共に料紙として使用しているのである。高貴な人物に献じるための書物として製作されたと考えられるのであり、そのことと「奥書」が在することとは密接に関係していると思われる。共に書写者の署名が無いのは、当時は格が低いと考えられていた仮名書であったためであるかもしれない。

三、「奥書」の増加

平仮名書の作品と「奥書」の相性の悪さは、平安末頃から変化の兆しを見せ始める。

「元永本」と比較するためにも、『古今集』を対象としてこの問題を確認してみたい。

歌道家六条藤家出身の歌学者として名を馳せた清輔が、本文の校訂と書写を行った所謂「清輔本古今集」は、四種に分類されている。[1] 清輔真筆本は現存しておらず、全てが「本奥書」となるのだが、永治二年（一一四二）・仁平四年（一一五四）・保元二年（一一五七）の三種の年記のあるものを確認できる。最初のものには署名が無く、後の二つには「藤原清輔」・「和歌得業生清輔」との署名が存している。これらに、最も古いと思われる無年記のものを加えた四種の「奥書」は、文章に細かな違いは少なくないものの、『古今集』編者の中心的な存在であった紀貫之の自筆本の本文を伝えるという、藤原通宗筆本を底本とすることを明記している点で共通している。これらの「奥書」は、テクストの素性の良さと信頼度の高さを誇示することを、主たる役割として存在しているのである。

　この他、鎌倉初前期の『古今集』写本として著名なものに、歌道家御子左家の初代で、『千載集』撰者となった、藤原俊成の「建暦二年本」、その息で『新古今集』と『新勅撰集』の撰者である定家の、「貞応二年本」・「嘉禄二年本」その他などがあるが、この様な通称が成り立ちうるのも、それぞれに年記のある「奥書」が存しているからである。今日でも流布本であり続ける、定家本の「奥書」で興味深いのは、貞応元年（一二二二）六月十日以降に書写された、十種以上に及ぶ定家の「奥書」に、「此集家々所称雖説々多、且任師説又加了見、為備後学之証本、…」という常套句が存していること[2]である。「師説」との文言はあるものの、具体的にどの様な素性の本文であるかについては全く言及せず、つべこべ言わなくてもこれが決定版だと言わんばかりに、「為備後学之証本」と記しているのである。当時の歌壇の頂点に立つ者の誇りすら感じられる文章であり、その視線は専ら自家の権威の保持に向けられているようである。

　平安末から鎌倉初期にかけて、天皇や院を始めとする貴人への和歌指導や、勅撰和歌集の編纂などを行う歌道家の成立と共に、その家の人々が使用する勅撰集などの歌集類や、その家の人々が執筆した歌論歌学書等に、テクストの正統性や、子孫や弟子たちへの相伝や贈与を証明する「奥書」を加えることが一般化し始めたのである。

　我々は定家の三代集や『伊勢物語』、あるいは『土左日記』などによって、ある意味「奥書」を見慣れてしまっていて、それがあるのが普通のように感じているが、それは歌道家関係の写本のあり方の特徴なのである。「奥書」が無い本も数多く存在していることを、忘れてはならないだろう。「奥書」が存する場合には、やはりその内容をしっかりと読み込むと共に、何故それが加えられているのかを確認するように心掛ける必要があるのである。

　それ以前にも存するものではあるが、室町時代になって目立ってくるのが、誰かの為に書写した旨を記した「奥書」である。その代表的存在とも言えるのが、古代学協会に蔵される「大島本源氏物語」（袋綴五三冊）の、「関屋」冊末尾に存する、「文明十三年九月十八日依／大内左京兆所望染紫毫／者也／　　権中納言雅康」との「奥書」である。かなり素っ気ないものであるが、権中納言飛鳥井雅康が西国の大大名大内政弘の為に、文明十三年（一四八一）に「関屋」を書写したことを伝えるものである。

　「本奥書」であるのに、「書写奥書」と誤られて、しかも途中の冊のものであるのに、全体に及ぼして考えるという、書誌学的に考えてもありえない解釈がなされたために、この本の認識が大きく歪んでしまい、『源氏物語』研究に大きな負の影響を与えてしまった事実は[3]、「奥書」認識の難しさと恐ろしさをまざまざと教えてくれるのである。

室町期にはこのような、韻文・散文を問わず、歌道師範家の人物や高貴な公家達が、守護大名やその家臣達のために（それは基本的に依頼を受けてであろうが）、書写した旨を明記した「奥書」が目立つのである。

もう一つ事例を挙げてみよう。慶應義塾大学附属研究所斯道文庫蔵の『和歌秘々』（綴葉装一帖、〇九二・ト二四・一）には、「此一帖京極中納言定家／作云々為盛枝左藤帯刀左衛門尉／書之／　永正十二年四月下旬／　権大納言藤（花押）」との「書写奥書」が存している。永正十二年（一五一五）に、権大納言飛鳥井雅俊が、一般には『近代秀歌（遣送本）』の名称で知られる、藤原定家作の歌論書を、左藤盛枝の為に書写したことが記されている。「和歌秘々」の作品名は外題にあるだけで、同名異書もありがちなものであるので、その作者を定家だと明らかにしてはいるものの、どの様な本を写したかについては全く言及されていないのである。左藤盛枝は「帯刀左衛門尉」とあることからも武士であることは疑いないが、伝未詳な人物であり、それほど高い身分であったとは考えがたいのである。

「大島本」もこの本も、テクストの素性を保証するような文言はなく、本の所有者となる人物の為に公家が記したことを示す点で共通している。「大島本」は途中の冊なので、簡略であるのはそのためとも考えられるが、このよう事例は室町写本の「奥書」には目立つようである。所有者である武士の箔付けのために、身分の高い公家が書写したという事実が重要視されていることが判るのである。「為書き的奥書」と呼べそうなものであり、ある意味非常に「恩着せがましい奥書」であるとも言える。このような「奥書」は、テクストの素性を保証するものと言うより、物質としての書物の所有権を証明するものであると言えよう。書物にはもともとそういう側面があるが、室町時代は書物の贈答品的な需要が増大した時代でもあったのである[4]。

これらと性格の異なる室町期の奥書として注目されるのは、所謂「文明補充本」の奥書である。応仁・文明の乱や、文明八年（一四七六）十一月十三日の室町御所焼失によって、多くが失われてしまった禁裏の蔵書を補充すべく、後土御門天皇の命によって、公家達が動員された規模の大きな書写活動が行われた[5]。

その中でも注目すべきはやはり勅撰集の集書活動であろう。

文明十年から十五年にかけて複数の公家達が書写を行っていることが、古記録などで確認できる。そうした努力によって集められた禁裏文庫本は、万治四年（一六六一）一月十五日の内裏公家町の火災によって、再びその多くが焼失してしまった。しかしそれ以前に、許可を得て官庫本を転写したものが現存しているので、我々は文明補充本の「奥書」の内容を知ることができる。多くが『新編国歌大観』の底本として利用されている、宮内庁書陵部蔵の室町末写の吉田兼右筆本「二十一代集」二七帖（五一〇・一三）や、同蔵の江戸前期写の飛鳥井雅章筆本同三〇帖（五〇八・二〇八）が、文明補充本の「奥書」を知る手掛かりとなる代表的な存在である。

雅章筆本の『新続古今集』を例として挙げておきたい。「右集依　勅定不顧老眼之不審／集書功同遂校合畢件本以／亡父卿撰進中書之本加書写／後代尤可被比証本者歟／　文明十一年仲冬上旬沙弥栄雅」とある部分がそれで、文明の年号と「依　勅定」などとあるので、「文明補充本」であるとの識別は簡単である。ここでは、飛鳥井雅親（法名栄雅）が、同集の撰者であった父雅世の「撰進中書之本」を書写したことが明記されており、その本文の信頼度の高さも保証されているのである。最も正統的な「奥書」であると言えよう。

四、「奥書」不在の時代

「文明補充本」と同様に、万治の火災後にも、禁裏御文庫再建のための書写活動が活発に行われた。(6) その際に書写された写本群は、書陵部蔵「御所本」や国立歴史民俗博物館蔵高松宮旧蔵本中に現存している。ところがこれらを確認すると、奇妙なことに気付かされるのである。

文明補充本と異なり、これらには基本的に「奥書」特に「書写奥書」が存在していないのである。その書写活動は、参加した公家達の日記類から具体的な時期や書目などが判明する。ところが、本そのものを見ても、そこからは具体的な情報は何一つ拾うことができないのである。日記で情報が得られない場合には、大ぶりな袋綴装が中心で、上品な装飾紙の表紙を有することが多く、料紙は上質な楮打紙で、外題が霊元天皇筆であるものが多いといった特徴から、そうであろうと推定する他はないのである。

「文明補充本」とこの霊元天皇周辺の補充本との、この「奥書」の扱いの差は何に起因するのであろうか。これは、稿者が初めて「御所本」を調査して以来の、三十年を越える疑問なのである。

それはそれとして、天皇家以外の蔵書を見渡すと、「奥書」

の不在が江戸時代の写本の一つの特徴であるらしいことも判ってくる。例えば、国立公文書館に蔵される、徳川将軍家の紅葉山御文庫旧蔵のコレクションを確認しても、江戸期の写本で奥書を有するものは極めて少ないのである。これは大名家の蔵書でも同様である。島原藩の蔵書を受け継ぐ肥前松平文庫の蔵書は、かなりまとまった数を調査した経験があるが、江戸前期の写本群には殆ど「奥書」が見られなかった。これは多くの藩の蔵書にも共通する傾向ではないだろうか。

「御所本」も「紅葉山文庫本」も大名文庫の本も、十七世紀以降の写本は基本的に袋綴である。室町時代以来の綴葉装の写本群で注目されるのが、所謂「嫁入本」である。大名や皇族・公家の姫君などが輿入れをする際に、実家から豪華に仕立てられた書物を持参する習慣があったことは、現存する多くの事例によって明らかである。中世以前は古写本を持参することも多かったようであるが、江戸期には書物箪笥や箱も含めて、豪華に新調するのが一般的になったのである。絵巻や大型の絵入本は巻子装や袋綴装で仕立てられもしたが、文字のみのものは綴葉装が圧倒的多数を占めていた。

豪華な本なのであるから、その謂われでも記せばよいように思われるのだが、「嫁入本」には、本文の信頼度を保証する役割を有する「本奥書」を含めて、「奥書」が存在していないのが普通なのである。

もちろん何にでも例外はあり、慶應義塾図書館蔵で江戸初前期写の『源氏物語』（一三二×・一五八・五四）は、やはり「本奥書」ではあるものの、室町期の歌僧正徹の「奥書」や、正徹が校合に用いた本にあった冷泉為相の「奥書」なども書写されている。しかしそれも「桐壺」他の僅かな帖に存するだけで、最末の「夢浮橋」には「奥書」は存在しないのである。

以上のような傾向から、単純に江戸時代になると「奥書」が減るなどという、単純な結論を出すつもりはない。やはり伝統的なテクストや書物自体の価値を伝える「奥書」も、もちろん沢山存在しているからである。そのようなものの中でも、極めて興味深い事例を見出したので紹介しておきたい。

この架蔵の本は、「雖依所望遂書写恥他見而已／　前中納言藤光顕」との「奥書」を有する、『伊勢物語』の袋綴写本一冊である。古い桐箱蓋の貼紙には、外題は武者小路実陰筆とある。本文と外題の筆跡からしても、花押はないものの、「書写奥書」と判断してよいであろう。光顕が「前権中納言」であったのは、宝永八年（一七一一）三月二日～享保十六年（一七三一）五月十九日の二十年間あまりで、六十歳～八十歳のことである。

依頼者の名前も、書写の時期も記されず、ただ署名があるのみの「奥書」であるのは、光顕の筆跡に価値があると考えられていたことを示すようでもある。この「奥書」自体も興味深いのであるが、それよりも目を引かれるのは、冒頭に定家の「本奥書」が存しているという事実である。

「伊勢物語　全」と武者小路実陰が記した金泥で装飾された題簽を中央に有する、紺色地に金銀泥の流水文が描かれた豪華な表紙を開くと、「抑伊勢物語根源古人説々不同」との見覚えのある漢文が始まるのである。一丁半続くその末尾には、「先年所書之本為人被借失仍／為備証本重所校合也／（一行アキ）／　戸部尚書判」とあり、やはりこれが「定家本伊勢物語」の「本奥書」であることが明らかになるのである。

定家が書写した『伊勢物語』は「奥書」によって三種に分類される。「流布本（根源本）」・「天福本」・「武田本」がそれであり、この本は「奥書」の書き出し近くに「根源」の語が見えているように、「流布本」に属するものであることは明らかである。その「奥書」が冒頭にあるのは奇妙であり、綴じ誤りであると考えたくもなるが、「奥書」末尾部分が書かれた丁の裏から物語本文が始まっており、書写の段階からこの形であることは明白なのである。

民部卿の唐名である「戸部尚書」とあるのみで、定家の名前も記されていないものながら、この「奥書」が特別視されて、意図的に冒頭に置かれたと考えざるを得ないのである。この様な例は極めて希で、[7]一般化は難しいのであるが、「奥書」の不在化が目立つ江戸時代にも、このような「奥書」を特別視した、「奥書」自体が権威を有する古典となったような事例も存していることを確認しておきたい。

五、「奥書」に代わるもの

江戸時代における「奥書」を有さない書物の代表的な存在として注目できるのが、禁裏仙洞から下賜された豪華な写本群ではないだろうか。「禁裏仙洞下賜本」とでも呼ぶのが適当なのだろうが、些か長いので、ここでは「下賜本」と略称しておきたい。これらは「奥書」も無く、売り払われる際に所蔵者の痕跡が消されることが多いので、素性が不明となってしまい、これまであまり注目されてこなかったのではないかと考えられる。

しかし希に古い箱などに由来が記されているものがあって、下賜されたものであることが判明する。手元にある例を挙げてみたい。二重箱の外箱は桐製の二方桟蓋箱《にほうさんふたばこ》で、その蓋の中央に、「伊勢物語　一冊」と墨書され、その右側に「従　仙洞御所御拝領」とあり、蓋裏中央には「宝永六年丑六月十一

図1　霊元院から下賜された『伊勢物語』（個人蔵）
本文は中院通茂、外題は近衛家熙筆と推定され、表紙に通常の写本では見ることのない豪華な金襴錦が使用されている。

日御拝領」とあって、その右肩に小字で「仙洞御所御手伝ニ付」と書き添えられている。宝永五年（一七〇八）の大火による、幕府の六度目の御所造営の御手伝の際に、霊元院から下されたものであることは明らかである。何処の大名家の旧蔵であるのかまだ調べが及んでいない。

内箱は金泥の縁取りがある紫檀製《したんせい》の被蓋箱《かぶせふたばこ》である。その本は、山吹色地七宝繋牡丹唐草文錦表紙で、中央に緋色地金泥龍文刷絹題簽があり、そこに「伊勢物語」と墨書されている（図1）。見返しは水色地に金泥の雲霞と型抜きの蝶鳥文を施し、艶のある厚手の高級な料紙を用いた綴葉装である。本文はやや癖のある文字で、半葉十行書きで書写されている。大ぶりの檀紙の折紙が附属し、「伊勢物語　中院前大納言／外題　内大臣」と墨書されている（図2）。筆跡から見て、本文は中院通茂、外題と折紙は近衛家熙の筆であると思われるが、折紙の条件と一致するのは、家熙が内大臣であった、貞享三年（一六八六）三月二十六日～元禄六年（一六九三）八月七日迄（途中の貞享五年（一六八八）二月二日～十五日を除く）となる。

今後の詳細な検討も必要であるが、このことを前提とするならば、新たに書写されたものではなく、少し前に書写されていたものを下賜されたことになる。急な用に備える為に、下賜専用の写本が備蓄されていた可能性は高いのではないだろうか。

このような事例を幾つか集めて、その特徴を整理してみると、以下のようになる。書写された作品は、『伊勢物語』の他に、『百人一首』や『俊成九十賀記』などといった、江戸時代に既に古典になっていた著名な作品であること、上等な料紙を用いた綴葉装であり、本文の書写者は公卿で、外題は本文別筆で、本文よりも高位の大臣クラスの人物であること、「本奥書」を含めて「奥書」を有さないこと、そして表紙は

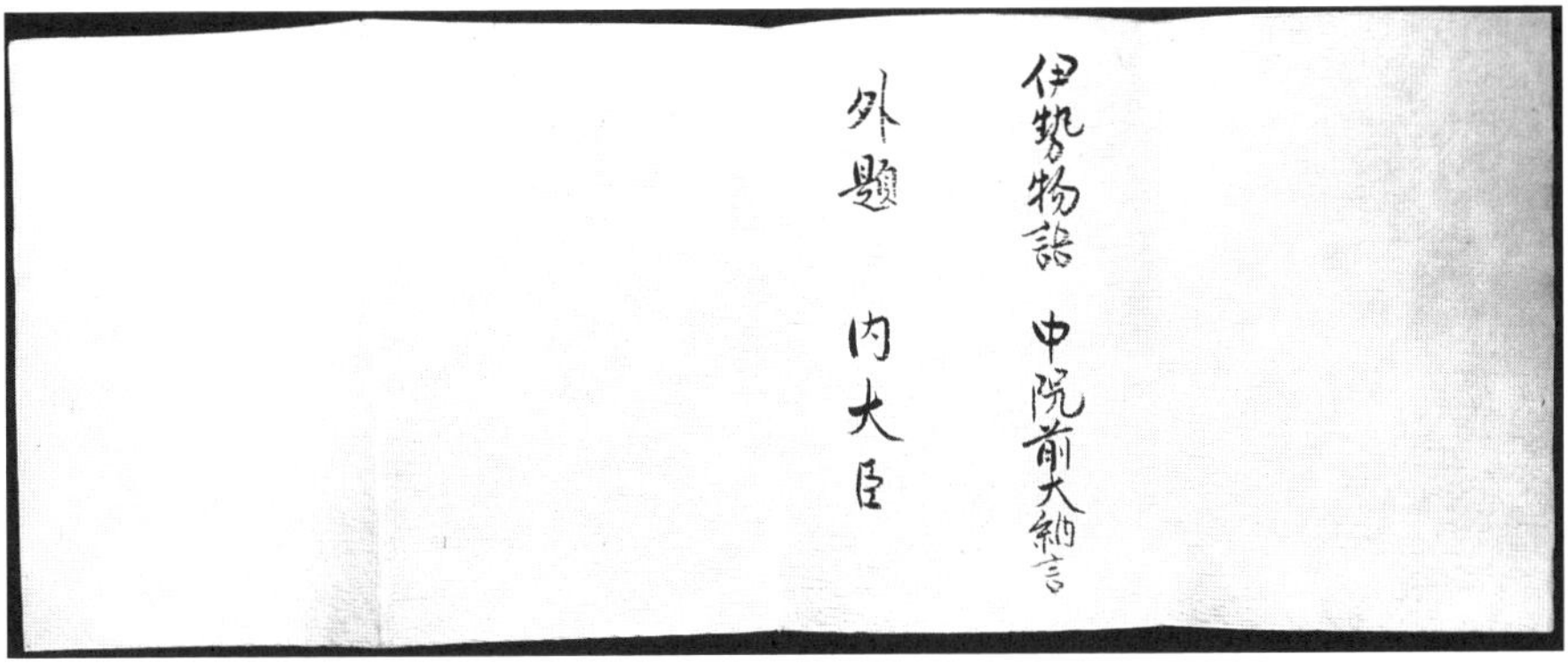

図2　下賜本に附属する折紙目録
内裏仙洞御会の和歌懐紙でも使用される細かな皺のある檀紙を使用している。外題などとの比較によりこれも家煕筆と推定される。

複雑な模様を織った錦であること、題簽は豪華な装飾が施された絹地であること、などを指摘できようか。巻子装のものや金襴表紙のものなどもある可能性は否定できないが、現時点で把握できている条件はこのようなものである。決め手となりそうなのが、厚手の上等な檀紙や奉書紙を用いた、宛名や署名の無い折紙形式の筆者目録の存在であるが、伝来の過程で失われたものも多いので、これが無いからと否定できる訳ではない。

「嫁入本」と呼ばれるものにも、仕立ての豪華さにおいて様々なランクのものを確認することができるが、「下賜本」は一言で言えば、「嫁入本」とは格違いの存在である。「嫁入本」には商品的な匂いがつきまとうのに対し、「下賜本」はそういうものを突き抜けた品位があると感じるのは、あまりにも印象批評に過ぎるであろうか。ただし、江戸後期頃のものは、時代の流行のなせるわざなのだろうが、表紙や見返しなどの色や模様の華美さが鼻につくようにさえ感じられるのである。

「下賜本」がどの様な機会に、どの様な人物に与えられたのかも含めて、総合的に研究したことはないので、明確なことは言えないのであるが、今後も注意して事例を収集していきたいと考える。

ともかくも、「下賜本」は「書写奥書」はもとより、「本奥書」も記されてはいないものである。目録を伴うのが常であったことからすると、目録が「書写奥書」の役目を果たしていると考えるべきなのかもしれない。しかしながら、他とは格違いの豪華な仕立てである本そのものの存在が、雄弁にそのテクストを含めての素性の良さを示しているとも言えるのではないだろうか。

おわりに

仮名書きの写本においては、「書写奥書」というものは、基本的に無いのが普通であること、ある場合にはその存在の意味を考える必要があることなどを確認してくると、今度は逆に「奥書」が無いことも、やはりその意味を検討すべきであることが明らかになってくるのである。

中世以前にも「奥書」の無い本はもちろん沢山あるのであるが、近世期の禁裏や大名家の文庫の蔵書などの、素性の良さそうな本にそれが無いのが普通であるという事実は、「奥書」の役割というものを考える上で、特に注目して良い傾向であると思うのである。

書物史における、仮名書きの文学作品の中世以前と近世との大きな違いが、版本の存在の有無であることは確かである。近世期になって奥書が加えられなくなる理由の一つとして、版本の存在が関係すると想定するのは無理であろうか。版本の普及が、写本の版本化というか、写本の没個性化、あるいは商品化を進める要因となったと考えるのである。

また、天皇家や将軍家、大名家の文庫のみならず、贈答用の「嫁入本」や「禁裏仙洞下賜本」でも「奥書」が無いのが基本であるという事実は、個々のテクストの素性よりも、そのテクスト、さらにはそのテクストを保存した書物自体を、所有するということが大切であると考えられていたことを示しているのであろうか。あるいは、そのテクストの素性が良いのは当然のことと認識されていたのであろうか。

これらの大きな謎を解明するには、まだまだ手持ちの情報が不十分であることを痛感している。容易に答えの出る問題ではないので、これからも、多くの書物との出会いを繰り返しながら、それを発見したいと考える。一人の手に負える問題でもないので、諸賢のご意見やご教示を賜れると幸いである。

注

（1）川上新一郎『六条藤家歌学の研究』（汲古書院、一九九九年）第一部第二章「清輔本古今集の諸本」参照。

（2）詳細については、財団法人冷泉家時雨亭文庫編『冷泉家時

雨亭叢書第二巻　古今和歌集　嘉禄二年本古今和歌集　貞応二年本』（朝日新聞社、一九九四年）の片桐洋一「解題」を参照いただきたい。

（3）このことについては、拙稿「「大島本源氏物語」に関する書誌学的考察」（『斯道文庫論集』四一、二〇〇七年、後に拙著『日本古典書誌学論』（笠間書院、二〇一六年）に補注を増補して収載）を参照いただきたい。

（4）室町期の書物の有り様については、前田雅之『書物と権力　中世文化の政治学』（吉川弘文館、二〇一八年）を参照いただきたい。

（5）この活動については、井上宗雄『中世歌壇史の研究　室町前期〔改訂新版〕』（風間書房、一九八四年）を参照いただきたい。また平安末期から江戸初期までの書物の書写や贈与の問題などは、上記のものの他に、同氏の『平安後期歌人伝の研究』（笠間書院、一九七八年）・『鎌倉時代歌人伝の研究』（風間書房、一九九七年）・『中世歌壇と歌人伝の研究』（笠間書院、二〇〇七年）・『中世歌壇史の研究　南北朝期〔改訂新版〕』（明治書院、一九八七年）・『中世歌壇史の研究　室町後期〔改訂新版〕』（同、同年）などを参照いただきたい。

（6）その有り様については、酒井茂幸『禁裏本歌書の蔵書史的研究』（思文閣出版、二〇〇九年）・同『禁裏本と和歌御会』（新典社、二〇一四年）で詳しく検討されている。

（7）冒頭に本奥書が存している先行例として、冷泉家時雨亭文庫所蔵の鎌倉後期頃写『柿本人麿集』（義空本）がある。同本は、反故紙を利用した横仮綴本（一三・六×一八・八センチ）で、共紙表紙の右下に「義空」の署名があることから、他の人麿集と区別するために「義空本」と呼ばれている。その第一丁表に「写本云」として、「寛元三年八月五日以或／所御本書了此書一／本書也／哥都合七百六十首／　尤可秘ゝ」と記されているのである。この本は末尾にも「本云」として建長五年の日孝なる人物の本奥書が存している。注目される例ではあるが、装訂や造本、本奥書の知名度などの点で大きな隔たりがあるので、同列には扱えないであろう。この本については落合博志氏よりご教示を得た。

補記　長期間に渡る大きな問題を対象としたために、膨大に存する先行研究に殆ど言及することが叶わなかった。よろしくご了解いただけると幸いである。

テクスト、パラテクスト、秘儀伝受
——テクストを所有するとはどのような行為なのか？

海野圭介

うんの・けいすけ——国文学研究資料館教授・総合研究大学院大学教授。専門は和歌文学・書誌学。主な著書に『和歌を読み解く 和歌を伝える——堂上の古典学と古今伝受』（勉誠出版、二〇一九年）、『天野山金剛寺善本叢刊 一～五』（後藤昭雄監修・海野圭介他編、勉誠出版、二〇一七～二〇一八年）などがある。

詩歌や物語といった文芸に限らず、様々な慣習や信仰や技術などに関わる知識、また生活の営みを綴った日記など、人々の記憶と記録の多くは書物に収められて伝えられてきた。書物を所有することはそれらを所持することでもあったが、物質としての書物を所有することと、そこに記された内容（＝テクスト）を所有することは同じことであったのか。前近代日本におけるそれらの関係性について考えるために、幾つかの論点を提示してみたい。

はじめに

前近代日本において成立したテクストを所有し、読み、伝えるといった側面に焦点を絞った議論は、主としてカノン化されたテクストを素材として、それらがどのようにその地位を得るのかという動態としてのテクストの歴史的展開と、それが置かれた環境の解明などに多くが割かれ、テクストの社会性や政治性などが明らかにされてきた。[1] そうした俯瞰的視点からのテクストの歴史の素描が進んだ現在においても、テクストを保持した人々は、それの何に価値を見出し、何をもってそれを所持していると実感したのだろうかという素朴な疑問に答えるのはなかなかに難しい。こうした問題を議論するためには、書かれた内容としてのテクストそのものとともに、書物の装丁、料紙、筆跡、印刷技法、序文、奥書、伝領識語、書き入れ、鑑定書、箱書、帙などのパラテクストの領域に含まれる事例の検討を積み重ねて考えてゆく必要があ

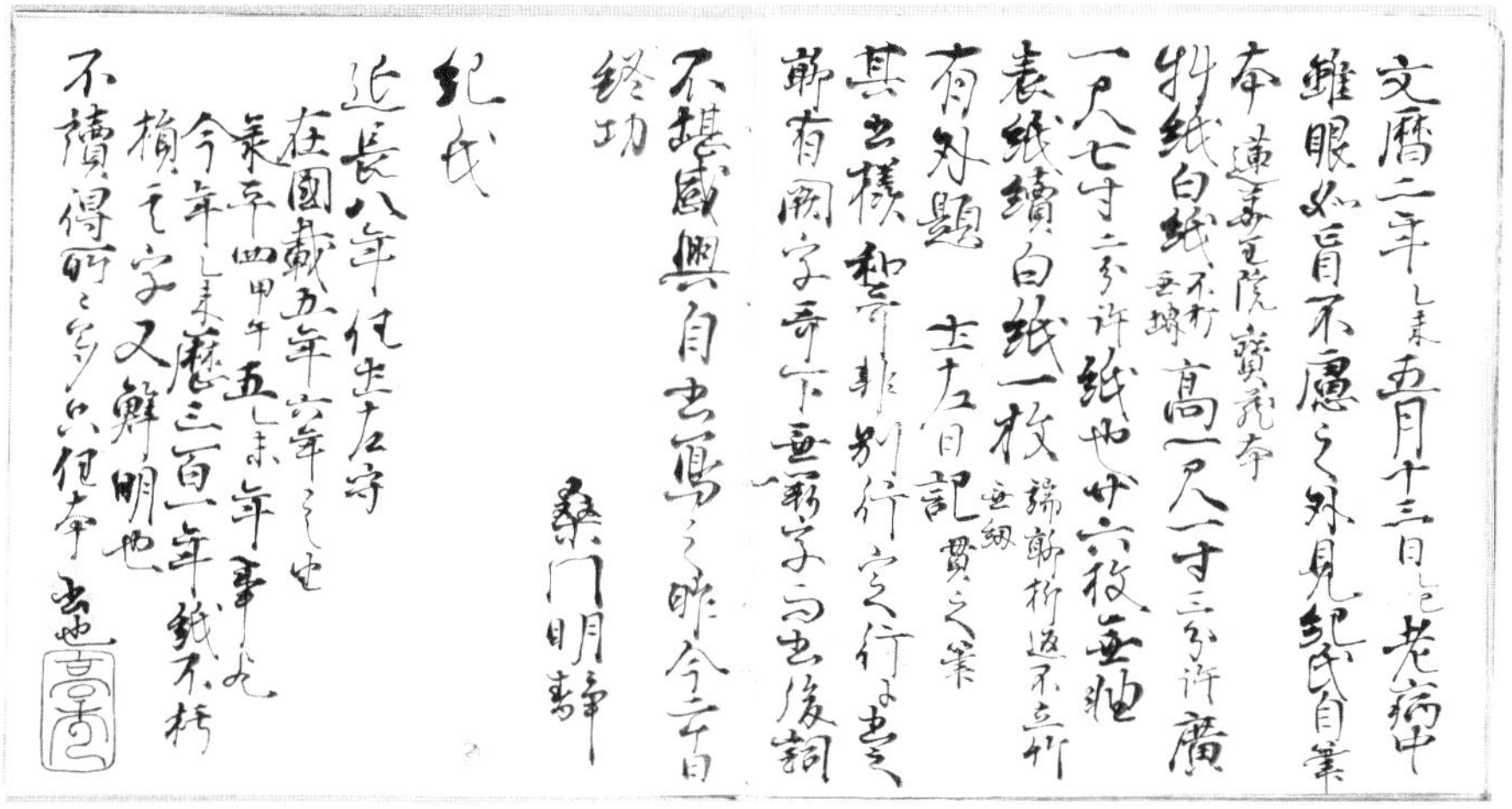
文暦二年乙未五月十三日乙巳　老病中
雖眼如盲不慮之外見紀氏自筆
本　蓮華王院宝蔵本
料紙白紙　不打　無界　高一尺一寸三分許　広
一尺七寸二分許　紙也　廿六枚　無軸
表紙続白紙一枚　無紐　端聊折返不立竹
有外題　土左日記　貫之筆
其書様　和哥非別行　定行ニ書之
聊有闕字　哥下無闕字而書後詞
不堪感興　自書写之　昨今二ヶ日
終功　　　桑門明静
紀氏
延長八年任土左守
在国載五年　六年之由也
承平四甲午　五乙未年事也
今年乙未歴三百一年　紙不朽
損而字又鮮明也
不讀得所々少々只任本　書也

図1　国立歴史民俗博物館蔵高松宮家伝来禁裏本『土佐日記』（H-600-720）奥書（尊経閣文庫蔵定家筆本の転写本）

るだろう。様々なケースが想定されるこうした検討の一例として、本稿では書物の授受や伝受に関する幾つかの事例をとりあげ、最初にテクストの可変性によっておこる問題について考え、後に書かれた内容としてのテクスト及び物質としてのテクストを所有するという意識と伝えるという意識の関係、物質としてのテクストと不可分に結びついていた自筆の問題、物質的に所有することが可能であった書物の所有に関する制約の存在、自筆からは遠い位置にあった刊本テクストの価値の源泉といった事柄について考えてみたい。

一、テクストは書物であったのか？

前田育徳会尊経閣文庫に所蔵される国宝『土佐日記』[2]は、藤原定家（一一六二―一二四一）が紀貫之（八七一？―九四六？）の自筆本に接し、それを書写したことが奥書に記される貴重な伝本であるが、その作成にあたっては以下のような処理が行われたことが知られている。[3]

①貫之自筆本の装丁は巻子であったが、定家は枡形の冊子に書写した。[4]

②貫之自筆本の仮名遣いは保存されず、一部に表現の修正を行った。[5]

③貫之の筆跡のままに冒頭部分見開き一丁を書写し、末尾

に付した。(6)

こうした書写態度には、テクストに対するアンビバレントな感情が反映されているように見える。テクストは、そのオリジナルの姿を保存することにも価値は見出されているが、同時代の用字法、語彙の用法、文法構造、さらには社会常識から外れた表現を残して読解を妨げることは、やはり問題であったらしい。片桐洋一(7)が述べるように、平安時代における文学テクストの享受を顧みると、書写段階におけるテクストの改変は確かに珍しいことではなかったが、貫之自筆というきわめて稀なテクストに定家がさほど興味を示さなかったというのではないだろう。原態を総体的に保存して伝えることよりも優先されるものがあったために、もとの姿がそのまま引き写されることはなかったと考えるのが自然であろう。書物の姿をとり物質的存在としてそこにあるテクストと、その物質としての書物に記録された、それを読み、理解し、解釈する対象としてのテクストとは、容易に並立しうるものではなかったのである。

二、オリジナルへの遡及は求められたのか？

定家が著した『古今集』の注釈書『顕注密勘』（一二二一年成立）の奥書には、定家の周辺にあった『古今集』のテクストとその書写態度について記した以下のような記述が見える。

抑、崇徳院に①貫之自筆本と申古今侍けり。教長《（藤原）》卿、亡父《（藤原俊成）》、清輔《（藤原）》朝臣、各申うけて書うつしけるを、②宰相《（藤原教長）》は真名假名の字をも一字をたがへず。そのつかへるもんじをかゝれ侍けり。これは、たゞ真名は真名、假名は假名に書写。③但、此本当時所見不審甚多。頻難信用おぼえしかば、先年前金吾説を受書たりしは、④本の説をうしなはず、かれこれ取要て我家之説とすと申されしを、むかし聞をき侍しに、近年ある人、清輔朝臣の注古今と申草子をみせ侍し。注の外の事は、ことにかはらざりけりとみ侍しに、後に又、彼秘本と申ものみする人侍し。かれ是不同。いかに侍りし事にか、いづれか書誤けむ、おぼつかなくぞ侍し。

（『顕注密勘』奥書）

ここには、①貫之自筆と称される伝本が存在すること、②藤原教長（一一〇九―八〇）によって真名や仮名の違いも変更せずに保存する書写が行われていたこと、③ただし、その自筆と称する本には不審が多いこと、④定家の父・俊成（一一一四―一二〇四）は「本の説を失わず」取捨選択して「我家之説」としたこと、といった書物を書写する際の態度の相違が記されている。書物を書写する際には、テクストの総体を文字の姿に至るまで保存しようとする書写態度（②の例）があり、また一方で、そうした書写態度とは逆に、改変を許容する書写態度（③の例）があったことが知られる。[8] この奥書は、原態へと遡及する方向性のみがテクストの存在とその意義を支えたのではないとする認識のあったこと、改変を許容する書写にも、それを容認する理由付けが行われていたことを伝えている。[9]

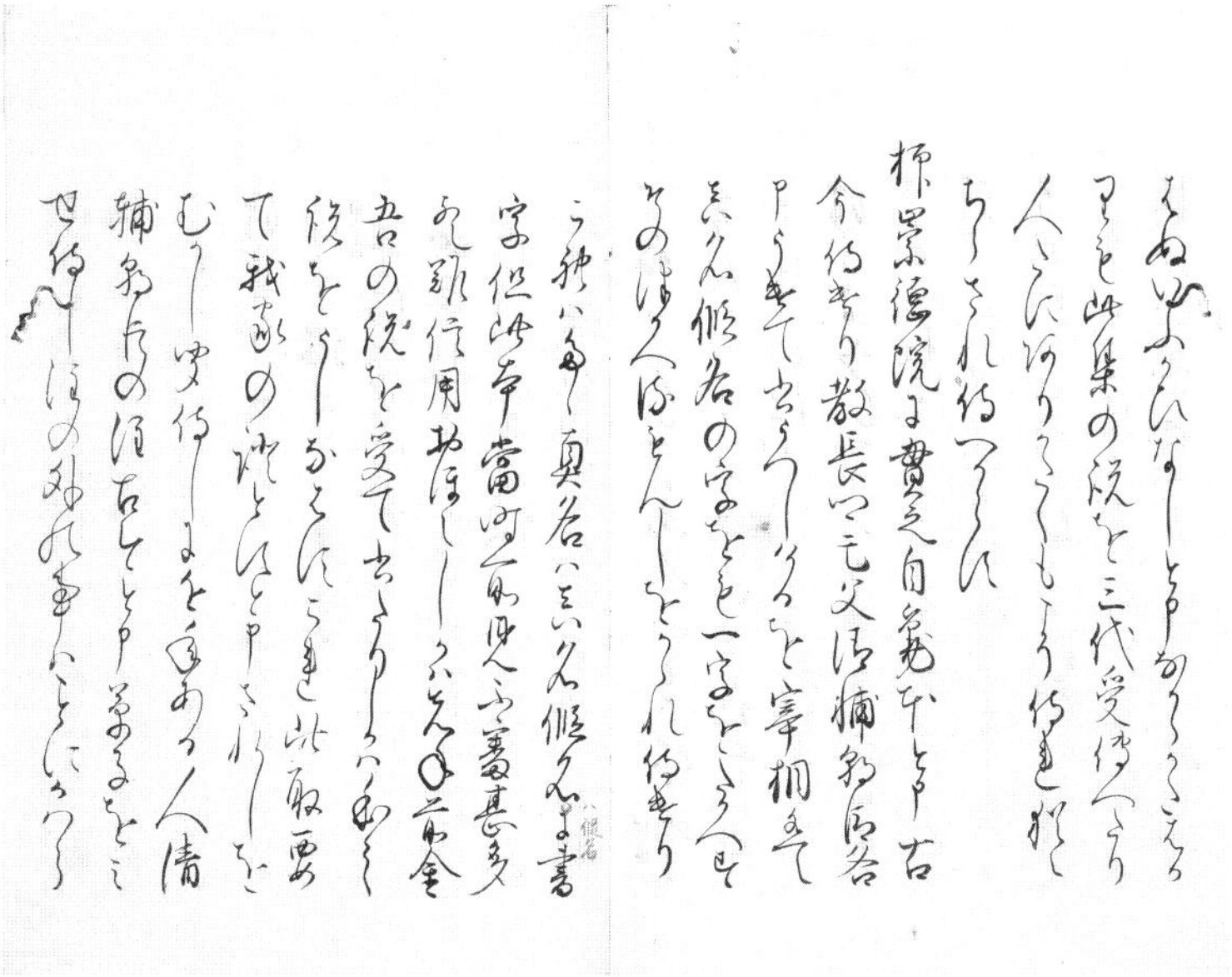

図2　国文学研究資料館蔵『顕注密勘』（12-84）奥書　DOI:10.20730/200003252

三、原本とは何であったのか？

定家が貫之自筆の『土佐日記』に感銘を受けたのは、著名な作者の自筆であったからだろうか。『新古今集』の撰者でもあった定家が、貫之に対する尊崇の念を抱いていたであろうことは想像に難くないが、「貫之自筆」の語は、平安時代末以来、『古今集』をめぐるテクスト学の中で頻繁に登場し、繰り返し議論された問題を象徴するタームでもあった。平安時代後期の和歌の家として隆盛を極めた六条藤家の人々（先述の『顕注密勘』奥書に見える「清輔朝臣」（藤原清輔（一一〇四―七七）等））の間で、撰者である貫之の筆跡とする写本の存在が語られ、そのテクストを継承することに一流の正統性の根拠が置かれることが、この流派の伝えた『古今集』の奥書などに記されている（議論の中には「貫之妹自筆本」なども登場する）。[10] 先の『顕注密勘』奥書に記録された藤原俊成の言葉は、貫之自筆本を伝えることに正統の根拠を置くことの出来なかった後発の歌道家であった俊成の世系（御子左家）の正統性の主張であったと考えられている。[11] オリジナルへの遡及の欲求は、歌道家の権威意識と強く結びついていた。

時代が降って室町頃になると、『古今集』のテクストをめぐる議論に、「貞応本」と「嘉禄本」の差異についての論争が目に付くようになる。[12]「貞応本」とは藤原定家によって貞応二年（一二二三）に書写されたテクスト、「嘉禄本」とは同じく嘉禄二年（一二二六）に書写されたテクストを指す。この二種類のテクスト間の相違とその優劣が敢えて問題とされたのは、定家に発する歌道家の内、二条家には貞応本が、冷泉家には嘉禄本が証本として用いられたことによる。こうした議論の中では、すでに延喜五年（九〇五）成立の『古今集』の原態や原本への遡及は問題視されなくなっており、定家書写時点のテクストが流派の正統性を保証するものとして、いわば「原本」の位置に据えられていたと言える。

しかしながら、貫之自筆本への関心もまったく途絶えてしまったわけではない。現存する『古今集』の最古の写本と考えられ、古筆の白眉とされる高野切《こうやぎれ》の巻五（個人蔵）と巻二十（高知城歴史博物館蔵）の巻尾には、後奈良天皇（一四九六―一五五七）によって、「此集撰者之筆跡之由、古来所称云々」と、それが貫之の筆跡であると古来より伝えられている旨が極められているが、この極めが記された前後の時代に高野切として伝わるテクストの原態性が殊更に歌学上の課題として浮上したことはない。[13] テクストの原態性は、それが必要とされる場合に議論の対象とされて新たに見出された。また、依るべき原本という存在自体も、必ずしも成立時点のテクストが想定されたのではなく、その目的や必要性によってさまざまに変更されることがあった。

四、テクストは誰のものか？

『古今集』のテクストが師から弟子へと伝えられる際には、書物を書写して伝えるだけではなく、その解釈が講義されて伝えられた。その始発は平安時代後期頃に遡るが、[14] そこで行われた事柄を辿り、書かれた内容としてのテクストと書物との関係を考えるための資料については、室町時代の事例が豊富に残されている。室町時代後期以降の『古今集』理解に大きな影響を与えた宗祇（一四二一―一五〇二）の『古今集』の講釈を肖柏（一四四三―一五二七）が聞書した『古聞《こぶん》』の巻尾には、宗祇によって「存分無相違者也」との奥書が記されている。これは、肖柏の取り纏めた聞書が、自身の行った講釈の内容と相違無いことを証するために認められたと考えられる。『古今集』の解釈は口頭で伝えられたが、それを書き留めた聞書というテクストは、受者がそれを緻密に筆記するのみでは完成しない。講釈を行った者による修訂と証明とが加えられて、はじめて意味を成すと考えられていたことが知られる。

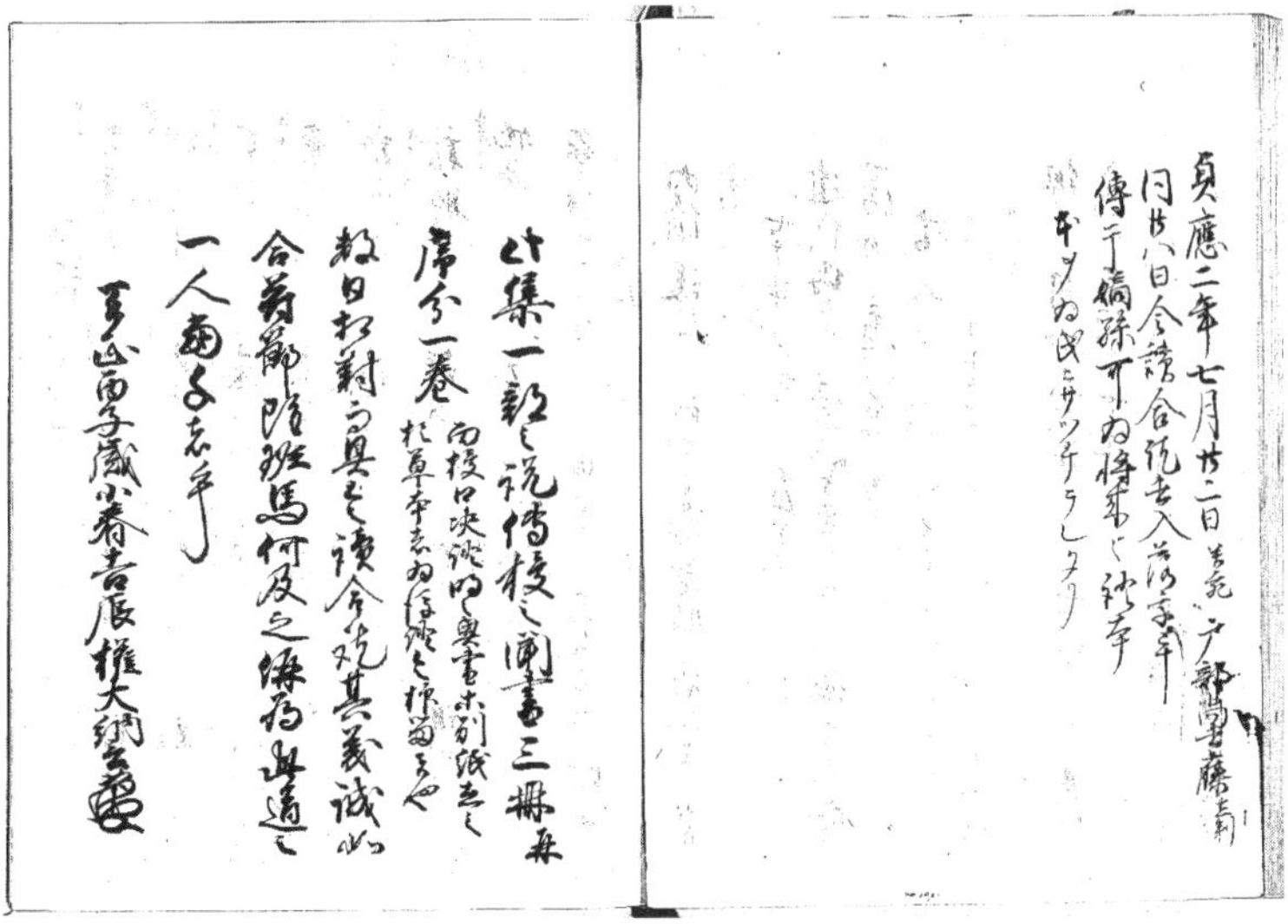

図3　宮内庁書陵部蔵『伝心抄』（502・420）奥書
全巻の末尾（左丁）に三条西実枝によって講釈と相違ないことを証する奥書が記されている。

こうした師弟間のテクストの授受の際に行われた事柄の逐一を伝える例として、天理図書館蔵『古今和歌集聞書』と宮内庁書陵部蔵『伝心抄』がある。天理図書館蔵『古今和歌集聞書』は、宗祇の解釈を受け継いだ三条西実隆（一四五五―一五三七）の孫・実枝（一五一一―七九）の講釈を細川幽斎（一五三四―一六一〇）が筆録した資料だが、そこに記録された講釈の内容には実枝によって修訂が加えられている。この聞書を実枝による修正をも取り込んで浄書したものが、宮内庁書陵部蔵『伝心抄』であるが、これには末尾に実枝によって講釈の内容と相違無い旨を記す加証奥書が付されている。解釈の細部に至るまでをチェックし、間違いなく伝えられたことを証明することによってテクストの継承がなされたと考えられていたことが理解される。

こうした事例は、物質的な所有意識とは別に、テクストにはそれ自体を管理して伝える役割を担う者が存在する場合があり、そうした権利者からのテクストを受け渡す旨の通知が、テクストを所有する意識と関連している場合のあったことを伝えている。古今伝受と称されるこうしたテクストの授受は、講釈とそれに続く書物の作成といったプロセスによって成し遂げられたが、そうした営為を広く開くことなく秘儀化することが、テクストの所有意識とも関わっていたと言える。(15)

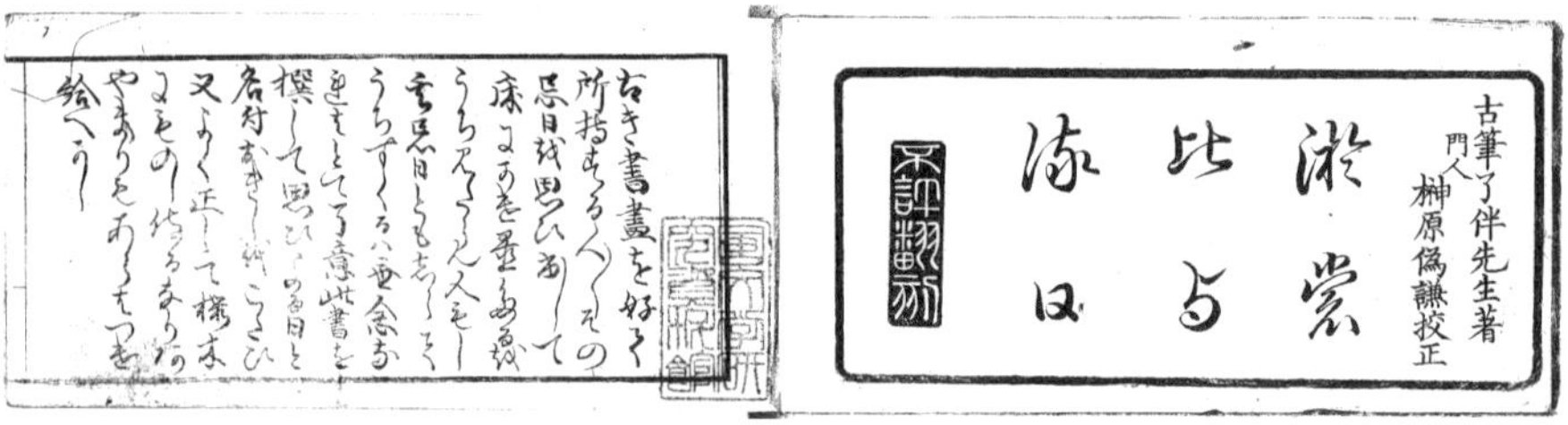

図4 国文学研究資料館蔵『思ひよる日』（ラ8-46） DOI: 10.20730/200005237
「古き書画を好て所持する人々、その忌日を思ひ出して床にかけ置たるを、うち見たらん人、もし其忌日ともしらでうちすぐるは無念なればとて」と筆跡と書写者を結びつけて鑑賞する方法が示されている。

五、テクストの物質性とは何か？

江戸時代に行われた近衛家の和歌添削資料の中に、「菖蒲」の「蒲」の文字を「艹」の下に「補」と書く異体字を記すことを称揚する例があり、その根拠を定家自筆本『拾遺愚草』の表記にあるとする例が報告されている。[16] それがあきらかな誤記であったとしても、そうした理解には定家自身がそのように書いたという、合理的判断を寄せ付けない神聖視された自筆の持つ如何ともしがたい力が働いている。こうした事例は、テクストは一方で根源的に自筆・肉筆という物質的側面と分かち難く結びついていたということをあらためて思い起こさせる。

例えば、テクストを読むことの目的が、作者の人生や世界観を共有し追体験することにあるのならば、それは見ることや触れることを通しても可能である。現在では美術作品として書芸術の鑑賞の対象とされる古筆切を収めた古筆手鑑に「見ぬ世の友」（出光美術館蔵）や「世々の友」（林原美術館蔵）といった銘が付されるのも、筆跡を通してそれを書写した者の姿を垣間見るという鑑賞方法がそのままに反映されたものであろう。名筆を書写者の物故日によって配列して、その命日に筆跡の鑑賞を勧める古筆了伴編『思ひよる日』（嘉永元年

（一八四八）刊）のような書籍が作成されたのも、筆跡と人物とが強固に結びついてイメージされていたことを背景とする。

書かれた内容としてのテクストを越えたところに何かを感得するという意識は、宗教的体験を介したテクスト受容において顕著な事例が認められる。例えば、弘法大師空海（七七四―八三五）の自筆を含む国宝「三十帖冊子（三十帖策子）」は、大師自筆であることゆえにテクストそれ自体の意味を越えて空海の衣鉢を伝える聖遺物としても見られることがあったが[17]、こうした意識は他の宗門の始祖達の遺筆に対しても同様であっただろう。

経筒に収められて埋められる埋経の例や仏像等の胎内に収められた経典類などは、再び人の眼によって読まれることを想定していなかったであろうが、今日それらを目にすることもある。例えば、ハーバード大学美術館に所蔵される聖徳太子二歳像（所謂「南無仏大師」）は胎内納入品が明らかにされた事例の一つであるが[18]、その中に「タイマ」と墨書した台紙に貼られた「受」一文字の経典の断片があった。これは、恐らくは当麻寺に所蔵される蔵玄奘訳『称讃浄土仏摂受経』の一部であったと思われる紙片で[19]、筆者と目された中将姫との、その肉筆を介した交歓を祈念して像内に納められたと推測される。もはやテクストとは言えない断片となってもその存在感は決して小さくはない。物質としてのテクストは、紙片一枚、さらには文字一字といった最小単位となってもそこに作者や筆者を感じることが可能であると発想されていたことを確認させる事例と言える。

六、物質としてのテクストは所有できるのか？

物質であるがゆえに断片化するテクストは、断簡、断片という片々であることが明白な資料の外にも、ある特定の巻や冊のみが抜き出して伝えられることもあった。例えば、書物としての『源氏物語』は五十四帖（あるいは五十四冊）からなるが、その内の幾らかを欠く、あるいは数冊のみで伝わる例も少なくない。そうした伝本は、「闕本」や「残闕」、「零本」などと称されることが多い。これは本来的に全巻が揃って伝わることを前提とした表現と言えるが、五十四帖の全体を書写するのではなく、著名な巻のみが抜き出されて書写されて伝えられるといった可能性も近年あらためて指摘されている[20]。ある一部分のみが抜き出されて書写され、享受される例は『夫木和歌抄』の享受例についての指摘もあり[21]、巻十三（祭文～願文上）・十四（願文下・諷誦文）のみの伝本が比較的目に付く『本朝文粋』の伝存の例なども同様に考えることが

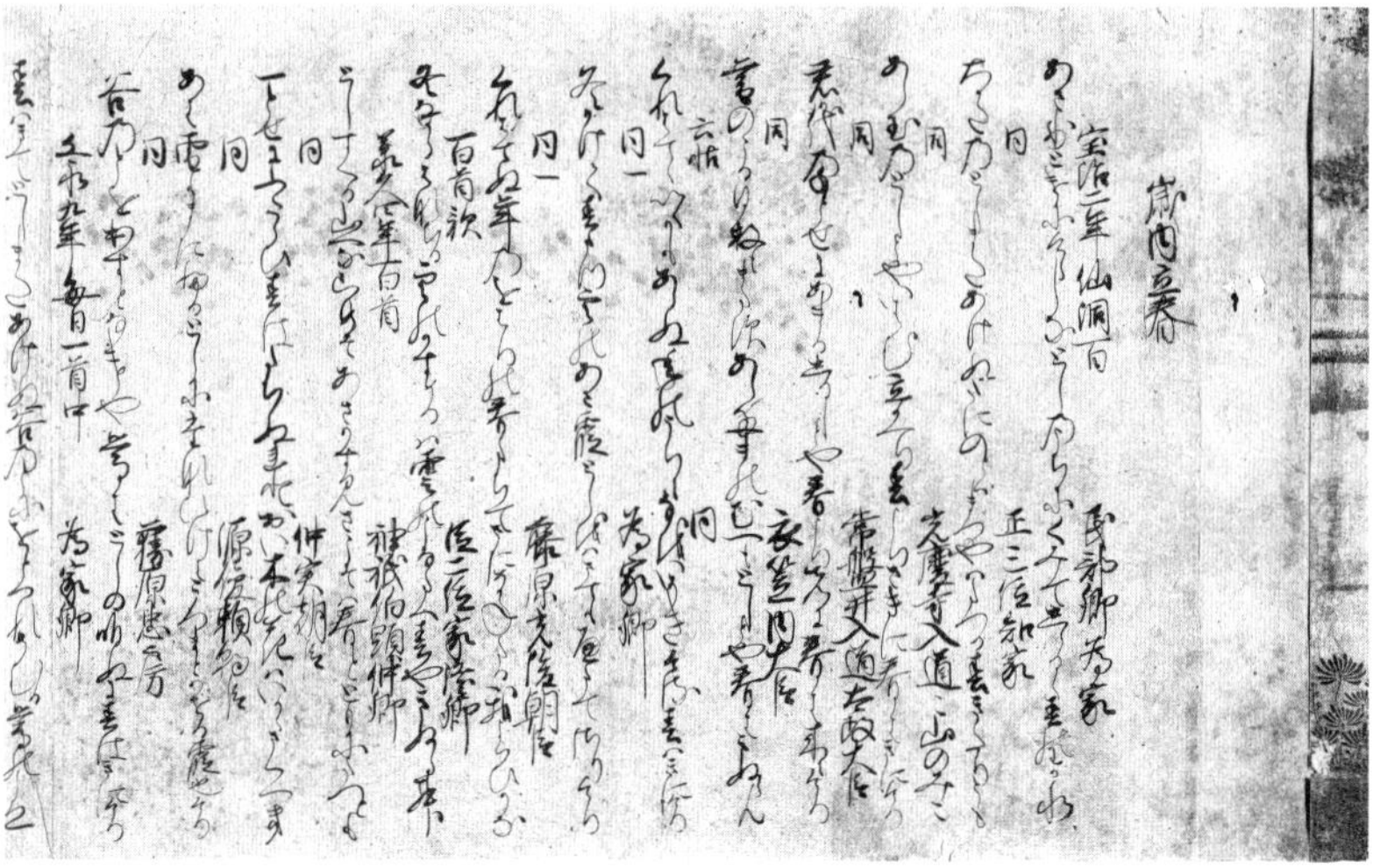

図5 国文学研究資料館蔵『夫木和歌抄』(99-115)　DOI: 10.20730/200013139。伝後小松院筆。

できるだろう。こうした事例のように、ある作品がその全体が書写されることなく、一部分のみが書写されて伝わったのは、用途に応じて必要部分のみが書写された可能性や、予算や時間の制約によってある特定の部分のみが書写された可能性などが想定される。

このような例とは逆に、ある特定の部分が順々に追加されて作品世界が拡大してゆく事例も想定されている。例えば、鎌倉時代に作成された安居院流の唱導資料『転法輪鈔』は、その一部を構成していたと推測される冊々が順次発見されては現在も追加されており、その全体像の理解が未だ十全に及ばない作品だが、その作品の全体像は『転法輪鈔』という作品が存在していたのではなく、ある一定の範囲に集積された書物群を総称してそのように称したとする理解も示されている[22]。

物質としてのテクストは、物質であるという制約によって、テクスト内部の論理とは別の次元の理由で断片化して享受されることもあった。また、物質としてのテクストを追加することでテクスト世界が増幅してゆく場合もある。こうした事例は、物質として所有することが可能であるはずの書物の所有も必ずしも首尾一貫したものであったとは限らなかったことを確認させる。

七、刊本というテクストの価値は何に求められるのか？

刊本というテクストの特質をめぐっては、読書人口の増加と書物の普及の問題や板株の流通など社会的・経済的問題の側面が強調されて議論されることが多いように思われる。版本を書写した刊写本についても、高価な書物であった版本を所有できないもののための副次的存在と見られるのが通例であるだろう。中世以前の古刊本を対象とした場合、宋版や元版といった中国渡来の稀覯品であったならば、その稀少性を珍重した事例を平安時代から見出すことができるが、国内で製造された刊本を殊更に重視することについては、その理由や事情を記述した明確な例の報告は多くはない。以前に、同内容の写本を所蔵していたと推測される大寺院に居した鎌倉時代末期の真言宗の僧侶が、高野板の仏書を購入したことを非常に喜び、また、刊本をあえて書写して写本を作成していたことを報告したことがある。[23] 真言密教の教学は師から弟子に秘密裏に伝えられるものであり、経論の読み解きも口授や移点の形で伝えられた。画一的に広範に周知するという目的からはもっとも遠い位置にあるといえるが、そうした環境においてさえ刊本の価値が称揚されたことを伝える記録として興味深い。

刊本に対する価値意識の根底には、書物という存在に対する認識の変化があったと考えられる。天皇の遺墨の紙背に、肉筆による写経ではなく摺経を施した供養経の遺品（筑後切と称される伏見天皇（一二六五―一三一七）自筆の三代集等[24]）なども伝わっており、大量の宋版経の舶載によって書物の一形態としての印刷物の認知が高まり、それに伴って摺ることの功徳やその価値意識が浸透していったのではないだろうか。自筆を特別視する意識とは異なる価値観が刊本の価値を生み出していることは確かであるが、そうした価値意識の歴史的展

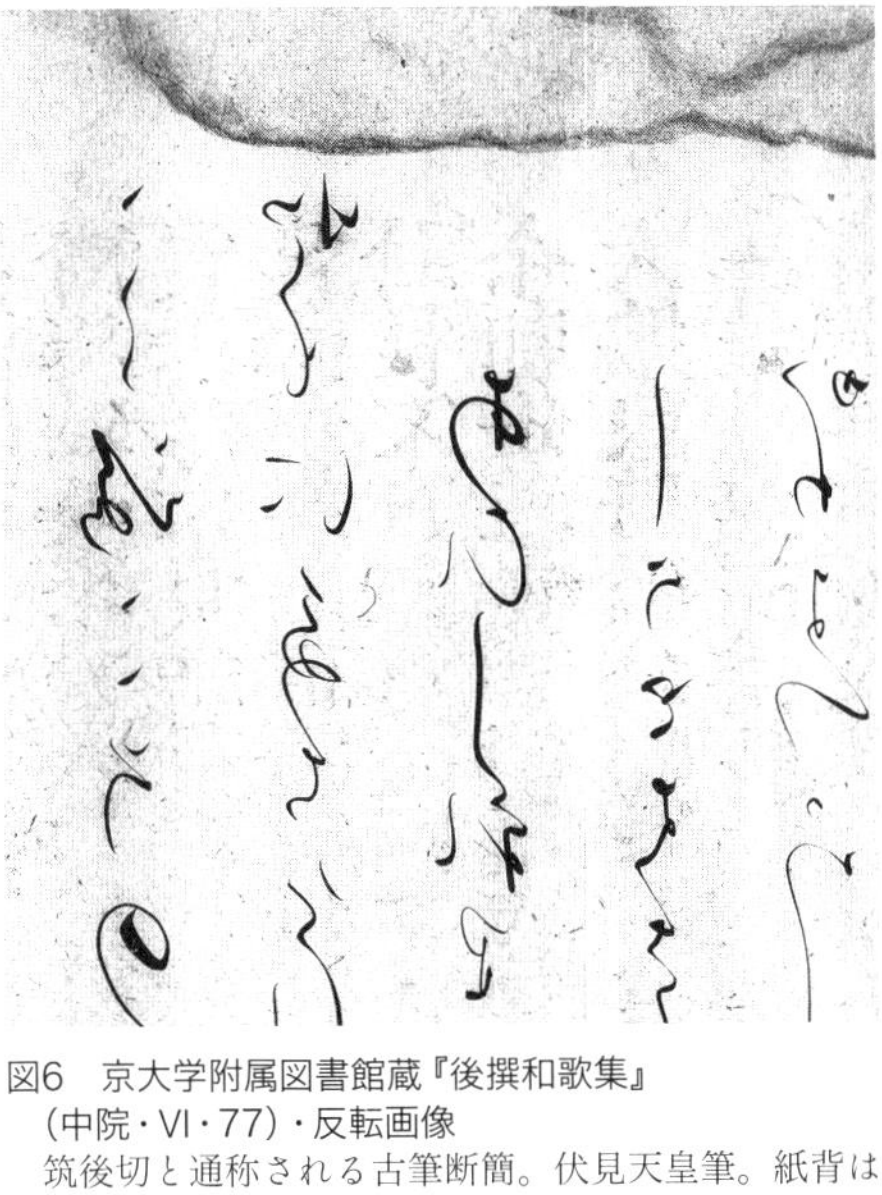

図6　京大学附属図書館蔵『後撰和歌集』（中院・VI・77）・反転画像
筑後切と通称される古筆断簡。伏見天皇筆。紙背は剥がされているが、摺経の跡が認められる。

開については今少し資料を追いかける必要があるように思われる。

おわりに

テクストは、書かれたモノ、あるいは摺られたモノとして、その質感と不可分に伝えられたが、それ故に可変的でもあり、その当時の言語表現への適応といったテクスト内部の理由とともに、その外部の物質的側面の理由によっても変化して伝えられた。書物という物質としてのテクストを所有することと、書かれた内容としてのテクストを保持しているという感覚が一致しない場合もあり、物質としてのテクストの一部を所有するだけで、所有者の意図が達成される場合もあった。テクストと作者や筆者が一体視され享受される場合もあり、肉筆からは遠い位置にある印刷された書物により高い価値が認められる場合もあった。それぞれの関係性が整理できなかった論点もあり、やや雑駁的になってしまったが、本邦におけるテクストとその「所有」をめぐる問題につき幾つかの課題を示しつつ論じてみた。こうした課題の検討を進めるためには、書かれた内容としてのテクストをめぐる問題としては、口承伝達やパフォーマンスへと展開する議論が必要であろうし、物質としてのテクストをめぐる問題においては、大型巻子本などの装飾性の問題や絵巻・懸幅絵などの図像テクストと所有性の関係の検討も今後の課題となるように思われる。(25)

注

(1) Shirane, Haruo, and Tomi Suzuki. *Inventing the classics: modernity, national identity, and Japanese literature*. Stanford, Calif: Stanford University Press, 2000. Print.

(2) 財団法人前田育徳会編『国宝 土佐日記』(勉誠出版、二〇〇八年)参照。

(3) 海野圭介「方丈記の装丁とジャンル意識——前田育徳会尊経閣文庫蔵『方丈記』をめぐって」(荒木浩編『中世の随筆 成立・展開と文体』竹林舎、二〇一四年)参照。

(4) 国宝『土佐日記』を定家筆ではなく、定家による貫之自筆本の転写(巻子あるいは続紙が想定されている)を右筆に清書させたものとする説もある。藤本孝一「尊経閣文庫蔵『土左日記』(国宝)の書誌的研究」(『京都文化博物館研究紀要 朱雀』七、一九九四年十二月)参照。

(5) 片桐洋一「『土左日記』定家筆本と為家筆本」(『国文学』七七、一九九八年三月)、伊井春樹「為家本『土左日記』について」(『中古文学』七一、二〇〇三年五月)、坂本清恵「『土左日記』はどう写されたか——古典書写と仮名遣い」(アクセント史資料研究会『論集』一三、二〇一八年二月)。

(6) 前掲注5片桐論文参照。

(7) 片桐洋一『平安文学の本文は動く 写本の書誌学序説』(和泉書院、二〇一五年)。

(8) こうした書物の書写態度の問題については、浅田徹「不違一字」的書写態度について」（井上宗雄編『中世和歌 資料と論考』明治書院、一九九二年）、同「顕註密勘の識語をめぐって」（『和歌文学研究』七二、一九九六年六月）に詳しい。

(9) こうしたテクストを改変して伝える書写の例には、『顕注密勘』に示されるような審美的判断によって取捨が行われるといった意図的な改変や選択を想定しなくとも、単に読みやすいように改めるという単純な例も多い。例えば、『方丈記』の五大災厄の記事の中に、現在の通行テクストとなっている大福光寺本（鎌倉時代写）には、疫病の蔓延した京都の市街の人々は「世人みな扃（けい）しぬれば、日経つゝ窮まり行く」（世の中の人は皆門戸を閉ざしていたので、日が経つにつれて窮まっていく）と記される部分があるが、青空文庫（https://www.aozora.gr.jp/）でテキスト化されている『国文大観 日記草子部』（明文社、一九〇六年）には「世の人みな飢ゑ死にければ、日を經つゝきはまり行く」とまったく異なる文言が記されている。「扃」の字義が理解できなくなり、「きはまり行く」の表現に対応するように合理化されたテキストに基づくと推測される。こうした。書写者の語感や時代の常識に寄り添う形で表現が合理化される例は、『十六夜日記』においても指摘されている（『新編日本古典文学全集四八 中世日記紀行集』小学館、一九九四年）五九七頁（岩佐美代子執筆）。

(10) 川上新一郎『六条藤家歌学の研究』（汲古書院、一九九九年）。

(11) 前掲注7浅田論文参照。

(12) 浅見緑「貞応本と嘉禄本の間――定家本古今和歌集の本文異同をめぐって」（『国語国文』五四―一〇、一九八五年十月）参照。

(13) やや視点は異なるが、江戸時代における高野切の伝来と評価について、鈴木淳「高野切の江戸」（浅田徹・他編『和歌が書かれるとき』（岩波書店、二〇〇五年）に検討がある。

(14) 浅田徹「勝命の歌学――古今集序注を中心に」（『早稲田大学大学院文学研究科紀要別冊（文学・芸術学）』一六、一九九〇年一月）、同「教長古今集注について――伝授と注釈書」（『国文学研究』一二二、一九九七年六月）参照。

(15) 古今伝受をめぐる諸問題については、海野圭介『和歌を読み解く 和歌を伝える――堂上の古典学と古今伝受』（勉誠出版、二〇一九年）参照。

(16) 小林一彦「定家卿真筆拾遺愚草ニモ補ノ字ヲかゝれ候――可視テキストの向こう側」（『調査研究報告』三〇、二〇一〇年三月）。info:doi/10.24619/00001439。

(17) 例えば、高野山増福院に所蔵される『三十帖并霊宝拝見私目録』は、三十帖策子を拝見した際の記録の一つであるが、そこには書物を通して空海に接する感慨が記されている（詳細については別稿で述べたい）。

(18) 聖徳太子像とその胎内納入品は、https://harvardartmuseums.org/から写真が公開されている（二〇二一年一月三十日確認）。また、この聖徳太子像と胎内納入品の調査（二〇一七年三月二十四日に調査）については、同大学阿部龍一氏、メリッサマコーミック氏、同美術館レイチェル サンダース氏、名古屋大学阿部泰郎氏（当時）、近本謙介氏にお世話になった。記して謝意を示したい。

(19) 当麻寺蔵『称讃浄土仏摂受経』の断簡は、中将姫を伝称筆者とする当麻切と称される古筆切として江戸時代においても流通しているが、その切り出しの時期が相当に早かったことを伝える証例と考える事も出来るかもしれない。

(20) 久保木秀夫「『源氏物語』〝巻別本《まきべつぽん》〟研究の可能性――石水博物館蔵「早蕨」丁子吹き装飾料紙一帖の紹介を兼ねて」（中古文学会編『源氏物語 本文研究の可能性』和泉書院、二〇二〇年）。

（21） 国文学研究資料館編『夫木和歌抄編纂と享受』（風間書房、二〇〇八年）。

（22） 『転法輪鈔』については、『国立歴史民俗博物館研究報告』一八八に「中世における儀礼テクストの綜合的研究——館蔵田中旧蔵文書『転法輪鈔』を中心として」の成果報告があり、近年に至る研究史の整理と当該資料の読解が進められた。

（23） 海野圭介「高野版への眼差し——伝領・書き入れ・古活字版」（『書物学』一三、勉誠出版、二〇一八年）。

（24） 石澤一志「伏見天皇筆「筑後切」——京極派に於ける意味」（久下裕利・久保木秀夫編『平安文学の新研究——物語絵と古筆切を考える』新典社、二〇〇六年）。

（25） 前近代の主として日本文学を対象としたテクストと物質の関係性についての近年の成果に、美術史の分野から文学へのアプローチを考えた、Tomoko Sakomura, *Poetry as Image: The Visual Culture of Waka in Sixteenth-Century Japan*, Brill, 2015、文学が絵画表現や物質となってゆくことの実例をあげつつ、その意義や読み解きについて示唆に富む指摘を行った、Edward Kamens, *Waka and Things, Waka as Things*, Yale University Press, 2017がある。本稿も両書から学ぶところが多かった。記して謝意を示したい。

付記 エドアルド ジェルリーニ氏、河野貴美子氏には、本稿のもととなったワークショップ企画以前より、「文学遺産」の概念や東アジアにおける「文」意識の問題等々、様々な有益な論点について議論いただいた。また、ワークショップ当日には、エドワード ケイメンズ氏、阿部龍一氏、飯倉洋一氏、ジェルリーニ氏、山本嘉孝氏、渡部泰明氏に質疑とコメント、新たに考えるべき課題をいただいた（本稿において解決できていない課題も残されたが引き続き検討してゆきたい）。記して謝意を示したい。

光格天皇と本居宣長
——御所伝受と出版メディアをめぐって

盛田帝子

もりた・ていこ——京都産業大学外国語学部教授。専門は日本近世文学。主な著書に『近世雅文壇の研究——光格天皇と賀茂季鷹を中心に』（汲古書院、二〇一三年）、『文化史のなかの光格天皇——朝儀復興を支えた文芸ネットワーク』（共編、勉誠出版、二〇一八年）、『天皇・親王の歌』（笠間書院、二〇一九年）などがある。

宮廷における古今切紙は神事を伴う古今伝受という儀式の中で授けられ、その閉鎖的な所有性が堂上和歌の伝統と権威の象徴となった。妙法院宮真仁法親王を通じて著作を天覧に供した本居宣長は、光格天皇の新御所遷幸と復古的新宮殿を実見して長歌を詠み、出版メディアを通して宮廷文化遺産を開かれた所有性をもつものへと転換しようとした。

一、光格天皇と本居宣長

寛政二年（一七九〇）十一月二十二日、光格天皇が聖護院の仮御所から復古的な新造内裏に遷幸する様子を、本居宣長は三条大橋東の伊賀屋源太郎家に逗留して見学した。(1) 儀仗を具備した行列の中央に位置する豪華絢爛な光格天皇の鳳輦を仰ぎ見た宣長は、その後、知人の手引きによって、光格天皇が存在する、紫宸殿と清涼殿が復古された新造御所を見学した。(2) 新御所は文献や古地図を用いて平安大内裏を復元した『大内裏図考証』の著者である裏松光世に諮問して造営された復古的なものだった。この寛政二年上京の折に得た知見を基に、宣長は古風の長歌『仰《ぎょう》瞻《せん》鹵《ろ》簿《ぼ》長《ちょう》歌《か》』を詠み、翌寛政三年に出版する（後出）。

宣長が仰ぎ見た光格天皇は、長らく続く皇室の伝統文化を受け継ぎ、新御所への遷幸以後、堂上歌壇を後水尾上皇・霊元上皇以来の隆盛に導く天皇である。歌道においては、新御所において後桜町上皇から御所伝受のすべての階梯を相伝されて保持者となり、多くの門人を育てることになる。(3) 一方、後に述べるように、『仰瞻鹵簿長歌』を出版した宣長は、御所伝受には否定的であった。

後桜町上皇から御所伝受を相伝され、皇室文化の中枢にあった歌道の伝統を受け継ぎ、文化的アイデンティティを確立することになる光格天皇は、一方で、秘伝としての御所伝受を否定する宣長が著述した版本『古事記伝』を復古的に造営された新御所で叡覧してもいる。

このように、光格天皇と本居宣長という異なる文化的背景をもつ二人が、十八世紀後半の京でどのように交差したのか。一対一で授けられる「切紙」という閉じた古典テクストの授受を伴う御所伝受を受け継いだ光格天皇をはじめとする皇室と、出版というメディアを戦略的に利用して古典テクストを社会に拓いてゆこうとした宣長との意識の違いに焦点を当てながら、十八世紀後半に高まる京の復古ブームの現象の一端を探ってゆきたい。

二、後桜町上皇から摂政関白近衛内前への古今切紙伝受

光格天皇が後桜町上皇から相伝された御所伝受とは、『古今集』の講義と切紙伝受を核とした古今伝受の一流であり、智仁親王から後水尾天皇への伝受を起点として、十七世紀以降、皇族・公家を中心に継承された。江戸時代中期の桜町上皇の時代には、歌道入門制度が成立し、古今伝受を中心としながらも、第一階梯「手仁遠波伝受」、第二階梯「三部抄伝受」、第三階梯「伊勢物語伝受」、第四階梯「古今伝受」、第五階梯「一事伝受」という神事を伴う五階梯に整備されて光格天皇の時代まで踏襲される。(4)

ここでは、御所伝受の第四階梯である「古今伝受」のうち、安永三年(一七七四)五月十四日、仙洞御書院での後桜町上皇から摂政関白近衛内前への切紙伝受の場面を、陽明文庫所蔵「安永三年五月十四日　後桜町天皇近衛内前に古今御伝授ありし時の絵図」(5)から見てゆきたい。なお、この古今切紙伝受までに後桜町上皇から内前への古今集の講釈は終了している。

安永三年(一七七四)五月十四日、仙洞御書院で後桜町上皇から関白近衛内前への古今切紙伝受が行われる。御書院の床の天井には萌黄色の蜀江錦が張られて柿本人麿の神影(藤原信実画。藤原為家の画賛あり)が掛けられ、床の上にも萌黄色地の蜀江錦が敷かれて白木机が置かれ、机の上には三種の神器や洗米、神酒等が置かれた。御書院に出御した後桜町上皇は、洗米・神酒等を供え、広橋兼胤が持参した錠カギが添えられた古今切紙筥が御座の傍らに置かれると、褥の上に着

座し、参進した内前に伝受を行う。伝受が終わると、内前は古今切紙筥を持って御書院を退出する。この古今切紙伝受の一連の儀式は、内前が後桜町上皇へ「古今集之事傳給候説々深慎堅洩間鋪候。仍契約如斯候矣。安永三年五月十四日　内前上」（陽明文庫所蔵「内前公古今伝授契約状」（八九一八八））という、古今集の秘伝を他には漏らさないと誓う契約状を提出した上で授けられている。儀式の後、内前が退出する際に持って出た古今切紙筥の中の切紙の内容は、細川幽斎が智仁親王に相伝した当流切紙と同じ内容であった。(6)

陽明文庫所蔵「安永三年五月十四日　後桜町天皇近衛内前に古今御伝授ありし時の絵図」によれば、古今切紙の相伝は、閉じた空間で、後桜町上皇から内前へと一対一で行われた秘伝の継承であり、室内の設えからもうかがわれる通り、神事を伴う儀式であった。人麿の神影や三種の神器の前で、御所伝受保持者である後桜町上皇から選ばれた内前が、代々相伝されてきた同じ内容の切紙（古典テクスト）を、他には漏らさないと誓った上で授けられる。このように、後桜町上皇時代の宮中における古今切紙伝受は、特別に設えられた空間の中で、代々継承されてきた内容の切紙（古典テクスト）を授かるという、その行為自体に意義があったといえよう。授けられた切紙（古典テクスト）は、天皇を中心とする御所伝受の文化的社会制度の中に、内前が連なることを保証する根拠となるものであった。十八世紀後半には切紙（古典テクスト）を授ける切紙伝受は御所伝受を象徴する儀式となっていたのである。(7)

三、本居宣長の御所伝受批判と出版というメディア

さて、本居宣長は『排蘆小船』(8)の中で、御所伝受の中の古今伝受に対して以下のような見解を述べている。

古今伝受《こきんでんじゆ》のこと、近代朝廷《きんだいてうてい》の重き御事としたまふことなれば、今おほけなく論ずるは、畏《おそ》れなきにあらざれども、つやつやその事の起《おこ》りをも知らず、ただ大切なることとのみ思うてゐる人のために、その元《もと》を片端《かたはし》ここに記《しる》し侍《はべ》る。まづすべてこの道に伝受と云ふことはもとよりなきことなり。（中略）古今伝受と云も、貫之《つらゆき》より俊成《しゆんぜい》、黄《くわう》門《もん》、為家卿《ためいへきやう》などに至る迄《まで》も、その沙汰《さた》なきことは諸書に明らかなり。これは東野州常縁《とうやしうつねより》などの作り拵《こしら》へて、貫之《つらゆき》より次第相伝《しだいさうでん》と矯《いつ》はりたることに紛《まぎ》れなし。その後段々に重きことになりて、今は朝廷の重典《じゆうてん》となれり。その本《もと》はみな拵《こしら》へことにて信ずるに足《た》らざることなれども、天子御代々《おんだいだい》これを尊信したまひ、重き御事になり来たり

たれば、今は古今伝受《こきんでんじゆ》などははなはだこの道の重事《ちようじ》なり。妄《みだ》りに非することなかれ。畏《おそ》れあることなり。（中略）御代々伝《きた》はり来る重事《ちようじ》を、今詮《せん》なきことなりとて廃《はい》したまふべきにもあらず。ただその本《もと》の訳《わけ》をよくよく心《こころ》得居《えゐ》て、惑《まど》はずして、さて敬《うやま》ひ尊《たふと》ぶべきなり。予は古今伝受はをかしきことなりと思へど、今その重典なることを敬するなり。

（日本古典文学全集［82］近世随想集『排蘆小船』〔一八〕「古今伝受」より。傍線盛田。以下も同じ）

宣長は、今では朝廷の重大な儀式となっている古今伝受だが、いろいろな書物で調べると、貫之から俊成、黄門（定家）、為家卿などに至るまで伝受はなく、東常縁が作った偽りであることが明らかであるという。代々の天皇が尊信して歌道の重事となっているので、古今伝受を廃すべきではなく、宮廷の重要な儀式であることを敬いはするが、おかしいことと思うとはっきり述べている。では、古今伝受が偽りだということが知られるようになったのはなぜなのだろうか。その根拠について、宣長は以下のように述べる。

近代難波《きんだいなには》の契沖師《けいちゆうし》、この道の学問に通じ、すべて古書を引証《いんしよう》し、中古《ちゆうこ》以来の妄説《まうせつ》を破り、数百年来《すうひやくねんらい》の非《ひ》を正し、万葉《まんえふ》よりはじめ多くの註解をなして、衆人《しゆうじん》の惑《まど》ひを解《と》けり。その著述多けれども、梓行《しかう》せざれば世に知る人稀《まれ》なり。惜《を》しいかな。ままこの人の説をみる者は、始めてかの異説どもの非《ひ》なることを悟《さと》れり。されば近比《ちかごろ》はすこぶる伝受《でんじゆ》など云ふことを破《やぶ》る人もまま出で来《き》たれり。

（同前〔十七〕「表裏の説」より）

歌道の学問に通じ、古書を証拠として引用して、中古以来の妄説を破り、数百年来の誤りを正して、多くの人のまよいを解いてきた契沖の説を見た者の中から、近頃、伝受を破る者も時おり出てきたという。宣長は、貫之から俊成、定家、為家へと相伝されてきたとする古今伝受が実際にはなかったことを、契沖の著述から認識した可能性が高い。[9] ところが、その契沖の著述が多いにもかかわらず出版されなかったので、世間で契沖の著述を知る人は稀であるという。このことを宣長は「惜しいかな」と残念に思い、嘆いている。宣長にとって書物の出版は、物事の真理を究明するのに必須のメディアであったようだ。東常縁が古今伝受という偽りを作る過程については、以下のように述べる。

本朝《ほんてう》に昔は、書物《しよもつ》に板本《はんぽん》と云ふことはなかりしなり。板本はいと近き世になりてのことなり。昔はみな写本《しやほん》にて行はれしなり。しかるに足利将軍家《あしかがしやうぐんけ》の末《すゑ》に至《いた》り、天下《てんが》大きに乱《みだ》れて世《よ》の中騒《なかさは》がしかりしゆゑに、昔の書物ども多く失せて世《よ》に稀《まれ》なりしに、この常縁多く古書《こしよ》を所持《しよぢ》して、世《よ》になき書物どももありしなり。その中に定家卿《ていかきやう》の顕注密勘《けんちゆうみつかん》などその外《ほか》もあるをみて、それに本《もと》づきてさまざまのことを作り加《くは》へて、古今伝授と云へるなり。その比《ころ》は世《よ》に書物少くして、古書《こしよ》をみること稀《まれ》なれば、常縁《つねより》が云ふことを珍《めづ》らしく思ひ、まことに貫之《つねゆき》より相伝《さうでん》のむねと心得《こころえ》たるなり。今《いま》の世《よ》には古書もあまねく世に広まりて、古《いにし》へを考ふるに暗《くら》きことなければ、かの作りごとも書物をみれば弁《わきま》へらるることなれども、そこへ心を付《つ》けてみる人少くして、なほかの偽物《ぎぶつ》に欺《あざむ》かれてゐるなり

（同前〔六二〕「東常縁」より）

版本が流布する前の写本しかなかった時代、足利将軍家の末の世の混乱期に、古書の多くが失われて稀少だった頃に、東常縁は稀覯本を含む多くの古書を所持しており、その中の藤原定家『顕注密勘』やその他の古書に基づいて、様々の事を作り加えて古今伝受と言ったのだという。その頃は、世の中に書物が少なく、古書を見ることもほとんどできなかったので、人々は、古今伝受が本当に貫之から相伝されたものだと理解したのだという。今では、古書が出版という媒体を介して世の中に広まり、作りごとの古今伝受も書物を見れば偽りであると見分けることができるが、そこに着目する人が少なくて、相変わらず古今伝受という偽物にだまされているのだという。

宣長は、『排蘆小船』の中で、古今伝受のテクストの内容を契沖の著書や古書などで検証すると、東常縁の時代に作られた偽りであることが明らかであると断定する。ところが、古今伝受は歴代の天皇が尊信し、当代では御所伝受の一階梯として宮廷での重要な儀式のひとつとなっているので廃止すべきではなく、古今伝受のテクストが常縁の時代に作られたものであるといういきさつをよく理解した上で、敬い尊ぶべきだという。宣長は、記述された古今伝受のテクストの内容は偽りであるが、宮廷儀式としての古今伝受は認めており、古今伝受のテクストと儀式という行為を分けて考えていたことが知られる。また、残された古書を論拠としてテクストを検証する宣長にとって、古今伝受のテクストが偽りであるということを皆が知るためには、契沖の著書や古書が出版というメディアを通して、広く世間に受容されることが望ましいと考えていたことが知られるのである。

四、光格天皇への宣長著『古事記伝』の献上

宣長の『古事記伝』初帙五冊（巻一～巻五）は、寛政二年（一七九〇）九月に出版された。同年九月十日に、『古事記伝』

第一帙（巻一・巻二・巻三・巻四・巻五）版本、特製本五部・並製本若干部が宣長の自宅に届いている。(10)『古事記伝』初帙が刊行される五か月程前の四月十六日、宣長は、門人で尾張名古屋藩士の鈴木眞實に宛てて以下のような書簡を認めている。

当時古学筋之書なとを献して、上ニ御用ひあらん事を願候なとハ、決して難出来事ニ御座候へハ、左様之筋ハ、とんと望ミを断《タチ》て思ひかくましき御事ニ御座候、下々へ○広《さへ》く弘まり候へハ、いつとなく自然と上へも行渡り、御用ヒ有之時節も可有之候、必々時節到来を相待へきにて候也、近頃或方より愚老へ勧め申候ハ、古事記伝　禁裏へ献上可有也、能キ手筋有之候と、達而すゝめ候方有之候へ共、愚老断を申候也、あの方より御尋有之候事なれハ、至而難有御事ニ候へハ、早速上ケ可申也、然ルニあの方より御尋もなきニ、此方よりすゝんで献上致スハ、何之詮も無之無益之事ニ候へハ、御断申候也

（筑摩書房『本居宣長全集』第十七巻、一三四―一三五頁）

古学に関する書物を献上して、「上」（高貴な身分の方々）に採用していただくことを願うことは決してできないが、「下々」（一般庶民）にさえひろく広まれば、自然と高貴な身分の方々にもよく行き届き、採用していただくこともあるだろう。その好機を待つべきだとする。その上で、近頃、良いつてがあるので『古事記伝』を禁裏へ献上しないかと強く勧める者がいるが、禁裏からお尋ねがあればすぐに献上するが、お尋ねもないのに、自分から献上するのは甲斐がなく無益であるので、断ったと述べている。

『古事記伝』が、出版前から禁裏に献上しないかと勧める者がいるほど注視されていたことが知られるが、宣長は、この時点では古学に関する書物を高貴な身分の方々（恐らくは皇室を指すであろう）に採用してもらうためには、まず「下々へ」古学を「広く弘」めることが重要だと考えていたことが知られる。

結局、この年のうちに宣長の著書『古事記伝』初帙および『詞の玉緒』は光格天皇に献上され、天覧に及ぶこととなる。この経緯については既に、飯倉洋一「本居宣長と妙法院宮」（『江戸文学』第一二号、ぺりかん社、一九九四年七月）に詳細に考証されているため、飯倉氏の論考に拠って、その経緯を記す。

寛政二年十月七日、橋本経亮（京都梅宮神社の祠官、非蔵人として宮中に出入り）が、宣長の『古事記伝』を妙法院宮真仁法親王へ上覧することを、藤島宗順（新日吉神社の祠官、非蔵人）に依頼する。真仁法親王は妙法院門跡として新日吉神社の別当を兼任していたため、宗順は妙法院宮へも頻繁に出入

りしていたからである。翌十月八日、宗順は妙法院宮の諸大夫である松井西市正永昌に『古事記伝』上覧のことを依頼し、九日には妙法院宮側から許諾を得る。同月二十日、経亮は宣長から託された『古事記伝』初帙と『詞の玉緒』を御所で宗順に預け、宗順は二十四日に妙法院を訪れて坊官の今小路民部卿に手渡す。妙法院宮真仁法親王は宣長の『古事記伝』と『詞の玉緒』を御覧になり、宣長の古学への精励を認めて留め置き熟覧すると仰せになる。松井永昌は、同月二十七日付の書簡で、このことを宣長に伝えようとするが、書簡が宣長の手元に届いたのは十二月末であった。したがって、宣長は永昌の書簡を見ぬまま、十一月二十二日の光格天皇の新造御所への遷幸を見るために、十一月十四日に京都へ出立する。宣長が光格天皇に『古事記伝』が献上されたことを知ったのは、上京中のことであった。十一月二十七日付の鈴木眞實宛書簡に「記伝　妙門様へさし上申候義、先達て無滞相達し、弥入御覧御感にて、尚又早速　禁裏への相達し申候事、慥成義承候」（『本居宣長全集』第十七巻、一四〇頁）とある。

寛政二年四月には、古学が「下々」（一般庶民）にひろく広まり、「上」（高貴な身分の方々）に採用していただく好機を待つと述べていた宣長だったが、十一月中には『古事記伝』（初帙）と『詞の玉緒』が、橋本経亮（非蔵人）→藤島宗順（非蔵人、新日吉神社祠官）→松井永昌（妙法院宮坊官）→妙法院宮（光格天皇の兄）→光格天皇というルートで天覧されることになったのである。

五、宣長に下賜された妙法院宮真仁法親王の和歌懐紙

さて、妙法院宮を介して光格天皇が『古事記伝』初帙および『詞の玉緒』を天覧する頃に、妙法院宮が宣長に下賜したのではないかとされる懐紙が本居宣長記念館に所蔵されている。『妙法院宮真仁法親王御懐紙』（一幅）である。[11] 表装された懐紙（一幅）は「妙法院宮御懐紙〔宣長拝領／上包添〕」と箱書きのある木箱に入っており、木箱の中には表装された懐紙（一幅）とは別に、包紙が二枚入っている。一枚は目の詰まった楮紙で、箱書きと同じ筆跡で「包紙」と上書があり、二枚目は、一枚目の包紙よりも年代が古く「宮御染筆物　本居翁へこれを下さる」と墨書されている。妙法院宮の和歌懐紙は、本紙は内曇紙で、金泥で五段霞が描かれている上質なものであり、妙法院宮の筆跡で「いせの海のなぎさを清みすむつるの千とせの声を君にきかせむ」（濁点は盛田）と認められている（**写真1・図1**）。

直訳すれば「伊勢の海の渚が清らかなので住む鶴の常世

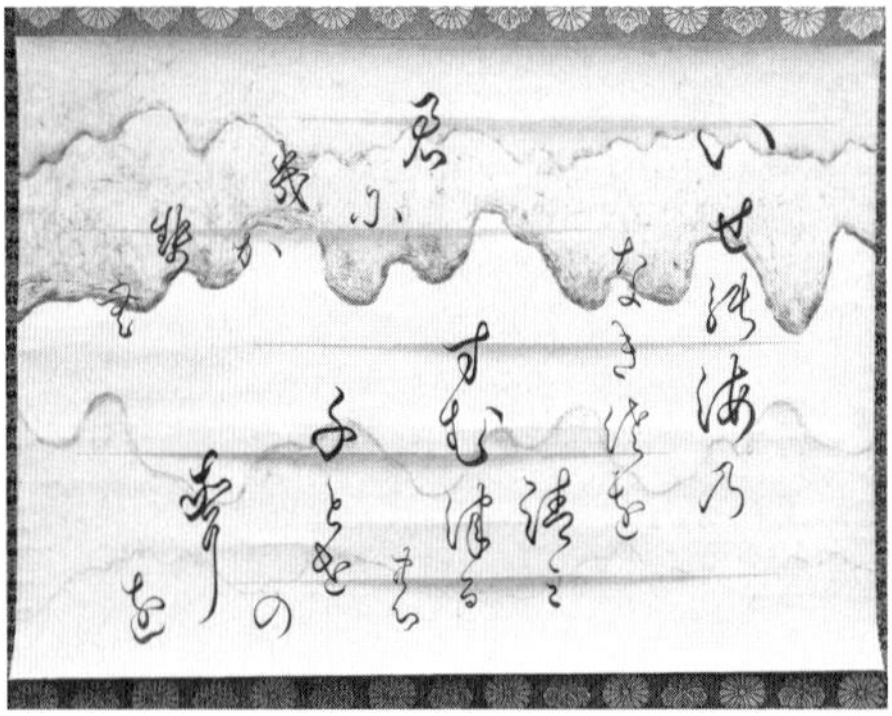

写真1　本居宣長記念館所蔵『妙法院宮真仁法親王御懐紙』

いせの海の
なきさを
清み
すむつる
君
の
に
千とせ
き
の
か
声
せ
を
む

図1　翻刻

を祈る声をあなたにお聞かせしましょう」という意になる。**写真1**にあるように、妙法院宮は、懐紙の右から左に向かって初句から四句までの「いせの海のなぎさを清みすむつるの千とせの声を」までを一気に認め、その後に「君にきかせむ」という結句の部分を懐紙中央の上部から左に向かって認めている。伊勢国の歌枕である古言《ふること》「伊勢の海」の「いせ」は青雲を背景に書きはじめられ、宣長を暗示する「つる」は紫雲を背景に認められている。妙法院宮は、内曇紙の天《てん》をあらわす青雲を背景に、懐紙の一番高い箇所に「君」（光格天皇を暗示）の文字を認め、大地をあらわす紫雲を背景に伊勢国に住む「鶴」（地下の宣長を暗示）の文字を認めることによって、地下身分の宣長の「ちとせの声」（『古事記伝』『詞の玉緒』）を、天に等しい「君」（光格天皇）に、自らが仲介して知らせる（献上する）ことを、視覚的に宣長に示したのである。

さて、実はこの歌は、妙法院宮の詠んだ歌ではない。『続後拾遺和歌集』賀歌に入集している大伴黒主の歌である。妙法院宮は、宣長の『古事記伝』『詞の玉緒』を光格天皇へ献上することを、なぜ自ら詠んだ歌ではなく、黒主の古歌によって示そうとしたのだろうか。以下に引用するのは、『続後拾遺和歌集』に入集している黒主の歌である。

仁和御時大嘗会悠紀方伊勢国風俗歌　大伴黒主
伊勢の海のなぎさを清み住鶴の千とせの声を君にきかせん
（『続後拾遺和歌集』巻第十　賀歌）[12]

この黒主の歌は、『源氏物語』明石巻の一場面で「伊勢の海ならねど、清き渚に貝や拾はむなど、声よき人にうたはせて、我も時々拍子とりて、声うち添へたまふを、琴弾きさしつつめできこゆ」と謡われているほどに流行していた催馬楽の「伊勢の海の　きよき渚《なぎさ》に　潮間《しほがひ》に　なのりそや　摘《つ》まむ　貝や拾はむや　玉や拾はむや」[13]を下敷きに詠まれたらしいと言われている（『新日本古典文学全集〈42〉』『催馬楽』「伊勢海」一二六頁）。黒主の歌が詠まれたのは、『続後拾遺和歌集』の詞書によれば、仁和《にんな》の御時（光孝天皇）の大嘗会《だいじょうえ》の際に、悠《ゆ》紀《き》方の伊勢国の風俗《ふぞく》の歌としてであった。その年に収穫した新穀を天皇が神々に備える儀式を新嘗祭《にいなめさい》というが、天皇が即位して最初に行われる一代に一度のその儀式を大嘗会という。黒主は、光孝天皇の一世一代の大嘗会の儀式の際に、伊勢国に古くから伝承されてきた歌謡のことばを取り入れ、光孝天皇の常世を寿ぐ歌をささげたのである。[14]

ところで、光格天皇の大嘗会が行われたのは、天明七年（一七八七）十一月二十七日のことであった。十七歳の光格天皇は、大嘗会を貞観式、延喜式にのっとって行うことを理想とし、復古的な大嘗会を行うために多くのことを再興した。[15]寛政二年の新造御所が復古的なものであったことは先に述べたが、建築物のみでなく朝廷のさまざまな神事や儀式を、できるだけ古い形式に復古・再興しようとする光格天皇の志向を知り尽くしていたであろう兄の妙法院宮にとって、宮廷での学問としては未開拓であった『古事記』を、実証的方法で訓んだ宣長の著書『古事記伝』は、自らが仲介して光格天皇に献上せねばならぬ書物として認識されたことだろう。

妙法院宮は、光孝天皇の大嘗会の儀式の際に、大伴黒主によってささげられた古歌（祭式に用いられた歌）を用いることで、大嘗会をはじめとする朝廷の神事や儀式の再興・復古に熱心だった光格天皇に、『古事記伝』という古学書を自身が仲介となって献上することを宣長に示したのである。

六、光格天皇の復古的御所への遷幸と『仰瞻鹵簿長歌』の出版

妙法院宮が『古事記伝』をご覧になり、宮の仲介によって禁裏の光格天皇のもとへ献上されたことを知らぬまま、寛政二年十一月十四日の暁、宣長は京を目指して松阪を出立した。八日後に迫った光格天皇の新造御所への御遷幸を見るためである。同伴者は本居春庭、本居大平、荒木田末耦、荒木田末

寿、林広海等。十六日に入京し、三條大橋東の伊賀屋源太郎家に逗留し、二十二日に光格天皇の遷幸を拝見した（「寛政二年庚戌日記」『本居宣長全集』第十六巻）。宣長の眼の前を行き過ぎる多くの公家衆が供奉する華麗な行列の中に、光格天皇の乗った鳳輦が現れる。鳳輦は四十数人の駕輿丁に担がれ、二十数人の駕輿丁に綱をひかれており、屋根には鳳凰の飾りがつけられている。(16) 宣長にとって、初めて目の当たりにする光格天皇の鳳輦は、王朝時代の天皇を彷彿とさせる荘厳な存在として映ったことだろう。

　宣長は、松坂に帰郷後、儀仗を具備した光格天皇の御遷幸の行列を仰ぎ見て詠んだ晴の歌として『仰瞻鹵簿長歌』を表出する。本居宣長記念館所蔵『仰瞻鹵簿長歌』（寛政三年版本）の冒頭には「寛政の二とせといふ年の十一月の廿二日の日、新大宮に御うつろひの大御よそひを見奉りてよめるいにしへふりの長歌　平宣長」とあり、光格天皇の御遷幸という儀式を意識的に五七調の古風の長歌として表出したことが知られる。その長歌の末尾部分は、以下のように詠まれている。

　打あくる　皷のひゝき　吹なすや　笛のしらへは　み雪ふる　冬ともいはす　春日なす　空もうらゝに　はろ〳〵に　きゝのよろしく　水垣の　久しく絶し　遠御代の　跡をたつねて　いにしへに　又立かへり　望月のたらはしたてる　大殿を　万代までに　いや高に　高敷ますと　あらたなる　その内の重の　大御門　指て入ます　今日の此　大行幸をし　あまさかる　ひなの国への賎きや　御民我らも　風のとの　とほとにきゝて　ともしみと　のほりまゐ来て　しゝしもの　いはひをろかみ　天つ空　あふき見まつる　ことのたふとさ

　末尾には、御遷幸を一目見ようと上京した宣長が光格天皇を仰ぎ見る様子が描かれているのだが、注目すべきは傍線部分で、雅楽の演奏の中、復古的新造御所に入っていく遷幸の様子が詠まれている。鴨川にかかる三條大橋の東で光格天皇の御遷幸を仰ぎ見ていた宣長が、復古御所の様子を長歌に詠み込めたのはなぜなのだろうか。

　寛政二年十二月八日付の荒木田末耦宛書簡に「誠ニ先頃は御同然難有拝見仕、扨々大幸之至奉存候、殊更内々　禁中拝見之義ハ、御遷幸拝見ニもつり合候程之大幸、扨々難有仕合奉存候、是ハ全く宜キ御手筋故と存知、別而忝奉存候」（『本居宣長全集』第十七巻、一四〇頁）と記されている。つまり、聖護院の仮御所から新造内裏への御遷幸を仰ぎ見た宣長は、その上京中に、荒木田末耦のつてによって末耦と共に光格天皇が存在する復古的な新造御所を見学していたのである。寛政三年三月十五日付の小篠敏宛書簡には「旧冬ハ卅四五年ふり二而致上京、 御遷幸拝見、 尚又内々 新宮御殿内をも拝見仕、 殊外復古之御模様、 扨々難有御事共難申尽候」（『本居宣長全集』第十七巻、一五〇頁）と記されており、寛政二年冬に三十四、五年ぶりに上京して光格天皇の御遷幸を拝見した宣長が、内々に新しく造営された御所内を拝見し、殊のほか復古的な様子であったことを有難く感じていることが知られる。宣長の『仰瞻鹵簿長歌』は、光格天皇の御遷幸のみではなく復古的な新造御所をも見学した上で詠まれた古風の長歌であったのである。

さて、京から松坂に帰郷した宣長は、御遷幸と復古的御所を見学した体験を基に、古風の長歌を詠み始める。寛政三年二月十日付の栗田土満宛書簡では「御遷幸拝見ノ長歌も段々増補いたし、二百句計に相成申候、京都書林願に而、此度板行いたし申候、近内出来可致候」（『本居宣長全集』第十六巻、一四八頁）とあるので、寛政三年二月十日の段階で、詠み始めた〈御遷幸拝見ノ長歌〉が二〇〇句ばかりになったことが知られる。またこの長歌が、京都書林願で近いうちに出版される段取りになっていたらしいことも見えてくる。一月後の三月十五日付の小篠敏宛書簡では「御遷幸拝見之長歌ハ殊更長〔句《く》〕、二百句ばかり御座候、京師書林懇望ニ付板行ニいたし申候、いまた出来不申候」（『本居宣長全集』第十七巻、一五一頁）と、〈御遷幸拝見之長歌〉が殊更長く、二〇〇句ばかりになったが、京師の書林が懇望するので出版することになった。しかし、まだ出版には及んでいないことを述べている。

本居宣長記念館には本居春庭版下下書き・宣長指示本『仰瞻鹵簿長歌』と『仰瞻鹵簿長歌』（寛政三年版本）が所蔵されている。この両冊を比較すると、出版前と出版後で修正されているのは、以下の傍線部分になる（／は行替わりを示す）。

（版本）寛政の二とせといふ年／の十一月の廿二日の日／新大宮に御うつろひの大御

（下書）新大宮に御うつろひの大御

（版本）よそひを見奉りてよめ／るいにしへぶりの長歌／平宣長

（下書）よそひを見奉りてよめ／る長歌／平宣長

宣長の詠んだ二〇〇句ばかりの長歌を、宣長が指示しながら春庭が版下下書きを行った本文が（下書）、寛政三年版本の本文が（版本）である。比較すると、出版される際には、光格天皇の御遷幸の年月日と長歌が「いにしへぶり」であることが付け加えられていることが知られる。寛政三年版本の刊記には「寛政三年辛亥五月吉辰／尾張国海部郡　大館高門蔵板」とあるのだが、実際に刊行されたのは寛政三年五月よりも後だったようである。

　出版された『仰瞻鹵簿長歌』が宣長の手元に届けられたのは同年十月になってからのことであった。寛政三年十月七日付の本居春庭宛書簡（『本居宣長全集』第十七巻、一五八頁）には、「御還幸拝見長歌、大館ニ而板行出来、此方へも参り申候、殊外見事ニでき悦申候」とあり、『仰瞻鹵簿長歌』（御還幸拝見ノ長歌）が、門人の大館高門によって出版され、宣長の元に送られてきたこと、その版本の出来が殊のほか見事なことを喜んでいる。さらに、同年十月十七日付の本居春庭宛書簡（『本居宣長全集』第十七巻、一五八頁）には「御還幸長歌、此方へ参候本ハ、奉書ニ而宜敷紙ニ御座候、其辺ニ而杉原ノ本見申候人有之候由、杉原ニ而ハ不宜候間、此義大館へ可申遣と存候、貴殿ニも高門へ御逢之節、御咄し可有之候」とあり、宣長のもとに大館高門から遣わされた『仰瞻鹵簿長歌』は奉書紙のものだったが、一方で杉原紙の本も出回っており、杉原紙の版本はよくないと大館へ申し遣わそうとしていたことが知られる。宣長が出版という媒体を重視していたことは、先にも述べたが、版本『仰瞻鹵簿長歌』の紙質にまでこだわっていたのはなぜなのだろうか。

　寛政四年五月廿八日、宣長が妙法院宮の坊官である菅谷中務卿に宛てて出した書簡には、「猶先達而尾州大館高門上木仕候愚作長歌も、御披露被成下候由、是亦難有次第ニ奉存候」（『本居宣長全集』第十七巻、一七七頁）とある。つまり、寛政三年十月頃に出版された『仰瞻鹵簿長歌』は、第一帙に続いて出版された『古事記伝』第二帙とともに妙法院宮に献上されたのである。『古事記伝』第一帙が天覧に上がった宣長にしてみれば、光格天皇の御遷幸と復古的御所の見学を基に詠んだ古体の長歌『仰瞻鹵簿長歌』は、版本であっても杉原紙ではなく奉書紙でなくてはならなかった。実は『仰瞻鹵簿長歌』が出版された寛政三年頃は、歌人が生前に家集を出版することが極めて珍しい時代だった。没後に遺された者によって故人の家集が出版されることはあっても、生きている間に当代に詠んだ家集を出版することは、特に京都ではタブー視されていた。[17] そのような時代に宣長の詠んだ『仰瞻鹵簿長歌』は出版され、しかも光格天皇の兄、妙法院宮に献上されたのである。

　宣長が『仰瞻鹵簿長歌』の出版にこだわった理由を宣長門人の視点から見てみよう。本居宣長記念館所蔵『仰瞻鹵簿長歌』（寛政三年版本）の大館高門の跋文によれば「わか鈴のや大人のよみ給へる大宮うつろひのをりの此長うた、かのおほみゆきをしもえをろかみ奉らぬゐなかの人々には見せまほしくて、うしにこひ申て木にゑりつ。かくいふは尾張人大館高門」とあり、宣長の古風の長歌を光格天皇の御遷幸を拝むことのできない地方の人々に見せたいと宣長に願って出版したのだといい、宣長の家集『鈴屋集』（寛政十年刊）に掲載されている本居春庭「鈴屋集のはし書」（寛政十年二月）には「すべて七巻となんなしつるを、桜の木にうつしゑりて、をしへ子たちのおのおの寫しとらむいたつきをもやすめ、後の世にも傳へむと思ふ」、本居大平「鈴屋集後書」（享和三年八月）には「かくてさきに板にゑりあらはせる鈴屋集七巻、をしへ子どもの家々にもてあそびて、或は翁が一世の言草ともてはやし、或はともありけりあくもありけりと、その歌につけその文につけて、そのかみをしのひ、或は歌にまれ文にまれ、今もつくりいづることのよりどころとしなど、さま〴〵すてがたき物にすめるはさることなめりかし」とあり、宣長の和歌を門人たちが写し取る苦労をはぶいたり、和歌を詠む際の拠り所とするなど、門人が家々で賞翫するために出版されたという。このように門人視点から見れば、宣長は、古学やみずからの歌を地方の門人にひろく広めるために『古事記伝』や『仰瞻鹵簿長歌』や『鈴屋集』を出版したと思しい。しかしながら、先に掲げた鈴木眞實宛書簡の「当時古学筋之書なとを献して、上ニ御用ひあらん事を願候なとハ、決して難出来事ニ御座候へハ、左様之筋ハ、とんと望ミを断《タチ》て思ひかくましき御事ニ御座候、下々へ〇《さへ》広く弘まり候へハ、いつとなく自然と上へも行渡り、御用ヒ有之時節も可有之候」という宣長の言葉を思い起こせば、地方の門人を含む「下々」にひろく自らの書物が広まることによって、自然と「上」（光格天皇や妙法院宮）に「古学筋之書など」が行き渡り、用いられることにもなるという戦略を叶える媒体として出版というメディアがあったのではないだろうか。

七、古典テクストを所有することの意義

後桜町上皇・光格天皇の御代において、御所伝受の一階梯である古今伝受は、伝受の保持者に選ばれし者が、人麿の神影や三種の神器の前で、代々相伝されてきた同じ内容の切紙（古典テクスト）を授けられるという儀式を伴った。儀式において切紙（古典テクスト）という物質は、長らく伝承されてきた堂上和歌の歴史・文化の象徴であり、授けられた者にとって切紙は、天皇を中心とする御所伝受の文化的社会制度の中に連なることを保証する根拠となった。一方、同時代を生きた宣長は、古今伝受のテクストの内容を契沖の著書や古書で検証し、東常縁の作った偽りだと断定した。書かれた内容を重視する宣長は、古今伝受のテクストが常縁の時代に作られたものだといういきさつをよく理解した上で御所伝受を

行うべきだとした。

後水尾上皇より古今伝受を相伝され、宮廷歌壇の中心として活躍した中院通茂は、三条西実教の言葉を引き合いに出して「古今の伝授といふもの、今は地下にもちりて切紙等あり。それを伝授しても何の用に立つ物にあらず。外に大事ある事なり。人のしらぬ事なりと実教卿被仰由」（『渓雲問答』）と述べている。地下間において、切紙というテクストを伝授しても何の役にも立たない。切紙というテクストの外に重大な事があるのだという。切紙を所有することの理解が堂上と地下では大きく異なっていたことが知られる。

堂上において古今切紙を所有するという行為は、長らく貴族社会に伝承されてきた共同的和歌の世界を受け継ぎ、天皇を中心とする御所伝受の文化的社会制度の一員であることを保証したが、住む社会や文化が異なる地下人が、宮中で切紙を授けられることはなく、明文化されることのない貴族階級の人々の歴史的文化的行為を理解することもできなかった。地下間で、宮廷での儀式を伴う切紙伝受を模して「伝授しても何の用に立つ物にあらず」だったのである。

地下の宣長は、古典テクストに記された内容を重視した。写本でしか伝わらない古書や契沖の著書などを出版というメディアを通して広めることに価値を置き、自身の古学も出版というメディアを戦略的に利用して、地下の人々に広め、堂上の人々にも拓いてゆこうとした。妙法院宮の仲介によって光格天皇に天覧された『古事記伝』初帙・『詞の玉緒』は版本であったし、妙法院宮に上覧された『古事記伝』二帙・『仰瞻鹵簿長歌』も版本であった。生前における家集出版がタブー視されている時代に家集『鈴屋集』も出版した。地下の宣長にとって、写本のように本文が変容しない版本、写す手間が省け大量に印刷できる版本は、宣長の古学を広めるのに打ってつけの媒体であり、宣長に対面して和歌・学問を学べない地方の門人にとっても、地方に居ながらして宣長の教えを体感できるメディアであった。

古今伝受に象徴される古典テクストの閉じた所有性をよそに、宣長の戦略に象徴されるような出版というメディアを通して、古典テクストの開かれた所有性は、次第に身分の上下を超えて、地方の人々にも拡がっていくのである。

注

（1）「寛政二年庚戌日記」（筑摩書房『本居宣長全集』第十六巻）。

（2）寛政二年二月八日付 本居宣長 荒木田末耦宛書簡（筑摩書房『本居宣長全集』第十七巻、一四〇頁）、および寛政三年三月十五日付　本居宣長　小篠敏宛書簡（同前　第十七巻、一五〇頁）。

（3）盛田帝子『近世雅文壇の研究――光格天皇と賀茂季鷹を中心に』（汲古書院、二〇一三年）。

（4）盛田帝子「近世天皇と和歌――歌道入門制度の確立と「寄道祝」歌」（『近世雅文壇の研究』汲古書院、二〇一三年）および古典ライブラリー『和歌文学大辞典』（平成二十六年）の「御所伝受」を参照のこと。

（5）内容は、陽明文庫所蔵「安永三年五月十四日　後桜町天皇近衛内前に古今御伝授ありし時の絵図」（七　一）一枚（四四・七糎×八七・三糎）による。翻刻および後桜町上皇から近衛内前への古今伝受の詳細については、盛田帝子「後桜町天皇と近衛内前――朝廷政治と歌道伝受」（『和歌史の中世から近世へ』花鳥社、二〇二〇年十一月）を参照のこと。

（6）陽明文庫所蔵「特　授古今伝授切紙　六通　智子（後桜町院）」（八九一一四―八九一一九）および陽明文庫「授古今伝授切紙　十八通　智子」（八九一二〇―八九一三七）による。

（7）小高道子氏は切紙伝受について「秘伝の中でも特に重要なものを、紙に書いて伝えた秘伝の継承方法。古今伝受では、秘伝を他に漏らさないことを誓う誓状を提出し、『古今集』の講釈が終了した後で、三木三鳥などについて記された切紙が伝えられた。（中略）近世に入り、御所伝受になると、日次勘文・神事を伴う御所伝受を象徴する儀式になった」（古典ライブラリー『和歌文学大辞典』平成二十六年、「切紙」）とする。

（8）京都遊学から松坂に帰郷後の宝暦八年・九年頃の成立かとされる（岩田隆「『排蘆小船』の成立に関する私見」『名古屋大学国語国文学』一五、尾崎知光「『排蘆小船』は宝暦八・九年の作か」『文学・語学』六五）。

（9）宣長の古今伝受批判に、師である堀景山の影響もあったことは高橋俊和「『古今伝授』批判」（『本居宣長の歌学』和泉書院、一九九六年）に述べられている。

（10）岩田隆編「本居宣長年譜」（筑摩書房『本居宣長全集』別巻三、一九九三年）。

（11）『新版　本居宣長の不思議』（本居宣長記念館、二〇一三年、八二頁）に写真が掲載され、「宣長の著作、きっと『古事記伝』であろう、それを君（天皇）のご覧に入れたいというお気持ちを詠まれた」と解説が記されている。

（12）正保四年版『二十一代集』（国立国会図書館デジタルコレクションによる（https://dl.ndl.go.jp/info:ndljp/pid/2579173/87）。

（13）宮廷芸能として続いた催馬楽は室町時代にほぼ廃絶したが、寛永三年（一六二六）、後水尾天皇の勅令によって四辻大納言季継が古譜により「伊勢海」を再興した。

（14）兵藤裕己氏は「地方に伝承され、その土地の統治権・支配力の根源としてある神授の『古詞』（地名諺）が、践祚大嘗祭にさいして天皇にささげられるわけで（中略）『古詞』（呪的テキスト）をヨム形式をとることで、朝廷（天皇）をことほぐ服属の誓いが表現の有効性を保証された」とする（「和歌表現と制度」『日本文学』三四巻二号、一九八五年二月）。

（15）藤田覚『幕末の天皇』（講談社学術文庫、二〇一三年）九三頁。

（16）国会図書館デジタルコレクション『寛政二年新造内裏遷幸御行列図并行列書』（DOI 10.11501/2573210）による。

（17）盛田帝子「家集を出版すること――賀茂季鷹『雲錦翁家集』をめぐって」（『近世文藝』一〇六号、二〇一七年）。

付記　本論文は、JSPS科研費「幕末維新期における天皇歌壇を中心とする文芸ネットワークの研究」（17K02479）および「18―19世紀の日本における古典復興に関する国際的研究」

（20KK0006）、「近世中後期宮廷女性歌人における文芸生成と人的ネットワークの研究」（21K00297）による研究成果の一部である。調査の際にお世話になりました陽明文庫文庫長名和修先生、本居宣長記念館名誉館長吉田悦之様、本居宣長記念館の西山杏名様、井田もも様に深謝申し上げます。本居宣長記念館には写真の掲載許可を賜りました。併せて深謝申し上げます。

◎コラム◎

テクストの蒐集、収蔵、継承と「遺産化」のこと

――王羲之の書を例として

河野貴美子

こうの・きみこ――早稲田大学文学学術院教授。専門は和漢比較文学、和漢古文献研究。著書に『日本霊異記と中国の伝承』（勉誠社、一九九六年）、共編著に『日本「文」学史』全三冊（勉誠出版、二〇一五～二〇一九年）などがある。

一、中国皇帝が「所有」した王羲之の書

東京都古書籍商業協同組合インターネット事業部が運営するホームページ「日本の古本屋」を愛用している。購入したい書籍を検索すると、全国の古書店の在庫状況を一覧することができるが、旧蔵者の蔵書印があるものや、図書館の除籍本に遭遇することも少なくない。そうした場合、そのような来歴を経ないものに比べて値段は往々にして安くなるが、旧蔵者の手を経ていることに思わぬ価値が見出される場合はままある。書籍としてはきれいな状態でなくとも、その来歴に意味がある、というケースである。

テクストに残された旧蔵者や閲覧者の足跡、ということを考えるとき、まず思い浮かぶのは王羲之の書である。現在伝わる王羲之の書は肉筆ではなく、拓本や摸本であるが、王羲之の筆を精巧に写したオリジナルにも違わない名品として認定を受けた作には、後世夥しい数の印が押され、跋文が書き加えられていく。例えば、プリンストン大学付属美術館蔵の『行穰帖』は、王羲之の書を双鉤填墨の手法によってきわめて精密に再現したものであるが、そのたった二行、計十五文字の王羲之の摸本に対して、北宋徽宗の題箋や印、明の文人董其昌の跋文、清の乾隆帝の印や跋文などが余白を埋め次々と書き加えられている。中でも徽宗や乾隆帝、嘉慶帝の印は王羲之の文字にも重なる形で押されており、当該の優品を所有した皇帝らの強い自己主張が窺える。しかしこの場合、それらの印や跋文は当該作品の価値を貶めるどころか、作品の伝来、来歴、「真正性」を保証する大きな付加価値をもたらすものとなっている。日本に残る王羲之の摸本やその他墨跡の類にも所持者の印や花押、奥書が加えられるものはあるが概して控えめで、中国におけるほど所有者の存在感が示される

ものではない点、「テクスト遺産」への意識やその形成プロセスの違いが興味深い。王羲之の書は、テクストの「遺産化」ということを考察するには好例と思われる。

さて、王羲之の書は、中国の歴代皇帝が所有することを希求し、蒐集、収蔵されたテクストである。とりわけ唐太宗（五九八―六四九）は王羲之の書に殊に執心し、勅を下して王羲之の書を購求した結果、二二九〇紙、十三帙、一二八巻のコレクションを築き（『法書要録』巻四・唐張懐瓘「二王等書録」）、また最愛の王羲之真筆『蘭亭序』は遺命によって唐太宗の遺骸とともに昭陵に埋められたことは著名なエピソードである。しかし唐太宗は、ただ王羲之の書を私物として独占しただけではなかった。唐太宗は、門下省のもとに典籍を収める弘文館を設け、学生、校書郎などの他、搨書手を三人置き、摸本を作成させた。『蘭亭序』も、趙模・韓道政・馮承素・諸葛貞という搨書手のプロに命じて精密な複本を作らせ、皇太子や諸王近臣らに下賜したとされる（同巻三・唐何延之「蘭亭記」）。きわめて限定された範囲でのこととはいえ、唐太宗の王羲之コレクションは、プライベートな範疇のみにとどまらず、公開され、共有され、王朝の宝として継承されることも目指されたといえる。

そしてこうして再生産された王羲之テクストは、中国王朝において付与された絶大な価値とともに、日本にも大きな影響を与えた。

二、東大寺献物帳と王羲之書

日本においてテクストが蒐集された古い例といえば、聖武太上天皇の七七忌のために光明皇太后が東大寺に献納した「東大寺献物帳」所載の書籍群であろう。『国家珍宝帳』（天平勝宝八歳（七五六））には、聖武天皇宸筆の『雑集』や光明皇后宸筆の『杜家立成雑書要略』『楽毅論』のほか、「搨晋右将軍王羲之草書巻第一」以下、王羲之の「書法廿巻」が献納されたことがみえ、また天平宝字二年（七五八）の『大小王真蹟帳』には父である王羲之と子の王献之の「真蹟」を献納したことが記されている。当時、天皇遺愛の品としてこれほど多くの王羲之書が蒐集、収蔵されていたことには、唐における稀少価値を思うと改めて驚かされる。しかも王羲之の存在は、作品そのものの他、光明皇后宸筆の『楽毅論』が王羲之の書を模範として写されたものであることなど、大きな影響力を発揮していたことが明らかである。しかしそれではなぜこれほどまでに王羲之の書が奈良の朝廷で重視されたのか。それは中国からの影響だということにはなろうが、日本における漢字漢文化の受容という背景からもう少し考察を進めたい。

『国家珍宝帳』には光明皇后宸筆の『杜家立成雑書要略』もみえることは先に触れた。これは現在も正倉院に伝存しており、その内容は書簡の模範文例集であることが知られているが、これは中国においては原本は失われてしまっているいわゆる佚存書である。では、何ゆえ光明皇后はこの書を選び、手ずから書き写したのであろうか。その理由は、これが書簡の書き方、つまり、漢字漢文によるコミュニケーションの型を学ぶものであったということが考えられよう。『杜家立成雑書要略』には、友人から馬を借りたり、客人をもてなすための食材を人に求めたり、およそ皇后の立場にはそぐわない内容の書簡も含まれている。それでもこれは、漢字漢文を使用することを選択した古代日本の人びとにとっては、それを実際の場面でいかに用いるか、いかなる語句を使い、いかなる文をつづり、それをいかなる字で、いかなる形式で表していくか、あるいは紙や筆、墨はいかなるものをいかに用いるのかという、いわばテクストを形成する基礎習得のための必須のテクストであったのではないか。そして王羲之の書法も、その内容は尺牘を多く含むものであったことが推定される。現在正倉院には、献物帳所載の王羲之書は一点も残っていない。しかし、献物帳にリストアップされ東大寺に献じられたものの、後に寺外に流出した王羲之書の一部とされている『喪乱帖』(宮内庁三の丸尚蔵館蔵)や『孔侍中帖』(前田育徳会蔵)はいずれも尺牘である。

漢字漢文を書記言語として採用したということは、漢字漢文文化圏の一員として、国際社会に参入し、漢文文書による外交交流を行っていく道を選んだことに他ならない。書簡を学ぶことは、個人のコミュニケーションのみならず、国家間の外交文書の作成にも通じる、必要不可欠の知識であったといえる。そしてそこでは、ただ字句を連ね、正しい文をつづるということが必要とされたのみではなく、漢字漢文文化圏において価値あるものとして共有されている「書」によって、共有の礼に則った形式を遵守することも求められたはずである。書簡と外交文書とのつながりは夙に指摘されてきたことではあるが、例えば、渤海使が携えてきた文書の形式の非礼を日本側が批難し追及した記事(『続日本紀』天平勝宝五年(七五三)六月丁丑条等)は、いかなることがテクスト作成に求められていたのか、その実際を伝える。

漢字漢文文化圏に参入し、漢字漢文テクストの世界を渡り歩くには、テクストの表裏に存するさまざまな要素を学び、正統から外れない、一級のあり方が要求されたものと推察される。王羲之書が天皇家の至宝として蒐集、収蔵されていたことには、そのような背景もあったのではないかと想像されるのである。王羲之の書や尺牘はもちろん「見る」ものではあったろうが、同時に「学び」、「用い」、またそこからさまざまなテクストを生み出すという、「テクスト遺産」としての一つの典型を示す機能も果たしたものではなかったろうか。

三、テクストの価値

『国家珍宝帳』において、書籍や書法といったテクストは、他の袈裟や念珠、楽器、刀、弓や箭、甲、鏡、屏風などとともに、聖武太上天皇の追善供養のために東大寺の盧舎那仏に献じられたものであり、いわば国の祈りのために無比の価値を持つ「遺産」として捧げられたのであった。ところが、ここで献納された王羲之書はまもなく東大寺を離れていくことも、すでによく知られたことではある。そのことを伝える資料として取り上げられるのが、正倉院北倉に存する「雑物出入帳」である。そこには弘仁十一年（八二〇）十月三日に「大小王真跡」および「真草書弐拾巻」が「直佰伍拾貫文」で沽却されたことが記録されている。王羲之の書は、テクスト遺産としての価値を失って流出したのではなく、新たな金銭価値を付与され、継承されていったのである。

テクスト（書物）の経済価値という面からみると、奈良時代の遣唐使、遣唐僧として漢籍、仏典の将来に多大な貢献を果たした吉備真備（六九五—七七五）と玄昉（?—七四六）が入唐していた「開元初」のこととして『旧唐書』東夷伝・日本国は、当時来朝した日本の遣唐使が、手に入れた下賜品を尽く書物の購入にあてて帰国した、と記している（「所得錫賚、尽市文籍、泛海而還。」）。また、九世紀初頭に唐に渡った空海は帰国する際、越州の節度使に対して、日本に持ち帰る書籍の蒐集の援助を依頼する「啓」を送っている（『遍照発揮性霊集』巻五「与越州節度使求内外経書啓」）。そこで空海は、すでに長安において書籍や曼荼羅の蒐集のために財を使い果たし、書籍を書写する人を雇うこともできず自ら書籍を写し続けたと訴え、遠く海を渡って来たこの身を憐れんで、さらに書籍を持ち帰ることができるようにどうか取りはからってほしいと懇願する（「今見於長安城中所写得経論疏等凡三百余軸及大悲胎蔵金剛界等大曼荼羅尊容、竭力涸財趁逐図画矣。然而、人劣教広未抜一毫、衣鉢竭尽不能雇人。忘食寝労書写。日車難返、忽迫発期。心之憂矣、向誰解紛……伏願顧彼遺命、愍此遠渉。三教之中経律論疏伝記乃至詩賦碑銘卜医五明所摂之教、可以発蒙済物者、多少流伝遠方。」）。この願いがどれほど実を結んだかはわからないが、書籍を蒐集し、所有するということには、何にも代えがたい必要性と価値があったのだということを、これらの逸話は示していよう。吉備真備にせよ、玄昉にせよ、また空海にせよ、テクストを蒐集し、それを伝えたことによって、歴史に名を残すこととなった。そしてそのテクストは、彼らの手の中で死蔵されたのではなく、大いに活用され、使われることで、意義を発揮したのである。

現代においても、書籍を蒐集し、収蔵することが、人知を保有するものとしての意義を持つことは変わらない。しかしながら現代のテクストは、活字によって大量生産され、それをそのまま遺産だとは捉えがたい。とはいえ、それぞれのテクストが誰の手を経て、どのような場を経て、共同体の中でどのような営みを経てきたものなのか、ということが合わせ考えられるならば、いずれのテクストも「遺産」となりうるとはいえないだろうか。それは決して名品や名著、あるいは名だたる蔵書家の旧蔵書だけとは限らない。

参考文献

東京国立博物館他編『特別展 書聖 王羲之』（富田淳・鍋島稲子解説）（毎日新聞社・NHK・NHKプロモーション、二〇一三年）

武良成・周旭点校『法書要録』（浙江人民美術出版社、二〇一九年）

吉川忠夫『王羲之 六朝貴族の世界』（岩波書店、二〇一〇年）

藤田経世『校刊美術史料 寺院篇』中巻（中央公論美術出版、一九七五年）

米田雄介『正倉院宝物と東大寺献物帳』（吉川弘文館、二〇一八年）

日中文化交流史研究会『杜家立成雑書要略注釈と研究』（翰林書房、一九九四年）

伊木寿一「書状の変遷」『岩波講座 日本文学』（岩波書店、一九三七年）

正倉院事務所編『正倉院宝物3 北倉III』（毎日新聞社、一九九五年）

河野貴美子「空海在唐時代の啓について――古代東アジア外交における文筆をめぐる一考察」（『早稲田大学日本古典籍研究所年報』一二、二〇一九年三月）

物語における「作者」の発生

兵藤裕己

ひょうどう・ひろみ――学習院大学名誉教授。専門は日本文学・芸能論。主な著書に『〈声〉の国民国家』（講談社学術文庫、二〇〇五年）、『王権と物語』（岩波現代文庫、二〇一〇年）、『平家物語の読み方』（ちくま学芸文庫、二〇一一年）などがある。

『源氏物語』の作者は、はたして紫式部か、それとも藤原定家なのか。ものがたり（物語）の「作者」をめぐる言説は、中世の公家社会におけるキャノン形成、また近世・近代の出版メディアをとりまくさまざまな政治的・経済的な力学のなかで生成する。そして「作者」の発生は、物語の語り（narrative）のあり方を根底から変えてゆくのである。

一、語り手から「作者」へ

語りの「視点」という概念を提示したのは、夏目漱石の『文学論』でも言及されるヘンリー・ジェイムズである（Henry James *"The Point of View"* 1882）。ジェイムズは、パリ滞在時代にツルゲーネフとも親交のあった作家だが、二葉亭四迷が翻訳したツルゲーネフの短編小説が、日本の近代小説にあたえた影響については、あらためていうまでもないと思う。

語りの視点（point-of-view）と、その座標軸となる主体／自我を意識化・方法化する過程として、日本の近代小説史はある。

たとえば、大正三年（一九一四）に書かれ、大正教養主義のバイブルともなった漱石の『こころ』は、言文一致体小説がその成立からわずか十年たらずでつくりだした「自我」と「内面」の物語である。

そんな日本の近代小説の前史として、前近代の物語・小説類の「視点のない語り」(1)が、江戸初期の出版メディアとともに出現した「作者」概念とどうかかわったか、またその延長上で近代の小説言語によってつくられた「自我」や「内面」をめぐる言説の編制について、若干の私見を述べてみたい。

ところで、御伽草子（室町時代物語）もふくめて、中世（中古・近古）に作られた物語には、基本的に作者名が伝わらない。物語の語り手が、匿名的で集合的な伝承の主体であるからだ。

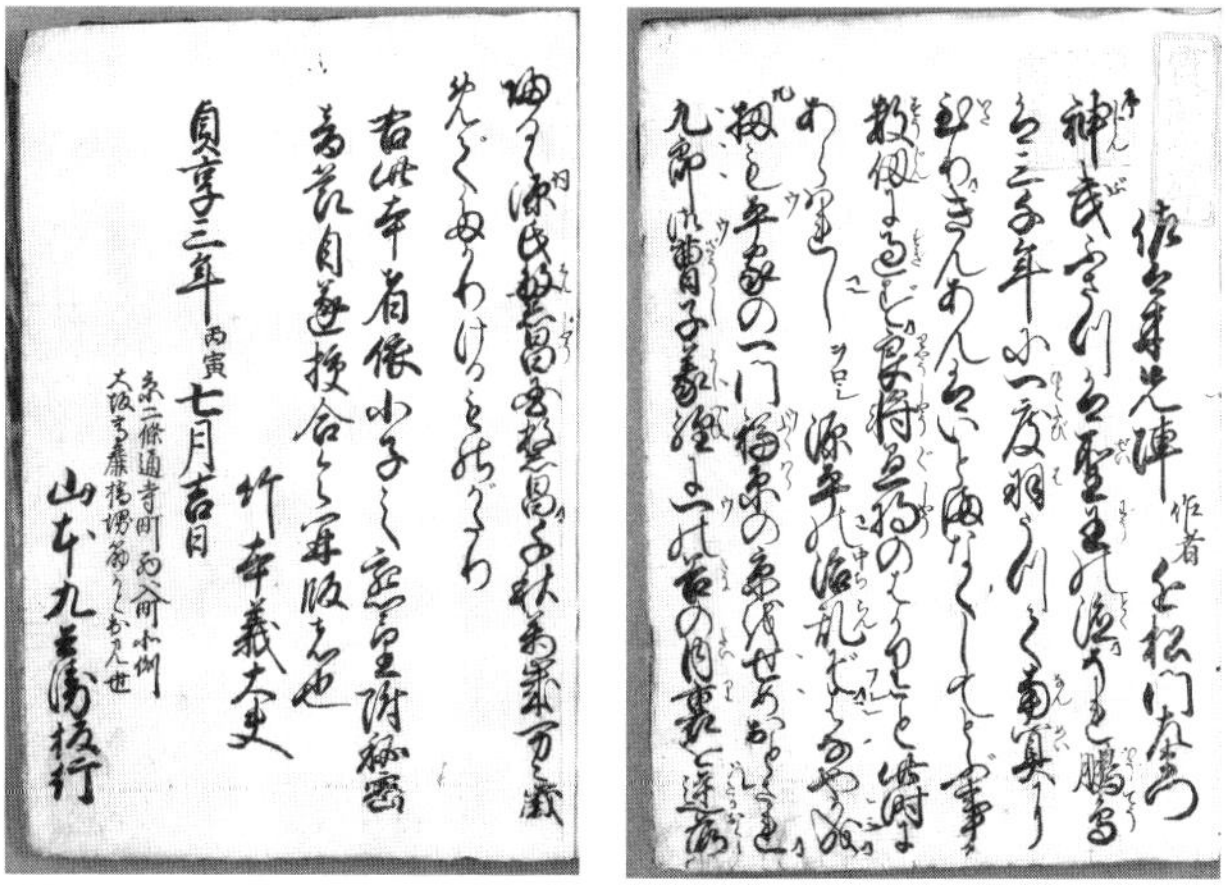

刊記　一丁表

図1　「佐々木先陣」（早稲田大学図書館蔵）

そんな語り手のあり方が、近世になると変わってくる。その変化をもたらした最大の要因は、近世初期に普及した出版メディアである。

たとえば、近松門左衛門が竹本義太夫のために書き下ろした『出世景清』は、貞享二年（一六八五）に初演された。近松の名を一躍高からしめた『出世景清』は、詞章の雄勁さというか豪華さという点で、それ以前の浄瑠璃とはおよそ次元を異にしている。近松以前の浄瑠璃が、古浄瑠璃としてひとくくりにされてしまう理由である。

「作者近松門左衛門」と明記された現存最古の浄瑠璃正本《しょうほん》は、貞享三年刊の『佐々木先陣』である（『出世景清』は元禄年間の再印本が現存し、内題下にやはり「作者近松門左衛門」とある）[2]。正本として刊行された近松の浄瑠璃は、読み物としても流通したが、語り物の「正本」は、南北朝期につくられた『平家物語』正本（覚一本）にはじまる[3]。

『平家』の正本は、近世初頭の元和年間（一六一五―二四）に、「一方《いちかた》検校衆」「吟味」の奥付を付して開板された。そして、『平家』正本にならうかたちで、浄瑠璃や説経節、幸若舞などの各種の語り物正本は出版された。

それらの語り物正本の内題や刊記奥付（ときに表紙題簽）には、正本の真正性《オーセンティシティ》を担保すべく、人気の太夫名が記され、その延長上で、近松を座付き作者に迎えた竹本座では、竹本義太夫に正本を提供した「作者」、まさにオリジナルの起源としての「作者近松門左衛門」の名を明記した正本が出版されることになる。

　近世初頭以来、印刷という複製メディアは、コピーにたいするオリジナル（原作・原本）という区分を生み、テクストの起源としての「作者」の観念を成立させていた。

　物語草子のたぐいに作者名が刻印されるのは、近世初期に出版された仮名草子からである（『源氏物語』に作者名が伝わるのは、それが王朝の故実・典礼を伝えるテクストとしてはやくから正典化されたからで、物語テクストとしてはきわめて例外的な事態である）(4)。そして「作者」の誕生は、物語草子の語り（叙述）のあり方を、根底から変えてゆくことになる。

二、仮名草子以後の「作者」

　元和七年（一六二一）頃の刊行とされる仮名草子『竹斎』は、作者の署名はないが、複数の資料から、富山道《とみやまどう》冶《や》（生年未詳―一六三四）という医師が作者に比定されている。作者名は割れているのだが、その『竹斎』では、前代までの物語草子の語りを異化・パロディ化するような語り手の作為が前面に出ている。

　主人公のやぶ医者竹斎は、京で食いつめて東国遍歴の旅に出る。その海道下りの道行きは、中世の物語・語り物に慣用された道行き文のパロディである。滑稽談と名所案内からなる竹斎の道中記は、江戸後期のベストセラー小説『東海道中膝栗毛』の先蹤といえるが、その東国遍歴の旅に出るまえ、竹斎は見おさめとして京の名所をたずねる。

　なかでも北野天神社では、境内で繰り広げられる世相がおもしろおかしく活写される。その語りは、「北野の社に参りて見れば…」にはじまり、「又或方を見てあれば…」をくりかえすかたちで、竹斎の視線で語られる。

世相を「見」る竹斎のまなざしは、作者のまなざしでもある。物語世界を「見」る（対象化する）語りには、作者の批評的な立ち位置が刻印されるだろう。仮名草子の諸作品には、前代までの御伽草子にはみられなかった作者の個性がみとめられる。その傾向は、西鶴の浮世草子により顕著なかたちで受け継がれてゆく。

　天和二年（一六八二）に刊行された西鶴の『好色一代男』で、主人公世之介の女性遍歴の一代記は、『源氏物語』や『伊勢物語』のパロディである。また、ある文の述語部分が、そのまままつぎの文の構成要素となる「曲流文」「尻取り文」(5)といわれる西鶴の独特の文体も、『源氏物語』で「自由間接叙法」[6]とも認定される文体を俳諧式に摂取した結果だったろう。

西鶴の前身はいうまでもなく俳諧師だが、「浮世」を活写するその批評的な文体は、好色物や町人物、武家物などのジャンルに応じて選びとられている。そんな西鶴の浮世草子がつくりだす笑いと批評の方法は、やがて江戸後期の洒落本や滑稽本、人情本の世界へ受け継がれてゆく。

三、江戸戯作の視点（point-of-view）

明和七年（一七七〇）頃に江戸で刊行された『遊子方言』は、「田舎老人多田爺《ただのじじい》」作の洒落本である。洒落本は、遊里への手引きを兼ねた戯作小説だが、刊行後まもなく多くの模倣作を生んだ『遊子方言』は、洒落本の範型をつくったといわれる。

会話を軸に構成される洒落本にあって、ト書きふうの地の文は、多くが登場人物の服装・装束の語りである。たとえば、『遊子方言』の冒頭は、つぎのようにある。

小春のころ、柳ばしで三十四五の男、すこし頭のはげた、大本多大《おおほんだ》びたい、八端掛けと見へる羽織に、幅の細き嶋の帯胸高に、細身のわきざし柄前《つかまえ》少しよごれ、黒羽二重の紋際もちとよごれし小袖、間着《あいぎ》は小紋無垢の、片袖ちがひのやうに見へ、色のさめた緋縮緬の襦袢、はきにくそふな、幅広の低下駄、山岡頭巾片手に持ち、鼻紙袋はなしと見へ、小菊の四ツ折すこし出しかけ、我より外に色男はなしと、高慢にあたりをきろきろと見まはして、あてどなしにぶらぶらと行く。

最初に「大本多大びたい」という粋人の髷《まげ》のかたちが語られ（「大本多」は、粋人のあいだで流行した月代《さかやき》と額を広くとった髷の結い方）、つぎに、上着の「八端掛けと見へ」る羽織、そして羽織の下の「嶋の帯」と、帯に差した「細身のわきざし」、また、黒羽二重の「ちとよごれし小袖」が語られたあと、小袖の下に着た「間着」が「片袖ちがひのやうに見へ」とあり、「間着」の下にのぞく「緋縮緬の襦袢」が語られる。人物の服装は、語り手のまなざしから「見へ」る順序で語られる。人物を批評的・揶揄的に「見」ている語り手が設定されるのだが、その語り手が作中に姿を見せないのは、二葉亭四迷の『浮雲』第一篇（明治二十年、一八八七）について、亀井秀雄が指摘した「無人称の語り手」[7]の先行例だろう。

物語の語り（叙述）が、作中世界をメタレベルで「見」るまなざしをあわせもつ。それは近世の出版文化の成立にともなう「作者」の出現という事態がもたらした語りの方法である。

そのまなざしの主体が、たとえば、「田舎老人多田爺」などの戯名を名のっていても、そんなふざけた名前が、かえって作者の屈折した韜晦の意識を浮かびあがらせる。げんに「多田爺」は、江戸の書肆で俳諧もよくした「丹波屋利兵衛」（姓は人見、号は南美）と正体が割れているのだが、作中世界をメタレベルで捉えかえす作者のまなざしは、洒落本の後継ジャンルである滑稽本や人情本へ受け継がれてゆく。

四、「作者」という難題

洒落本が語る遊里の男女関係を反転させたのは、為永春水の人情本『春色梅児誉美』である。[8] 一人の男（女ではなく）をめぐって、複数の女が恋のたて引きをする『春色梅児誉美』の男女関係は、『源氏物語』の光源氏をめぐるヒロインたちの関係のパロディだろう。

また、続篇の『春色辰巳園』で、恋敵の女たちが、結局は男主人公を中心に仲よく暮らすという大団円も、光源氏の六条院世界のパロディである。

市井の男女関係を「物の哀れ」（『梅児誉美』巻一末尾）の世界に見立てる作者の笑みを含んだまなざしは、作中人物の装束の語りにみてとれる。たとえば、『春色梅児誉美』巻六には、つぎのような装束語りがある。

くま お蝶、気をつけねへヨ。長「アイと出で立つ風俗は、梅我《くめさ》にまさる愛敬貌《あいきょうがお》、上着ははでな嶋七子、上羽の蝶の菅縫《すがぬい》紋、下着は鼠地紫に、大きく染めし丁子菱、襦袢の衿は白綾に、朱紅で書画の印づくし、袖は緋鹿子、帯はまた黒びろうどに紅の山まゆのくじら仕立、しかも目にたつ三升格子、しくはん（芝翫）つなぎの腰帯は、おなんど白《しら》茶《ちゃ》の金まうる、勿論巾《はば》は一寸三分、五分でも透《す》かぬ流行《りゅうこう》に、野郎びんなる若衆髷《わかしゅまげ》、げに羨ましき姿なれども、お蝶が身にはつづれにも、劣る心で楽しまぬ、是も浮世かままならぬ、座敷へこそは出でにけれ。

主人公の丹次郎の許嫁で、かれにみつぐため娘浄瑠璃語りとなったお蝶（お長）が、女のいくさ場であるお座敷へ向かう装束である。あきらかに『平家物語』の、「木曾殿その日の装束には、赤地の錦の直垂に、唐綾縅の鎧着て……」（流布本）をふまえたパロディである。

しかもその装束は、『平家物語』のように着衣の所作（行為）を再現するかたちでは語られず、まず「上着ははでな嶋七子……」と上着から語られ、つぎに「下着は鼠地紫に……」とあり、そして「襦袢の衿」となる。「襦袢」がその「衿」だけしか語られないのは、語り手（作者）のまなざしからは「衿」だけしか見えないからだ。

『春色梅児誉美』には、和歌的な修辞（掛詞、縁語、引き歌など）を多用した七五調の美文が随所にみえる。そうした美文調で進行する物語世界は、いっぽうで、その語りをメタレベルで捉えかえす作者のまなざしによって相対化されている。

本作ではしばしば「作者」為永春水が顔をだし、自作にかんするコメント、弁明につとめている。在来の物語・語り物の語りの方法を駆使し、同時にみずからの語りを相対化するまなざしをあわせもつ「作者」によって、江戸後期の戯作の文体はつくられる。

たとえば、『春色梅児誉美』と続篇の『春色辰巳園』は、各巻の内題下に「狂訓亭主人著」と記される。滑稽やパロディはもちろん、教訓（狂訓）や勧善懲悪も、江戸後期の戯作者たちの屈折した自己韜晦の所産である。

みずからを韜晦する作者は、しかしいったん事が起これば、容易に法的な責任を問われてしまう責任主体でもある。げんに為永春水は、天保の改革で手鎖五十日の刑をうけ、その心労がもとで窮死している。

かつて「作者近松門左衛門」と堂々と（屈託なく）署名しえた江戸前期の「作者」にくらべて、メタ水準で自己言及的な「作者」という主体を生きなければならなかったのが、江戸後期の戯作者たちである。そんなかれらのあいだで、たとえば「無人称の語り手」といわれるような語りの方法もつくられる。

江戸の戯作の語りの方法から、明治の近代小説への距離は、あんがい、一般に思われている以上に近いものだった。

五、小説言語の近代／前近代

明治期の小説で、服装・装束の語りにとくに意をもちいた小説といえば、尾崎紅葉の『金色夜叉』（明治三十—三十五年、一八九七—一九〇二）だろう。『金色夜叉』には、しばしば為永春水の人情本（とくに『春告鳥』など）をおもわせるような精細な衣裳描写がみられる。それは前述した洒落本以後の江戸後期の戯作に共通する装束語りである。

また、『金色夜叉』の終盤近くでは、主人公の貫一が東京から塩原の湯泉宿へ向かう行程が道行きふうに語られる（『続続金色夜叉』第一章（一）の二）。発表当初から名文の誉れの高い一節だが、この塩原への道行きにかんして、三島由紀夫は、「道行きという伝統的技法に寄せた日本文学の心象表現の微妙さ・時間性・流動性が活きている」と評している。(9)

江戸の戯作の文体を意識的に取り入れた『金色夜叉』には、随所に雅文調や雅俗折衷の美文調がもちいられる。しかしそれよりも以前に発表された『多情多恨』（明治二十九年、一八九六）で、紅葉は、筋立てを『源氏物語』（とくに桐壺巻、夕霧巻など）に学びながら、それを明治の世に置き換えた巧みな口語体小説を書いていた。

戯作調の俗文体や雅文体、また口語体を自在に書き分ける紅葉の文章上の工夫は、国木田独歩から「洋装せる元禄文学」などと評され、文章のたくみさに引きかえ、その人間観察の「皮相」さがいわれて以来、[10]「近代文学」としてネガティブな評価が通説になっているだろうか。

だが、ポスト二十世紀のこんにちからみると、およそエリート主義的としか思われない独歩の「文学」観よりも、「何ぞ其れ凄艶の致を際むるや」と独歩から揶揄されたような紅葉の文章に、むしろ江戸のプレモダンから引き継がれた物語の語りの豊かさが読みとれる。三島由紀夫も述べるように、実験小説である『金色夜叉』は、「その実験の部分よりも、伝統的な部分で今日なお新鮮なのである」。

たとえば、松浦寿輝は、近代文学の始発を、逍遙や二葉亭から考える「従来の文学史の因襲的な視覚」に疑問を呈し、文学的近代の生成を、透谷・露伴・一葉から考えている。[11]たしかに露伴や一葉、また紅葉や鏡花の作品に、明治文学のこんにち的な可能性は見いだされるのだろう。たとえば、山田美妙の「奇妙」な文体に関連して、紅葉や露伴の小説言語に、いわゆる「近代小説」とは異質な語りの可能性がみられることは、十川信介の指摘するところでもあった。[12]

六、「文字其物の有する技巧」

自然主義が文壇を席巻していた明治四十一年（一九〇八）、泉鏡花は、「ロマンチツクと自然主義」というエッセイを書いている（『新潮』同年四月）。

人を論理で説き伏せるような文章は、鏡花がもっとも苦手としたところだ。だがこの文章で、鏡花は、田山花袋らが主張した「無技巧」の小説理論[13]の欠陥を、かなり正確に言いあてている。それはつぎのような一節である。

小説に全然技巧を不要などと云ふのは、小説と云ふものの解らない門外漢の説である。文字其物が已に或意味に於て一種の技巧である。例へば墨田川と云ひ、忍ヶ岡と云ふ。人は此文字を見て、墨田川なり、忍ヶ岡なりの歴史や伝説を連想して、墨田川、忍ヶ岡をさながらに髣髴《ほうふつ》する。これ文字其物の有する技巧のお蔭である。之れを自然主義者流に全然無技巧として、只、其真を伝ふるを以て足れりとせば、墨田川と云ふ所を、川幅何間の川と云ひ、高さ何メートルの岡と云はねばならぬ。

ここでいわれる「文字其物の有する技巧」は、和歌・和文の歌枕のような、歴史的・文化的に培われたことばがもつ意味の隠喩的な広がりである。そのように理解するなら、鏡花がここで批判しようとしていたものの正体もみえてくる。

たとえば、明治二十年代後半から三十年代前半に、俳句と短歌の近代化を企てた正岡子規のばあい、嘱目の景物は、伝統詩歌におけるような風雅の隠喩としてあるのではない。できあいの技巧（レトリック）によって月並みな風雅を再生産するのではなく、自分の見たこと、自分の感じたことを、自分のことばで「写生」するのが、子規が提唱した新時代の俳句と短歌である。

子規が批判の対象としたのは、鏡花のいう「文字其物の有する技巧」である。子規の言でいえば、「言葉の美を弄すれば写実の趣味を失」うのであって（「叙事文」『日本』明治三十三年〈一九〇〇〉一―三月）、そんな「写実」の方法を散文にも用いたのが、子規とその一派の「写生文」である。そして明治三十年代の「写生文」の運動は、同時期の自然主義文学とともに、近代の小説言語の形成に深く関与することになる。[14]

明治四十年前後の自然主義文学の全盛期にあって、鏡花は、自然主義的な「無技巧」を批判し、ことばが歴史的・文化的に負わされた意味の隠喩的な広がりこそが、小説作法の要諦であると説いたのだ。鏡花のいう「文字其物の有する技巧」には、和歌・俳諧や漢詩文のレトリックはもちろん、能狂言から、江戸の戯作、浄瑠璃、歌舞伎、俗謡、はやり歌のたぐいまで含まれる。また、現代の読者には少なからぬ注解を必要とする風俗語彙や隠語のたぐいも、鏡花にとっては「技巧」である。

ことばはそれじたいで隠喩的な意味性をになうのであり、そのイメージの連鎖が文章をつむいでいる。小説を書く「作者」がいるいっぽうで、「文字其物の有する技巧」が小説をつむいでゆく。右に引いた「ロマンチツクと自然主義」の半年後に雑誌掲載された「むかうまかせ」（『文章世界』明治四十一年十二月）という談話筆記のなかで、鏡花はつぎのように述べている。

> 私は書く時にこれといふ用意は有りませんが、茲《ここ》に、一つ私の態度といふべきことは、筆を執つていよ〱と書き初めてからは、一切《いつさい》向うまかせにするといふことです。といふのは出来得る限り、作中に私といふものを出すまいとするのです。

かりに男女が屋内で話をしていて、外には雨が降っていたとするなら、まず雨という点景を出す。そして雨の「感情」が全体にゆきわたれば、あとの会話は、その男女にまかせてしまう。話の発展は「むかうまかせ」にして、あらかじめどういうふうに発展させようなどとは考えないのだという。

小説を書いている鏡花がいるいっぽうで、「文字其物の有する技巧」が小説をつむいでいる。歴史的・文化的にはぐくまれたことばがもつ隠喩的なイメージの広がりとその連鎖が、文章をつむいでいる。そのような文章作法の機微が、鏡花のいう「技巧」だった。

七、「文化遺産」としてのことば

泉鏡花の代表作として有名な『歌行灯』（明治四十三年〈一九一〇〉）では、『東海道中膝栗毛』や、謡曲の「海人《あま》」、狂言の「月見座頭」、歌舞伎の『仮名手本忠臣蔵』や『河内山と直侍』など、多くの先行テクストがふまえられる。[15] それらの引用によって喚起される隠喩的（詩的）イメージの連鎖によって、この小説のストーリーはつむがれる。

おそらく鏡花は、近世の戯作者や俳人程度には、ことばというものが、人がこの世（現世）に住み込むための図式《シェーマ》であることを知っていたのだ。ホモ・ロクエンス（ことばをもつ人）としての人間は、動物とちがって、なまの現実そのものを手に入れたり、知覚したりすることはできない。

現実の「ありのまま」の「写生」、あるいは「無技巧」の「平面描写」という主張も、その背景にあるのは、あまりにもナイーブで実在論的な世界観である。人間の「現実」はことばによって構成されている。客観的な「ありのまま」の現実世界とみえるものも、ことばによって共有された一つの象徴世界以上のものではないだろう。この世は人の心とことばがつむぎだす「夢」でしかないとは、鏡花が親炙した謡曲に頻出する「夢の世」の常套句だが、そのような夢のうつつ（現世）は、その薄い皮膜を一枚めくれば、容易に向こう側の異界が立ち現れるのだ。

たとえば、能の舞台で、死者たちの幽界とこの日常世界、すなわち夢とうつつは、あたかも荘子の「胡蝶の夢」のように、反転可能な位置に置かれている。それは鏡花の小説世界の構図でもあるのだが、そのような虚実皮膜のあやうい世界を可能にしているのが、同時代の言文一致体小説の蚊帳の外にいた鏡花の「雅俗折衷」の文体だった。[16]

鏡花のいう「文字其物の有する技巧」とは、たとえば和歌・和文の歌枕であり、また近松の浄瑠璃の道行き文を成り立たせた（共有された）土地の記憶と想像力である。歴史的に培われたことばがもつ隠喩的なイメージの広がりと奥行きが「技巧」である。鏡花が述べているのは、自然主義かロマンチックかといった文壇の流行や派閥次元の問題をこえて、かれが敬愛してやまなかった紅葉の文章上の苦心を、「皮相」と評し去ったような近代小説の言語そのものにたいする根本的な懐疑なのだ。

八、ことばと「現実」

ことばによって、あるいはことばとして構成されるこの世界は、遠近法的に整序される均質な時空間などではありえない。

鏡花の小説世界にあっては、時間と空間はいたるところでひずみ、ゆがんでいる。遠近法の座標軸に「自分」を位置づけるような主体は、世界のあらゆる存在を「自分」への再現前＝表象へと還元してしまう主体である。いわゆる「近代的自我」であるが、しかしそんな「自我」を表現の固定項として位置づけるような小説作法の「近代」は、文学としての耐用年数をとっくに過ぎているはずなのだ。

たとえば、鏡花作品は、明治期の自然主義作家のどの作品よりも現時点的に読み返されている。鏡花の戯曲や小説は、現在も多くの演出家によってくりかえし舞台化され、鏡花作品に材をとった一人芝居や朗読会もさかんである。また、この二十年ほどの現代作家の小説を読んでいると、語りと語られる対象とが主客の関係で分割されずに、近代の記述主義的（科学的）な言語使用そのものを脱構築してしまうような語りに出会うことがある。[17]

かつて「洋装せる元禄文学」などと揶揄された尾崎紅葉の文章、あるいはその紅葉を敬愛してやまなかった泉鏡花の文章が示唆している言語論的な諸問題は、あらためて再考される必要がある。近代小説の傍流に位置づけられた作品群が、文学史の（文字どおり）「因襲的な視覚」を問いかえす起点として、二十一世紀の文学状況にこそ復権しつつあるのだから。

注

（1）兵藤裕己『物語の近代——王朝から帝国へ』（岩波書店、二〇二〇年十一月）。

（2）『近松全集』第一巻（岩波書店、一九八五年）。

（3）兵藤裕己『平家物語の歴史と芸能』第一部（吉川弘文館、二〇〇〇年）。

（4）『源氏物語』絵合巻には、光源氏が、当代をして後代の規範たらしめるべく、私的な遊宴にも趣向を凝らしたことが記される。鈴木日出男『源氏物語歳時記』（ちくま学芸文庫、一九九五年）が述べるように、『源氏物語』はまさに「末の人の言ひ伝ふべき所」（絵合巻）を書きおさめた王朝文化の「古典」として、平安末期以降の受容されてゆくことになる。なお、兵藤裕己「物語・語り物と本文《テキスト》」（『語り物序説』有精堂、一九八五年）参照。

（5）板坂元「西鶴の文体」（『文学』一九五三年二月）、中村幸彦「好色一代男の文章」（『国語学』第二八輯、一九五七年三月）など。ただし、「曲流文」ふうの文体が、草双紙（合巻）や稗史《よみほん》など、江戸後期の戯作にも一般的に見られることは、つとに坪内逍遙『小説神髄』下巻「文体論」が指摘している。

（6）清水好子『源氏物語の文体と方法』（東京大学出版会、一

九八〇年)、三谷邦明『源氏物語の言説』(翰林書房、二〇〇二年)など。なお、フランス近代小説で「自由間接話法」が担った思想史的な意義については、ウンベルト・エーコ『文体について』(和田忠彦訳、岩波書店、二〇二〇年)参照。

(7) 亀井秀雄『感性の変革』(講談社、一九八三年)。

(8) 井上泰至『恋愛小説の誕生――ロマンス・消費・いき』(笠間書院、二〇〇九年)。

(9) 三島由紀夫「解説」(『日本の文学4　尾崎紅葉・泉鏡花』(中央公論社、一九六九年)。

(10) 国木田独歩「紅葉山人」(『現代百人豪　第一』(新聲社、明治三十五年〈一九〇二〉)。

(11) 松浦寿輝『明治の表象空間』(新潮社、二〇一四年、初出は二〇〇六―一〇年)。

(12) 参考までに、山田美妙『いちご姫・胡蝶 他二篇』(岩波文庫、二〇一一年)に付された十川信介の「解説」の一節を引用する。「……その文法が揺れながら進行した二葉亭『浮雲』では、末尾(第三篇)に至って視る人物と視られる人物の主客が正確に区別される。これに対して美妙の地の文では、語り手とも作中人物とも判別しにくい文章が頻出するのである。同じ時期の尾崎紅葉にもその例はいくつか見られるが、二葉亭が最終的にいわゆる「近代小説」的な描写法に達したのに対して、美妙と紅葉とはその厳密な区別よりも、多様な「声」を同一化する自由な語りを選んだといえよう。(中略)出発点において国文に籍を置いた彼らと、ロシア文学に傾倒した二葉亭との大きな相違である」。

(13) 田山花袋「露骨なる描写」(『太陽』明治三十七年〈一九〇四〉二月)。なお、国木田独歩「自然を写す文章」(『新聲』明治三十九年十一月)に、「あまりに文章に上手な人、つまり多くの紀行文を読み、大《(ママ)》くの漢字を使用し得る人の弊として、文章に役せられて、却て自然を傷けて了ふやうな事があるかも知れぬ」という一節がある。

(14) 江藤淳『リアリズムの源流』(河出書房新社、一九八九年)。

(15) 吉田昌志『泉鏡花素描』(和泉書院、二〇一六年)。

(16) 谷崎潤一郎「現代口語文の欠点について」(『改造』昭和四年〈一九二九〉十一月)に、鏡花の文体について、つぎのような言及がある。「われ〳〵の口語体が最も西洋臭くなつたのは自然主義勃興前後の時代、ちやうど私などが文壇へ出かゝつてゐた自分からであつて、紅葉や美妙齋の頃には、まだ雅俗折衷体の臭味が脱け切つてはゐなかつた。その証拠には、今でもあの頃の文体を守つてをられる鏡花氏などの作品をみれば、思ひ半ばに過ぎるであらう」。

(17) 二十一世紀の脱・モダンを予感させた(いまも予感させる)現代小説として、松浦寿輝の「ひたひたと」(『花腐し』所収、二〇〇〇年)などが挙げられよう。

近世中期における「テクスト遺産」と「作者」

飯倉洋一

いいくら・よういち——大阪大学教授。専門は日本近世文学。主な著書に『秋成考』（翰林書房、二〇〇五年）、『上田秋成　絆としての文芸』（大阪大学出版会、二〇一二年）、『前期読本怪談集』（校訂代表、国書刊行会、二〇一七年）などがある。

出版条例などにより版本に「作者」名が制度として明記されるようになる近世中期は、刊行される読物の「作者」が前景化する時代である。上方の前期読本にみられる、古典についての知見や見解を虚構の登場人物に託して語らせる〈学説寓言〉という方法は、古典を利活用する「テクスト遺産」のひとつのあり方であり、「作者」の登場と深く関わっていると考えられる。

序、「テクスト遺産」としての〈学説寓言〉

江戸時代以前は、『伊勢物語』や『源氏物語』などの古典を所有できる者は限られた人々であり、古典を注釈・評論できる者は上層社会（に出入りできる人々）の中でもエリート中のエリートであった。古典の写本は特別なものであり、誰がどんなテキストを書写し、誰が所有していたかなどの伝来がテクストの価値を大きく左右していた。しかし、江戸時代における『伊勢物語』や『源氏物語』などの古典は、出版・流通が産業として一般的になるにつれ、版本として提供されるようになり、その性格が大きく変化した。古典へのアクセスは容易になる一方、版本化したテクストがその量的拡大によって、権威化とまではいかなくとも公共化するということが起こってくる。

さらにそれが注釈という形で提供されると、「解釈」や「作者」や「成立事情」までもが公共化するのである。近世中期における「テクスト遺産」のあり方は、そのような状況を前提としている。ここでいう「テクスト遺産」とは、エドアルド・ジェルリーニが提唱している、Critical heritage studies（批判的遺産研究）というアプローチによる概念である。ジェルリーニによれば、「文化遺産をめぐる研究は、この二十年の間、様々な方向に発展してきたが、遺産が文化財に限らない、より広い意味を持つ概念として再定義される傾向が顕著になってきた。その中で、Critical heritage studies（批判的遺産研究）という新しいアプローチによると、遺産は「物」ではなく、文化的および社会的な「プロセス」であり、このプロセスによって人間は現在を理解するための記憶行為を作り出す[1]」という。

たとえば、『伊勢物語』や『源氏物語』注釈として出版されたテクストを読んで、その注釈とは異なる解釈を思い立ち、それを新しい注釈書として書き下ろしたり、虚構の登場人物に語らせたりすることも、「テクスト遺産」のあり方のひとつだということになる。本稿では、江戸時代における古典活用＝「テクスト遺産」の例として、古典テクストを解釈し、評論するというストーリーを有する近世中期の読み物を取り上げる。

登場人物が古典テクストを解釈し、評論するというストーリーは、「作者」の古典観・古典解釈を登場人物に託して語らせるのが目的である場合が多い。もちろん古典だけではなく、有職故実についての見解や歴史的人物についての評論、画論・音楽論など、様々なトピックが、多くは夢や非現実的な空間で、問答体によって議論されるというストーリーが見られる。このように「作者」が学問的な意見・知見を有していて、それを登場人物に語らせる「寓言」という虚構化の方法によって、その意見が開陳される。これを〈学説寓言〉と呼ぶことを私は提言してきた[2]。

〈学説寓言〉は、江戸時代中期における古典活用、すなわち「テクスト遺産」の一面であるといえる。

一、〈学説寓言〉と「作者」の問題

（一）近世の読み物における「作者」の登場

ところで「テクスト遺産」の問題を考えていこうとすれば、私たちは「テクストの起源[3]」である「作者」を想定したくなるだろう。「テクスト遺産」が古典文学へのアプローチであるならば、漢詩・和歌の「作者」とその詠作事情、物語「作者」とその作意などが探索されることになる。

漢詩や和歌は古くから「作者」の存在が明記される文学であるが、物語・説話集は必ずしもそうではなかった。平安朝以来の物語には「作者」名が明記されていない。「テクストの起源」は朧気なのである。江戸時代前期でさえ、それは変わらない。仮名草子に「作者」名が明示されることはほぼないし、西鶴は序末に署名したが「作者」を名乗ったことはなかった。しかし江戸時代中期以後は、新作の読み物（物語・説話集）にも「作者」は明示され、実体としての存在感をもつようになる。

娯楽的な仮名読物の作者名が内題下や書物の奥付に明記されるようになるのは、享保期からである。これは享保七年（一七二二）十一月の触書（『御触書寛保集成三十五　書籍板行等之部』）の中に、「何書物によらず此以後新板之物、作者幷板元実名、奥書ニ為致可申候事」とあったことと深く関わっている。井上啓治によれば、「文芸的な作品に初めて内題下署名を用いるようになった」のは享保十二年（一七二七）、江戸和泉屋儀兵衛刊の佚斎樗山作『田舎荘子』を嚆矢とするという。(4)

（二）「寓言」という方法

『田舎荘子』は「寓言」を意識的に自作の方法として用いた初めての小説と位置づけられている。(5) かかる作品において「作者」名が文芸的著作としては初めて明記されたことは、単なる偶然ではないだろう。というのは、「寓言」とは、何者かが自らの考えを虚構の登場人物に託して語らせる方法であって、「作者」の存在を前提としているからである。

また享保時代は徳川吉宗の庶民教化政策の影響で、教訓・啓蒙書が奨励される空気があった。将軍のお膝元の江戸では特にそうであった。一方で江戸の文芸界はそれまで娯楽的な読み物ジャンルを自前では生めず、もっぱら上方の浮世草子を移入している状態であった。「作者」樗山は『荘子』の寓言を意識的に取り入れることで、江戸産の新しい娯楽読み物を作り、宝暦二年（一七五二）の『当世《いまよう》下手談義』を嚆矢とする談義本というジャンルの発生を促したのである。ただ『田舎荘子』から『当世下手談義』とその追随作が主意としたのは、多くは、個人の慎み、贅沢の戒め、身分・立場のわきまえなど、封建社会における個人の処世を説く保守的な倫理道徳であった。とはいえ、それを面白おかしく娯楽的な読み物に仕立てる作法が徐々に洗練されてくる。その達成のひとつが静観房好阿作の『当世下手談義』である。『当世下手談義』の第一話「工藤祐経が霊、芝居へ言伝《ことづて》せし事」は、上方から江戸に向かう役者崩れの旅人が富士の人穴近くを通る際に工藤祐経の霊が現れ、曾我物での自身の扱いの不当さを訴え、近年の芝居の堕落を嘆き、果ては当世社会の頽廃を指弾するに至る。霊が自らの不遇を訴える夢幻能の構成を思わせることにも留意しておきたい。もっとも謡曲とは違い、全体として祐経は滑稽に描かれ、あくまで戯作である。そして本話はまさに「寓言」の手法を用いてはいるが〈学説寓言〉ではない。

(三)〈学説寓言〉としての『英草紙』

一方、『当世下手談義』より少し前の寛延二年（一七四九）、歌学をはじめとする多様な学芸において伝統を守りつつも革新的な気風をもつ上方には、都賀庭鐘の『英草紙』が現れていた。中国白話小説の翻案という斬新な方法と、学問が盛んな土地柄ゆえに好まれたであろう知的議論の趣向がバランスよく配合された、前期読本といわれる新しいジャンルの発生である。『英草紙』は、封建社会の徳目である「義気」を謳いながらも、奇想天外のストーリーと歴史的人物による知的議論を娯楽的要素とする新しい読み物で、「読本の祖」とされた。都賀庭鐘は明和五年（一七六八）刊の学者評判記『三都学士評林』で、「小説家の学者そふな」と評されていたように、当代きっての中国語知識を有する知識人であったが、『英草紙』では「近路行者」というペンネームで戯作をしていた。

『英草紙』第一話「後醍醐の帝三たび藤房の諫を折《くじ》く話」には『夫木和歌抄』所収「あづま路にありといふなる逃水のにげかくれても世を過すかな」（源俊頼）の和歌についての議論がある。東国を逃げ回っていた速水下野守が公家一統の時を得て上京した際に、後醍醐天皇はこの歌を「古歌」として用いて速水をからかったが、天皇の侍臣で博学強記の万里小路藤房はそれをなぜか天皇の新製と思い込み、「「逃水」の語は不審で、「速」の字に「逃げる」の意味はない」と諫言してしまう。「テクスト遺産」論の立場から言えば、天皇には「テクスト遺産」意識があり、藤房にはそれがなかった。それは「作者」を正しく認識していたか否かによって顕現したわけである。歌の「作者」を俊頼と認識している天皇の引歌行為は「テクスト遺産」的営為になりうるのである。「東の歌枕見てこよ」と叱責を受けた藤房が武蔵野に下ると、土地の田夫が「逃水」を蜃気楼的な自然現象として説明し、かつそれが古歌に使われていることを教える。庭鐘の知見が田夫を通して語られたわけだが、これは、単に「逃水」という自然現象に関わる知識を披瀝したにとどまらず、歌語「逃水」を自然現象的に説明したという点がユニークなのである。現に歌学書では「逃水」をそのように説明したものは見当たらないという。[6] 庭鐘が登場人物の田夫をして自身の見解を語らせたという意味で、この話は〈学説寓言〉だということができる。『英草紙』の流れを汲む上方の前期読本には、〈学説寓言〉がまま見られる。〈学説寓言〉は『田舎荘子』や『当世下手談義』のような教訓色は薄く、知的議論を楽しむ知識人層向けの「テクスト遺産」であった。古典を堂々と論じることのできる堂上文化圏の人々や彼らと交流のある一握りの学者が属する高度知識人社会の圏外にいる素人の古典愛好者が、古典の新しい解釈や異説を展開する場所として開拓したのが〈学説寓言〉であり、そこでは虚構だからという免責を担保しつつ、戯名という仮面を被った「作者」が自己の学説を主張するのであった。登場人物が古典に言及する〈学説寓言〉は「作者」自身の「テクスト遺産」的行為の物語化であると言える。

（四）作者評判記の登場

ところで、現代の文芸作品の読書の多くは、「作者」の名に惹かれた結果の行為だと思われる。この「作者」だから読んでみようという動機である。では演劇や映画はどうだろうか。あの脚本家だから見よう、ではなく、あの監督だから、あの役者が出るから見ようという動機が多いだろう。江戸時代の演劇もそうで、観客が注目しているのは「作者」ではなく役者である。演劇の評価は役者の評価と同義である。ゆえに歌舞伎の当代評価は役者評判記なのだ。しかし、前出『当世下手談義』第一話の工藤祐経の霊の芝居評は「作者」を取り上げていた。祐経を田舎侍のように描くのは「是皆作者の仕業」、また不義をなしたおさん茂兵衛について「彼大経師お三を善人の様に作りしは、近松一代の誤なり」、「凡浄留理狂言の作者に、文盲なるはない筈なれば」、本来人の害になる脚本を書くはずはない、客の入りさえあればとよいとばかりに芝居を作るのは「才智発明の作者に、近ごろあるまじき事なり」などという。静観房自身が「作者」ゆえに芝居の「作者」に着目したのだろう。

その流れか、『当世下手談義』刊行から二年後の宝暦四年（一七五四）、本邦初の刊行となる小説「作者」の評判記が登場する。『作者評判千石篩』(7)である。「作者評判」はいうまでもなく「役者評判」をもじっている。役者に見立てられているとはいえ、実体的な「作者」が評判の対象となったことは、娯楽的読物における「作者」への注目度が以前よりも高まったからだといえるだろう。周知のように、江戸時代後期になると、京伝・馬琴・一九などの「作者」名がブランド化し、ごく一部ではあるが職業化するが、その起点はやはり近世中期であったと言えるだろう。

二、「テクスト遺産」言説としての『垣根草』

（一）「昔男」は業平にあらず

草官散人作の『垣根草』（明和七年〈一七七〇〉刊）は、半紙本五巻五冊。京都の銭屋七郎兵衛を販元として刊行された

（『大阪本屋仲間記録』）前期読本である。第四話「在原業平文海に託して冤を訴ふる事」は『伊勢物語』および、在原業平の著名な和歌「ちはやぶる神代もきかず龍田川からくれなゐに水くくるとは」の和歌解釈について、文海という廻国僧の夢中に現れた在原業平が語るという、典型的な〈学説寓言〉である。

天文二十年七月、三好長慶が細川晴元を攻め、兵火で京の相国寺は焼亡、三条西実隆の門人で和歌を好んだ相国寺禅僧の文海は東国を数年行脚の後、京へ戻る道で、伊勢路から大和路に越え、吉野山に花を見ようと深く入り、ある家に投宿を乞う。三十歳ほどの清麗な宿の主人は在原業平を名乗り、平生の不平を文海に訴えるとともに、『伊勢物語』の「昔男」＝業平説を否定し、「ちはやぶる」の和歌解釈の謬説を正そうとする。業平に託して、賀茂真淵の影響を受けたと思われる知見を「作者」が披瀝したものである。

前田雅之によれば『伊勢物語』は近世以前において『古今和歌集』『源氏物語』『和漢朗詠集』と並ぶ四大古典の一つであった。(8) 江戸時代には『伊勢物語』は本文・注釈書はもちろん、俗解本・パロディ本などが多数出版され、(9) 謡曲の題材にもなっているため、広範にそのイメージは拡がっている。江戸時代の『伊勢物語』の享受においては、『伊勢物語』の主人公（「昔男」）が在原業平だというのが一般庶民層レベルでの理解であった。その前提で本話は創作されたとみてよい。

本話は、「作者」（草官散人）が自身の『伊勢物語』観を、登場人物の業平に託して語るために、業平が、世人による自身の評価に不満を持っており、それを文海に吐露するという筋立になっている。これは『当世下手談義』第一話「工藤祐経が霊、芝居へ言伝せし事」と同様の構想であり、やはり謡曲の夢幻能の形式を思わせるものである。

（二）真淵説の取り入れ

『垣根草』が刊行された明和期ごろは、室町時代注釈の集大成であり、江戸時代においても大きな影響力を持った細川幽斎の『伊勢物語闕疑抄』を真向から否定した荷田春満の『伊勢物語童子問』（享保頃成立）やこれを継承した賀茂真淵『伊勢物語古意』（宝暦頃成立。寛政五年〈一七九三〉刊。明和当時は写本で流通していたと思われる）等、「昔男」＝業平説を否定して、『伊勢物語』寓言説を主張する国学者達の言説が注目されはじめる、旧注と新注が交差する季節であった。その時期に古典の解釈そのものを主題とする本書はそれをよく反映している。ここでは業平の主張（すなわち「作者」草官散人の知見）の一部について検討してみよう。業平の主張は前半の業平好色説への反論と後半の業平「ちはやぶる」歌の「水くくる」は「くくり染め」だという真淵説に則った新解釈である。

前半は、「世の人」が自身を「古今第一の好色放蕩の者のようにいひな」すことへの業平の不平である。その「妄誣の源」は『伊勢物語』の「昔男」＝業平という理解にある。業平好色説の根拠とされるのが、①二条の后を盗み出して亡命した（六段）。②伊勢斎宮と密通した（六十九段）。③妹に懸想した（四十九段）。④母が業平に心を寄せた（八十四段）などであるが、業平は、『伊勢物語』を実録と認識すること自体を否定する。そして『真名本伊勢物語』を『伊勢物語』の古形とみる荷田春満・賀茂真淵らの説を踏襲して次のように述べる。

そも伊勢物語のふみは作者昔よりさだかならねども、実は具平親王の手に出でて、昔は真名なりしを後に仮名文字になしたるものにて、古今の序などと同じ類なり。それはともあれ、物語の大体、歌の意をのべて端書を添へたるものなり。無中に有を生じて歌のさまを一転して、風情あらせたる作り物語の体なり。近き頃定家も、詞花言葉を翫ぶべき書なりと、をしへられしは格言にて、実録のごとく、年月日を正し、誰某の事などと思ふこそいと拙きことにて（下略）

「具平親王の手に出でて」というのは、「具平親王作者説」というよりも「具平親王書写説」と捉えた方がいいだろう。というのも、後半の和歌の解釈などを併せ考えれば、本話の業平の主張は真淵の説を中心にして構成されたと見るべきであるが、真淵の「伊勢物語古意総論」には、

是に古本有て真字にて書たる、其文字の用ゐざま、万葉集をもおもひ、専らは新撰万葉によりて、それよりも戯れたる書ざまながら…（中略）。其古本のはじめに六條宮御撰としるせり、こは村上天皇の皇子二品中務親王具平を云、さて御撰とは書たれど、此物がたりを此親王の作りたまふてふ事には有べからず。いささか前に誰人か作たらんを親王の真字書なし給を云なるべし。

とあって、具平親王作を否定しているからだ。それでも真淵は「誰人か」が作ったこと、つまり「作者」を想定している。本話の業平も少なくとも『伊勢物語』の「作者」の穿鑿をしていることは否定できない。

（三）第四話の構造

本話の「作者」は〈学説寓言〉の方法を用いて、世の業平像の誤謬をただし、新注に基づいた『伊勢物語』解釈に導こうとしているようである。『伊勢物語』の注釈書そのものを読むよりは容易く、興味を持って読者が参入できるという点

で、〈学説寓言〉の所期の目的は達せられていると言ってよいだろう。それを効果的に実現するために物語の枠組み――時代・場所・人物設定にも工夫が凝らされているが、それについては拙稿[10]を参照していただきたい。

もっとも「作者」が啓蒙的意図だけで本話を書いたというのは早計だろう。むしろそのような「寓言」の形式で『伊勢物語』の新知見を見せる表現技法そのものを、知識のある教養人を相手に見せるのも「学び」と「遊戯」が表裏[11]である近世中期文学の典型的なあり方である。

物語構造的には『当世下手談義』と同じく謡曲の夢幻能の形式に似ている。同時期に作られた上田秋成の読本『雨月物語』の冒頭話「白峯」も、謡曲「松山天狗」の影響を受けたと指摘されるように同様の構成を持っている。『垣根草』第四話は、中国明代の短編小説集『剪燈余話』第一話が典拠として指摘されているが、旅人が古人の霊に遭遇して話を聞くという枠組だけであり、あえて影響を云々する必要はないと思う。著名な和歌や物語を下敷きに新しい読み物を創るのでなく、中国小説の翻案でもなく、和歌や物語そのものについての自身の知見・見解を、架空人物や著名人物の口を借りて述べるところに、本話の趣向がある。

和歌や歌学のための物語（伊勢・源氏）が依然として公家文化の象徴的存在であり、それらを学んであげつらうことが地下にも広がってきていたとはいえ、『垣根草』が出版された近世中期の京都において、古典論を最前線で議論するのは選ばれた存在でしかありえない。「草官散人」のネーミングは古典学の中枢から見れば「辺界の人」「俗の人」のイメージがあり、そういう戯名をつけるような「作者」が和歌や物語について、当時の上方の学芸界で発言してもまともに相手にされることもないだろう（ちなみに「草官散人」が都賀庭鐘であるという説もあるが、本論ではその点は議論しない）。しかし、それなりに和歌や物語について見解を公にする方法はある。虚構の中で登場人物に語らせる「寓言」という方法である。しかも、夢中の話にすることによって、さらには「作者」を戯名にすることによって、幾重にも言説の責任を免れる構造を作っている。『垣根草』の場合、文海という虚構の人物の夢の中の話として、業平が『伊勢物語』や「水くくる」の和歌について語る。特に後者はまだ出版物としては流通していない真淵説で、「作者」はこの説をどこかで知って説得力があると考え、読み物の中で披露したのではなかったか。言い換えると、この真淵説は、出版物の中で紹介されたのは、『垣根草』が初めてであった。『垣根草』は『伊勢物語』についての在原業平の談義を、文海という僧（虚構の人物）が夢の中で聞き、それを別の語り手が叙述するという構造になっている。匿名の「作者」草官散人↓匿名の語り手↓虚構の人物文海↓文海の夢中に出てくる業平という幾重もの入れ子構造で、古典談義の主体が朧化してゆく。しかし、これはまぎれもなく、高度知識人社会の周縁にいる古典愛好者の「テクスト遺産」言説の一つの表出である。それは「作者」性を朧化することで可能になったのである。

三、『ぬば玉の巻』における「テクスト遺産」と「作者」

（一）『ぬば玉の巻』の書き手宗椿

『ぬば玉の巻』は上田秋成作。安永八年（一七七九）成立。伝本は写本のみだが、後述するように出版の出願がなされた形跡がある。本書は、牡丹花肖伯の門人で、『源氏物語』を生涯に二十四部写したと伝えられる堺の連歌師宗椿が、夢で明石の浦に遊び、柿本人麿に会って、『源氏物語』についてのまったく新しい見方を教えられ、伝人麿歌「ほのぼのとあかしの浦の朝霧に島かくれゆく舟をしぞ思ふ」は人歌ではないという見解を聞く。夢から覚めた宗椿は源語崇拝に終止符をうつ。その経緯を記した手記という形をとって、秋成が自身の物語論、『源氏物語』論、さらには伝人麿歌についての論を、登場人物に託して述べた物語で、〈学説寓言〉といってよい。同年成立の秋成の虚実入り交じった紀行文『秋山記』に登場する道連れの法師の『源氏物語』論に一部重なるところがある（ちなみにこの法師も虚構の人物）。『ぬば玉の巻』序文によれば、無腸隠士（秋成）が城崎での湯治中に隣室の宿泊客の持ってきた冊子に、求められて傍注を付し、題名（「ぬば玉の巻」）も与えたという体裁になっているが、この成立経緯もおそらく全て虚構である。

『ぬば玉の巻』には、いくつもの「テクスト遺産」的行為が鏤められている。『源氏物語』を崇拝するあまりの書写行為、『源氏物語』の解釈史、賀茂真淵の研究をふまえた歌神人麿の造型、連歌師宗椿の手記（ただし捏造）とそれへの施注などである。中心にあるのは『源氏物語』。それを経典のごとく何度も書写する宗椿。宗椿は仏教的教戒書という中世的な『源氏物語』観を持っている人物であり、『源氏物語』の書写は写経と同じ宗教的行為である。『ぬば玉の巻』では、「（宗椿ハ）此物がたり（源氏物語）を、立かへりつゝうつすとするほどに（中略）廿四部と云数つもりぬ」と書かれているが、宗椿が二十四回『源氏物語』を書写したという伝承は『本朝語園』巻八「宗椿写二源氏一」に、「和泉堺ニ宗椿トテ手書ノ有シガ源氏物語ヲ写スコト二十四部目ノ槿巻ニテ筆持ナガラ空クナル」とあり（『醒睡笑』にも同記事あり）、秋成はこの伝承に拠ったのである。[12] ただし『ぬば玉の巻』では宗椿は書きさしたまま死ぬのではなく、夢から覚めてこれまでの書写行為を虚しく感じて「年月におもひし事もあさがほの花のしばしの夢の夜がたり」と書き付けたことになっている。

(二) 宗椿と人麿の問答

さて本文に戻る。朝顔の巻を写しつつ夢に落ちた宗椿は、明石の浦に来ていることに気づく。そこに五十足らずで、絹の烏帽子を被り、濃い縹色の衣にかんぱたの帯を引き結び、白い脛裳に白い「したうづ」を穿き毛氈を敷いて月を眺める人物に会う。後にこの人物は柿本人麿であることがわかる。宗椿が『源氏物語』の須磨・明石の巻を思い起こし、「まことにめでたき筆の跡」と称賛すると、人麿は水を差すように、『源氏物語』は才智あふれる作り物語ではあるが、「益なきいたづら言」であって、「世のをしへになるものととりはやすは、いとおろかなり」と言い下す。宗椿は人麿に向かって、「世に聞こえたる博士たち」の言うことに従い、源氏一部は仏教の教えの「大むね」や「勧善懲悪のをしへ」を伝えているときくし、御経も受持より読誦、読誦より書写の功徳が勝ると承ったからこそ、長い間『源氏物語』の書写を勤めてきたのだという。『ぬば玉の巻』における宗椿の源氏観は、三条西家の源氏学を集大成したといわれる『岷江入楚』に基づいていた。[13] もちろんその説は『湖月抄』にも引用されているから、秋成が直接拠ったのは『湖月抄』である可能性が高い。

それに対して人麿は、中国でもそうだが、物語は「そらごと（寓言）」であり、事実を書いたわけではないが、必ず「作者のおもひよするところ」を「いにしへの事にとりなし」「今のうつゝを打かすめつゝ、おぼろげに書出る」物で、「源氏ものがたりも、これがたぐひ」で、深謀遠慮があって作り出されたものだが、「めめしき心ざま」をもって書かれたために、（その「おもひよするところ」は）専ら私心が多い。それを無理矢理こじつけて道徳的に読むよりも、心慰みになる読み物と心得ればよいのだという。

宗椿は、『源氏物語』蛍巻の「日本紀などよりも物語の方によほど人の道が示されている」という光源氏が説く有名な物語論を引いて、仏教が方便を用いて衆生を導くのと同じ効用が『源氏物語』にはあると、博士たちは論じているが、それはどう思われるかと問い直す。

人麿は、中国の書物の歴史を説き、後世になるにつれ「書《ふみ》は憤りより書もするものにいふ」ようになったとし、日本紀については、その記事の読みようによっては自ずから教えになることもあるが、恣意的に解釈して何らかの道理を付会するのは浅はかだと述べる。物語については、聖人のふるまいではなく、人間らしいふるまいを書いた物だから、道々しいことを見出すのは難しいとし、具体的に『源氏物語』を論じてゆく。光源氏の様々な言動を、「心ぎたなき」と評し、それ以外の作中人物についても「一人として道々しきはあらずなん」と言い切る。これを悪を懲らす戒めであるとか善悪不二の真理を書いたものだとか強弁し、『春秋』や『史記』の筆法に擬えるのは過褒だろうというのである。

注目すべきは人麿の言説の中に「ことに式部は、用意ある人にて、かりそめにも世のをしへだちたるすさびは打いづべくもあらず」と、「式部」という「作者」の姿勢に触れた部分があることである。人麿は『紫式部日記』に「和泉式部がめめしきをほめたる」ところがあると指摘した上で、そのような「作者」が、「いかで教へめきたる心もて作り出べき」ともいい、『源氏物語』を紫式部が作ったテクストであると強調しているのである。物語を「寓言」と捉える見方と実体的な個の「作者」の想定は、ここでも表裏の関係にある。

このあと話題は伝人麿歌の「ほのぼのとあかしの浦の朝霧に島かくれゆく舟をしぞ思ふ」を、自分が詠んだ歌でなく、『今昔物語集』が伝えるように小野篁の可能性があることを述べる。しかし『今昔物語集』もまた虚実区別なくあつめられた説話集だから断定はできないともいう。人麿は「ほのぼの」の歌は自分の生存していた時代の歌体ではないと言い、そのような謬説が流布するのは、後人の願望的さかしらが要因だとする。秋成が校訂した真淵著の『古今和歌集打聴』も、本居宣長の『古今集遠鏡』もこの歌を人麿歌ではないとしており、進歩的な地下国学の共通見解だったとしてよいだろう。「ほのぼのと」の歌は堂上の歌学秘伝書で頻繁に取り上げられ、人麿影供で朗詠されていたわけで、人麿に託した秋成の説は、権威的な堂上和歌の世界への挑戦的な言説であり、〈学説寓言〉のかたちだからこそ言表できるものなのであった。

(三)〈歴史的典籍〉と「作者」の捏造

宗椿の夢に現れた人麿は、人麿影供などで知られる人麿像とは違い、姿形も賀茂真淵や秋成（『歌聖伝』）の考証した人麿像に従うものだった。論理的に考えると宗椿が江戸の国学者が書き換えた人麿像を夢に見るはずはない。そこには語り手＝手記の書き手である『ぬば玉の巻』の「作者」宗椿を操作（捏造）する秋成という「作者」の介入がある。そして人麿の語る一般的な物語観も『源氏物語』についての言説も、真淵らの国学者の知見や秋成自身の考え方によっていた。つまり〈学説寓言〉である。

もうひとつ、本テクストには「無腸隠士」による傍注が付されているということが事を複雑にしている。先述したように、人麿の『源氏物語』論は、秋成作『秋山記』の登場人物である法師の言説と共通している以上、「宗椿の手記」ということになっている『ぬば玉の巻』の本文も実は秋成が書いたものであり、その本文に秋成自身が傍注を施していることは明らかである。傍注まで施されることによって、「宗椿の手記」は中世連歌師の『源氏物語』に関する風変わりな著述として〈歴史的典籍〉化、つまり「テクスト遺産」化する。古典の捏造である。

　このテクストは、天明元年（一七八一）に大阪の河内屋八兵衛によって出版出願される。『大阪本屋仲間記録』「新版願出印形帳」に次のようにある。

覚

一　源氏野真玉之巻　全部弐冊

作者　泉州堺　宗椿

（中略）

天明元丑年十一月　開版人

河内屋八兵衛　㊞

　書名は「源氏野真玉之巻」、「作者」は「泉州堺　宗椿」となっていた。このまま出版されていたら、宗椿の著作として流通していたかもしれない。さすがにそれは避けたのか、出版された形跡は見当たらない。

「作者」宗椿と登場人物人麿の夢中問答が仮構されることによって、近世中期の国学の成果としての『源氏物語』観と、中世以来の人麿影供のイメージを一新する人麿像が描かれた。これは秋成自身の物語観や寓言説、さらには人麿観を登場人物に託して語る〈学説寓言〉だったといえる。ただ、『英草紙』第一話や『垣根草』第四話と異なるのは、『ぬば玉の巻』という写本が、いわゆる文化遺産のようにモノとしての〈テクスト遺産〉として、「無腸隠士」が傍注を施した〈歴史的典籍〉として存在することである。

結語

『垣根草』も『ぬば玉の巻』も、古典を学ぶ者（文海・宗椿）の夢の中にあらわれる歴史的人物（業平・人麿）に仮託して、物語と和歌についての「作者」（草官散人・秋成）の自説を語らせるという構成をもつテクスト（学説寓言）であった。〈学説寓言〉とは、和歌や物語のテクストの所有者であり注釈者でもある堂上（公家）の権威が残存する近世中期の上方で、学芸的には周縁に位置する「作者」（古典愛好者や新興の地下国学者）が、虚構のテクストという枠組みで、古典談義のできるテクストの仕組みであり、「テクスト遺産」のひとつのあり方だったのである。

注

(1) エドアルド・ジェルリーニ「平安朝文人における過去と現在の意識　漢詩集序をテクスト遺産言説の一例として」(『第43回 国際日本文学研究集会会議録』、二〇二〇年三月)。

(2) 飯倉洋一「大江文坡と源氏物語秘伝――〈学説寓言〉としての『怪談とのゐ袋』冒頭話」(『語文』第八四・八五輯、二〇〇六年二月)。

(3) 兵藤裕己『物語の近代　王朝から帝国へ』(岩波書店、二〇二〇年)。

(4) 井上啓治「「内題下署名」について――談義物の一側面」『近世文芸研究と評論』第二一号、一九八一年十一月)。

(5) 中野三敏「寓言論の展開」(『戯作研究』中央公論社、一九八一年)。

(6) 顕昭の『袖中抄』に『散木奇歌集』の同歌を引いて言及するが、他書には見えないという(川村晃生校注『歌論歌学集成』五「袖中抄」の頭注)。

(7) 飯倉洋一「『作者評判千石篩』考」(『日本文学研究ジャーナル』第7号、二〇一八年九月)。

(8) 前田雅之『古典的思考』(笠間書院、二〇一一年)など。

(9) 山本登朗編『伊勢物語版本集成』(竹林舎、二〇一一年)、信多純一「にせ物語絵『伊勢物語』近世的享受の一面」(『にせ物語絵』(平凡社、一九九五年)。

(10) 飯倉洋一「上方の「奇談」書と寓言――『垣根草』第四話に即して」(『上方文藝研究』第一号、二〇〇四年五月)。

(11) 飯倉洋一「十八世紀の文学」(『近世文学史研究』第二号、ぺりかん社)。

(12) 美山靖「『ぬば玉の巻』について」(『秋成の歴史小説とその周辺』清文堂、一九九四年)所収。

(13) 飯倉洋一「傍注の思想――『ぬば玉の巻』論」(『秋成考』翰林書房、二〇〇五年)所収。

付記　本論における原文の引用にあたっては読みやすさを考慮して表記を改めたところがある。

本稿はJSPS科研費「近世中後期上方文壇における人的交流と文芸生成の〈場〉」(17H02310)による研究成果の一部である。

「作者」はいつ成立するか
——日本上代の事例から

高松寿夫

たかまつ・ひさお——早稲田大学教授。専門は日本上代文学。主な著書に『上代和歌史の研究』（新典社、二〇〇七年）、『日本古代文学と白居易』（雋雪艶氏と共編、勉誠出版、二〇一〇年）、『コレクション日本歌人選　柿本人麻呂』（笠間書院、二〇一一年）、などがある。

一、『万葉集』の事例

一つの作品に対して、複数の作者が記録される（作品の作者について異説が存在する）ことは、あらゆる地域と時代において、しばしば認められる現象ではないかと思う。現存最古の和歌集『万葉集』においても、それの例はいくつか見出せる。

その中でも興味深い事例は、和歌という様式が試み始められてからまだ間もない時期、七世紀の半ばのころの作品をめぐって認められる、複数の事例である。そこには、作品の「作者」というものが、どのように成り立ったのかをうかがわせるものが認められそうなのである。『万葉集』巻一から典型的な事例をひとつだけ挙げてみよう。

中皇命往二于紀伊温泉一之時御歌

君之歯母《きみがよも》　吾代毛所知哉《わがよもしるや》　磐代乃《いはしろの》　岡《をか》之草根乎《のくさねを》　去来結手名《いざむすびてな》　（一〇）

吾勢子波《わがせこは》　借廬作良須《かりいほつくらす》　草無者《かやなくは》　小《こ》松下乃《まつがしたの》　草乎苅核《かやをからさね》　（一一）

吾欲之《わがほりし》　野島波見世追《のしまはみせつ》　底深伎《そこふかき》　阿胡《あご》根能浦乃《ねのうらの》　珠曽不拾《たまそひりはぬ》　（一二）

或頭云、吾欲《わがほりし》　子島羽見遠《こしまはみしを》

右、検二山上憶良大夫類聚歌林一曰、天皇御製歌云々

国歌大観番号で一〇～一二番歌に相当する三首の歌群について、『万葉集』は中皇命《なかつすめらみこと》が紀伊国の温泉に出かけた折の詠作であるとするのに対し、左注では、山上憶良により編纂された『類聚歌林』がこの三首を天皇の御製として記録していることを述べる。『万葉集』において当該の歌群は、斉明天皇の時代（六五五～六六一）に配列されており、『類聚歌林』も詠作時期についてまでは異説を主張しているわけではないようなので、つまり「天皇」とは斉明天皇を指すのであろう。単純化していえば、当該の作品の作者については、中皇命とする記録（万

葉集）と斉明天皇とする記録（類聚歌林）との両説が存在している、ということである。これと同様の作者をめぐる異説の併記が、『万葉集』巻一のこの前後には集中して現れる。皇極天皇の時代（六四二〜六四五）の作とされる七番歌については、題詞では額田王《ぬかたのおおきみ》作とするが、左注では『類聚歌林』に「大御歌」（皇極御製）とする記録もあることが示される。斉明天皇の時代の歌群の冒頭に配される八番歌については、題詞では額田王作とするが、左注ではやはり『類聚歌林』が斉明御製であると記録していることが示される。天智天皇の時代（六六二〜六七一）の作とされる一七・一八番歌については、題詞では額田王作とするが、左注ではまたまた『類聚歌林』によって天智天皇（正確には即位以前の称制の時期）の「御歌」としている。つまり、ことごとく『万葉集』と『類聚歌林』との意見の対立として現れている。

二、作者の異伝をどう考えるか

述べたような、『万葉集』と『類聚歌林』との間に認められる作者をめぐる問題については、古くは、どちらが正しい記録なのかという、二者択一的な議論と判断とが成される傾向が強かったが、やがて、そのように作者異伝が生じることそのものを、文学史的状況として捉えようとする観点からの議論が活発となった。

そのような論調の先駆的な論考は、伊藤博「代作の問題」（一九五七年初出、『万葉集の歌人と作品　上』塙書房、一九七五年）であった。表題からもうかがえるとおり、つまり、作者の異伝を代作という考え方で理解しようとするものであるが、その考え方自体は、伊藤論文以前にもなかったわけではない。しかし、単に専門歌人が天皇などに成り代わって詠作するという、いつの時代でもあり得た代作と捉えるのではなく、初期万葉独特のあり様として、「集団的に心が融合し天皇の心に成り代わってことばを発する」ことがあったとし、そのような立場から詠作をもっぱらとする歌人として、中皇命や額田王を文学史的に位置づけようとするもので、伊藤論文は、そのような初期万葉独特の女流歌人を「御《み》事《こと》持《も》ち歌人」と呼んだ。中西進「額田王論」（一九六二年初出、『万葉集の比較文学的研究』南雲堂桜楓社、一九六三年）も、額田王に同様の役割を認め、それを「詞人」という語で捉える。「御事持ち歌人」にせよ「詞人」にせよ、論文筆者によって創り出された術語（「御事持ち」にせよ「詞人」にせよ、上代日本の文献に見える語ではあるが、中皇命や額田王といった歌人をそう呼ぶことはない）であるが、伊藤論文では、御事持ち歌人は天皇の意を体するばかりでなく、ときに神の声をも取り次ぐことが求められる宗教者的な性格が強調されるのに対し、中西論文では、むしろ相聞的抒情性の開拓に積極的であった額田王の文学史的意義を重視する。

初期万葉に特有の作者異伝の問題を、代作という営為で捉えようとする見方が、伊藤論文や中西論文によって定着することになったが、その中で、神野志隆光「中皇命と宇智野の歌」（『万葉集を学ぶ 第一集』有斐閣、一九七七年）は、「歌人のありかたのほうからではなく、歌のありかたの側からとらえるべきではなかろうか」と問題提起する。この提唱は、先行する益田勝実『記紀歌謡』（筑摩書房、一九七四年）のいう「前抒情《プレ》」の概念や、秋間俊夫「人麻呂と旋頭歌」（『文学』四二―一、一九七四年）が『人麻呂歌集』旋頭歌について述べる「ほとんど無前提な他者への信頼とでも言うべき」あり様を踏まえたものである。そして神野志（一九七七年）は、「自己の固有のことばによって自分だけの心をうたう、というのではない歌のありよう」として、「歌の共有」という考え方を主張する。この提言は、和歌の抒情のあり様そのものを、古代的状況の中で捉えなおしてみようという試みとして画期的であったといえる。ただ、その「歌の共有」の実態を、具体的な作品に即して説明するとなると、例えば先掲の一〇〜一二番歌については、「中皇命と斉明天皇との歌の共有として見られる」と述べる。この指摘と、中皇命が斉明天皇に成り代わって和歌を代作した、という理解とは、つまりなにが異なるのか、存外分かりにくい。表現に即してみるならば、「君」（一〇）、「我が背子」（一一）は女である詠み手から親しい男への呼びかけであり、「我が欲りし野島は見せつ」（一二）は、かねてよりの詠み手の願望をかなえてくれた相手への語りかけであり、やはり前二首の呼びかけと同様の人間関係が想定される。つまり三首は、いずれも旅先における仲睦まじい間柄の一組の男女が設定されており、その女の方からの語りかけの体裁を有する。「中皇命と斉明天皇との歌の共有」として、このような人間関係をうかがわせる表現はあり得たであろうか。万葉歌の常套として、かかる文脈で「君」「背子」といえば、恋人か配偶者を指す。しかし、中皇命（通説によれば、孝徳天皇皇后であった間人《はしひと》皇女と同一人物とされる）も斉明天皇（舒明天皇皇后）も、いずれもすでに夫を亡くしている。そのことを解消するために、伊藤（一九五七年）・中西（一九六二年）ともに、「君」「背子」は中大兄皇子を指すと説くが、それは「ためにする」論としかいいようがなく、つまりは代作関係、個人と個人との間の共有を想定することに問題があるといえる。そのような問題意識に基づいて、上野理「中皇命と遊宴の歌」（一九八六年初出、『人麻呂の作歌活動』汲古書院、二〇〇〇年）は、「民衆の一人がある集団を代表して民謡を歌うように、宴に参加する斉明天皇をはじめとする女たちを代表して、中大兄をはじめとする男たちにうたいかけた、と見るべきであろう。天皇に代って詠む特異な呪歌ではないし、天皇の心中に深く入ってよむ特異な抒情でもないし、兄中大兄のみを対象とする歌でもない。一方では、行幸を主宰する斉明女帝の歌ともなり、参加した女たちの中でもっとも目立つ存在であった中皇命の歌ともなる歌であった」と説く。上野理は額田王についても同様な宴席での活躍を想定する（「額田王と遊宴の歌」一九八七年初出、同書）。稿者にとっては、この一連の上野論文の理解がもっとも状況をうまく説明し得ているように思われる。神野志隆光は、後に著書『柿本人麻呂研究』（塙書房、一九九二年）において「歌の「共有」」の一章を設け、そこで中皇命や額田王の作歌について、改めて「歌の「共有」」という概念で説明を試みるが、上野理（一九八六年）にも言及しつつ、「歌の「共有」」については、中皇命と斉明天皇といった一対一の共有ではなく、「抒情詩として個の内面において捉えるべき歌とは異なる、宴席の場において機能する、「共有」される歌という性格」と述べるに至っている。

上野（一九八六年・一九八七年）や神野志（一九九二年）は、和歌史の初期段階における、いわば「作者」成立以前の状況を指摘したものといえる。それが、『類聚歌林』なり『万葉集』（の原資料）という、文献に記録されるに際して、はじめて「作者」が求められたということである。そのあたりの状況について、神野志（一九七七年）は「〈書く〉歌の展開のなかで個の抒情が確立してゆくところの意識で、これを書きとどめようとするとき、個の作者に帰着せしめつつ各々の間に〝揺れ〟を生じることになる（それが作者異伝としてあらわれる）というべきなのであろう」と述べ、上野（一九八六年）は「和歌が抒情詩となった時代に、中皇命の歌であると同時に、天皇の歌であり、その宴に参加する全女性の歌である、といった理解が忘れられ、特異な情況下にいる特定な個人の特異な抒情と考えられ、作者に関する異伝が生じたのであろう」と述べる。

三、『日本書紀』の事例

ところで、七世紀半ばごろの、うたの作者をめぐる興味深い事例は、『日本書紀』の記録にも複数見出せる。そのうちの一つ、大化四年（六四八）三月是月条の記事を掲出してみる。

造媛遂因レ傷レ心、而致レ死焉。皇太子聞二造媛徂逝一、愴然傷怛、哀泣極甚。於是、野中川原史満、進而奉レ歌。歌曰、

耶麻鵝播爾《山川に》、烏志賦拕都威底《鴛鴦二つゐて》、
陀虞毘預倶《偶ひよく》、陀虞陛屢伊慕乎《偶へる妹を》、
多例柯威爾鷄武《誰か率にけむ》。其一
模騰渠等爾《本ごとに》、婆那播左該騰摸《花は咲けども》、
那爾騰柯母《何とかも》、于都倶之伊母我《愛し妹が》、
磨陀左枳涅渠農《また咲き出来ぬ》。其二

皇太子慨然頽歎褒美曰、善矣、悲矣。乃授二御琴一而使レ唱。賜二絹四疋・布廿端・綿二裹一。

妃の造媛《みやつこひめ》の急死に心痛めた皇太子（中

大兄皇子）に対し、野中川原満《のなかかわらのみつ》という人物が、詠歌を奉ったという記事。二首の詠歌は、妻を失った者の悲しみを詠む。この記事にうかがえる中大兄と野中川原満との関係をも、神野志（一九九二年）は中皇命・額田王詠と同様に捉えるのだが、上野（一九八六年）が「満は中大兄という個人になり代って作歌しており、自分の立場で造媛の死を悲しんではいない」と捉えるのが正しいだろう。特定の個人の死に際して故人の配偶者という特定の立場の悲しみを詠んでいるのであって、これは「共有」ではなく、明らかに「代作」である。同じく『日本書紀』には、斉明天皇四年（六五八）十月、紀伊行幸――先にとりあげた中皇命の詠（『万葉集』一〇～一二番歌）はこの行幸に際して詠まれたと考えられる――の途上、同年の五月に死去した皇孫・建王《たけるのみこ》を悼んで斉明天皇が三首詠歌し、その詠歌を秦大蔵万里《はだのおおくらのまり》に伝世させたという記事がある。その記事では代作の事実は明示されないが、斉明天皇と秦大蔵万里との関係は、中大兄と野中川原満とのそれに等しいのだろうと考えられる。これら『日本書紀』の記事は、中皇命や額田王による、宴席や儀礼でうたわれる歌謡として、その場に立ち会う誰もが「共有」できる詠歌のあり様の一方で、特定の個人の立場の抒情も成立しつつあることをうかがわせる記録である。一回的な出来事における特定の個人の思いを表明しているからこそ、『日本書紀』という史書の記事たり得ている――中皇命や額田王の詠は、そうではないから『日本書紀』には記録されない？――のだともいえる。野中川原満・秦大蔵万里は、その名から渡来系氏族と考えられるが、文字や典籍に通じていたために、「作者」の概念をいち早く獲得できた立場であったことが想像できる。

　ここで紹介してきた事例は、日本の上代文学の研究ではよく知られた事柄ばかりなのだが、今回、「テクスト遺産」をめぐる本書で、「作者性」というお題を与えられたのをきっかけに思いを巡らすと、存外に重要な事柄として、他領域の研究でも広く認知されてよい事柄なのではないかと思い至った次第である。

『枕草子』におけるテクストの真正性

陣野英則

じんの・ひでのり――早稲田大学文学学術院教授。専門は平安時代文学、物語文学。主な著書に『源氏物語の話声と表現世界』(勉誠出版、二〇〇四年)、『平安文学の古注釈と受容』第一集〜第三集(共編著、武蔵野書院、二〇〇八〜二〇一一年)、『源氏物語論――女房・書かれた言葉・引用』(勉誠出版、二〇一六年)などがある。

『枕草子』のテクストは、これまで四つに分類されてきた。その異同の甚だしさが際立つことから、テクストの真正性という問題を根源的に考える上でふさわしい作品といえるだろう。特に類聚章段のあり方、書かれ方に注目し、『枕草子』の有する特質から「ひらかれた」テクストの真正性をとらえてみる。

はじめに

日本古典文学のテクストにおける「真正性 Authenticity」という問題を考えるにあたり、本稿では、諸本間の異同がきわめて甚だしいといえる『枕草子』に注目する。テクストがただそのまま複写されるわけではなく、さまざまな加工、編集が幾重にも起こりうることをふまえながら真正性の問題を考える上で、本文の異同の甚だしい『枕草子』は恰好といえるからである。さらに、こうした作品の本文研究をたどってみることは、テクストの真正性をめぐる過去の議論を批判的に検証することにつながると予想されるからでもある。

はじめに、ながらく踏襲されてきた『枕草子』諸本の系統分類について確認しておく。それは、池田亀鑑によって示された分類であり(1)、形態上の性質から雑纂本と類纂本とに分けられ、さらに雑纂本については、安貞二年奥書本(三巻本)系統(2)と伝能因所持本(能因本)系統に、また類纂本については、前田家本と堺本系統に分けるという四分類である。雑纂本の両系統では、類聚章段・随想章段・日記的章段といったタイプの異なる章段が任意に並べられているようにみえる。それに対して類纂本では、類聚章段・随想章段・日記的章段のタイプごとに整然と並んでいる。ただし、堺本には日記的章段がない。一方、前田家本は現存する『枕草子』のすべての写本の中でも突出して古く、鎌倉時代に書写されたと目される上に、同系統とみとめられる本が絶無の、きわめて貴重な本ではあるが、その本文は、楠道隆によって能因本と堺本との整理校合本であることが確実視された。(3)

こうした四分類のうち、類纂本として前田家本と堺本とを一括することに対しては、山中悠希による批判がある。(4) すなわち、「類纂」というひと言ではくくれないような性質が堺本系統の随想群から見いだされるというのである。そのように、四つに分類した際の観点そのものも、今や問い直されつつある。ただし、本稿においては、こうした四分類に関する批判的な検証をする用意がないため、以下では、便宜的に通行している四分類にもとづいて諸本の本文をみてゆくこととする。

後述するように、これまで、類纂本よりは雑纂本が、また雑纂本の中でも能因本よりは三巻本の方が、清少納言の書いた『枕草子』により近いといわれることが多かった。しかし、本稿ではまず、作者自筆本を想定すること自体の困難さを確認することから論を進める。それにつづけて、特に作者以外の関与の度合いが高いと目される類聚章段の本文、特にその書かれ方に注目することで、この可変的なテクストのありようをとらえてみたい。

一、『源氏物語』の場合

まず、作者自筆本を想定してゆくことの困難さということが『枕草子』だけに限られるわけではないことを確認するため、およそ同時代に成立した作品といいうる『源氏物語』の場合についておさえておきたい。

『紫式部日記』には、いわゆる「御冊子《さうし》つくり」の段がある。寛弘五年(一〇〇八)の十一月上旬に相当する段である。

入《い》らせ給ふべきことも近《ちか》うなりぬれど、人〴〵はうちつぎつゝ心のどかならぬに、御前《おまへ》には御冊子《さうし》つくりいとなませ給ふとて、あけたてば、まづむかひさぶらひて色〳〵の紙《かみ》えりとゝのへて、物語《がたり》の本《ほん》どもそへつゝ、ところ〴〵にふみ書《か》きくばる。かつは、とぢあつめしたゝむるを役《やく》にて、あかしくらす。…〔中略〕…局《つぼね》に物語《がたり》の本どもとりにやりて隠《かく》しおきたるを、御前《おまへ》にある程にやをらおはしまいて、あさらせたまひて、みな内侍のかんの殿にたてまつり給ひてけり。よろしう書《か》きかへたりしは

みなひきうしなひて、心もとなき名をぞとり侍りけんかし。（黒川本『紫日記』上、四〇オ〜四一オ）

この「物語の本ども」に関わる制作活動を記す一節では、紫式部の同僚といえる中宮彰子付きの女房たちが書写に関与していること、さらに中宮彰子と藤原道長もこの制作活動の関係者であることが示唆されている。この「物語」が、かなりの長篇であることは確実であり、『源氏物語』に相当するのであろうと推察される。右の引用文で、中略した箇所のあとには、傍線部のように「よろしう書きかへたりし」、すなわちまずまずという程度に書き改めている本への言及がある。さらに、その書き改めた本が手もとにないこと、一方で自身の局に隠しておいた「書きかへ」以前の本は、道長とおぼしき人物が持ち出して、「内侍のかんの殿」（道長の次女、妍子）へと献上されてしまっていることにまで言及している。紫式部は、この書き改める前の物語が流布することを懸念して、このようなことまで記しているようだが、ここで確認したいことは、紫式部という『源氏物語』の作者のところまで遡ってみても、唯一の作者自筆本などは所詮存在しないということである。

さらに、近年の『源氏物語』本文研究に携わっているおもな研究者たちの発言も瞥見しておこう。たとえば、池田和臣は、『源氏物語』の原本が一つということはないこと、また、定家による校訂本も定家の恣意をふくむ校訂本であって、そこから平安期の本文を復元するのは「幻想」であることなどを論じている。[5] また、久保木秀夫は、いずれの定家監督本系統の写本であれ、すべての帖が揃ったかたちでその本文を復元して読もうとしても、それは「ほぼ不可能であると言わざるを得ない」ことを明確にしている。[6] さらに佐々木孝浩は、「原典の再建」という理想が先立った池田亀鑑の文献学の根本的な問題を指摘しつつ、二〇一九年秋の定家監督本「若紫」の発見に関する報道の中で、この定家監督本が「原本に近い」という誤った説を流布させたことについて批判している。[7]

また、かつて筆者も、「正しい本文に至ることは可能か。そもそも何をもって「正しい」といえるのか」という問題について、「作者自筆本あるいは祖本の再建が困難な中で、諸伝本の序列化を回避もしくは解体し、特定の本がもつ個性を尊重する」ような「脱序列化」とでもいうべき方向性が、言語・時代を問わず、近年のさまざまな本文研究において共通してみとめられるという傾向を確認した。[8]

以上、『源氏物語』を例にして、作者自筆本はおろか、ある系統内の祖本へと遡ることすら困難であり、したがって原本との距離などということについても容易には測りがたいことを確認した。これは、テクストの「真正性」の問題と深く関わるだろう。それでは、私たちは古典テクストの「真正性」にたどりつくことなどありえないということなのだろうか。おそらく、そのように悲観的にみる必要はないものと予感する。そのことを、『枕草子』の諸本、特に類聚章段を中心的な対象としてこれから考えてみる。

二、『枕草子』の諸本に関する研究の展開

『枕草子』の諸本についての研究は、かなりの蓄積がある。ここでは、本稿の趣旨に照らして特に重要とおもわれる論考にのみふれることとする。

まずは、『枕草子』の最初期の流布に言及している（とみられる）跋文の一部を確認してみよう。次に引用するのは、三巻本〈一類〉の跋文の末尾である。

……左中将、まだ伊勢の守《かみ》ときこえし時、里《さと》におはしたりしに、端《はし》のかたなりし畳《たゝみ》をさし出《い》でしものは、この冊《さう》子《し》載《の》りて出《い》でにけり。まどひ取《と》り入《い》れしかど、やがて持《も》ておはして、いとひさしくありてぞ返《かへ》りたりし。それよりありきそめたるなめり、とぞ本《ほん》に。

傍線部「左中将」は源経房（九六九―一〇二三）であり、この人が破線部の「伊勢の守」であったのは、長徳元年（九九五）十二月から長徳二年（九九六）十二月までのことであった。日記的章段を有する『枕草子』では、長徳二年よりもあとの出来事が間違いなくさまざま記されていることから、この跋文において示される、源経房が持ちだした『枕草子』らしき本がどのようなものであったのかということが注目される。

先にも確認したように、『枕草子』の諸本を雑纂・類纂の二形態、計四系統に分類したのは池田亀鑑である。[9] 池田は、「現存四大系統の諸本は、いずれも枕草子の原形（草稿本・清書本を論ぜず）を伝えるものではあり得ないこと」を明確にした上で、「散乱した原本の各葉」が何らかの方法で整理されたという事態を推測している。これは、和辻哲郎による「類纂原形説」[10]を踏襲しつつ、『枕草子』の跋文を手がかりに、その原本を「類纂的で、内容としては歌枕の解説に類するもの」と想定し、かつは「随筆的・日記的部分」が別に成立していると推定した上で、原本の「散乱」を経たのちに、不完全なかたちで修復されたものこそが、今日みられる雑纂形態の『枕草子』に相当するのであろうという、想像に想像を重ねた推論である。

一方、田中重太郎は、「清少納言枕冊子の作者自筆原本」として、「草稿本（源経房の手によって世に出た本）」、「初稿本（手もとにかへった草稿本に手を加へ、跋文を附した本――部分的

に現存三巻本にそのおもかげをとどめてゐると考へられる本――)」、そして「再稿手入本」の三種を想定している。[11]

このように、かつての研究では「原本」あるいは「草稿本」などというオリジナルに関わる推察がなされていたのだが、その後、二十世紀後半の『枕草子』の本文研究は、雑纂形態の方がよりオリジナルに近いという見方にもとづき、おもに三巻本をベースにしつつ、よりオリジナルに近い本文を求めるという姿勢が大方の間で共有されてきたように見うけられる。特に、萩谷朴『枕草子解環』[12]は、三巻本を徹底して重視する立場から、一見無造作に並ぶようにみえる章段の「連想」あるいは「連繫」まで説こうとしている。それに対して、かつての「類纂原形説」は顧みられることが乏しくなったようにみえる。

そうした研究状況のつづく中、夙に一九八〇年代において、注目すべき視座を提供したのが津島知明である。[13]津島論文では、検討の対象が「原本や原型ではなく、現存の諸本である」こと、またあるテクストと「他本との差異」が「〈清少納言〉なる特権的な人格によってではなく」て、「その編集意図として説明される」べきことが確認される。その上で、能因本系統にみられる本文の重複現象などから、「類集化」の途上とおぼしい、「動的な、もしくは過渡的な本文の生成」を見いだしている。それは、『枕草子』本文の原文あるいは原形などを前提とせずに、受容の過程において編集され、さらには再創造されるという事態をも『枕草子』の中に取り込むような見方であった。

また、永井和子も、「『枕草子』の本文には本来作者の手になる定本ともいうべきものが唯一存在し、そこから各本文が派生した、とは考えにくい」こと、そして「成立自体が数次にわたる」ことを推定した上で、「臆説」とことわりつつ、「必ずしも原作者の手によるものばかりではなく、定子後宮の清少納言以外の人物の手によるものも存在していたのではないだろうか」との推察を示した。[14]

その後、今世紀に入ってからも、たとえば『枕草子』研究史を概括した小森潔によって、『枕草子』諸本の本文におけるヴァリエーションのゆたかさを積極的に評価する視座が提示された。[15]さらには、そのような本文への向き合い方を実践する例として、「杜撰不真面目な改修態度」[16]で編集されたなどと低く評価されることもあった堺本系統の「再構成」のあり方を見なおし、あわせて「類纂」という見方をも相対化する山中悠希の研究[17]などがある。

*

このように整理してみると、既に『枕草子』の作者自筆本、あるいは原本の真正性への「信仰」などは相対化されているといってよい。仮に、初期段階の『枕草子』の編纂過程を探究しうる新資料が見いだされた場合には、それを手がかりにして推論を重ねるというようなことはありうるだろうが、たとえそうであっても、その成立過程を実証的に論じるのはあまりに困難であろう。本稿でも、もちろん原本に遡ろうとすることはありえない。また、三巻本系統の本文をなるべく尊重しつつ校訂するといった方針は今後もありうるとして、そもそもオリジナルが定められない『枕草子』においては、三巻本の本文のみをオリジナルに近いなどと評して「信奉」すべき理由はないと言い切ってよいのではないか。

他方において、『枕草子』の跋文が示唆する最初期の流布以前から、それ以降の清少納言（とその仲間たち？）の手による補筆、編集等々、さらにその後の受容の過程においてなされた改修、再構成、削除等々の編纂作業によって、『枕草子』のテクストがいかに多様化していったのかという点については、なお考えをめぐらせてみたい。

右のような視座から『枕草子』諸本のテクストに向きあってみたとき、類聚章段のあり方に留意することがひとまず有効であろうとおもうに至った。それは、相対的に類聚章段の方が編纂の手が入りやすいのではないかという予想にもとづくのだが、同様の見方を示す先行論としては、楠道隆の論文がある。(18) 楠論文は、諸本の成立について述べる中で、『枕草子』に書かれている内容には、他人も容易に参加しうること、とりわけ類聚章段などでは、思いつきによってたやすく増補しうるということを指摘していた。筆者も、そのような推察に同意しつつ、類聚章段の本文の異同の一端について注目してみる。その際に、あわせてその書かれ方にも留意する必要があることを示してみたい。

三、類聚章段の書かれ方

以下では、類聚章段のごく一部をとりあげるが、比較がしやすい短めの章段を中心に、写本に書かれている様態にも留意して示してみる。

まずは、「原は」（三巻本、一四段）について、三巻本・能因本・前田家本・堺本の順に影印とその翻刻とを示してみる。

図1　三巻本〈二類〉　早稲田大学図書館蔵『枕雙帋清少納言 上』

はらは　みかのはら　あしたの原　そのはら

（一三オ）

図2　能因本　学習院大学図書館蔵（三条西家旧蔵）『枕草紙　上』

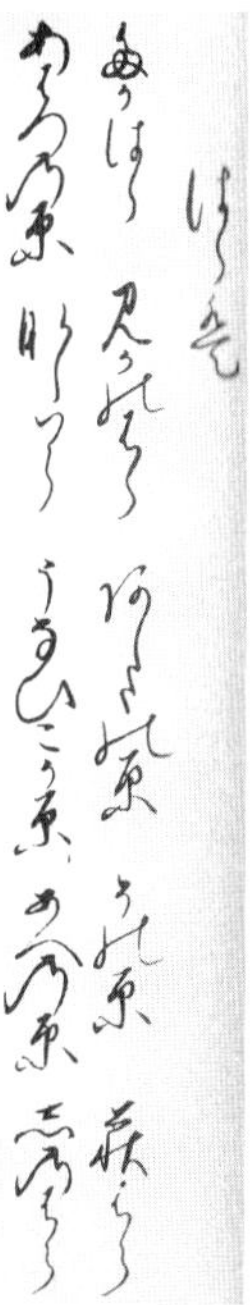

はらは
たかはら　みかのはら　あしたの原　その原　萩はら
あはつの原　なしはら　うなひこか原　あへの原　しのはら
（一三オ）

図3　前田家本　尊経閣文庫蔵『清少納言枕草子』「はるはあけほの」

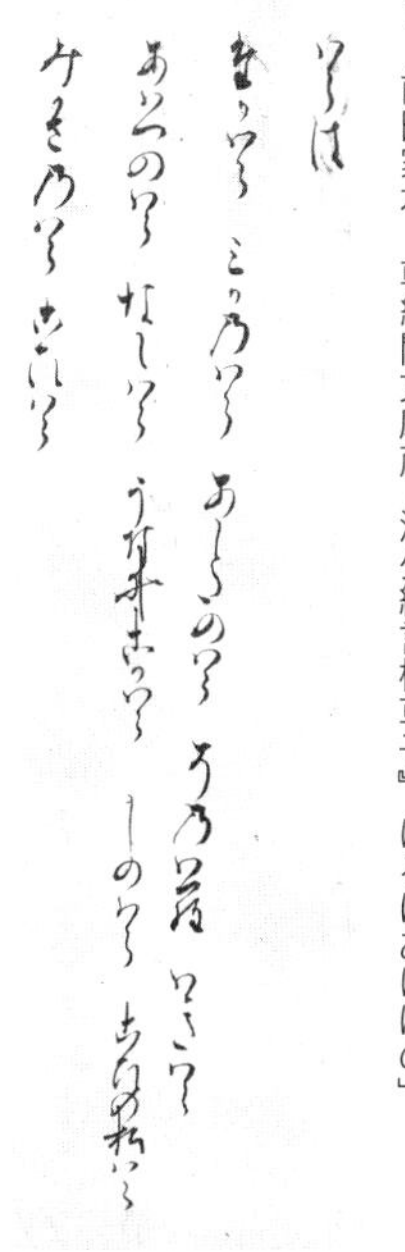

はらは
たかはら　みかのはら　あしたのはら　そのはら　はきはら
あはつのはら　なしはら　うなゐこかはら　しのはら　こひの松はら
みかさのはら　こひはら
（七ウ）

図4　堺本　相愛大学図書館蔵　春曙文庫（朽木文庫旧蔵）『清少納言枕草子上』

はらは
なしはら　みかのはら　あしたの原　そのはら
（一一オ）

この「原は」の段では、能因本と前田家本における項目が多いのに対し、三巻本と堺本がかなり近い（なお三巻本のうち一段から七六段までを欠く一類本では一一〇段に「原は」があるが、やはり項目数は少なめである）。三巻本二類は堺本とやや近いとされるが、「原は」の段では、その傾向がみとめられる。その一方で、能因本および前田家本でこれほどたくさんの項目を挙げているのは何故なのか。誰が、いつ加えたのか。それとも、能因本のように多数を列挙する本文が先にあって、そこから削除していったという可能性も考えられるのか――こうした問いを立ててみても、堂々巡りになるばかりである。

そこで、見方を変えてみる。楠論文も指摘していたとおり、(19)こうした類聚章段（「…は」型と「…もの」型）においては、ある項目を加えることも、また逆に削ることも容易であろう。たとえば、後から思いついた「原」の例を加えたり、また考え直して削ったりするという行為である。そして、そうした加除の行為は、たとえば作者の周辺の誰かによっても、あるいはまた、受容の過程において書写者によってもなしうるだろう。そうすると、特に類聚章段の本文というのは、固定化することがそもそも本来的ではないというべきではないか。それは、唯一の「真正性」などという観念からほど遠い本文の実態であり、さらには、加除することを本来的に誘発している本文とさえいえるのかもしれない。

あわせて、ここに挙げた四本に共通する特色として、個々の項目をおよそ一字分もしくは二分の一字分ほど空けて並べている点に留意したい。さらに、四本のうち、三巻本〈二類〉以外では、「はらは」が見出しとして立てられていることも注目されよう。特に、**図2**の能因本（学習院大学図書館蔵、三条西家旧蔵）では、「はらは」の見出しが三字分ほど下がっている。既に梅田径は、能因本『枕草子』の古写本としてこの三条西家旧蔵本、および富岡家旧蔵本の類聚章段に注目し、「標目を、字下げ改行させた上で、各項目を一字分の空格を設ける歌枕書のような書式」がとられている点に留意している。[20] 見出しの字下げという点を除くと、こうした見やすい書式は、前田家本にも堺本（朽木文庫旧蔵本）にも共通しているといえる。

なお、このような書式について林和比古は、「清少の原著では、類集段の提示部を常に改行したとは言へない」としつつ、「改行書の形式が原著において絶無であつた」わけでもないと推察し、「伝写の手を経」て「改行書の増大したことが想像される」と論じている。[21]「原著」が一つとはいえない以上、その態様をひとつの形式として想像すること自体に無理があろうが、一方で、林論文の推察のように、後に整えられてゆく可能性は充分に考えられよう。ただし、それがいつ、いかなる事情によるのかといったことは容易に判断しがたい。

*

ここまでは「…は」型の例であったので、「…もの」型の例として、「人にあなづらるるもの」（三巻本、二五段）について、それぞれの写本における文字の配置、改行などをなるべく忠実に再現するように翻刻してみる。

▽三巻本〈二類〉早稲田大学図書館蔵『枕雙帋 清少納言 上』

人にあなつらるゝ物　築地のくつれあまり心よしと人にしら
れぬる人　（二一ウ）

▽能因本　学習院大学図書館蔵（三条西家旧蔵）『枕草紙 上』

　人にあなつらるゝ物
家のきたおもて　あまりに心よきと人にしられたる人　年おひ
たるおきな　又あは〱しき女　つゐぢのくづれ　（二一ウ）

▽前田家本　尊経閣文庫蔵『清少納言枕草子』「めでたき

もの」
人にあなつらるゝ物
ついちのくつれ　人のいへのきたをもて　よろしとてあけそめたる物いみ　あまり心よしと人にしられぬる人　ようしといふかみ　心あは〱しき女　をきなイ本　やむことなからぬ法師
（六二オ）

▽堺本　相愛大学図書館蔵 春曙文庫（朽木文庫旧蔵）『清少納言枕草子上』

人にあなづらるゝもの
ひとの家のきたおもて　よろしとてかどあけたるものいみ　あまり心よしとひとにしられぬる人　つゐぢのくづれ　心あり〱しき女ようしてゆふかみ
（四八ウ）

「人にあなづらるるもの」の段に関しては、右のように雑纂本の三巻本〈二類〉と能因本の項目数が少ないことが確認される。先の「原は」の段とはまた異なる傾向にあるといえるのだが、この段についてもそれぞれの書式について留意すべき点をみておく。

まず三巻本〈二類〉では、「築地のくつれ」と「あまり…」の間に空白がおかれているようにはみえない。この早稲田大学図書館蔵本の書式としては、一文字分を空けるべきところであったとおもわれる。

一方、能因本では、最初の項目「家のきたおもて」と次の「あまりに…」との間が、かなり狭いのだが、ひとまず若干空けているようにも見えるので、翻刻では二分の一字分を空けてみた。それ以外は、明らかに二分の一字分程度の空白がみとめられる。また、見出しは字下げがなされている。

これらに対して項目数の多い前田家本では、基本的に一字分、一部は一字分以上の空白がおかれている。また、堺本でも、基本的に一字分の空白があるが、最後の「ようしてゆふかみ」の直前は、二分の一程度の空白となっている。

なお、前田家本について一点補足する。右に引用した「人にあなつらるゝ物」の段の次には「ことに人にしられぬ物」（前田家本、一六六段）が続くのだが、その書式は次のようである。

▽前田家本　尊経閣文庫蔵『清少納言枕草子』「めでたきもの」

ことに人にしられぬ物　人のめをやのおいたる　くゑ日　（六二オ）

このように、この段では見出しが独立していない。要は、概ね書式に合わせようとする書写上の配慮がみとめられるものの、ときには徹底していないケースもあるということだ。

とはいえ、前田家本の類聚章段では、綺麗に整えようという意識が他本よりもいっそう顕著にみとめられる章段が多いようである。ここでは、その典型的な例を影印とともに示しておく。それは「もりは」（前田家本、一九段）である。

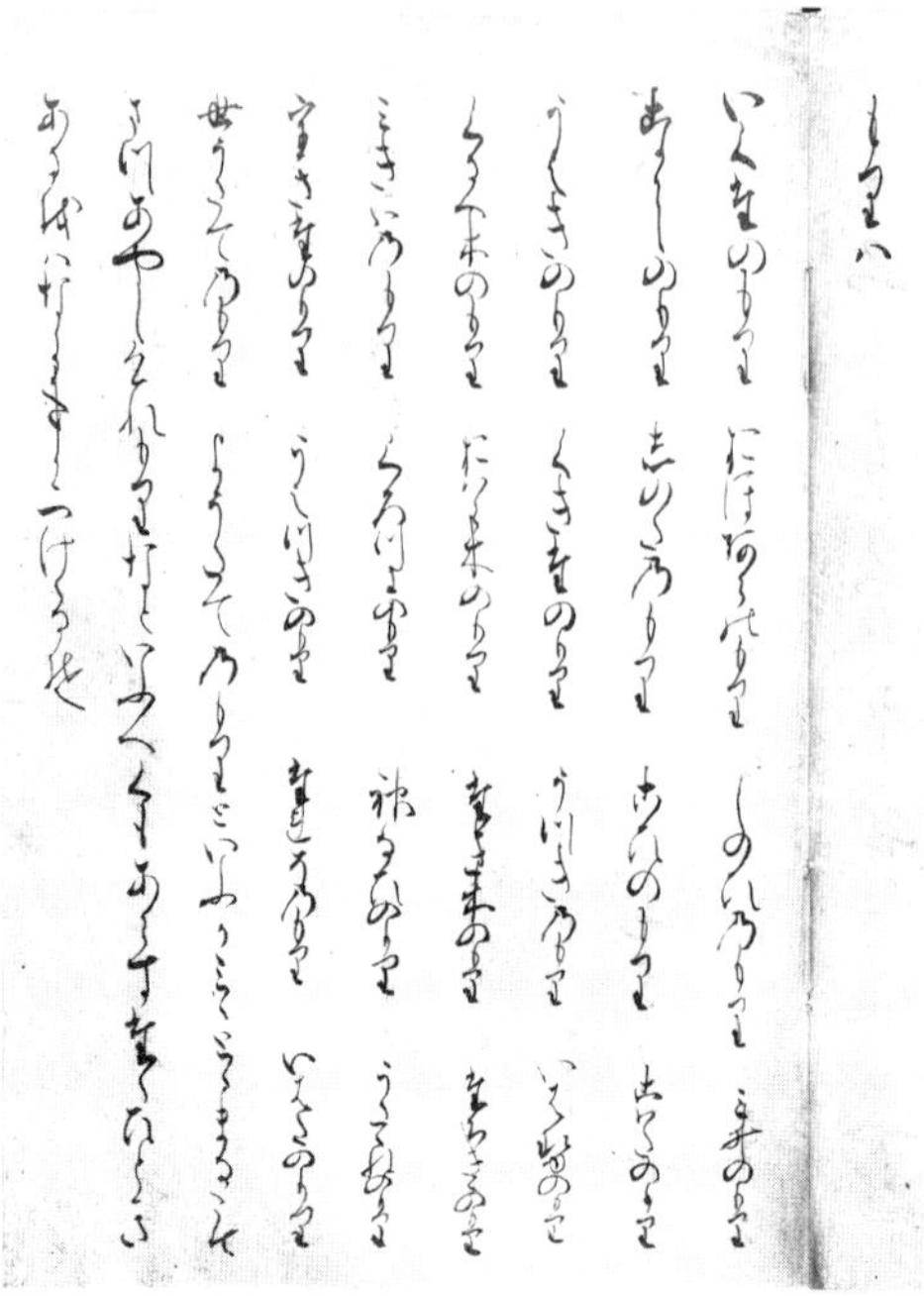

図5　前田家本　尊経閣文庫蔵『清少納言枕草子』「はるはあけほの」

もりは
いくたのもり　おほあらのもり　しのひのもり　みゐのもり
こからしのもり　しのたのもり　こひのもり　こはたのもり
うえきのもり　くきたのもり　うつきのもり　いはせのもり
くるへ木のもり　おはら木のもり　たき木のもり　たちきゝのもり
みきはのもり　くろつきのもり　神なひのもり　うたゝねのもり
うきたのもり　うえつきのもり　たれそのもり　いはたのもり
世うたてのもり　ようたてのもりといふかみゝとゝまるこそ
まつあやしけれもりなといふへくもあらすたゝひとき
あるをはなに事につけゝるぞ
（七ウ〜八オ）

図5で確認可能なように、終盤の「ようたてのもりといふか…」以下を除き、見事なまでに各項目がそろうように、見やすく記している。個々の項目の字数に多少の差があっても、何とか横の並びもそろうように配慮されている。ちなみに、二つ目に挙げられている「おほあらのもり」は、当然、「おほあらきのもり」とあるべき項目である。「き」が抜けているのは、ほかの項目よりも特に字数が多いのを強引に縮めてしまったというわけではないのかもしれないが、とにかく結果としては右のように綺麗にそろっているのである。

ちなみに、田中重太郎による校訂本文は、次のようになっている。

図6　田中重太郎『前田家本　枕冊子新註』一九段

【一九】 森《もり》は　生田《いくた》の森《もり》。[二〇]おほあらきの森《もり》。しのびの森《もり》。[二一]みゐの森《もり》。こがらしの森《もり》。篠田《しのだ》の森《もり》。戀《こひ》の森《もり》。木幡《こはた》の森《もり》。[二二]うゑ《え》きの森《り》。くきたの森《もり》。うつきの森《もり》。いはせの森《もり》。くるべ木の森《もり》。おはら木の森《もり》。たき木の森《もり》。たちぎゝの森《もり》。みぎはの森《もり》。くろつきの森《もり》。神なびの森《もり》。うたゝねの森。浮田《うきだ》の森《もり》。うえつきの森《もり》。たれその森《もり》。いはたの森《もり》。

世うたての森《もり》。[二三]ようたての森《もり》といふが耳《みゝ》とゞまるこそまづあやしけれ。森《もり》などいふべくもあらず、たゞ一木《ひとき》あるをば、何事《なに》につけける（こ）ぞ。

図6の校訂本文では、一項目ずつ、句点で区切られている。文章として受けとめられているらしい。しかし、図5は、とても文章とはみえず、句点で句切るべきものではないだろう。実は、『枕草子』の数多い注釈書の類聚章段における校訂本文も、ほとんどは図6と同様に句点で切っている。それらの中で、三巻本を底本とする津島知明・中島和歌子（編）『新編枕草子』[22]の類聚章段において項目が列記される箇所では、ひとつひとつに句読点は付かず、当該段の末尾のみに句点が入れられている。優れた措置だとおもうが、項目だけが並んで終わる章段の末尾についても、その句点も不要としてよいのではないか。

一方の極端な例として、萩谷朴による新潮日本古典集成[23]の「原は」の校訂を示してみる。

原は、
瓶《みか》の原、
朝《あした》の原、
園《その》原。

（一三段、四八頁）

同書の「凡例」では、「連想の継続と転換、前後の対応等の文脈に従って、あたかも散文詩を見るかのような千鳥組みにして、文章の構造を明示した」（一二頁）という。ユニークな試みだが、そもそもこれは「文章」なのか。おそらく可変的、動的な類聚章段の有する根本的な性質から大きく逸脱する校訂といわざるをえないだろう。

おわりに

以上、類聚章段を中心に『枕草子』のテクストについて検討してみた。『枕草子』におけるテクストの「真正性」といっても、唯一の原著、原本などということはありえない。そうであるならば、本稿でとらえてきたような本文の態様、あるいは事態のすべてをふくめて「真正」であるととらえるべきではないか。これぞ本物といえる原本は当初から存在せず、作者も清少納言だけに限られるとはいいがたい。そもそも、最初期の段階からテクストは多様であった可能性も高い。

とりわけ類聚章段は加除のしやすいものであっただろう。

そして、あるいはそれにもかかわらず、類聚章段は「非―文章」なるがゆえに、古写本では丁寧な配慮にもとづく書式が求められることにもなりえたようだ。梅田論文でも指摘されていたように、そこには「辞書的・歌枕書的利用[24]」との関わりが想定されるだろう。また、古注釈の類いを想起してもよいとおもわれる。たとえば、中世の『源氏物語』古注釈などをみてゆくと、決定版といえるような例はなかなかありえず、将軍に献上するような注釈でさえ、なお増補を要する状態、いわば「ひらかれた」テクストとして、さらに増補・改訂がなされてゆく。『枕草子』でも、とりわけ類聚章段においては、そのように「ひらかれた」性格が色濃くみられるだろう。またそのような章段群を有する『枕草子』だからこそ、その「ひらかれた」状態が、随想章段、日記的章段群にも波及して、本文のヴァリエーションがますます増えたという可能性を考えてみてもよいと考える。

※『枕草子』の跋文は、陽明文庫蔵室町中期書写本を底本とする杉山重行編『三巻本枕草子本文集成』(笠間書院、一九九九年)に拠って、筆者が校訂した。三巻本の段数も、同書に拠った。一方、文中で示している前田家本の段数は、田中重太郎『前田家本 枕冊子新註』(古典文庫、一九五一年)に拠った。

※『紫式部日記』の本文は、中野幸一・津本信博編『紫日記』(武蔵野書院、一九七四年)に拠って、筆者が校訂した。

注

(1) 池田亀鑑「枕草子の形態に関する一考察」(『研究枕草子』至文堂、一九六三年、初出は一九三二年)。

(2) 佐々木孝浩「定家本としての枕草子」(『日本古典書誌学論』笠間書院、二〇一六年、初出は二〇一二年)において、この系統本を「定家本枕草子」と呼ぶべきであることが論じられている。また、同様に三巻本を定家本として見直した上で論を展開している例として、渡邉裕美子「藤原定家の『枕草子』」(荒木浩編『中世の随筆――成立・展開と文体』竹林舎、二〇一四年)がある。

(3) 楠道隆「枕草子異本研究(上)・(下)――類纂形態本考証」(『枕草子異本研究』笠間書院、一九七〇年、初出は一九三四年)。

(4) 山中悠希『堺本枕草子の研究』(武蔵野書院、二〇一六年)。

(5) 池田和臣「『源氏物語』の原本とは何か――当たり前からの出発」(『源氏物語生々流転 論考と資料』武蔵野書院、二〇二〇年、初出は二〇一五年)一六―一八頁。

(6) 久保木秀夫「定家本・青表紙本『源氏物語』は、どれだけ実際に読むことができるのか?」(『中古文学』九四、中古文学会、二〇一四年)。

(7) 佐々木孝浩「『源氏物語』本文研究の蹉跌――「若紫」帖発見報道をめぐって」(『日本文学』六九―七、日本文学協会、二〇二〇年)。

(8) 陣野英則「『源氏物語』の本文校訂をめぐって――「須磨」巻の「くしとらする」攷」(『国文学研究』一七四、早稲田大学国文学会、二〇一四年）。この知見は、二〇一三年度、早稲田大学総合人文科学研究センターの研究活動で、同大学文学学術院所属の研究者たちによってさまざまな言語、時代、ジャンル（古代ローマ文学、中世フランス文学、中世ドイツ文学、イギリスのエリザベス朝演劇、日本の能楽、中国の近世演劇など）の本文研究に関してなされた諸報告をふまえている。

（9）前掲注1池田論文、および「枕草子の原形とその成立年代」（前掲注1池田書、初出は一九三八年）。

（10）和辻哲郎「「枕草紙」に就ての提案」（『国語と国文学』三—四、至文堂、一九二六年）。

（11）田中重太郎「枕冊子類纂諸段の研究——類纂諸段の限界について」（『枕冊子本文の研究』初音書房、一九六〇年）二三九頁。

（12）萩谷朴『枕草子解環　一〜五』（同朋舎出版、一九八一〜一九八三年）。

（13）津島知明「類集化する『枕草子』——「にくきもの」類集群の流動」（『動態としての枕草子』おうふう、二〇〇五年、初出は一九八五・一九八六年）一二六・一三七頁。

（14）永井和子「動態としての枕草子——本文と作者と」（『幻想の平安文学』笠間書院、二〇一八年、初出は一九九九年）二八—二九頁。

（15）小森潔「「枕草子研究」論——「言説史」へ」（『枕草子　発信する力』翰林書房、二〇一二年、初出は二〇〇五年）。

（16）前掲注3楠論文、四七頁。

（17）前掲注4山中書。

（18）楠道隆「枕草子異本の問題点について」（『武庫川国文』一四・一五、武庫川女子大学国文学会、一九七九年）。

（19）前掲注18楠論文。

（20）梅田径「通読する歌学書、検索する歌学書」（『六条藤家歌学書の生成と伝流』勉誠出版、二〇一九年、初出は二〇一四年）一九—二〇頁。

（21）林和比古「章段の意味」（『枕草子の研究　増補版』右文書院、一九七九年）二二四頁。

（22）津島知明・中島和歌子編『新編　枕草子』（おうふう、二〇一〇年）。

（23）萩谷朴校注『新潮日本古典集成　枕草子　上』（新潮社、一九七七年）。

（24）前掲注20梅田論文、二六頁。

図版出典一覧

図1　早稲田大学図書館蔵『枕雙帋清少納言　上』（ヘ10　7246 1）
出典　早稲田大学図書館古典籍総合データベース（https://www.wul.waseda.ac.jp/kotenseki/html/he10/he10_07246/index.html）

図2　学習院大学図書館蔵（三条西家旧蔵）『枕草紙　上』（914.31/3/）
出典　松尾聰（編）『能因本枕草子〈上〉学習院大学蔵』（笠間書院、一九九二年）

図3・5　尊経閣文庫蔵『清少納言枕草子』「はるはあけほの」（914.32-m-(s)）
出典　尊経閣叢刊『枕草子』（育徳財団、一九二七年）

図4　相愛大学図書館蔵 春曙文庫（朽木文庫旧蔵）『清少納言枕草子上』（春313）
出典　田中重太郎（編）『堺本枕草子〈上〉編者蔵』（笠間書院、一九七三年）

図6　田中重太郎『前田家本 枕冊子新註』（古典文庫、一九五一年）一一頁

古典的公共圏の春――西円の源氏注釈をめぐって

前田雅之

まえだ・まさゆき――明星大学人文学部教授。専門は古典学。主な著書に『書物と権力』（歴史ライブラリー、吉川弘文館、二〇一八年）、『なぜ古典を勉強するのか』（文学通信、二〇一八年）、『画期として室町――政事・宗教・古典学』（編著、勉誠出版、二〇一八年）などがある。

建長五年鎌倉で開かれた『源氏談義』において、「諳誦の徳有りて、了知の性無き仁」と酷評された西円法師なる人物を、和歌詠作、『源氏物語』注釈の注釈態度、そして、『源氏物語』注釈に対するこだわりから探ることによって、〈古典的公共圏の春〉ともいうべき鎌倉に花開いた自由自在な源氏学の一端を明らかにしてみた。

はじめに

後嵯峨院の治政（寛元四年・一二四六―文永九年・一二七二）を夾む前後は、日本においてはじめて古典的公共圏が確立した画期的な時代であったとこれまで何度となく私は主張してきたが、[1]その証例として、定家の青表紙本『源氏物語』と相並ぶばかりか室町中期まで本文的には優勢であった河内本『源氏物語』を校本として完成した源光行・親行を擁し、京都と並ぶ古典学・和歌の拠点として繁栄していた鎌倉を上げることができよう。武士の都だけではなかったのである。とりわけ、建長四年（一二五二）、後嵯峨院皇子宗尊親王がいわゆる「宮将軍」として鎌倉に下ってからは、歌壇の成立にともなう和歌詠作の機会や歌人人口の増加とレベル向上と並行して鎌倉における古典学もさらなる深まりをみせていったのである。

鎌倉の古典学を担った河内源氏家は、光行・親行親子の後、聖覚（義行）→行阿（知行）→経行と原則親子継承で学派が相承されていくが、親行の弟ともされ、『紫明抄』の編者である素寂は[2]河内源氏家では傍流の位置にあり、そのためか、素寂の注釈は『水原抄』とは違う方向性を示していた。[3]他方、『紫明抄』に先行する『光源氏物語抄』に詳述されている建長五年（一二五三）三月二十八日に催された源氏談義[4]の参加メンバーをみると、源親行、素寂、西円、清原教隆、後藤基政、素暹、藤原伊信に今案と記された編者[5]といった多彩な顔ぶれであり、河内源氏家の親行・素寂をはじめとして、鎌倉における源氏学および和歌を代表する面々が参加している。なかでも、西円は、素寂に次いで、発言や西円説（西円釈）[6]の引用も多く、[7]この談議の際に、『光源氏物語抄』編者によって「諳誦の徳有りて、了知の性無き仁」と断じられたごとく、[8]無類の記憶力と探索力を存分に発揮し、学的誠実さ、というよりもむしろ、過激とも称しうる徹底的な実証的な態度といい、自説への固執といい、河内源氏家（親行・素寂）以外において鎌倉の源氏学のレベルの高さを傍証しうるような人物とみてよいと思われる。[9]

本稿では、古典的公共圏成立期における鎌倉の源氏学の諸相を歌人でもあった西円を通して検討してみたい。そこから、古典的公共圏成立期の鎌倉において、『源氏物語』が古典化するということは具体的にどういうことであったのかが逆に浮かび上がってくると思われるからである。[10]

一、西円の歌力
――勅撰集入集歌の分析を通して

西円の源氏注釈の特徴的なもののひとつに新たな引歌の提示がある。そこからも分かるように、西円は和歌に関する知識もかなりのレベルに達していた。ということは、言い換えれば、西円は歌人でもあったということである。既に、小林一彦が説くように、[11]『新後撰集』に一首、小林によって撰者ともおぼされる新和歌集に十七首、[12]後藤基政撰述『東撰和歌六帖』（春の途中まで三一九首残存、抜書も春から冬の途中まで四九一首残存）に九首、夫木和歌抄に一首、人家和歌集に三首、拾遺風体集に五首、六華和歌集に一首（計三十三首〈重複歌一首を除く〉）が現在のところ確認され、さらに、笠間時朝の『前長門守時朝入京田舎打聞集』には、『楡関集』に入集した十六首、『新玉集』に入集した五十三首は、西円撰と記されていることから、西円は『楡関集』・『新玉集』という散逸私撰集の撰者であったことが判明している。[13]とすれば、宇都宮歌壇の有力歌人のみならず、東国を代表する歌人の一人であるとみてよいだろう。

そこで、本章では、二条為世が撰者となった勅撰集『新後撰集』（嘉元元年・一三〇三年十二月奏覧）に入集した和歌を具体例として取り上げ、西円の歌力を診断しておきたい。「恋二　題不知」として以下の和歌が入集している。

西円法師

九三九　いかにせんわれのみ人をおもふともこふともおなじこころならずは

歌意は、どうしよう、私だけがあの人を思っても恋しても、あの人が私と同じ心でなかったら、というものだろうが、この和歌の特徴は、冒頭の「いかにせん」ではなく（『後撰集』以降、勅撰集入集歌はほぼ初句にくる傾向があった）、他に三例を数える「われのみ人を」（『詞花集』二三四番歌・能因法師、『続拾遺集』一〇五〇番歌・洞院公守、宗尊親王『竹風和歌抄』一五五番歌）や、前句同様に他に三例ある末句「こころならずは」（『新勅撰集』一一四七番歌・西園寺公衡、『文保百首』一六六八番歌・二条為藤、同二五八五番歌・二条為定）もそれなりに重い意味を有するけれども、やはり、三句と四句に跨がる「おもふともこふとも」となるだろう。なぜだろうか。それは、『光源氏物語抄』において西円が三代集と並んで引歌の典拠としてあげる『古今六帖』に初例とおぼされる二首があるからにほかならない。

『古今六帖』ひも

三三三九　おもふともこふともあはむものなれやゆふてもたゆくとくるしたひも[14]

（『奥義抄』四九八　おもふともこふともあはむ物なれやゆふ手もたゆくとくる下ひも）

同、かさの女郎　くちなし

三五〇八　おもふともこふともいはじくちなしのいろにころもをそめてこそきめ

が初例の二首である。「おもふともこふとも」を初句と二句めに使っている歌例としては、

『続後撰集』恋一　忍恋　土御門院小宰相（家隆女）

六六五　おもふともこふともしらじ山しろのときはのもりの色し見えねば

（『遠島御歌合』百番にも採られる。後鳥羽院は「右歌、おもふともこふともしらじといへる、やさしくみゆ」として「勝」としている）

もあるが、初句・二句めに「おもふともこふとも」を用いていること、さらに、「いはじ」→「しらじ」の変換、「いろにころも」→「もりの色し」の同一語句の使用とあるように、小宰相詠は、『古今六帖』三五〇八の本歌取りだろう。とすれば、西円詠の独自性はどこにあるのかが改めて問題となる。それは、端的に言えば、「おもふともこふとも」を初句に用いず、三句め・四句めに跨がるように用いた点にあると言え

る。西円詠以外にはこのような置き方は見出せないからである。

次に、西円詠の本歌を考えてみたい。本歌取りが本格化するのは、周知のように、『新古今集』以降だが、本歌取りという和歌詠作方法の定着と伝統化もこれまた古典的公共圏の成立・定着と連動したものであったろう。なぜなら、和歌を詠むという行為が、過去に詠まれた偉大な和歌たちと連続する現在に自己を改めて組み込むことと認識されるようになったからに他ならない。つまり、詠者は自分勝手に自由に和歌が詠めなくなったということである。反面、本歌取りと題詠という技法を習得することによって、和歌なるものが少なくとも平安期よりは詠みやすくなったことも否めまい。どういうことか。それは、『古今集』他三代集（可能ならば、『伊勢物語』と『源氏物語』の和歌も）をしっかり暗記して、題詠においては、堀河題あたりをベースにして、題に用いる語句を前例等から習得かつ体得していくと、月並みでつまらないと言われようが、歌会あたりで恥をかかない和歌らしい和歌がなんとか詠めるようになったということである。鎌倉期における武家歌人の飛躍的な増加は、むろん古典的公共圏が武家をも巻き込んだ結果にちがいないが、[15] 和歌詠作ルールの確立も大きく寄与したことは改めて言うまでもないだろう。

そこで、西円詠に近い発想を持つ過去の和歌、即ち、本歌と呼べる和歌を探ってみよう。管見によれば、次の和歌が『古今集』といった古典化した歌集ではないが、可能性が高い和歌だと思われる。

『続後撰集』恋一　恋歌の中に　式子内親王
七〇七　いかにせんこひぞしぬべきあふまでとおもふに
かかるいのちならずは

（なお、七〇七番歌は『式子内親王集』に収められてはいない）

がそれである。西円詠と初句「いかにせん」と末句の四文字「ならずは」が共通するのみならず、「こひ」（「こふ」とはいえ）・「おもふ」も一致するからである。おそらく西円は、式子詠を本歌に据えて、自家薬籠中としている『古今六帖』にある「おもふともこふとも」を初句ではなく、三句め・四句めに配し、しかも、「こふとも」の後には「おなじ」で繋ぎ、それがそのまま末句にも掛かるという複雑な構成を構築していったのであろう。

加えて、本歌との意味的関係を探ってみると、まず、本歌には、さらなる本歌として、『後拾遺集』恋一「宇治前太政大臣の家の卅講の後の歌合に　堀川右大臣（頼宗）六四二　あふまでとせめていのちのをしければこひこそ人のいのりなりけれ」があげられる。[16] ということは、西円詠は、頼宗詠を受けて詠まれた式子詠をさらに受けて詠まれた和歌ということになろうか。西円が『後拾遺集』の頼宗詠を知っていた可能性はあるけれども、それはともかく、ここで式子詠の歌意をおさえておくと、どうしよう、恋で死ぬべきだろうか、逢うまでと思っているが、そこまで生きる命でなかったら、これをやや崩して言い換えると、あなたに逢えるまでと思っているのに、そのような寿命でなかったとしたら、恋で死のうかしらといったものであろう。〈死ぬ、命〉という要素は、頼宗詠から継承したのだろう。そうして、本歌と比較した上での西円詠の独自性をみると、初句と末句四文字を式子詠に仰ぎながらも、「いのち」→「こころ」、「こひぞしぬべき」→「われのみ人を」、「あふまでとおもふにかかる」→「おもふともこふともおなじ」の変換、とりわけ、同じ「おもふ」を使いながらも、そこに『古今六帖』にある「おもふともこふとも」に変換したことに西円の狙いがあったと思われる。しかも、それは、『古今六帖』の初句と二句めではなく、式子の本歌を活かして三句と四句目での変換だったのである。

結果的に、西円は、こうなったら恋で死んでしまおうかという和歌を、単なる片思いだったらという和歌に転換してしまったのだ。とまれ、そこから西円の歌力が相当なレベルに達していたと見ることはあながち間違いではあるまい。

二、西円の注釈態度の基調
――「桐壺」巻を通して

西円の歌力を確認したところで、次なる課題は、『源氏物語』に対する西円の注釈態度となる。具体的な例として巻頭の「桐壺」巻を取り上げてみたい。理由はさしてない。誰しもが読み、内容を知る巻だからということになろうか。

『光源氏物語抄』(17)において、「桐壺」巻には、一二六の文言・語句が立項されている。そのうち、西円が注釈を加えているのは、同一文言への複数注を含めて三十四箇所に上る。そこで、以下、西円の注釈態度を示す例を十五例ほど示しておく。

1、はじめよりをしなべてのうへ宮つかへなどと云事
　これはきりつぼの更衣のはじめより御おぼえならびなきことを云也　西円

2、まうのぼり給ふにもあまりうちしきるおりは、こゝかしこのみちにあやしきわざをしつゝ、御をくりむかへの人の裳きぬのすそたへがたくさがなき事おほかりと云事
　閑院《栄花》大将姫君内《花山》にまいらせ給へるに、一月ばかりとき

めき給て其後たえはてさせ給ぬ。世のためしにもしつべし。継母の北方いかにしたまへるにかとまで世人申あへり。御門のわたらせ給うちはしなどに人のいかなるわざをしたりつるにか、われものぼらせ給はず、上もわたらせ給はず、めもあやにめづらかにてまかで給ぬ　西円釈

大鏡
天暦御門御時宣耀殿女御一条左大臣師尹公女芳子ときめき給けるを、与（ママ）安子中宮九条左大臣師輔公女御心みだり給。かたへの人〲もめをそばめあへる、かゝるさがなき事共ありけり　勘文

後漢書帝紀十皇后紀下(18)
霊帝宋皇后諱其（某カ）、扶風平綾人（也脱カ）。粛宗（宋脱カ）貴人之従曾孫也。建寧三年、（選脱カ）入掖庭為貴人。明年、立為皇后。父酆、執金吾。封不某郷侯。后無寵居正位、後宮幸姫衆、共譖毀。初、中常侍王甫枉誅渤海王悝及妃宗（宋カ）氏、妃即后之姑也。甫恐后（怨脱カ）之、乃興太中大夫程阿共構言皇后挟左道呪詛云々（以下略）　行平

3、こうらうでむにもとよりさぶらひたまふと云事
後涼殿
こうりやうでむト可読有二ト相伝一云々　親行釈
此儀不得其意無左右難依憑其故者此指道理背文字之条如何今義之意者世俗こうりやうでむト称ス此世俗言を難捨存歟若然者尤可為自之由義歟随涼字そう〱音有頭玉篇云涼力匠反薄也又力漿反薄寒児宋韻之涼俗作凉音良云々已此字有二一音此上者何今可背文字頭抑是已下如此事繁多也不能注歟
栄花
宮職曹司ニをはしますを猶いと遠しとて近き殿定子ニわたし奉てのぼらせ給ふ事はなくて我夜中ばかりにを（は欠カ）しまして、後夜〱に帰らせ給　西円釈

4、おたぎといふ所にいかめしうそのさほうしたるに、をはしつきたる心ちいかばかりかありけんと云事
遷都之時被定葬地之所也　教隆
延喜式云贈正一位源氏清和天皇外祖母墳碁（墓カ）在山城国
愛宕《ヲタギ》碁（墓カ）　西円釈
圭《イカメシウ》字訓也　文選　魏《イカメカシウ》字訓也　西円釈

5、三位をくり給よしあり。その宣命よむなんいとかなしきわざなりけると云事
贈三位例事也。
葬時贈三位事
無位藤原盛子村上外祖母応和四年四月廿七日従三位　西円釈

更衣贈位事

無位藤原忯子大納言為光女寛和三年七月二十三日贈従四位上　藤原述子天暦三年十月廿三日　贈従四位上　西円釈

6、むまれし時よりおもふこゝろありし人にてト云事
宮仕にいだしたてむのほいと見ゆる　西円釈

7、いとゞ《更衣母》しく虫の音しげき浅茅生に露をきそふる雲の上人と云事　後撰云母の服にてさとに侍りける時醍醐御門より無常御ふみ給はりける御返事に
近江更衣　五月雨にぬれにし袖をいとゞしく
露をきそふる秋のわびしさ
御門御返し
大方に秋はわびしき時なれど露けかるらん袖をしぞ思ふ　西円

8、かごともきこえつべくといはせ給と云事
露のかごとゝ云事あり如常かごとは加言也　西円
かごとに両義あり。一には誓の字訓也。かねてちかひをく心也。かねごとなど世俗に謂習是也。一には詃《カゴト》字訓也。人を恨心也。かこつと世俗謂習是也。而今者二義中後義相叶当所歟。　西円　小言《カゴト》　行平

9、すがくともえまいらせたてまつり給はぬなりけりと云事
速々にもと云心歟。又はたへずとも云心也　素寂
速歟いそぐ心也　清《スガく》字訓也　西円

10、此比明暮御らんずる長恨歌の絵亭子院のかゝせ給て伊勢貫之によませ給。やまとことの葉とも唐の哥をもたゞそのすぢをぞまくらごとにせさせ給ふと云事
伊勢集
長恨哥御屏風に亭子院にいらせ給て、其所々の名をよませ給けるに、みかどの御手にて　紅葉々の《にイ》色みわかれず降ものは物おもふ秋の涙成けり
かくばかりおつる涙のつゝまれば雲の使にみせまし物を
帰りきて君おもほゆる蓮葉に涙の玉とおきゐてぞみる
玉簾あくるもしらずねし物を夢にもみしと思ひかけきや　奥入
紅に払はぬ庭は成にけりかなしき事の葉のみつもりて
和哥毎々然而有略畢
大和ことばと云は和哥もろこしのうたは詩也。まくらごとゝは明くれのことぐさのよし也。ねてもさめても

身をはなれずと云心也。　まくらごと日本記万葉等
臣等をまくらと訓ぜり。猶其不得其理　西円
又は身にそふよし歟。ねてもさめても身をはなれすと云心也
行平云淮南子劉安淮南王学仙倒秘篇云枕中鴻宝云々。
文選 枕 帙《本ママ、クラニヌケツヲ》　古哥等詞箱なる筆ぞしるらんなどいへ
ば、枕だにせでねしものをとも枕のみこそしらばしる
らめともいへり。以此等意案此義宜歟

11、右近のつかさのとのゐ申の声きこゆるはうしになりぬ
るなるべしと云事

亥ノ一剋ニ左近衛夜行官人初奏時終子四剋丑剋右近衛
の宿申事至卯一剋ニ　内竪《ナイシュ》衣(亥カ)一刻奏宿簡　定家釈
今案云内竪亥一刻奏宿簡事不審
北山抄 亥子時左陣毎刻夜行丑寅剋右陣勤之　若有闕怠次将召
勘直官人等丑剋物節一人来申宿申候由殿上及宿所尋上臈ノ次将ノ在書ヲ申云々
次将問之ニ或乍臥左右於一所申後申之者不必聞之依己知左右也　即申ニ姓名ヲ仰セテ云ク
申セ称唯告府生々々両度以咳声不ス候由ヲ問テ云何誰
此度頗有然威儀問之然猶音者府生以下称職姓名ヲ即申ス宿侍之人ノ
云ク仰テ候儀申スハ大将ニ者府生申ス候由将曹申之即申ス中将ニ
以下申セバ於中将ニ者申ス小将以下ニ小将申ス将監以下
西円釈

12、世のまつりごともおぼしすてたるやうになりゆくは、
いとたい〴〵しきわざなりと、人のみかどのためしまで
ひきいでさゝめきなげきけりと云事

たい〴〵しといふは退々也
絶々此字訓歟　西円釈

13、そのころこまうどのまいれりける中にかしこき相人あ
りけるをきこしめして、宮のうちにめさん事は宇多の御
門の御いましめあれば、いみじうしのびやつして、この
みこをこうろくわむにつかはしたりといふ事

こうろくわんは、けんばれうといふ也　素寂
狛者高麗異名也宇多御門者寛平法皇也。是ハ寛平遺誡
に御門異国の人には見え給はじといふことなり　伊行釈
寛平遺誡 外蕃之人必所召見者、在簾中見之勿直対耳、李環（朕
脱カ）已ニ失之（新君脱カ）慎之　定家釈
大鏡 しのびて相人にあひ給事は、小野宮殿あやしきすがた
をつくりて相人のもとへおはしまして、下臈の中にと
をくゐさせ給へりしを、おほかりし人の中よりのひあ
がりて見たてまつりて、貴臣よと申けり。またいとわ
かくおはしましけるおりなり　西円釈
鴻臚舘也。いまの四づかはこの石ずゑ也。異国来朝之

仁さうなく九重の中へへれずしてこゝにして問答あり
鴻臚舘在七条朱雀　教隆
七歳にて高麗人にあひて文つくる事うつほのとしかげ此例也。としかげは式部大輔左大弁清原大君子也。七歳にて狛人にあひて文をつくる彼物語に見えたり　西円釈

14、にげなからずとつねにきこえ給と云事
人間也。愛憎之意也。なからずとは不也。
非無似気歟。相似之由也　今案
清少納言枕草子にげなき物、かみわろき人のしろきをりものゝきぬきたる、しゞかみたはつきたる人のかみにあふひつけたる、げすの家のあやしきに、雪のふりたる又月のさしいりたるもにげなし(19)　西円

15、はつもとゆひと云事
三善助忠が元服の夜能信がよめる
ゆひそむる初本ゆひの小紫衣の色にうつれとぞ思ふ　西円釈

以上、例示数としてはやや多めとなったが、西円の注釈態度はほぼこれで提示し得たと考える。15例の内訳は四つに分類されよう。

①、引歌提示（7、15）
②、有識故実的考証（2、3、4、5、11、13）
③、語釈（8、9、10、12、14）
④、文脈理解（1、6）

ここから、西円の注釈態度の全容がほぼ明らかとなる。それは、方法としての典拠主義となるだろう。①引歌提示の7における「いとゞしく」（『後撰集』）、15における「初本ゆひ」（『拾遺集』）、②有識故実的考証の2・3における『栄花物語』、4における『延喜式』、11における『北山抄』、13における『大鏡』に拠る傍証、③語釈の8における字訓と世俗用法の比較、9における字訓による新説提示、14における『枕草子』による傍証といったものが典拠主義の典型的な用例である。

他方、④文脈理解の1、6における「桐壺」巻全体を踏まえた物語解釈に関する注釈はこの二例しか窺えず、西円の注釈態度の基調とは言えないことである。となれば、西円の注釈態度の基調とは、『源氏物語』の語句・文章を他の典拠（『後撰集』、『栄花物語』、『北山抄』、『大鏡』、『枕草子』など）によって傍証し、『源氏物語』の物語・表現世界が決して単なる孤立的・自立的に生まれたのではなく、言葉・語句レベルでも平安期の諸作品の中で生まれ、しかも、書かれた内容は

決して荒唐無稽なものではなく、当時の史実に沿っていたことを明らかにするものであったと言えよう。

そうした態度を上記の例からさらに具体的に明らかにしてみたい。まず、2である。2は、桐壺更衣に対するいじめに関する注釈である。宮中の通り道に汚物を撒かれて、更衣の送り迎えの女房たちの裾が汚されたというものである。かなりおぞましいいじめと言ってよいが、これについて、三つの注が列記されている。西円・勘文・行平のそれである。

第一に、西円は『栄花物語』巻二「花山たづぬる中納言」を傍証にあげる。藤原朝光（閑院左大臣）の娘（姫〈=姚〉子）を花山天皇に入内させたものの、寵愛は一ヶ月くらいしか続かなかった。継母の北方（延光室の後、朝光室、よって、姫子の継母となる）がどんなことをなさったのかと世人は言ったという。今日では、西円が引く『栄花物語』の「御門のわたらせ給うちはしなどに人のいかなるわざをしたりつるにか」といった表現自体が他ならぬ『源氏物語』取り（=本説取り）であることが証明されているから、西円による懸命の探索は空しい行為とはなるけれども、当時の西円にあっては、『栄花物語』は『源氏物語』の影響で作られた物語ではなく、『源氏物語』における史実を検証する歴史史料であったから、評価としては、よくぞ見つけたというべきではなかろうか。むろん、『栄花物語』の継母の北方が『源氏物語』の弘徽殿女御に比定されているのである（これとて源氏取りなのだが）。

第二に、勘文は、『大鏡』における宣耀殿の女御（芳子）に対する安子中宮の嫉妬のありようをあげる。『大鏡』の原文には忠実ではないが、勘文も西円同様に、傍証たりうると認識したのであろう。

第三に、行平は、『後漢書』「帝紀十皇后下」の霊帝宋皇后に対する王甫の恐れと嫉妬および程阿との共謀による呪詛を上げる。行平にしてみれば、唐土の例を出すことによって、『源氏物語』におけるいじめの傍証あるいは源泉としたのであろう。

以上、三つの注釈を検討したが、いずれの例も『源氏物語』に描かれた宮中内のいじめに類する行為が和漢の史書によって時代を超えて行われていたことを物語っていた。だが、注意すべきは、これらの三例が『源氏物語』の典拠とは言っていないということである。だったら、何なのだろうか。おそらく引歌と同様に、このようなエピソードを参考にして、『光源氏物語抄』としては、『源氏物語』が作られた、発想の源泉的な意味合いで引かれているのだろう。三人の注釈の内、どれが適切かも記されておらず、列記という叙述態度は、三例もだしておけば、だいたい分かるか（むろん、三人はそれぞれ努力して見つけてきているのだが）ということだろう。加えて、『源氏物語』に描かれた世界は決して空想的な産物でない、歴史上現実にあることを描いていることも伝えていると思われる。

さて、そうした中で、西円の注釈態度、言ってみれば、立ち位置はどのあたりになるだろうか。三人の中でもっとも「引歌」に近い表現「御門のわたらせ給うちはしなどに人のいかなるわざをしたりつるにか」を引いているのが西円であった。西円にしてみれば、『源氏物語』の典拠をここに見出したということだろう。となると、勘文・行平（彼らの注が西円の前後であるかは不明なものの）の注は、西円注に対する新たな傍証と読むことができる余地を残しているということになろうか。

次に、4をとりあげる。桐壺更衣の葬儀を愛宕で行った折、参列した更衣の母北方の嘆きに関する注だが、注の方向性は「愛宕」という場所の意味と「いかめしう」という言葉の意味に限定されている。冒頭にあるのは教隆注であり、愛宕が遷都の際に、葬送の地に定められたことを記している。これを受けて、西円注は、『延喜式』を引き、清和天皇外祖母の墓が愛宕であることを確認している（『延喜式』巻二十一、「諸陵寮」には、「白河陵（太皇太后藤原氏、在山城国愛宕郡上粟田郷、陵戸三烟、四至、東限勝隆寺東谷、南限自御在所南去十一丈、西限贈正一位源氏墓北、北限白河）[20]」とある）。おそらく西円は、桐壺更衣の墓所は、天皇外祖母に準じられたという物語的史実を言いたいのだろう。更衣の宮中内における地位と重さまでも推測しうる考証であり、単なる場所の意味に限定した教隆注を内容や射程の深さで完全に凌駕している。

加えて、「いかめしう」について、西円は、『文選』を引いて「圭」の字訓、更に「魏」の字訓とする。[21] 最初に「圭」については、『文選』巻十七、音楽　王子淵「洞簫賦」にある注（李善注、六臣注）に典拠が見出せる。

憤伊鬱而酷圭、愍眸子之喪精（鄭玄禮記注曰憤、怒氣充實也。伊鬱、不通。酷、猶甚也。蒼頡篇曰、圭、憂貌、奴谷切）[22]。

とある。注で引かれる蒼頡篇によれば、圭の意味は「憂貌」であり、音は「奴谷切」だから、nuとなるだろう。愛宕における葬儀のありようを西円は『文選』注を引いて、憂いに満ちたものとして見ているのだ、と同時に、「魏」の字訓ともある。魏は魏魏（＝巍巍）という形で、『論語』泰伯巻八に「巍巍乎、舜禹之有天下也[23]」とあり、『玉造小町子壮衰書』にも「彼尊相藹藹、其仏徳巍巍[24]」とあるように、けだかい意味をもつ。こちらによれば、天皇外祖母に準じる葬儀にふさわしい荘厳さを備えていたということになろう。となると、西円は字訓として、桐壺更衣の葬儀の様子は憂いに満ちつつ、荘厳だったと言いたかったのか、それとも、「いかめしう」に相当する漢字二字を懸命に見つけただけだったか。どちらともとれるが、素寂のように、妙な深読みがない分、意味深長の空気が漂ってくる注釈ではある。(25)

最後に、13を検討しておきたい。13は、高麗人の相人を天皇が召して、宮中内は宇多天皇の遺誡があるので、光源氏をやつさせて鴻臚館に送ったことに関する注である。冒頭は、素寂注であり、鴻臚館は玄蕃寮のことだと言っている。鴻臚館は玄蕃寮管轄だったから、正しい記述である。次に、伊行『源氏釈』は、「狛（こま）」は高麗の異名、および、寛平遺誡で帝は外国人とは会わないこととなっていると述べる。光源氏は帝ではないが、親王故に同じ扱いになったということだろう。そして、定家は『寛平遺誡』の原文を引き、伊行注を補っている。これに対して、西円は『大鏡』を引き、小野宮殿（藤原実頼）がやつした姿で、身分の低い人たちの中にまじって相人から距離を置いていたが、相人は実頼に気づいて「貴臣よ」と呼びかけた、それはまだ実頼が若い頃だったという記事を傍証としている。現行の本文とは、「相人のもとへおはしまして」が異なるが、このような本文をもつ『大鏡』があったか、文意が分かりやすいように西円が加えたのであろう。西円は、この典拠に基づいて、元服前の光源氏が姿をやつして高麗人の相人にあったことがありうる事態であったことを示したのである。その後、教隆は、鴻臚館の場所を七条朱雀と比定したが、内容には関わらない。

さて、西円はその後、『源氏物語』本文にはない、七歳で高麗人にあって文章を作る話が『うつほ物語』の「俊蔭」にあるという例を引いている。現行本文では、

　七歳になる年、父が高麗人にあふに、この七歳になる子、父をもどきて、高麗人と詩《ふみ》を作り交はしければ、おおやけ聞こしめして、あやしうめづらしきことなり。(26)

それでは、なぜ西円はこの情報を補注として加えたのであろうか。『源氏物語』では、源氏が高麗人に会った後、著名な予言がなされるが、このような叙述がある。

　弁も、いと才《さぞ》かしこき博士にて、言ひかはしたることどもなむいと興ありける。文《ふみ》など作りかはして、今日明日帰り去りなむとするに、かくありがたき人に対面したるよろこび、かへりては悲しかるべき心ばへをおもしろく作りたるに、皇子もいとあはれなる句を作りたまへるを、限りなうめでたてまつりて、いみじき贈物どもを捧げたてまつる。(27)

源氏の父親役とされた右大弁は文章博士であって、高麗人

と漢詩を作り合っていたが、当の源氏も「いとあはれなる句を作り」、高麗人から称賛されたばかりか、贈り物も献上されたとある。おそらく西円は、『源氏物語』の該当箇所から『うつほ物語』を想起し、この場面が『うつほ物語』をモデルとして作られたと考えたのだろう。それが「彼物語に見えたり」の言いたいことだろう。

だが、西円はここで思考を停止する。どうして、『うつほ物語』なのか、なぜモデルにしなければならないのか、については言及しない。『源氏物語』を形作っている史実、故事、引歌、漢籍、物語を典拠や傍証としてあげること。しかも、可能な限り、もっとも近い例をあげること、これが西円の方法である。この方法は、むろん、西円のみならず、当時の源氏注釈の基本であった。だが、西円は、伊行、定家、素寂といった先人・同時代人の源氏注釈者を乗り越えるより確実な先例を出すことに、それこそ心血を注いだのであった。

以上、三例から西円の注釈態度の基調を述べてきた。次なる課題は、そのような注釈を行い西円の人となりのありようである。

三、西円の人となり
――「木の枝」問答をめぐって

西円は、「初音」巻「めづらしや花のねぐらに木づたひて谷のふるすをとつる鶯と云事」における「とつる」が「とづる」かそれとも「とへる」か論争に敗れて、編者から「諳誦の徳有りて、了知の性無き仁」と称された。[28] 編者は人間における記憶と了知の関係をマトリクス構図として、①記憶○・了知○、②記憶×・了知○、③記憶○・了知×、④記憶×・了知×の序列をあげ、西円を③と比定したのである。編者にとっては、記憶よりも了知がより高く評価されたのである。だが、編者の見解が当時の記憶と了知の関係における最大公約数かどうかは不明というしかないので、序列問題はさておき、類い稀なる西円の記憶力は認めてよいだろう。逆に言えば、西円にとっては、了知といった物語を読解するための思考力よりも、記憶による想起の方が先行するのだろう。近代的思考に慣れてしまっている我々にとって、編者の了知重視論の方がしっくりくるが、西円の時代では、おそらく②と③の順位は通常は逆転するのではなかったろうか。それは、前近代的思考を支えているのが、記憶・連想・抜書であったからである。[29]

西円の注釈の中で、「とづる」vs「とへる」論争と並ぶのは、「松風」巻の「をぎ（荻）の枝」vs「き（木）の枝」論争となるだろう。この論争を読み解きながら、西円の人となり、さらに、それと一体化した思考態度を明らかにしていきたい。まずは項目と注釈の中心部分を引いておく。

　野にとまりつるきんだちも、ことりしるしばかりひきつけたるおぎのえだなどつとにてまいりあつまれりと云事荻枝也。仍、如声読之処、椿（播カ）公難云、ことりしるしばかりひきつけたるを木の枝などつとにてとは、木枝也。然者、をの字絶句也。数如親行説者、草に枝有べし。此事無謂歟。其上証本三本までたしかに木枝と書り。仍、親行義不足言云々。此難是非也。其故は伊勢なよ竹にえださしそふるしのすゝき夜ませにみゆる君はたのまじ、又えだもなさけなかんめるはなをとてあふぎにをけり。しかれば、すゝきゆふがほえだあらば、荻あに枝なからんや。又前陸国守源義氏法師重代鷹飼也。而彼人云、鷹取小鳥荻薄のえだにつくるよし、相伝謂習云々親行伊行歟今案云親行義相叶ゑ（両カ）意、就中西円説はてには不宜歟。
小鳥は荻枝九はねのしたをはさみて一つゝ歟のほそきかづら山すげなどにてゆひわけたる也。小鳥付荻枝事数九を一つゝ山すげ若は細きかづらにて、なかごろ舎兄親行于時李部二千石が家に物申さんト云人をとへば、源氏はりまとなのる。あるじきゝつけて、すなはち対面する時、まづ御なこそこと〳〵しくきこえ侍れ、法師の姓をよばるゝ事はめづらしながら、せめては源の字はさもありなん。氏の字はいかにとがめられて、うちわらひて播磨房といはるゝ無能法師原にまがはせしとてかく申され侍也。其上、光源氏物語をくらからずおぼえ侍うへは、なにかくるしかるへきと申人もきゝ候也。かつそはおぼつかなきこともをのづから候へば、申べし。又いぶかしき事侍らば、こたへも申さんとて、まいり侍なりと云。さらば、これをよまれよとて、松風の巻をみするに、すゑつかたになりて云様、御本をばきずなき玉とこそおもひて侍に、一字あまりて侍りけり。すらせ給へと云をきゝて、いづくに侍ぞと云時、くはこゝに候はかしこくまいりてとくせさせ申侍ぬへしと云。みれば、一字もたがはずおぎの枝などつとにて侍ぞ、いづらはあまりたるといはれて、小鳥をば木の枝にこそつけ侍れ、草には枝があらばこそつけ侍らめと云。さては、おぼつかなき事也。泉式部か哥になよ竹に枝さしかはすしのすゝき一よませなる君はたのまじといへる、是はいかにといはれて、其は竹の枝也と云、いかでか木にもあらず草にもあらぬものをば、一向木とは思定らるべき。又、おぎのふるえはいかにといはれて、かりすてたるふるくひ也と云、ほかにはいださじ。同物語夕顔の巻に夕がほ折て参随身を、あるじの童まねきよせて、白扇のいたうこがしたるをとうて丶、(30)これにをきてまいらせよ、枝もなさけながめる花をとてとらせたるはいかにといへば、女の心に枝のやう成とて申にたれと云。さて、野分の巻にをみなへしとこ夏いとあはれげなる枝にもとりもてまいるも見えたるにや、(31)いざゝらば、足利入道左馬権頭義氏朝臣に尋申さん。小鷹の家の人にて心にくしと云て、尋申たるに、いにしへはきじを荻の枝に付たる事有、今は梅の枝につく、小鳥をば荻の枝につくといはれたるに、猶もちゐずたてをつき、はたをあげられん事はさもやおぼゆ。木草の枝の証人にたてがたしと云。さて萩の枝も侍けり　古今躬恒哥

秋萩のふる枝に咲る花みれば本の心は忘ざりけり

萩の露玉にぬかむととればけぬよしみん人は枝ながらみよ(32)

延喜廿年十月十一日、召雅楽寮人猶清涼殿前奏舞権中納言仲平藤原朝臣着小鳥猶菊枝立階前奏云、舩木氏有進卿(御カ)贊かゝる記も侍りけるはといはれて、いづれもにせもの也。すべて草の枝に不可然と云てかへりぬ。つぎの年の九月十三夜あくるかとすれば、門ヲたゝく物有。たぞととへば、宇津宮景綱四郎左衛門殿より連哥の御点申さむと云。とり入てみれば、優なる共のなかにくれ竹のすゑ葉もたかくおひにけりト云鬼前歟の句のあるに、枝さしのぼる朝がほの花とつけたるをみて、是は西円がことはづかひにゝたり。いさゝか詞をくはふべしと云て、播州が説に云ク、荻に枝なしと云々。すゝきに枝あり、又夕顔枝有に、朝顔に枝なからむや。但播公が句と書付てつかはしたるに、句論(勿カ)也、満座入興の間、播公逐電とこそきこえし。是も猶すきのはなはだしきなり。今の世にはありがたくこそ　素寂

引用が長きに渉ったが、西円の人となりを端的に表現している箇所故にご寛恕を乞いたい。この文章は前半と後半に分けられる。このうち、後半は署名があり、ほぼそのまま素寂編の『紫明抄』にとられているので、素寂の言説であろう。前半の部分は後半の「舎兄親行」ではなく、「親行（最初の「親行」について、『光源氏物語』編者である今案によって、「伊行歟」とあるが、光行ではなかろうか）」と突き放して記している

ので、後半の話を誰かがまとめて記したものと見ることができよう。よって、某人ならびに素寂から見た西円像ということになるが、親行説に対する西円の主張を全面的に載せているので、西円という人が存分に現れているとみてよいだろう。

注が施されているのは、源氏が桂の院で饗応した際、「野にとまりぬる君達、小鳥しるしばかりひきつけさせたる荻の枝など苞《つと》にして参れり」とある場面である。若公達たちが、小鳥をほんのしるしばかりとして引き結んだ荻の枝を土産としてもってきたという内容である。[33]

言ってみれば、ほんのこれだけの内容だが、どうしてかくも長き注釈となったかと言うと、西円が「荻の枝」ではなく「木の枝」だと言い張ったからに他ならない。そこで、某人による前半に入る。親行説である「荻の枝」に対して、播公（西円）が「木の枝」と主張した。西円の主張では、親行説では、草に枝があることになる、このことには謂われがない、加えて、証本三本までも「木（の）枝」とある、だから、親行説は話にならないとなる。この西円批判の是非について、某人は親行説をよしとする。その理由は、伊勢の和歌「なよ竹にえださしそふるしのすゝき夜ませにみゆる君はたのまじ」[34]という歌例があり、また、枝も風情がありそうな花をといって扇に置くという例（前田注、後述）もある。とすれば、薄や夕顔に枝があるならば、荻にどうして枝がないものであろうか。加えて、重代の鷹飼である源（足利）義氏は、鷹取が子土田を荻・薄に枝につけるということを相伝して習っていたとか。そうした事実から光行親行説が意に適っており、西円説はよくないだろうとなったのである。

とはいえ、西円の見た証本三本に「木（の）枝」とあることは、西円にとっては自説の決定的な証拠となっただろう。現存諸本では、『源氏物語大成』による限り、別本の国冬本が「きのえた」に作っている。だから、判断では敗れたとはいえ、西円の主張は根拠がないわけではなかったのである。ここでも西円の主張は、草に枝はないという本草的知識と証本三本の記述という典拠主義が貫かれていたのだ。

次に、素寂が記した後半は前半の話が生まれた由緒に纏わるものである。冒頭、小鳥を荻の枝に結びつける方法が書かれるが、以後、話の内容は、西円の訪問と議論に移っていく。以下、やや詳細に拘って話の概要を記しておきたい。

訪ねてきた男は「源氏はりま（播磨）」と名乗り、あるじ（親行）に「名前など大仰です、法師の姓を聞かれることはめったにないが、せめて源の字はともかく、氏の字をどうか」と質されて、西円は「笑って播磨坊と言われる無能法師だ」と答えた。そして、『源氏物語』を全部暗記しているから、なにも問題はない」などと言って（前田注、このあたり、やや文意不明の箇所がある）、「はっきりしないことがあると質問しましょう。また、不明確なことがあればお答えしましょう」といって参上したという。

そうして、西円は、「これを読まれよ」と言って「松風」巻を見せると、終わりごろになって、「あなたの本は疵がない玉だと思っていましたが、一字余っています。それを削って下さい」と言う。「どこか」と親行が問うと、「ここですよ、早く削ってください」という。見ると、「おぎの枝などつとにて」とある。「どこが余っているのか」と親行が問うと、西円は、「小鳥を木の枝に付けますが、草には枝があるなら付けることもできましょうが」と言う。親行は、「それはおかしい。和泉式部の和歌に『なに竹に枝さしかはす』とあり、これはどうか」と尋ねると、西円は、「それは竹の枝である」と答え、「どうして木でもなく、草でもないものを木とは思い定められましょう」と言った。また、「荻のふるえ（古枝）はどうか」と親行に質問されると、西円は「刈り捨てた古杭である（前田注、問題にならないの意味か）」と言った。そして、『源氏物語』「夕顔」巻に夕顔を折って参る随身を、主の童が招き寄せて、白い扇のたいそう焦がしているのに、これに置いて差し上げよ、枝も風情がありそうな花をとてとらせたのはどうか」と質すと、西円は「女の心に枝のようだと申すに似ている（前田注、譬喩だと言いたいのか）」と言う。そうして、親行は「「野分」の巻には「女郎花常夏いとあはれげなる枝にもとりもてまいる」と見えているのではないか、それなら、足利入道左馬義氏朝臣に尋ねてみよう、鷹狩の家の人であって完璧な知識を持っている」と言って、尋ねたところ、『昔は雉を荻の枝につけたことがある。今は梅の枝につける』と言われても、まだ納得せず、反抗し、挑みかかる、西円とはそのような人かと思われた。西円によれば、これらの例は木草の証拠にはならないという。さらに、親行は、萩の枝の例として、古今集の躬恒歌「秋萩のふる枝」と「萩の露…枝ながらみよ」を出し、延喜二十年十月十一日に、雅楽寮人を召して、清涼殿前で舞を奏でた時、中納言藤原仲平が小鳥を菊の枝につけて階前に立ち、奏上するには、舩木氏御贄を進らしたという例を示した。「このような記録もありますが」と親行に言われると、西円は「いずれも偽物である。なんにせよ草の枝というのはあるはずがない」と言って帰って行った。

次の年の九月十三夜が明けるかとすると、門を叩くものがいる。誰かと問うと、宇都宮景綱殿から連歌の御点をお願いしたいという。採り入れてみると、素晴らしい句どものなかに、「くれ竹のするゑ葉もたかくおいにけり」という前句に、「枝さしのぼる朝がほの花」を付けているのを見て、「これは西円の言葉遣いに似ている。少し詞(点)を加えよう」と言って、『播州(西円)の説が言うには、『荻に枝なし』とか。薄に枝あり、また、夕顔に枝があるのに、朝顔に枝がないだろうか』と。但し、播公(西円)の句か」と書き付けて遣わしたところ、「もちろんである、連歌会の満座が笑い転げ、播公は逐電した」と言われた。とはいえ、西円もやはり数寄心が甚だしいのだ。今の世の中にはめったにないことである。(35)

以上の問答および後日談を見て、西円の人となりがほぼ明らかになったであろう。まず自説に対する絶大な自信である。親行にどれだけ反証をつきつけられても、怯まないどころか、抗弁し、最後は「にせもの」だと断じて去ってしまうのである。木の枝はあるが、草の枝はない。なにゆえにここまで拘るかは分からないが、西円にしてみれば、鎌倉源氏学の最高権威である親行に果敢に挑んでいるのだろう。次に、わざわざ親行の所までやってきて、議論をふっかける推参に近い強引な態度である。親行にしてみれば、名前もはっきりと言わない僧侶(とはいえ、この当時西円はかなりの著名人ではあるが)に質問をぶつけられて、それに答えねばならないのは迷惑この上なかろうが、反面、このような行為も許されるところに鎌倉の源氏学の開放性を指摘してもよいだろうか。嚮に、西円の典拠主義を指摘したが、ここでも典拠主義(証本主義)は維持されているけれども、それ以上に、木の枝はあっても草の枝はないとする本草学的原則主義が強すぎて、親行の出す典拠にはまったく評価しない事実から、典拠主義というよりも思い込んだら百年目といった極度の原則主義が西円の思想の核にあるようだ。言い換えれば、そこまで「木の枝」には自信があったということでもある。

だが、連歌会で詠んだ西円の句が他ならぬ「枝さしのぼる朝がほの花」という草の枝を示すものだったと御点で指摘され、ために連歌会の場は哄笑の坩堝と化し、西円がいたたまれなくなってその場から逐電したことについて、素寂は、それこそ西円の数寄心の激しさを物語るものであり、「ありがたくこそ」と肯定に評価しているのは、見逃せまい。言ってみれば、西円は、『発心集』などに肯定的に描かれる数寄の人と認識されていたからである。そこには、頑な、強情、頑固一徹ながら、西円の人となりは総じて数寄心によって支えられ、風雅を醸し出していたのである。

『光源氏物語抄』の編者によって、「諳誦の徳有りて、了知の性無き仁」とされた西円であったが、それ以上に「数寄」

の人であったということをこの問答は物語っているのではないか。また、西円の付句についての「御点」で「満座入興」となる鎌倉における連歌会（宇都宮景綱主催）の空気は、「逐電」したとはいえ、数寄者西円を抱え込む余裕のようなものが感じ取れないだろうか。推参といい、連歌会といい、談議といい、この時期の鎌倉は存外居心地のよい文の都だったのである。

おわりに

紙数を既に超えているので改めて総括はしない。西円の生きた時代の鎌倉における源氏学・源氏注釈は、一体何を物語っているだろう。それは、一斉に古典的公共圏が一斉に花開く百花繚乱のさまである。河内源氏家は君臨しているが、素寂のように距離をもっている傍流がいる、西円のように外部からちょっかいを出してくるのもいる。『光源氏物語抄』の編者のような存外冷静な人もある。実に人物に恵まれていた。こうした状況を時代が少し下った、『弘安源氏論義』（弘安三年・一二八〇）と比較してみればよい。『弘安源氏論義』の参加者は当時東宮だった伏見院の近臣ばかりである。その後の京極派の閉鎖性そのままに、『源氏物語』をめぐる議論は極めて深いけれども、場としては開かれていないのだ。[36]

他方、鎌倉の開放性は一体何だろうか。西円のような「困ったちゃん」まで許容する場が用意されていたのである。私は、この時期の鎌倉こそ、古典的公共圏の春があったと見ている。それは宗尊親王将軍期と重なる短い期間であったかもしれないが、古典的公共圏にとってよき時と場であったのである。

注

（1）拙稿「古典的公共圏の成立時期」（小峯和明・宮腰直人編『【シリーズ】日本文学の展望を拓く4　文学史の時空』、笠間書院、二〇一七年）他参照。

（2）親行弟である孝行を素寂と比定する説もあるが、確定していない。田坂憲二「河内方の源氏物語研究」（同『源氏物語享受史論考』風間書院、二〇〇九年、初出一九九二年）参照。

（3）田坂「『水原抄』から『紫明抄』へ」「河内本の注釈」（前掲注2同書、所収）参照。現在、『水原抄』は田坂が考証したとおり、『葵巻古註』にしか現存していないが、河内源氏家の源氏学の正統的ありようを示していると見てよいだろう。

（4）これついての先駆的業績は、稲賀敬二『源氏物語の研究　成立と伝流』（笠間書院、一九六七年、補訂版、一九八三年）であり、その学術的意義は不滅であろう。

（5）編者についてはまだ定説が確定していない。稲賀は藤原時朝を、堤康夫『源氏物語注釈史の基礎的研究』（おうふう、一九九四年、初出一九八七年）は金沢実時を候補とし、栗山元子は金沢実時説に疑義を呈した（栗山「『光源氏物語抄』編者考――金沢実時説の検討を中心に」平安文学の古注釈と受容　第二集、二〇〇九年)。

(6)散逸しているが、「西円釈」という『源氏物語』注釈を遺していたらしい。

(7)前掲注5堤書によれば、素寂は一一〇五項目、西円四四一項目、教隆一五七項目、親行四十三項目、行平二十四項目、今案(編者)一八〇項目となる。西円の奮闘ぶりがここからも了解されよう。

(8)前掲注4稲賀書第二章第二節三「建長五年三月廿八日の源氏談義——異本紫明抄の成立前後」参照。

(9)西円については、小林一彦「新和歌集撰者考——西円法師をめぐって」(『三田国文』九、一九八八年)、栗山元子「鎌倉時代の「源氏物語」享受について——『光源氏物語抄』における西円の源氏学」(中野幸一編『平安文学の交響　享受・摂取・翻訳』勉誠出版、二〇〇九年)などを参照のこと。

(10)古典的公共圏以前の『源氏物語』受容については、瓦井裕子『王朝和歌史の中の源氏物語』(和泉書院、二〇二〇年)参照。

(11)小林一彦「西円」(『和歌文学大辞典』古典ライブラリーネット版)。

(12)前掲注9小林論文。

(13)中川博夫「前長門守時朝入京田舎打聞集」「楡関集」「新玉集」(『和歌文学大辞典』古典ライブラリーネット版)参照。

(14)和歌の引用はすべて古典ライブラリーによる。

(15)武家歌人については、拙稿「日本意識の表象——日本・我国の風俗・「公」秩序」(渡部泰明編『和歌をひらく　第一巻　和歌の力』岩波書店、二〇〇五年)参照。鎌倉期の勅撰集入集数において、北条家歌人は摂関家歌人とさして変わらなかった。

(16)和歌文学大系37『続後撰和歌集』(佐藤恒雄校注、明治書院、二〇一七年)に指摘がある。

(17)テキストとしては『正宗敦夫収集善本叢書　第Ⅰ期　第一巻　光源氏物語抄』(武蔵野書院、二〇一〇年)を用い、適宜、中野幸一・栗山元子編『源氏物語古註釈叢刊　第一巻　源氏釈　奥入　光源氏物語抄』(武蔵野書院、二〇〇九年)を参照した。句読点濁点などを施した。

(18)台湾中央研究院の『後漢書』本文で句読点を打ち、脱字・誤字を注記した。

(19)現存の『枕草子』諸本では、能因本・堺本が近いが「髪あしき人の、白き綾の衣着たる。しじかみたる髪に葵つけたる。あしき手を赤き紙に書きたる」(能因本、『日本古典文学全集』本)、堺本「かみあしき人の白きおり物のきぬきたる。又しゞがみたはつきたる人のかみにあふひつけたる。」(無窮会本、京大本、林和比古編『酒井本枕草子本文集成』、私家版、一九八六年)となっており、「かみあしき」を除いては、堺本が『光源氏物語抄』に一致するが、同一の本文ではない。かかる本文を持つ『枕草子』があったと今は考えたい。

(20)引用は、『新訂増補国史大系』を用いた。

(21)「圭」の字訓で「いかめし」とするものに、『色葉字類抄』、「魏」の字訓では、「巍」となっているものの、『色葉字類抄』・『和玉篇』・『文明本節用集』・『天正十八年本節用集』・『饅頭屋本節用集』・『黒本本節用集』がある(『日本国語大辞典』による)。よって、西円がこの字訓をつけたのは根拠に基づいていたと思われる。

(22)引用は『増補六臣註文選』(漢京書店、一九八〇年)。

(23)引用は、『十三経注疏』(中華書局、一九八〇年)。

(24)引用は、岩波文庫『玉造小町壮衰書』(栃尾武校注、一九九四年)。

(25) 拙稿「中世人は「橋姫」をどう読んだのか」（久保朝孝編『源氏物語を開く――専門を異にする国文学研究者による論考54編』武蔵野書院、二〇二一年）において、西円と素寂の注釈姿勢の違いを論じている。

(26) 引用は『新編日本古典文学全集』。

(27) 『源氏物語』の引用は『新編日本古典文学全集』による。

(28) 前掲注4稲賀書。

(29) 拙稿「記憶の帝国」（同『記憶の帝国【終わった時代の古典論】』右文書院、二〇〇四年）参照。

(30) 『源氏物語大成』によれば、諸本は「いとうごがしたるを、これにをきて」とあるが、「いとうこがしたるをとうてゞ」と作るものはこれ以外見ない。

(31) ここは、「ここかしこの草むらによりて、いろいろの籠もを持てさまよひ、撫子などのいとあはれげなる枝ども取りもてまゐる」（『新編日本古典文学全集』）となっているが、河内本・別本には「をみなへし常夏の」（『源氏物語大成』）とある。

(32) 「萩の露」詠は躬恒歌ではなく、「よみ人しらず」である。

(33) ここを受けた場面として、『増鏡』巻十「老の波」があり、これについての詳細な考証として、高田信敬『弘安源氏論義』異解――通説の再検討」（同『源氏物語考証稿』武蔵野書院、二〇一〇年）がある。なお、拙稿『弘安源氏論義』をめぐる故実と物語」（『説話研究を拓く――説話文学と歴史史料の間に』思文閣出版、二〇一九年所収、拙稿二〇一九A）、同『弘安源氏論義』をめぐる史料と説話」（『説話の形成と周縁 中近世篇』臨川書店、二〇一九年所収、拙稿二〇一九B）において、高田論文・著に気づかずに執筆していた。今、改めて学恩に感謝すると共に、執筆時の見逃しについてはここに衷心より反省するものである。

(34) 『古今和歌六帖』巻五では、伊勢詠として「なよたけにえださしかはすしのすすきよまぜにみえむ君はたのまじ」とある。

(35) 後日談の御点者は、親行・素寂でどちらでも可能だが、ここでは、『紫明抄』にもそのまま引かれていることも鑑み、素寂だろうと考えておく。

(36) 拙稿二〇一九A・拙稿二〇一九B参照。

近世日本における『蒙求』の音声化
——漢字音と連続性

山本嘉孝

やまもと・よしたか——国文学研究資料館研究部准教授（兼）総合研究大学院大学文学科学研究科准教授。専門は江戸・明治期の日本漢文学。主な論文に「樫田北岸の「瓶話」——袁宏道受容における挿花と禅」（『雅俗』第一六号、二〇一七年）、「室鳩巣の中秋詩——盛唐詩の受容と儒臣像の形成」（『日本漢文学研究』第一三号、二〇一八年）、「「文粋もの」における朱子学と陽明学の折衷」（鈴木健一編『明治の教養——変容する〈和〉〈漢〉〈洋〉』勉誠出版、二〇二〇年）などがある。

木下順庵の跋文、毛利貞斎の注釈書・字書、太宰春台の「倭音」論を取り上げながら、日本では近世以降も『蒙求』標題が漢字音の直読で音声化されたことを確認し、日本漢字音が不整合性を抱えながら通用し、伝承されたことを明らかにした上で、漢字圏におけるテクスト遺産の「真正性」を漢字音の連続性と多様性に見出すことを提案する。

はじめに

唐代の李瀚が撰した『蒙求』は、故事を漢字四字一句の「標題」にして集めた幼学書である。合計五九六句から成り、脚韻が八句ごとに換わる韻文で書かれている。日本では、漢土の故事について口ずさみながら耳で覚えるのに役立つ入門書として、平安時代から近代まで、学問（すなわち漢学）を志す者たちの間でよく学ばれた。『蒙求』標題は、日本でも漢字音の直読によって音声化されてきた。例えば、夏目漱石の号の典拠でもある「孫楚漱石」は、「そんそいしにくちすすぐ」という訓読ではなく、「ソンソソウセキ」という漢字音によって暗誦されたのである。

本稿では、江戸時代、特に十七世紀末における『蒙求』標題の音声化に焦点を当て、近世日本における漢籍・漢詩文の普及において漢字音が果たした役割について考察しながら、テクスト遺産の「真正性」(authenticity) とは何か、という問いへの一つの応答を試みる。「真正性」とは、文化的産物を「世界遺産」として認定するに当たり、「顕著な普遍的価値を有する」かを判断するための一基準である。[1] もとは文化的産物が作られた時点、または享受された時点の状態が十分に伝存されているか、という基準のことをいうが、その定義は極めて流動的であり、対象物の時代背景や性質に即して編み出される必要がある。結論を先取りすると、本稿では、漢字圏におけるテクスト遺産の「真正性」を様々な形をした「連続性」に見出していくことを提案する。

一、近世日本における『蒙求』の読まれ方

(一)『蒙求』標題の漢字音直読

本稿で『蒙求』を取り上げるのには、二つ理由がある。第一には、音声との関係性の強さ、第二には、文化的な影響力・波及力の大きさである。

漢詩文は書記言語であり、発話されたままの言葉を書き留めたものではない。しかし、それ故に、様々な地域の異なる言語環境にあわせて音声化・朗誦されてきた。漢詩文が儀礼的な場で読誦されるテクストとして中国で発達し、近世日本においても訓読の音声が漢詩文の広がりに大きな役割を果たした点については、齋藤希史氏が重要な指摘をされている。[2] 平安時代における漢詩文の音声化については、齋藤希史氏、宋晗氏の研究がある。[3] また中古・中世日本の和文脈における文字と音声の関係については、阿部泰郎氏、猪瀬千尋氏の研究が備わる。[4]

室町時代までの『蒙求』関連資料は、過去の日本漢字音や中国漢字音に対する理解を今に伝える重要な記録として、主に国語学の分野で活用されてきた。ところが、江戸時代以降の『蒙求』関連資料は、声調を示す声点を欠き、読音さえも省かれることが多く、国語学研究においては看過されてきた。佐々木勇氏は、十六世紀半ば以降の日本で、『蒙求』の標題を漢字音で直読することが無くなったのかどうかは不明である」と記されている。[5]

一方で、近世日本で『蒙求』が広く学ばれ、漢詩文を筆頭とする文芸によく取り込まれたことは明らかである。池澤一郎氏は、大田南畝を例に、特に荻生徂徠門流の漢詩に故事が詠み込まれる際、『蒙求』がいわば種本として機能したことを指摘されている。[6]『蒙求』の影響は、史書の編纂に携わり、故事題詠をよく行った近世初期林家の漢詩文にも見られる。[7] しかし、江戸時代、『蒙求』標題がどのように音読されていたか、特に、佐々木勇氏が問いかけられたように、漢字音で直読されたかについては、これまで検討されていないように思われる。

答えは簡単で、『蒙求』は、江戸時代にも引き続き漢字音

で直読された。その証左の一つが、加賀藩主前田綱紀と五代将軍徳川綱吉に仕えた儒者、木下順庵（元和七年〈一六二一〉―元禄十一年〈一六九八〉）による「蒙求標題跋」（『錦里文集』（寛政元年〈一七八九〉跋刊）巻十七）である。全文を書き下し文とともに左に掲げる。近世初期すなわち十七世紀にも、依然として『蒙求』の標題が漢字音で直読されていたこと、また順庵が漢字音の正誤に関して何らかの規範意識を持っていたことが看取できる。傍線は私に付した。

李翰《ママ》蒙求一書、掇前言往行、属対類事、協用音韻、以便諷誦。幼学之士、諳其標題、則唐氏已前故事、可概見焉。世之所伝標題、間有声音訛謬、清濁混乱。蔵修之暇、為加校正、以授蒙士。嗟乎、前言往行、君子之所以蓄徳。奚翅童蒙之求云乎哉。

（李翰《ママ》の蒙求一書、前言往行を掇《ひろ》ふに、類事を属対し、音韻を協用して、以て諷誦に便《よろ》しくす。幼学の士、其の標題を諳んずれば、則ち唐氏已前の故事、概見すべし。世の伝ふる所の標題、間《ま》声音の訛謬、清濁の混乱有り。蔵修の暇、校正を為し加へて、以て蒙士に授く。嗟乎、前言往行は、君子の徳を蓄ふる所以なり。奚《なん》ぞ翅《た》だに童蒙の求めと云ふのみならんや。）

傍線部分には、当世に伝わっている『蒙求』標題に、読音の誤りと清音・濁音の混同があるので、学問の合間に訂正を加え、浅学の者に与えた、とある。順庵が訂正を書き加えた『蒙求』標題本の末尾に、この跋文を書きつけたものと思われる。

「声音」と「清濁」は、漢字音の発音を指すと考えられる。管見の限り、順庵が加えた訂正を有する『蒙求』本は伝存していないが、順庵が目にし得た『蒙求』諸本に当たることは可能である。順庵が問題視した『蒙求』が、果たして写本であったか、刊本であったかも、判然としない。刊本であっても、漢字音の読み方については、手書きで書き入れが施されていた可能性もある。本稿では、漢字音の読み方が振り仮名として刷られている『蒙求』刊本のみについて検討し、写本や書き入れ本の検討は今後の課題としたい。

（二）振り仮名が付された『蒙求』刊本

近世から明治十年代にかけて日本で刊行された『蒙求』刊本を左に列挙する。年次は初版・補刻について記すのみで、再版については記していない。○印は標題に振り仮名（漢字音の直読音）を付す刊本、●印は振り仮名を付さない刊本を示す。※印は筆者未見の本。文政期以降の刊本については、相田満氏の研究を参考にした。[8]

●小瀬甫庵〔梓〕『標題徐状元補注蒙求』（古活字版、文禄五年〈一五九六〉跋）

●清原宣賢〔講〕『蒙求抄』（古活字版、整版本は寛永十五年〈一六三八〉刊）
●宇都宮遯庵〔注〕『蒙求詳説』（天和三年〈一六八三〉刊）
○毛利貞斎〔注〕『蒙求標題大綱鈔』（天和三年〈一六八三〉刊）
○毛利貞斎〔注〕『故事俚諺絵鈔』（元禄三年〈一六九〇〉刊）
○毛利貞斎〔注〕『蒙求標題俚諺抄』（宝永三年〈一七〇六〉刊）
●服部南郭〔校〕『標題徐状元補注蒙求』（寛保元年〈一七四一〉刊）
●岡白駒〔箋註〕『標題徐状元補注蒙求』（明和四年〈一七六七〉刊）
○宇野東山〔注〕『蒙求国字辨』（安永六年〈一七七七〉刊）
○田興甫〔注解〕『補註蒙求国字解』（安永七年〈一七七八〉刊、明治三年〈一八七〇〉補刻）
○下河辺拾水〔図解〕・吉備祥顕〔考訂〕『蒙求図会』初編（享和元年〈一八〇一〉刊）
※『経典余師』蒙求之部（文政九年〈一八二六〉刊）
●岡白駒〔箋註〕・平田豊愛〔補注〕『標題徐状元補注蒙求』（嘉永二年〈一八四九〉刊）
●岡白駒〔箋註〕・佐々木向陽〔標疏〕『箋註蒙求校本』（安政五年〈一八五八〉刊）
●石川鴻斎〔補注〕『纂評箋註蒙求校本』（明治十二年〈一八七九〉刊）

漢字音の直読音を示す振り仮名を印字した『蒙求』刊本は、少なくとも六点ある。その内、二点は絵入り本であり、子ども・初心者が読者に想定されていたことが窺える。『経典余師』蒙求之部にも振り仮名が付されている可能性が高いが、筆者は未見である。『補註蒙求国字解』は明治三年に振り仮名付きで補刻されており、近世を通じて『蒙求』標題が漢字音で直読されたことは、これらの振り仮名付きの『蒙求』刊本によって確証できる。

ただし、振り仮名を付さない刊本も少なくない点には注意が必要である。相田満氏が指摘された通り、近世以降の日本では、漢文による徐状元の注を載せた『蒙求』本が主流となり、幼学書というより、中級者向けの読み物としての性格が強まったと考えられる。[9] とはいえ、中級者であろうと、『蒙求』に載る故事を記憶する上では、四字標題を漢字音として音声化して記憶したであろう。また江村北海『授業編』（天明三年〈一七八三〉刊）巻一・幼学には、「児輩」・「子ドモ」向けの教育に関して、「又所謂口拍子ニカケテ、オボヱヤスカランタメ、千字文ヲサヅケ、蒙求ノ標題、或ハ唐詩選ノ五絶ヲヨマセナドスル人モアリ」と記されている。近世中期にも、『蒙求』標題を子どもに口ずさませ、暗誦させていた者もいたことが窺える。

北海が言及する幼学書『千字文』も、『蒙求』と同じく四字一句から成る韻文で構成されている。『千字文』の場合は、近世日本の刊本に付された右傍訓・左傍訓を確認する限り、漢字音による直読と訓読を重ねて行ういわゆる文選読みによって音声化されたようである。例えば、『四体千字文』(慶長十一年〈一六〇六〉刊)には、「天地玄黄」の右傍に「テンチノケンクワウト」、左傍に「アメツチハクロクキナリ」と記され、「てんちのげんこうと、あめつちはくろきなり」と、文選読みによって音声化されたと考えられる。右傍訓に助詞の「ノ」と「ト」が補われているのが、単なる漢字音の直読ではなく、文選読みの使用が意図された証拠である。ただ、近世後期に刊行された『四体千字文』(天保十三年〈一八四二〉刊)には、「天地玄黄」の右傍に助詞のない「テンチケンクワウ」、左傍に「アメツチハクロクキナリ」とあり、時代が下るにつれて、『千字文』の音声化には、文選読みではなく、漢字音の直読と訓読の併用が行われるようになった可能性もある。

『千字文』は、漢字の形・音・訓を学ぶための書物であり、音読みと訓読みを確実に記憶できる文選読み、もしくは漢字音直読と訓読の併用が適していたであろう。他方、『蒙求』標題は、前半の二字が唐土の人物名、すなわち訓読みできない固有名詞であり、また用途も故事を覚えることであったので、漢字音の直読が合理的であったことは想像に難くない。

なお『故事俚諺絵鈔』では、右傍の振り仮名に加え、後半二字に訓点が付されている句も少なくない。例えば、「孫楚漱石」では、「石」字の左上にレ点、右下に片仮名の「ニ」、「漱」の左傍に「クケス、ク」(「ケ」は「チ」の誤刻である)と刷られている。ただこれは、意味把握のための訓点であり、音声化の方法を示すものではなかった考えられる。

二、「故実」としての漢字音

(一)毛利貞斎の編著における漢字音の比較

前節で紹介した木下順庵の跋文に話を戻そう。近世日本でも『蒙求』標題が漢字音の直読で音声化されていたことは分かった。では具体的に、どのような漢字音を用いて音声化されたのだろうか。

生没年に鑑みて、順庵が目にし得た振り仮名付きの『蒙求』刊本は、ともに毛利貞斎の手に成る『蒙求標題大綱鈔』と『故事俚諺絵鈔』であった。順庵が何に基づいて漢字音の正誤について判断したかは分からない。したがって、同時代の状況ないし感覚を探るべく、貞斎による複数の編著を比較し、振り仮名として記された漢字音を比較しよう。

貞斎は、初学者用の書物を盛んに編纂した儒者で、振り仮名付きの『蒙求』注釈本三種に加え、漢字の字書『増続大広益会玉篇大全』（元禄五年〈一六九二〉刊）も著した。左表に、『蒙求標題大綱鈔』と『故事俚諺絵鈔』で振り仮名に異同の見られる標題を挙げ、『増続大広益会玉篇大全』に載る漢字音を記す。重複する字は省いており、完全に網羅的とはいえないが、なるべく恣意的にならないよう六十五の標題について異同箇所を集めた。

通番	標題	蒙求標題大綱鈔	故事俚諺絵鈔	増続大広益会玉篇大全
1	王戎簡要	王戎（アウシウ）要（ヨウ）	王戎（ワウジウ）要（ヱウ）	王（ワウ）戎（ジウ）要（エウ）
2	寗成乳虎	寗（デイ）乳（ジウ）	寗（ネイ）乳（ニウ）	寗（デイ・ネイ）乳（ジユ）
3	郗超髯参	郗（ゲキ）	郗（チ）	郗（チ）
4	伏波標柱	柱（チユウ）	柱（チウ）	柱（チユ）
5	桓譚非讖	桓（クハン）	桓（クン）	桓（クハン）
6	鄭荘置駅	荘（サウ）駅（エキ）	荘（セウ）駅（ヱキ）	荘（シヤウ・サウ）駅（エキ）
7	蕭何定律	何（ガ）	何（カ）	何（カ）
8	和嶠専車	嶠（クウ）	嶠（ケウ）	嶠（ケウ）
9	時苗留犢	犢（トク）	犢（ドク）	犢（トク）
10	袁盎郤坐	袁（セン）	袁（ヱン）	袁（エン）
11	于公高門	門（ボン）	門（モン）	門（ボン・モン）
12	曹参趣装	装（ジヤウ）	装（シヤウ）	装（シヤウ・サウ）
13	鼈令王蜀	鼈（べツ）王（アウ）	鼈（ベフ）王（ワウ）	鼈（べツ）、王（ワウ）
14	南郡猶憐	南（ダン）	南（ナン）	南（ダン・ナン）
15	宋均去獣	均（ギン）	均（キン）	均（キン）
16	梁竦廟食	食（シ）	食（シヨク）	食（シヨク・ジキ）
17	李廞清貞	廞（ギン）	廞（キン）	廞（キン）
18	劉驎高率	率（シユツ）	率（シツ）	率（シユツ・リツ）
19	寿王議鼎	寿（ジウ）王（アウ）	寿（シウ）王（ワウ）	寿（シウ・ジユ）王（ワウ）
20	陳平多轍	陳（ヂン）	陳（チン）	陳（チン）
21	孫宝自劾	宝（ホウ）劾（カイ）	宝（ハウ）劾（ガイ）	宝（ハウ・ホウ）劾（カイ・コク）
22	馮衍歸里	馮（フウ）	馮（ヒヨウ）	馮（ヒヨウ・ヒウ・フ）
23	孟宗寄鮓	孟（バウ）寄（キウ）	孟（マウ）寄（キ）	孟（バウ・マウ）寄（キ）
24	樗里智囊	囊（タウ）	囊（ノウ）	囊（ダウ・ナウ）
25	顔叔秉燭	叔（シク）	叔（シツ）	叔（シク・シユク）
26	鄧通銅山	通（ツウ）	通（トウ）	通（トウ・ツウ）
27	班女辞輦	辞輦（ジシン）	辞輦（シレン）	辞（シ）輦（レン）
28	弘治凝脂	治〔ママ〕（ヤ）	治（チ）	治（チ）
29	袁耽俊邁	邁（ハイ）	邁（バイ）	邁（バイ・マイ）
30	仲連蹈海	蹈（タツ）	蹈（タフ）	蹈（タウ）
31	文宝緝柳	緝柳（ヂタウ）	緝柳（シフリウ）	緝（シフ）柳（リウ）
32	趙壹坎壈	壈（リン）	壈（テン）	壈（ラン）
33	龔遂勧農	農（ドウ）	農（ノウ）	農（ドウ・ノウ）
34	晏禦揚揚	揚（キウ）	揚（ヤウ）	揚（イヤウ）
35	蒙恬制筆	蒙（ボウ）筆（シツ）	蒙（モウ）筆（ヒツ）	蒙（ボウ・モウ）筆（ヒツ）
36	霊運曲笠	笠（リヲ）	笠（リツ）	笠（リツ）

37	林宗折巾	宗(クウ)	宗(ソウ)	宗(ソウ・シユ)
38	伯英草聖	英(ネイ)	英(エイ)	英(ヱイ・イヤウ)
39	馮異大樹	樹(ジユ)	樹(シイ)	樹(ジ□)
40	予譲呑炭	炭(ダン)	炭(タン)	炭(タン)
41	鉏麑触槐	麑(ヘイ)	麑(ゲイ)	麑(ゲイ)
42	石慶数馬	数(ス)	数(スウ)	数(スウ・サク)
43	孔光温樹	孔(ヨク)	孔(コウ)	孔(コウ・ク)
44	臨江折軸	析〔ママ〕(セツ)	折(セウ)	折(セツ)
45	楚荘絶纓	纓(セイ)	纓(ヱイ)	纓(ヱイ)
46	蜚廉善走	廉(シン)	廉(レン)	廉(レン)
47	趙孟疵面	孟(バウ)面(ベン)	孟(マウ)面(メン)	孟(バウ・マウ)面(ベン・メン)
48	子建八斗	建(クン)斗(トウ)	建(ケン)斗(ト)	建(ケン・コン)斗(トウ・ト)
49	衛青拝幕	幕(ハク)	幕(バツ)	幕(バク・マク)
50	蘇章負笈	笈(ケフ)	笈(キフ)	笈(ケフ・キフ)
51	田方簡傲	田(デン)	田(テン)	田(テン)
52	黄香扇枕	黄(クハウ)	黄(ワウ)	黄(クハウ・ワウ)
53	女媧補天	補(フ)	補(ホ)	補(ホ)
54	何晏神伏	神(ジン)	神(シン)	神(シン)
55	常林帯経	帯(タイ)	帯(テイ)	帯(タイ)
56	董奉活燮	活(クツ)	活(クハツ)	活(クハツ)
57	鄭崇門雑	雑(ザツ)	雑(ザフ)	雑(サフ・ザツ)
58	馮煖折券	煖(ケン)	煖(クハン)	煖(ダン・ナン・ケン)
59	孔圭蛙鳴	鳴(ベイ)	鳴(メイ)	鳴(ヘイ・メイ)
60	賈逵問事	問(ブン)	聞〔ママ〕(ブン)	問(ブン・モン)聞(ブン・モン)
61	劉整交質	質(シツ)	質(チ)	質(シツ・チ)
62	将閭仰天	仰(キヨウ)	仰(カウ)	仰(ギヤウ)
63	王凌呼廟	凌(リヨウ)	凌(リヤウ)	凌(リヤウ)
64	郳子投火	郳(シユ)	郳(チユ)	郳(チユ)
65	易牙淄澠	澠(シヨウ)	澠(イヨウ)	澠(シヨウ)

『蒙求標題大綱鈔』・『故事俚諺絵鈔』の両書で、誤刻が目立ち、ウ・ク・ツ・フ、ク・ケ、シ・レ、テ・ラなどの混同が見られる。例えば、通番8の「嶠」、49の「幕」の漢字音である。また、標題の漢字そのものにも、28の「坮」、60の「聞」など、両書に誤りが見られる。3の「郗」、41の「麑」、64の「郳」のように、どう考えても読み誤りと思われる振り仮名が記される傾向は、相対的には先行する『蒙求標題大綱鈔』の方が強いが、『故事俚諺絵鈔』にも、55の「帯」や62の「仰」など、『増続大広益会玉篇大全』を基準とすると、誤謬と思われる漢字音がある。また、4の「柱」、63の「凌」など、音としては同一またはほぼ同一でありながら、表記がゆれている漢字音も見受けられる。

濁点は、墨付きの良し悪しにも左右され落ちやすく、清音が意図された表記であるかの判別は難しい。岡島昭浩氏は、近世日本の唐音資料の中には、清濁の区別を積極的には示さないものも少なくないことを明らかにされている。[10]『蒙求標題大綱鈔』の振り仮名は、積極的に清濁の区別を示す傾向が強いと思われるが、15の「均」、27の「辞」、40の「炭」など、濁音とされる字が、『増続大広益会玉篇大全』では清音となっており、齟齬がある。また、20の「陳」の漢字音について、『増続大広益会玉篇大全』は清音の「チン」とするが、反切については「除珍切」、また「除」の項には「ヂヨ」という濁音が記されており、同書内部で矛盾が生じている。同書は、2の「寧」、47の「孟」、61の「質」のように、二種以上の漢字音を併記する場合があるが、呉音・漢音の併用や同字異語に起因するものもあれば、そうでないものもあり、法則性は見られない。

『蒙求標題大綱鈔』・『故事俚諺絵鈔』・『増続大広益会玉篇大全』所載の漢字音を比較すると、片仮名の誤刻を差し引いても、法則性・整合性に乏しく、不統一や多様性が目立つ。なお『増続大広益会玉篇大全』は、関場武氏による諸本調査で明らかにされているように、明治四十年代に至るまで幾度も再版され、江戸・明治期を通じて広く用いられた。[11]貞斎による三作目の『蒙求』注釈書、『蒙求標題俚諺抄』で標題に付された振り仮名は、先行する二作よりは『増続大広益会玉篇大全』の漢字音と一致するものが多い。それでもなお、完全な一致とまではいかない。近世初期の日本で通用されていた漢字音には、大きなばらつきがあり、統一された法則が無かったことが窺える。

であったからこそ、順庵は「声音の訛謬、清濁の混乱」を正そうとしたのだろう。しかし、順庵が正しいと見做した漢字音が、果たして、貞斎を含む同時代日本の他の儒者によっても正しいと見做されたかは、甚だ不確実である。近世日本に同時に生きていた人物同士であっても、同じ音を用いて全ての『蒙求』標題を音声化していたとは、到底考えられない。このように混沌とした近世日本の漢字音をめぐる状況については、太宰春台の記述が参考になる。

(二)「故実」としての「倭音」

近世中期の儒者で、荻生徂徠の門人としてもよく知られる太宰春台(延宝八年〈一六八〇〉〜延享四年〈一七四七〉)は、『倭読要領』(享保十三年〈一七二八〉刊)で、日本における漢詩文の読み書きに関する歴史的経緯や現状を論じている。巻上の「倭音説」と題された条に、漢字音に関する詳しい考察が載る。

春台は、「倭音トハ、日本ニ伝ハレル字音ナリ」と記し、日本で伝えられ、用いられている漢字音、すなわち日本漢字音を「倭音」と呼ぶ。「倭音」には「漢音」と「呉音」の二種があるが、「古ヨリ習伝フレドモ、今ヨリ観レバ、皆中華ノ音ニアラズ」と、「漢音」も「呉音」も、中国で用いられている漢字音、すなわち中国漢字音とは異なる、と明言している。その理由は、「中華ノ音」には備わる声調と頭子音が、日本漢字音には存在しないからである。「此方ニハ四声分レズ、七音明ナラズ、清濁開合ノ呼法正カラズ、衆音混同シテ、更ニ辨別ナシ」と記される通りである。

漢字音が「混同」している上に、「辨別」がなされていないという春台の指摘は、先に確認した貞斎の編著にも当てはまる。しかし、日本漢字音は全くの出鱈目でもない。では、いかにして定められているものなのか。春台は、畢竟、長年にわたり伝えられてきた「故実」であるという。同じく巻上の「倭音正誤」と題された条に、次のように記している。

大抵倭音ハ、古ヨリ相承《アヒウケ》テ、呉音・漢音各其例アリ。平声ノ一東ヨリ、入声ノ三十四乏《バフ》ニ至マデ、一韻ノ内ニテ例ヲ照シテ相推《ヲ》セバ、条理 自《オノヅカラ》見ユルナリ。間《マヽ》ニハ例ニ違ヘル音アレドモ、古来読習《ヨミナラ》ハセル音ヲバ、改メザルヲ故実トス。清濁開合ニ至テハ、正《セイ》ヲ失ヘルコト尤多シ。悉《コトゞク》改ムベカラズ。

韻ごとに共通する法則は見られるものの、例外が多くあり、特に清音・濁音や開音・合音の区別に関して誤りが少なくないと指摘している。また、様々な例外や錯誤を擁する日本漢字音は、古くから儀礼的に伝えられ、慣習化した「故実」であり、今更、全面的に改正すべきではない、という。春台は「必字音ヲ正サントシテ、人ノ聴ヲ駭スハ、風雅ノ道ニアラズ。既ニ是倭音ナリ。正ストモ竟ニ何ノ益カアラン」とも記し、日本漢字音の誤りを正そうとしても無駄であることを繰り返し述べている。なぜならば、「若必正サントオモハヾ、韻学ヲ講ズベシ。韻学ハ華音ニアラザレバ明ナラズ」と春台が説明するように、日本漢字音を改正するためには、「華音」すなわち中国漢字音に精通していなければならないからである。春台は「華音トハ、俗ニイフ唐音ナリ」とも記しており、「華音」は古代ではなく当代（または当代に近い時代）の中国語発音による漢字音のことを指していることが分かる。

このように春台が矛盾と誤謬を抱えた「倭音」の使用継続を力説したのは、実用を重視する姿勢と、日本古来の「故実」を尊重する姿勢の両方によるものであった。「倭音説」条で、「千余年ヲ歴テ、カク習ヒ来レル音ナレバ、今是ヲ改テ、中華ノ正音ニ復スベキ様モ無ケレバ」と記し、千年以上にわたって蓄積してきた慣習を簡単に覆すのは不可能であることを説き、日本漢字音を中国漢字音に戻すことはできない、という。一方、「倭音正誤」条では、「松」の字音について論じ、「倭音」は「ショウ」であるから、「禅家ノ僧」や「俗儒」のように「華音」に寄せた「ズン」という音で音声化してはならない、と述べる。そのわけは、「倭読ハ只倭音ヲ用テ読ム。是故実ナリ」とあるように、「倭音」は「倭音」として保全すべきだと考えていたためである。ここでも「故実」の語が用いられている。

春台が、これほどまでに「倭音」の体系を壊してはならないことを強調したのには、もう一つ理由があった。「倭音」を否定しないまま、一部修正を加えたかったのである。春台は「倭音正誤」条で、「字義ニ関ルコトヲバ、衆ニ違フトモ、必改ムベシ」と記し、漢字の意味把握を妨げる日本漢字音は修正すべきである、と述べる。そして、「今倭音ノ誤リ読テ、義ニ害アル者、若干字ヲ挙テ、初学ニ示スコト左ノ如シ」と記した上で、「若干」と言いつつも、実に一一七もの漢字について、春台が正しいと見做す「倭音」を新たに提案している。「故実」としての日本漢字音を一部改良しながら守り抜く、という姿勢を見せているのである。

(三) 当代中国の音声

先に跋文を取り上げた木下順庵は、太宰春台と直接の関わりを持たなかった。また順庵が漢字音について、具体的にいかなる見解を持っていたかは知り得ない。ただ、「蒙求標題跋」文中の「世之所伝標題」(世の伝ふる所の標題)という表現が、『荘子』雑篇・盗跖の「此上世之所伝、下世之所語」(此れ上世の伝ふる所、下世の語る所)を踏まえるのならば、単に当世に伝えられている、というだけでなく、「世伝」された、すなわち古から現在まで代々伝えられてきた『蒙求』標題という意味であり、順庵はその代々伝えられてきた漢字音を問題視した、とも解せる。つまり、順庵は、小手先の修正だけに留まらず、より根本的に日本における漢字音のあり方そのものについても考えを巡らせていた可能性がある。

春台は、「倭音」を論じる際、常に「華音」すなわち中国漢字音との対比を意識していた。当代中国語(唐話)を学んでいた師の徂徠や同門の人物たちの影響によって、実際に発話された、生きた中国語の音を意識することが多かったからであろう。徂徠が唐話に関心を持つようになった要因の一つには、レベッカ・クレメンツ氏が指摘されたように、徂徠が仕えていた柳沢家と交流のあった、中国出身の黄檗僧の存在があったと考えられる。[12]

一方、順庵は、竹内弘之氏が詳説されているように、日本に渡来・移住し、近世初期日本の儒学界に大きな影響を与えた中国人、朱舜水(万暦二十八年〈一六〇〇〉~天和二年〈一六八二〉)を師として仰ぎ、万治年間(一六六〇年頃)以降、交遊を深めた。[13] 順庵が「蒙求標題跋」を撰した年次は不詳であるため、直接の因果関係を議論することはできないが、舜水との個人的な絆によって、書物・絵画といった無声の文物を通してのみでなく、生身の人間の生きた声を通して当代中国を間近に感じ、漢字音についても、あらためて考え直す機会を持ったかもしれない。同時に、中澤信幸氏が近世初期の日本でよく用いられたとして挙げられている『韻鏡』、『広韻』、『古今韻会挙要』などの韻書を参照した可能性も留保されるべきであろう。[14]

　とまれ、春台が、当代中国の生きた音声を意識した結果、中国漢字音を取り入れるのではなく、むしろ「倭音」の「故実」を一種の伝統儀礼として守り、一部修正をしながら補強する方向に進んだことは特筆に値する。順庵も、初学者のために『蒙求』標題の漢字音を修正したのであるから、近世日本では上級者であっても容易に学べなかった中国漢字音の要素を取り入れたとは考えにくい。春台同様、日本漢字音の枠組みを守る姿勢を持っていたと類推される。

三、テクスト遺産の「連続性」

（一）慣習の「連続性」に見出す「真正性」

　春台の「故実」という視点も示唆する通り、音声には儀礼や慣習という性質が強く、地域・区域によって大きな差異が生じるものの、特定の地域・区域内においては、（変化・分化・誤謬などを伴いながらも）時代を超えて伝えられていくものである。唐代の中国で編纂された『蒙求』標題が、約千年の時を経て、近世日本でよく学ばれるためには、整合性に乏しくとも「故実」として約千年の間に定着した日本漢字音の存在が不可欠であった。

　世界遺産の観点からすると、近世日本における『蒙求』の音声化は、李瀚がが生きていた唐代当時の音声を伝えないどころか、同時代中国の発音さえも踏まえておらず、「真正」ではないニセモノやマガイモノとして見做されてしまうかもしれない。しかし、ニセモノやマガイモノとして片づけてしまうのが誤りなのは直観的に明白である。では、どのように理知的に説明すればよいのであろうか。

　建築家として歴史的建造物の維持・保存に携わるパメラ・ジェローム氏は、再建が繰り返される日本の木造寺社建築の「真正性」について考える上で、「連続性」（continuity）に注目すべきことを次のように記している。

In Japan maintaining significant wooden temples involves periodically dismantling them to replace deteriorated fabric and then rebuilding using the original construction technology.

This practice dates back centuries. Is this not then authenticity of tradition? Should that continuity not be recognized as truly remarkable and of outstanding universal value (OUV)?(15)

日本で主要な木造の寺社を維持する際には、定期的に解体し、劣化した基礎構造を新品に交換し、元来の建築技術を用いて再建する。この慣習は何世紀も前にさかのぼるが、これが伝統の真正性でなければ、何であろうか。その連続性こそ、真に注目するに値し、顕著な普遍的価値を有するものとして認識されるべきではないだろうか、という内容である。「顕著な普遍的価値」とは、本稿冒頭でも触れた通り、世界遺産への登録の可否を問う際の判断基準である。つまりジェローム氏は、物質ではなく慣習の「連続性」に文化遺産の「真正性」を見出すべきことを説いているのである。

ジェローム氏の指摘は、テクスト遺産について考える上で示唆に富んでいる。木造の寺社建築が何度も改修または新築されることをテクストに置き換えると、写本や版本が幾度となく書写・刊行される様子とも重なり合う。しかし、それだけではテクストの「連続性」は確保されない。それこそ「定期的に」、声に出され、音声として演じられなければ、テクストは生身の人間によって骨肉化されることも、時代を超えて受け継がれることもできない。ただし、その音声そのものは、本稿で近世日本の『蒙求』標題を例に見てきた通り、テクストの作者自身が用いた音声とは懸け離れていても、また音韻学的な整合性に欠けていても、問題はなかった。重要なのは、その音声が、「故実」や「伝統」、すなわち過去から伝えられた作法・慣習として、人々の間で使われ続け、守られ続けているかどうか、という点であった。

現代の日本では、『蒙求』標題を音読する人は非常に少ないはずである。しかし、誰でも夏目漱石のことは知っている。無意識のうちに、「孫楚漱石」の音声（二字分のみであるが）を耳にし、口にしているのである。また、漢詩文を読む人口も、現代日本においては極めて小さい。しかし『論語』に由来する「温故知新」や『朱子語類』に由来する「臨機応変」などの四字熟語は、「オンコチシン」、「リンキオウヘン」という音声（日本漢字音）として人口に膾炙している。漢籍・漢詩文は、書物または文字テクストとして見れば、現代日本においては、もはや連続性が絶たれてしまっている感が否めないが、音声という側面から見ると、まだまだ慣習の連続性が保たれているのである。

(二) 漢字圏におけるテクスト遺産

現代語の表記にも漢字を日常的に用いている日本（琉球王国のあった沖縄県を含む）や中国・中国語圏においては、文字テクストの側面においても、前近代の漢詩文との連続性は保たれている。韓国・朝鮮語圏やベトナムのように、今や現代語の標準表記における漢字使用が限定的となっている地域でこそ、音声による「連続性」が大きな意味を持つ。例えば、ベトナムの場合、現代ベトナム語の表記に漢字は用いられず、ローマ字が使用される。しかし、田中裕也氏の調査に拠れば、漢字起源の言葉である「漢越語」が、現代の新聞・法律・国会議事・学術論文で使用される語彙の五割以上を占めている。(16)「漢越語」の発音には、ベトナムの漢字音が用いられる。(17)文字として漢字が使用されなくなっても、音声としての漢字音は、今も生き続けているのである。

かつて漢字漢文が盛んに読み書きされた地域を指して「漢字文化圏」と呼ぶこともあるが、齋藤希史氏は、「文化」の語が多様性よりも同一性を過度に強調する傾向を生むこともあるとして、よりシンプルな「漢字(文)圏」という呼称を提案されている。(18)本稿でも、それに倣い、「漢字圏」と呼ぶことにする。「漢字圏」における漢字テクストの連続性は、視覚的な字形だけを取り上げるだけでは、見えてこない。それどころか、多様性も十分には把握できない。漢字音を取り上げてこそ、漢字圏全体における漢字テクスト遺産の多様性と連続性の両方が認識できるようになる。また中国語圏内においても、古今を通じて地域・出身地によって多種多様な漢字音が存在していることは、言うまでもない。

本稿で検討してきたように、漢字テクストの場合、音声にこそ、近代化の波にも滅びない連続性が宿る。その連続性にこそ、長年にわたり伝承されてきた「文化遺産」としての「真正性」を見出すのであれば、個別の書物・テクスト自体を「テクスト遺産」として認定することは難しい。生身の人間の身体から発せられる音声は、テクストの外に存在しているからである。

愚見では、漢字圏における漢字テクストについては、特定の書物や作品ではなく、《多様な漢字音を含む漢字》をテクスト遺産として見做すのがよいのではないか、と考える。それによって、漢字表記を用いない地域にも存在する漢字のテクスト遺産をも見逃さずに済む。また、多様な漢字音を漢字テクストの不可欠な部分と見做すことで、一国だけが文化遺産としての漢字を独占してしまうことも不可能となる。

漢字をテクスト遺産として位置づける上では、やはり音声が重要であるが、テクスト遺産について考える上では、音声に固執する必要は全くない。むしろ目を離してはならないのは、ジェローム氏の指摘した「連続性」である。不用意に大づかみな議論を行いたくはないが、少なくとも前近代日本を対象とする場合、個別の作者・編者による特定の作品をテクスト遺産とすることは、かえって「連続性」を見えにくくしてしまう危険がある。例えば、『源氏物語』をテクスト遺産として見做す場合、「連続性」に注目して諸本・注釈・翻案・翻訳などを取り上げれば、作者による自筆稿本が伝存しないことは問題にする必要もなくなる。しかし、一作品だけを取り上げることで、本来はより広がりのある「連続性」の一部分を恣意的に切り取り、視界を狭めてしまうことに繋がりかねない。

突飛な思いつきに近いが、《和歌》をテクスト遺産として位置づけ、その中に『源氏物語』を含める方が、文化的蓄積の総体が把握しやすくなるのではないだろうか。なお《和歌》をテクスト遺産として見做す場合は、現在は沖縄県として日本の一部であるが、かつては独立王国であった琉球でも、和歌が受容され、詠じられた歴史にも注目すべきである。[19] テクスト遺産の「連続性」(continuity) の中に多様性を見出す姿勢が、社会的分断の進む現代世界を生きる我々の人間理解を深いものにするであろう。

おわりに

六〇〇近くの唐土の故事について手軽に学ぶことのできる書物として、平安時代から明治時代までの日本でよく読まれた『蒙求』の漢字四字から成る標題は、江戸・明治期にも、日本漢字音の直読によって音声化され、暗誦された。近世初期の儒者、木下順庵は、『蒙求』標題の漢字音に誤りが少なくないと指摘し、訂正を加えて初学者に与えた。順庵がどのような訂正を行ったかは分からないが、同時代の儒者、毛利貞斎による振り仮名付きの『蒙求』刊本や字書を確認すると、誤写・誤刻にとどまらない、日本漢字音の根本的な不整合性が浮き彫りになる。

近世中期の儒者、太宰春台は、日本漢字音を「倭音」と呼び、中国漢字音とは全く異なる音であり、矛盾や誤謬も多いが、千年の時を経て伝えられてきた「故実」として、一部修正を加えながらも守るべきことを説いた。順庵の修正も、日本漢字音の範疇から外れるものではなかったと類推される。

文化的産物が最初に生産された時代と地域のみを重要視する「真正性」理解に基づけば、日本漢字音で音声化された漢字テクストは、文化遺産の定義から外れてしまう。しかし、パメラ・ジェローム氏が「真正性」のありかとして提示された「連続性」(continuity) に注目すると、漢字圏における漢籍・漢詩文は、古代から現在に至るまで、音声を通してこそ「連続性」を保持してきていることに気づかされる。個別の書物・作品をテクスト遺産とするよりも、《多様な漢字音を含む漢字》をテクスト遺産と見做すことで、漢字圏内のテクストの伝播と共有のされ方に目を行き届かせることが可能になるのではないだろうか。

本稿の筆者は音韻学研究には甚だ不案内であり、漢字音の考察には行き届いていない点が多いかと思う。ご批正を乞う次第である。

注

(1) ユネスコ世界遺産センター(文化庁仮訳)「世界遺産条約履行のための作業指針」II 世界遺産一覧表(原文二〇一七年七月発行、二〇一八年十二月仮訳)二九—三〇頁。URL: https://bunka.nii.ac.jp/special_content/hlink13(二〇二一年一月二十九日アクセス)

(2) 齋藤希史『漢字世界の地平——私たちにとって文字とは何か』(新潮社、二〇一四年)、特に「第三章 文字を読み上げる——訓読の音声」・「第四章 眼と耳と文——頼山陽の新たな文体」参照。

(3) 齋藤希史「〈漢〉の声——吟詠される佳句」(『中古文学』第一〇〇号、二〇一七年)。宋晗「吟詠される詩序」(藤原克己監修・高木和子編『新たなる平安文学研究』青簡舎、二〇一九年)。

(4) 阿部泰郎『聖者の推参——中世の声とヲコなるもの』(名古屋大学出版会、二〇〇一年)。阿部泰郎・錦仁編『聖なる声——和歌にひそむ力』(三弥井書店、二〇一一年)。猪瀬千尋(ノット・ジェフリー訳)"Medieval Buddhism and Music: Musical Notation and the Recordability of the Voice," *Studies in Japanese Literature and Culture* 3, 2020.

(5) 佐々木勇「『蒙求』における日本漢音声調の伝承と衰退」(『訓点語と訓点資料』第九九号、一九九七年)二五頁。

(6) 池澤一郎『江戸文人論——大田南畝を中心に』(汲古書院、二〇〇〇年)一一四—一二六頁。

(7) 山本嘉孝「木下順庵と林家」(『北陸古典』第三五号、二〇二一年)四九頁。

(8) 相田満「幕末・明治期の「蒙求」」(『国際日本文学研究集会会議録』第一八回、一九九五年)一二三—一二五頁。

(9) 前掲注8相田論文、一一七頁。

(10) 岡島昭浩「近世唐音の清濁」(『訓点語と訓点資料』第八八号、一九九二年)九五頁。

(11) 関場武「毛利貞斎編「増続大広益会玉篇大全」」(『藝文研究』第三六号、一九七七年)。

(12) Rebekah Clements, "Speaking in Tongues? Daimyo, Zen Monks, and Spoken Chinese in Japan, 1661–1711," *The Journal of Asian Studies* 73:3, 2017, p. 4-10.

(13) 竹内弘之「木下順庵」(竹内弘之・上野日出刀『木下順庵・雨森芳洲』明徳出版社、一九九一年)八八—九二頁。

(14) 中澤信幸『中近世日本における韻書受容の研究』(おうふう、二〇一三年)。

(15) Pamela Jerome, "An Introduction to Authenticity in Preservation," *APT Bulletin: The Journal of Preservation Technology* 39:2/3, 2008, p. 4.

(16) 田中裕也「漢越語の使用率——日本語の漢語率との比較」(『思言——東京外国語大学記述言語学論集』第一二号)一三五頁。

（17）佐藤章太「現代ベトナム語の漢越語が持つ固有語的特徴——中等教育数学用語の体系的分析を通して」（『言語情報科学』第一七号、二〇一九年）二〇頁。
（18）齋藤希史『漢字世界の地平』（前掲書）九一—一二頁。
（19）屋良健一郎「琉球における和歌の受容と展開」（荒木浩編『古典の未来学 Projecting Classicism』（文学通信、二〇二〇年）参照。

◎コラム◎

仏教経典テクストの真正性と享受者

——古典文学テクストとのつながり

阿部龍一

あべ・りゅういち——ハーバード大学東アジア言語文化学部教授。専門は東アジアの密教、仏教と文学、仏教と絵画美術。主な論文に「玄奘三蔵の投影——「真言八祖行状図」の再解釈」（佐野みどり他編『中世絵画のマトリックスII』青簡舎、二〇一四年）、「『聾瞽指帰』の再評価と山林の言説」（根本誠二他編『奈良平安時代の〈知〉の相関』岩田書院、二〇一五年）などがある。

本論集の元となったワークショップ「テクスト遺産の利用と再創造」ではテクスト作品の「真正性」をめぐるパネルの司会を務めさせていただいた。テクストの「真正性」を問う場合、一般には著者や創作年代など、そのテクストの始原を焦点として、伝承されてきた「遺産」としてのテクストが、その始原をどれほど忠実に留めているかが問題とされることが多い。しかし、「真正性」のパネルでは発表者がそれぞれの立場から、始原ではなくむしろテクストの享受者がどう真正性を捉え、時代ごとの社会情勢に適した真正性を構築してきたかを考察された。この視点は私の専門とする仏教テクストにも有効なので、発表者の皆さんのご考察も、それに続く他のパネルの発表者を含めたディスカッションも大変刺激的だった。

仏教文献の中枢を占める経典（スートラ）テクストは、インドや中央アジアの言語から漢訳されたものであり、主要な作品は同じ経典が異なる時代に何度も翻訳される場合が多い。たとえば『法華経』は六回漢訳されたといわれるが、そのうちの三作は唐代までに失われ（失訳経）、現存するのは東晋の竺法護訳の『正法華経』（二七六年訳出）、姚秦の鳩摩羅什による『妙法蓮華経』（四〇六訳出）、隋の闍那崛多・達磨笈多共訳の『添品法華経』の三本のみだ。

インドや中央アジアで流布していた『法華経』の原型を探るのならば最古の『正法華経』が、最も完備したテクストとしての『法華経』を求めるならば先訳の欠落を補った『添品法華経』が、真正な『法華経』とされるべきだろう。ところが東アジア全域の流布や受容から見ると、『法華経』といえばなんといっても羅什訳の『妙法蓮華経』を指し、他の二訳は問題にされることが少ない。鳩摩羅什訳が中国語として読みやすい、第二十五章の「観世音菩薩普門品」が『観音経』として別行経の位置を確立したことが示すように、読誦や書写などのテクスト的実践に向いていた、智顗、吉蔵、窺基など、東アジア仏教教学の基礎を作った随から初唐を代表する学匠が『法華経』の注釈書を作成する際に羅什訳を用いた、などがその主な理由だ。

つまり『妙法蓮華経』を真正な『法華経』とするならば、それは異なる時代や社会でこの訳本を受け取り、テクスト遺産として保持し、その価値を再構築し続けてきた享受者の能動的な働きかけによると言えよう。ここで読者ではなく享受者という言葉を使うのは、『法華経』が単に読むテクストとしてではなく、読誦、書写をはじめとする信仰の対象として、新たな儀礼や建築空間を作り出し、またその文学性が変文や説話、和歌、謡曲などの文学作品を紡ぎ出すような、創造的な実践を支える母体として機能してきたことによる。平安貴族が法華八講の最中に、釈尊の前生が菓《このみ》を摘み、薪を拾い、水を汲む苦行を耐え忍んだという、『法華経』第十二章の「提婆品」の逸話にちなんで、「五巻の日」の行事を祝ったことを例にあげれば十分だろう。これは八巻本『妙法蓮華経』の第五巻のはじめに「提婆品」が置かれていたことに由来する。

一、『般若心経』と神々の世界

日本の歴史で最も多くの享受者を獲得してきた仏教経典テクストは『般若心経（般若波羅蜜多心経）』だろう。『般若心経』というと玄奘三蔵訳と決まっているように思われるが、実はこの経は十回以上も漢訳された記録がある。しかも玄奘訳以降に漢訳された『心経』はいわゆる「広本」で、玄奘訳の小本よりも、経（スートラ）としての体裁を完備している。

仏教教典が経と呼ばれるためには導入部の序分、釈尊の説いた教えを示す正宗分、経に説かれた教えを賛嘆し、その教えを広めることを勧める結びの流通分の三つの部分（三分科経）から成っているのが標準だ。また序分には説主（多くの場合は釈尊）の教えをどのように正しく聞いたか（信成就）、誰が聞いたか（聞成就）、何時聞いたか（時成就）、誰が説いたか（主成就）、どこで説いたか（処成就）、誰が聴衆であったか（衆成就）の六つの要素（六成就）が備わっていなければならないとされる。

例えば中唐の般若・利言共訳の『般若波羅蜜多心経』（七九〇年訳出）は三分科も六成就の全てを具えている。これに対していきなり「観自在菩薩、行深般若波羅蜜多時」で始まる玄奘訳（六四九訳出）はこれらの要素のいずれも欠いており、テクストの様式のみから見ると、経と呼ぶことすら相応しいものではない。

ではなぜこの不備にも関わらず玄奘訳の『般若心経』のみが、広く享受され、その他の『心経』テクストは忘れ去られて行ったのだろうか。その大きな理由を日本でのテクスト継承の歴史の文脈で考えると、玄奘訳『心経』が神祇を喜ばす経として、神前読誦に最も適した経テクストと認識され続けてきたからではなかろうか。玄奘訳『般若心経』は神の領域と仏の領域を結びつけるテクスト遺産として古代から中世、近代前期まで伝承されてきた。

一例を上げると、応天門の変が勃発する直前、諸国で国司による税の取り立てなどに反発する農民や農民に加担する郡司による騒乱が多発していた貞観八年二月(八六六)に、朝廷は「阿蘇の大神は怒気を懐蔵」しているので疫病や兵乱の恐れがあるとの神祇官の報告を受けた。その対応策として肥後の国府では『金剛般若経』一〇〇〇巻、『般若心経』万巻を、太宰府には『金剛般若経』三〇〇〇巻、『般若心経』三万巻をそれぞれ転読することを命じた(『類聚國史』巻十一、神祇・祈祷上・清和、貞観八年二月一四日条)。また同じ月に朝廷は僧十一名を住吉社に派遣して、同様に国家安穏のために『金剛般若経』三〇〇〇巻、『般若心経』三万巻の転読を命じた(『類聚國史』巻十一、神祇・祈祷上・清和、貞観八年二月十六日条)。

『般若心経』と共に『金剛般若経』の転読が命じられたのは、この両者が仏陀の悟りそのもので諸仏発生の母とされる般若波羅蜜多を顕彰する経だからだ。古来護国経典として知られる『大般若経』全六〇〇巻には、般若波羅蜜多を讃える国家には諸天善神が集り悪神悪鬼を駆逐して国王と国民の平穏を約束することが繰り返し述べられている。それが大般若経転読会のように、この経が護国経典として盛んに用いられてきた理由だろう。

『金剛般若経』は般若の力が煩悩を砕破することを詳説した『大般若経』の一部(五七七巻、「能断金剛分」)であり、『般若心経』は『大般若経』全体の心要として知られている。だからこれらの経を転読することで、阿蘇の神や住吉の神の怒りを和らげて善神としての性格を導き出すことができると信じられていたのだろう。菅原道真(八四五―九〇三)を筆頭とする『類聚国史』の編者が、この仏教経典の儀礼実践に関わる以上の記録を「神祇」の部に分類したことも興味深い。それは何よりも『心経』テクストが神に働きかける力を内在していたと信じられていたことの証しだ。

本地垂迹の信仰が広まった中世では、僧侶が『般若心経』を真摯に神祇のために読誦すると、神が喜んでその本地を現すという伝承が生まれた。たとえば大安寺三論宗の学匠で貞観二年(八六〇)に石清水八幡宮の開基としてしられる行教(生没年不詳)は、その後宇佐八幡社に般若経典を読誦して法楽を捧げた折り、八幡三社(八幡大神、比売大神、神功皇后)のそれぞれが本地である阿弥陀如来、観音菩薩、勢至菩薩として行教の前に姿を現したと伝えられている。また興福寺法相宗の学僧として名高い仲算は安和二年(九六九)に熊野那智に詣で、那智の神そのものと仰がれる滝の下で『般若心経』を講経すると、たちまち那智の本地の千手千眼観音菩薩が姿を示したと伝えられる。興福寺僧解脱房貞慶（一一五五―一二一三）が春日社の社前で伊勢の「天照豊受両大神宮」を頂点とする日本大小の諸神に法楽を捧げるために制作したとされる『神祇講式』は、『心経』七巻の読誦で結ばれている。この講式の中で貞慶は行教と仲算の事例にも触れているので、『神祇講式』全体を神への法楽としての『心経』テクストを賛嘆する試みと見ることも出来よう。[1]

二、説話の中の『般若心経』

中世に『般若心経』の享受が神祇への信仰と深く結びつつ広まっていったことはさまざまな説話にも反映されている。鴨長明撰の『発心集』の最終話（巻八、第十四話「下山の僧、川合の社の前に絶え入る事」）は神祇と『般若心経』の親和性をよく示すものだ。比叡から下山した僧が糺《ただす》の森にある川合神社（下鴨神社の摂社）の前の河原に通りかかった。そこで三人の子供が言い合いをしているので、立ち止まって理由を聞いた。すると童たちは神前でお唱えするお経の題名がはっきりしないので言い争っていると答えた。そこで僧がそれぞれの童に問うと、一人は「真経」、一人は「深経」、もう一人は「神経」だと言い張った。僧は笑って「それはみんな間違っているよ。正しくは『心経』と言うのだよ」と教えたので、童たちは言い合いを止めて去って行った。

この僧が一町ばかり行くと、河原の中で急に気絶してしまった。すると夢枕に高貴の人が現れて僧に告げた。「お前の言ったことには納得できない。子供達の意見は皆いわれの正しいものだ。「真経」というのは間違っていない。それは『心経』が実の教えだからだ。「深経」というのも誤りではない、それは『心経』が深い真理を持った経だからだ。また「神経」も理に反していない。それは神が殊に愛でる教典だからだ。子供達が『心経』の深い意味を論じ合っていたのを、私が楽しんで聞いていたのに、お前がそれを邪魔して止めさせてしまったので、それを知らせようとして、気絶させたのだ。」

たわいない言い争いをしている無知な子供達に、そのお経は『心経』というのだよ、と教えたつもりの仏僧が、実は自分の方が『心経』に対する理解が浅かったことを糺の森の神に正されてしまった、というのがこの物語の眼目であろう。また神を楽しませていた——つまり神祇への「法楽」であった——童たちの『心経』に対する意味深い「論義」を中断してしまった自らの過ちを、僧侶が神罰を受けて気絶して反省させられる結果になっている。糺の森の神は世の誤りを正す「糺の神」として『源氏物語』や『枕草子』などで言及されているので、この物語にはうってつけの役割を果たしている。[2]

『古示談』（巻第五・一四話）によると、藤原範兼卿（『和歌童蒙抄』の著者、一一〇七―一一六五）は上賀茂社に奉仕していたが、あまり神を熱心に信仰すると蛇道に堕ちるという伝承を恐れていた。それで参詣のたびに『般若心経』を書写して奉納していた。ある時範兼は片岡の摂社に夜通し籠って上賀茂明神に祈りを捧げると、神が貴女として夢に現れ、その本地の聖観音の姿を範兼に顕わした。この示現の後、彼の奉納した『心経』は全て金字経に変わった。範兼は蛇道に堕ちることなく長寿を得、朝廷では従三位に登る出世を果たし、子孫も繁栄した。それは「偏に大明神の利生なり」としてこの物語は結ばれている。(3)

『春日権現験記絵』第六巻・第三段にはなぜ『般若心経』が神祇に特に賞賛される経典であったかを説明する逸話がある。春日社境内の六道というところに蛇があらわれて『心経』一巻を呑み込もうとしていた。これを見つけた近所の子供たちが蛇の周りを囲み、棒で叩いたり石を投げつけたりしていた。その中でも蛇を容赦なくいじめたガキ大将格の少年が、たちまち重い病を得た。

その子供を家で看病していた両親が修験者を雇い護法神の占いをすると、春日の大明神が憑依して神宣を告げた。「わたしに仕えていた者がある邪執に捉われて、蛇道に堕ちてしまった。それを救おうとしたので『心経』一巻を呑ませて、その応報から逃れられるようにした。それを子供が妨害したことは、甚だ残念なので、それを咎めたのだ。『大般若経』を一度読誦すれば、命は救われるだろう。」(4)

悪趣に輪廻転生した者を大明神が救うことを示すこの物語が、「六道」という場所を舞台としていることは興味深い。この逸話には二つの焦点があると思われる。第一に『般若心経』が邪道に落ちたものを救うための護符であるとして理解されている。蛇が『心経』を飲むことで悪趣から救われるのは、『心経』がまさに病を治す良薬のように扱われていることを示している。中世の本地垂跡的世界観では神祇を仏菩薩が日本国の神として顕現した権類（権者）の神と、土着の神であり蛇身として現れる実類（実者）の神に、つまり上級の神と下位の神に二分される。言うまでもなく春日大明神は権現であるから権類の神であり、「われに値遇せしもの」とは、春日明神に仕える眷属の下位の神、或いは春日明神を信奉する人物が、邪執によって罪を犯し、蛇類に堕ちて元の姿に戻れなくなってしまったとも理解できる。

第二の焦点は春日大明神がどのように蛇いじめの首謀格の少年を罰したかである。春日明神は『心経』の本経である長大な『大般若経』六〇〇巻すべてを読誦しなければ、少年は救われないであろうと少年の家族に告げた。『大般若経』六〇〇巻の翻訳は天竺への取経の旅から生還した玄奘三蔵がライフワークとして完成させたものである。玄奘の愛弟子で法相宗の祖と仰がれる慈恩大師窺基（六三二—六八二）は『般若心経』の注釈書である『般若波羅蜜多心經幽賛』を著して以下のように経題の「心」の意味を解説している。

　般若波羅蜜多は大經の通名なり。心經は此經の別稱なり。般若の心の經なり。（中略）彼れは總、此れは別の故に、但だ心と名づく。般若とは慧の義なり。」

　（『大正新修大蔵経』（以下「大正」と略称）第三十三巻、五二三頁、原漢文）

　つまり窺基によれば『心経』は六〇〇巻もの『大般若経』を要約し、その心髄を凝縮した経典であるから『心経』と呼ばれる。玄奘の門下の円測や靖邁も『心経』の注解を著している（『大日本続蔵経』（以下「続蔵」と略称）一—四一—四、一—四一—三）。彼らは倶舎や唯識の教学については意見を異にすることが多かったが、『心経』の経題の意味の理解では例外なく窺基の示した解釈と同じ見解を示している。また唐の華厳宗の大成者である香象大師法蔵（六四三—七一二）による『般若心経略疏』は窺基、円惻の注解とならび「心経三疏」として重要視されている。法蔵も般若波羅蜜の二十万頌の教えを十四行に凝縮したのが『心経』であり、「心」とは広大な般若波羅蜜多の教えの「要妙の帰する所を顕す」として捉えている点では玄奘門下による注釈の態度と変わりがない（『大正』第三十三巻、五二二頁上）。これにより『般若心経』は『大般若経』六〇〇巻に示された教理の精髄であり、心髄であるという理解が東アジア全般で一般化した。

　春日大明神はこの教学的理解を踏まえて、蛇を救おうとした自らの神慮を妨害した少年の親族に、いわば縮刷版の『心経』ではなく本典の『大般若経』六〇〇巻すべてを読誦しなければ少年の命は救われないぞ、と宣告して罰を与えたとことが、この物語のオチであろう。中世の春日明神の信仰の発展には大乗院を中心とする興福寺の僧団が大きく寄与していたのは周知の事実だが、慈恩大師窺基を宗祖と仰ぐ興福寺法相宗の立場もこの物語にはよく反映されているといえる。

　『大般若経』の教理のみでなく、悪霊を退散させる効用すらも凝縮したのが、『心経』だとすれば、その経題が『発心集』の糺の森の逸話のように重層的な意味を持っていても、また護符として『故事談』の藤原範兼を蛇道に堕ちることから救った話も、仏教テクストの教理や儀礼の理論に裏打ちされた作品と見ることができる。

おわりに

　玄奘三蔵にまつわるさまざまな伝承でも、最も人口に膾炙しているものとして、玄奘が天竺への取経の旅に出発し、タクラマカン砂漠にさしかかった時、悪鬼の群れに囲まれたが『般若心経』を唱えることで、悪鬼を退散させた話が挙げられる。ところがその後、玄奘は誤って水筒を落としてしまい、砂漠の飢えと乾きで命が絶えようとしていた。その時、深沙大将が出現し玄奘に冷風を送り、彼の馬にオアシスの水の香りをかがせたので、玄奘は馬に導かれて泉に達して命拾いをした。深沙大将は元々は流砂河の悪神で、玄奘が前世でも何度も天竺取経を試みたが、彼が流砂河に達する度に前世の玄奘を食殺していたという。しかし、今回は玄奘の決意が固いことに動かされて、玄奘を救った。

つまり『般若心経』には玄奘を危機から救い、悪神を善神に変身させて、取経の旅を成功させるという「実績」がある。それで玄奘はインドで更に優れた『心経』の梵本を求め、それを唐に帰国してから玄奘訳の『般若心経』として訳出したと思われる。言い換えれば玄奘自身がすでに『般若心経』に命を助けられるほどの「享受者」だった。これが玄奘訳『心経』のみが広く流布した理由だろう。

さらに『心経』という題名は玄奘による命名だったことも重要だ。玄奘が天竺修行の旅に携行した〈原〉『心経』テクストが何だったのかについては、さまざまな学説がある。しかし諸説はそれが調った経ではなく、「掲帝掲帝　般羅掲帝　般羅僧掲帝　菩提僧莎訶」という陀羅尼にそれを賛嘆する前文が付いた、いわゆる陀羅尼テクストであったとすることで一致している。隋の開皇十四年（五九四）に僧法経が勅撰した『衆経目録』に〈原〉『心経』に相当すると思われる『摩訶般若波羅蜜神呪経一巻』と『般若波羅蜜神呪経一巻異本』が挙げられている。この二巻のどちらかを携えて玄奘は天竺取経へと旅立ったとするのが妥当だろう。これについては吉村誠氏の優れた考察がある。[5]『衆経目録』の記述によれば、これらのテクストは陀羅尼に鳩摩羅什訳の『大品般若経』（玄奘が『大般若経』の完訳を行う以前に漢訳された部分訳）』からの引用を集めて陀羅尼を讃える前文としており、別行経として流布していた。それで陀羅尼テクストではあっても「経」と呼ばれていた。

玄奘が新たにこの陀羅尼テクストを漢訳したのが、玄奘の大規模な訳経事業を全面的に支援した唐太宗の臨終に当たってだったこと、つまり皇帝の後世の安穏を祈る意味が漢訳する行為に含まれていたこと、陀羅尼を意味する「神呪」や「神呪心」という訳語を用いずに、唐語としての「心」の一字を経題に用いたのは、玄奘に陀羅尼のみでなくその前文も護符化する意図があったことなどは、別稿で述べた。[6]玄奘訳の『心経』が中世日本社会でテクスト遺産――世代から世代へと受け継がれたテクスト文化の蓄積――としてどう機能していたかを、中世の説話群を通して考えることによって、この『心経』テクスト成立時の特性を浮き彫りにすることも可能だろう。

しかし今後「テクスト遺産学」という学問分野を発展させる上で考察すべきは、近世まで『心経』テクストが持っていた神と仏の世界を結びつけるという役割を支える文化的社会的基盤が、中世後期に始まり幕末期に強まった神道的国粋的風潮で侵食され、明治維新期の廃仏毀釈以降は崩壊してしまったことだろう。近代以前のアジアのさまざまな文明やその歴史に連続するという豊穣な文化的基盤を失った『般若心経』をはじめとする仏教教典類は、今後もテクスト遺産として機能し続けるのだろうか、あるいは過ぎ去った時代の遺物になり果てるのだろうか。これは前近代の神仏の世界と連動して成立し享受されていた、ほとんどの古典文学のテクストにも当てはまる問題だろう。宗教、文学、哲学などの分野を超えて、古典的なテクストを過去の遺物にさせないための働きかけが可能な学問領域がテクスト遺産学ならば、それは人文科学の再生にも大きく寄与するものとなるだろう。

注

(1) 行教の宇佐八幡の信仰と岩清水八幡の開基についての伝承は「石清水八幡宮護国寺略記」(『朝野群載』第十六、仏事上、吉川弘文館本・新丁増補「国史体系」第二十九巻上、三九二―九二頁所収)に詳しい。仲算の伝記は『元亨釈書』第四(慧解三)(吉川弘文館本・吉川弘文館本・新丁増補「国史体系」三十一巻、七七頁所収)を参照されたい。『心経』七巻については「神道体系」論説編二、真言神道(下)、一一六頁に記述がある。『神祇講式』については佐藤真人氏「貞慶『神祇講式』と中世神道説」(『東洋の思想と宗教』一八号、二〇〇一年三月)に詳しく述べられている。

(2) 『源氏物語』十二帖須磨には源氏が都を離れるにあたり詠んだ歌として「憂き世おば今ぞ別るるどどまらむ名をば糺の神にまかせて」がある。また「枕草子」第一七七段には中宮藤原定子の歌「いかにしていかに知らまし偽りを空に糺の神なかりせば」が収められている。

(3) 『故事談』巻第五・一四話。『故事談・続故事談』(『新日本文学体系』本、岩波書店、二〇〇五年)四五二頁。この伝承の背景には玄奘が顕慶元年(六五六)に高宗の皇太子(後の中宗)の誕生の祝いに金字『般若心経』を書写して送ったことがあるのではなかろうか(『慈恩伝』「大正」第五十巻、二七二頁中)。東アジア仏教文化圏での金字経の象徴性については田村みお氏「金字経の思想的系譜：中国六朝期から日本平安期まで」(『東方学報』八八号、二〇一三年十二月)に詳しい。

(4) 神戸説話研究会編『春日権現験記絵注解』(和泉書院、二〇〇五年)八四頁。

(5) 吉村氏「玄奘と『般若心経』」(『仏教史学研究』五六巻二号、二〇一四年三月)三六―三七頁。

(6) 阿部龍一「玄奘訳『般若心経』の特徴――中世の神祇信仰を糸口にして」(佐久間英範・近本謙介・本井牧子編『玄奘フォーラム論集』(仮題)所収、勉誠出版、二〇二一年秋刊行予定)。

【特別寄稿】

テクスト遺産としての古筆手鑑

Edward KAMENS

エドワード・ケーメンズ——イエール大学 Sumitomo Professor of Japanese Studies. 専門は日本古典文学、特に和歌又は文学と視覚文化と物質文化の関係。著書に *Utamakura, Allusion and Intertextuality* (1997), *Waka and Things, Waka as Things* (2017) などがある。

一、古筆手鑑研究の展望

現在、古筆手鑑は、日本国内はもちろんのこと、英米のいくつかの美術館や図書館にも所蔵され、日本文化史、美術史、文学史などの各分野の国内もしくは海外の研究者にとって調査対象となっている。近年、古筆手鑑を「テクスト遺産」という新たな枠組みに当てはめ、捉え直すということが行われつつあるが、これは大いに可能性を感じさせる研究動向である。

よく知られているように、古筆手鑑という書物は近世初期に発展した文化的現象である。そこでは古い筆跡がそのまま、あるいは断片の集合体として再利用され、新たな作品として再創造されることで、手習の模範としてのみならず、古筆の鑑賞者や愛好家の欲望を満足させており、また何よりも、古筆を保存することに貢献している。

一方「テクスト遺産」という枠組みでは、いま述べた「再利用」、「再創造」に加えて、「所有性」、「作者性」、「真正性」なども大切な要素となっているが、言うまでもなく、これらはいずれも古筆手鑑の特徴にも直結した用語である。したがって、古筆手鏡について考察してみることは、自ずから「テクスト遺産」をめぐる理論の整備にも有益であると思われる。

二、古筆手鑑と所有性

十六世紀末に発展を開始した「古筆手鑑文化」を取り上げる際に——その内容となる古筆切や各々の断片についても同様であるが——中心となる作業は古筆切の来歴を調査することである。しかし現代の私たちにとって、この作業は困難を極めると言わざるを得ない。例えば、過去を生きたある人物が、墨をつけた筆をとり、紙に一連の文字を書きつけたとする。その人物は、手鑑の古筆切に（たいていは右上に）貼付された、「極札」と呼ばれるラベルに筆者として記されている人物と、本当に同じであっただろうか。それとも、それは後になってその手蹟を模写した、その書物の最初の所有者の名前なのだろうか。いずれにせよ、最初の筆者は、ある時期まではその書物の所有者であったはずである。そして、その原因や事情を調査するのは不可能に近いが、その書物はそこから代々、財産として受け継がれ、手から手へと渡っていったのである。もし運よく信頼に足る資料に出会うことができれば、「所有性」を軸に書物の来歴を再創造することも理屈では可能だが、現実にはほとんどの場合、中途半端な調査結果に終わるのである。

　しかも、書物というものは手から手へと移動してゆく間に、その物質的形状が変化する宿命を帯びている。最初は統一された、いわば一体の書物であったものが、徐々に分裂し、そうして誕生した断片（「切れ」や「古筆切」と呼ばれるもの）が、さらにばらばらの相手に、寄贈品や記念品として、あるいは商品として譲渡され、散逸へと向かう。ところが、一種の反作用と言えようが、そうした諸々の断片が、こんどは改めて手鑑という特殊な書物として編纂され、新たな居場所を獲得し、それまでよりも安定した状態に落ち着いて、延命されるということが起こるのである。それは古筆がそもそも一部をなしていた元来の書物の、歴史的な、文化的な、または経済的な価値が、特殊な知識や経験をもって介入してきたそれぞれの所有者によって、認められた結果と言えよう。

　一例を挙げるなら、十六世紀末から続くこの古筆愛好家による事業に携わってきた大勢の鑑定家たち（豊臣秀次に「古筆」という名字を賜り、代々手鑑を作成した専門家の一族である古筆家の人々などはその代表であろう）もまた、長い来歴のなかの一時的な所有者として、その書物に第二の人生を与えた人々として捉えることができるし、彼らのような人々に手鑑の作成を依頼した人物や、現代において公的・私的な機関――美術館、大学図書館、個人コレクションなど――を管理運営する人々もまた然りである。このような人々の目にとまり、長い道のりの果てに手鑑という安住の地にたどりついた古筆切は、相当な幸運に恵まれたと言えるのではないだろうか。

三、古筆手鑑と作者性

　次に、古筆手鑑における「作者性」の問題だが、これは手鑑の内容そのもの、すなわち古筆切の文面から安易に確定できるものだろうか。決してそうではない。そもそも「切れ」の文言が仏教の経書からとられたものである場合、作者として誰を挙げるかという問題が生じるし、それでは漢詩や和歌ならば事情は単純かといえば、たとえ「詠み人知らず」でないからといって、その歌が和歌集や歌書にすぐ見出せるとはかぎらないのである。

あるいは歌の全文が書かれているからといっても、当該歌が他に確認できない例は少なくない。ましてや部分的にしか歌が書かれていない場合はなおさらである。

そもそも「テクスト遺産」、あるいは近世以前の文学を研究するに際して、「作者性」が問題となるのは何故だろうか。文学作品であれその他のテクストであれ、最初に書かれてから今日に至るまでの期間に、原本が損傷を受けたり、散逸してしまったり、また、書写の過程で本文に変更が生じてしまうという不幸に遭遇することを避けることが出来ない存在である。したがって作者は誰かと問うたときに、最初に筆をとった人物であると限定するわけにはいかないこともしばしばなのである。また、ある古筆切を膨大なコーパスのなかから選別し、手鑑に所収した人物も、その手鑑という新しい書物の「作者」であると見做せるのではないだろうか。彼らの専門的かつ審美的な判断と技術は、いわば編集者のそれと作者のそれの中間をゆくもののように思われる。とはいえ、この意味における「作者」でさえ、名前を挙げることが難しい場合もあるのである。古筆手鑑において重要な位置を占める極札に印を押した鑑定家が、すなわち作者と同一人物である証拠はないのだ。つまり、古筆手鑑研究という枠組みで「作者」という概念について考えるとき、私たちはその歴史的意味合いの変遷に思いを致し、改めて「作者とは何か」という問題に向き合うことになるのである。

四、古筆手鑑と真正性

さて、残るは「真正性」であるが、それはこれまでに取り上げた「所有性」や「作者性」の問題とも切り離せないものである。古筆切の「真正性」を判断し、保証するという特権的な作業は、十六世紀末から間断なく、古筆鑑定家という権威的な専門家に独占されてきた。古筆や古書を好む顧客の依頼に応え、その欲望を満たすことは、第一に彼らの生活の手段であったが、同時にその作業には、専門的な知識と豊富な経験が必要とされた。現在の地点から彼らの仕事ぶりを振り返り、それが時として非常に主観的であったとか、不正確な方法に依拠したプロセスであったと批判することは容易い。だがそれ以上に、彼らの置かれていた立場や、与えられていた条件を考慮すれば、彼らのなかに賞賛すべき技術を身につけた人々がいたことも明らかなのである。

これは鑑賞者の意識においても同様であるが、鑑定家にとっての最重要の課題は、それぞれの古筆切の内容やその作者を特定することではなく、その書き手(筆者)を確定させることであった。このことは、実際に手鑑をひもといてみれば一目瞭然である。それというのも古筆には極札が貼付され、そこには鑑定結果として書き手の名が、官職や冠位や、特定の芸術分野における肩書(例えば歌人であれば「連歌師〇〇」、出家であれば「〇

○法師」・「○○禅尼」（のように）が書きつけられたのである。これが絶えざる習慣であって、古筆切の内容のもともとの作者だとか、文面の内容についての情報（題名など）は、誰も書こうとしなかった。古筆切の鑑賞においてテクストの内容やその作者が問題となり、調査対象になったのは、近代に国文学者がそれを文学的史料として扱うようになってからのことである。

　極札にはまた、その書き手の名や社会的地位、あるいは文化的役割という情報のみならず、比較的に小さな文字で、その古筆切に書かれたテクストの冒頭のいくつかの文字や語が記されていることが少なくない。なぜそのようなことをするのかといえば、おそらくテクストの内容や読み方について、鑑賞者にヒントを与えているのだと思われる。現代の活字本の詩歌集に、道標として「初句索引」が付いているのと同じで、控えめながら有益な情報を観賞者に提供することで、読解の原動力にしてもらおうという意図なのであろう。そのような親切も、鑑定家に編集者としての自覚があればこそである。

　とはいえ、古筆切の冒頭部分が極札に小さく書かれることがある、という以外には、手鑑の核心であるはずの古筆切の内容——いわばそのテクスト性——に対する関心の形跡を、如実に示すようなものはないのである。そもそも、そのような期待は見当外れでさえあるだろう。手鑑の目的はあくまでも、選ばれた古筆切を集めて一つの書物的な空間のなかに展示し、これを保存して、ときには手習いの手本などとして利用する、ということに尽きるのであって、古筆切に内在するテクストを真面目に読むことは企図されていなかった（もちろん、現代の私たちがそれを読もうとすることには、何の支障もないのだが）。

　手鑑の「真正性」に関して、もう一つ見落とさざるべき点がある。それは、古筆手鑑研究の作法として典型的なものでもあるのだが、現存する手鑑の各ページに貼り付けてあるそれぞれの古筆切について、注釈を付したり、索引を立てたりする際に、それが判明している限りは、見出しやキャプション等の備考として必ず「○○切」（例えば『五首切』、『熊野切』、『東大寺切』など）という書誌学的な呼称を添える、という慣例である。これは取りも直さず、手鑑研究の専門家の価値観において、「真正性」が重みを持っていることの証左であろう。

五、個人談
——イエール大学の『手鑑帖』と私

　では、以上の考察を念頭に置きながら、いますこし具体的な例を取り上げてみたい。身近な例を挙げることをお許しいただけるなら、イエール大学バイネキ稀覯本・手稿図書館収蔵の『手鑑帖』と題された古筆手鑑は、当時イエール大学で歴史学部の准教授をしておられた朝河貫一先生（一八七三—一九四八）が、昭和九年（一九三四）頃に日本で購入したものであり、現在の日本で重要文化財に指定されているものと比較しても遜色のない、各方面から注目される立派なものである（**図1**参照）。

そこに収められた一三九枚の古筆に貼り付けられた極札には、古筆家代々の鑑定家が使用した「琴山」の印が少なくない。朝河先生が購入する以前にこの手鑑がたどった来歴に関する資料や記録はわずかだが、「五首切」や「多武峰切」など名の知られた古筆の断片集に属していたものが、少なくとも十九枚確認されている。そのようなデータを参考にしながら、全部は無理でも、その一部の来歴——いわば「所有史」——を調べることは可能である。

ここに紹介するものは極札が示すように、平安中期の歌人であり、歌論の作者であり、また能書家としても知られた源俊頼（一〇五五―一一二九）の筆跡を含む「東大寺切」という断片集から流れてきた古筆である（**図2**参照）。極札には「源

図1　イーエル大学バイネキ稀覯本・手稿図書館所蔵古筆手鑑『手鑑帖』（17世紀後半）39.4×15.5cm　所収葉139枚（筆者撮影）

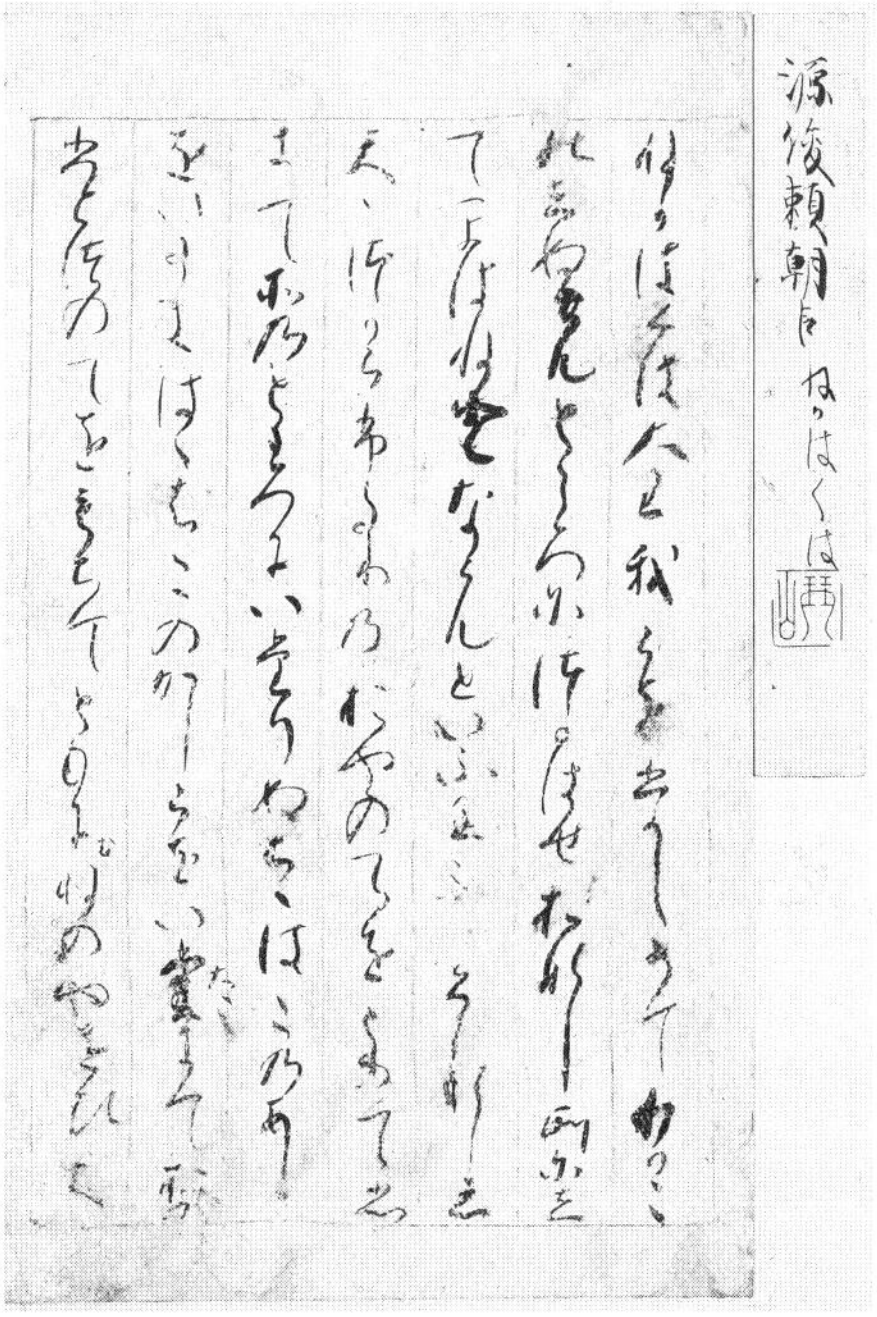

図2　イーエル大学バイネキ稀覯本・手稿図書館所蔵古筆手鑑『手鑑帖』所収、伝源俊頼朝臣筆「東大寺切」断片「ねかはくは」一葉（Yale Association of Japan Collection, Beinecke Rare Book and Manuscript Library, Yale University.）

俊頼朝臣」と書かれ、「琴山」の印の上に、「ねかはくは」という五文字が記されている。本文は十世紀後半、源為憲という貴族文人が著した仏教説話集『三宝絵』の第一巻第十三節、インド仏教のジャータカ文学（釈迦本生談）を根元とする「施无王子」の一部であることが確認されているが、引用は節の冒頭ではなくその半ば、主人公である王子の両親の発言である。

文化的、歴史的に価値の高い「東大寺切」の大部分は残念ながら散り散りになってしまっているが、二〇〇枚近い断片のうちには、「元永三年七月廿四日」の日付のある跋文も残っている。しかし、「東大寺切」がその跋文に書かれた日より以後、どのような来歴をたどったのかなどを完全に再現することは不可能だが、部分的に物語ることはできるのである。

そもそも何故、いつから「東大寺切」と呼ぶようになったのという事情も明らかでないが、十六世紀末の古筆愛好家である豊臣秀次が、そのような断片群を所有していたことは事実であるらしい。さらに秀次の没後には、しばらく叔父の将軍秀吉の所有となり、その秀吉を破り権力を握った徳川家康が、これを受け継ぐことになった。家康は成瀬隼人という家老の一人に依頼して、本拠地である駿河の駿府にこれを預けたが、元和二年（一六一六）に家康が急死すると、そのまま成瀬家が犬山城で保管するようになった。そしていつの頃かは不明だが、代々出入商人として成瀬家と親密であった名古屋の関戸家に所有権が移ったようだ。「東大寺切」の『三宝絵』の大多数の断片群が「関戸家本」と呼ばれているのはそのような理由によるもので、二十世紀の中頃にはその関戸家によって、現在の所蔵先である名古屋市博物館に寄贈されている。

写本の移動や所有者の交代に伴いはぐれていった「東大寺切」の断片は、一枚ずつ、あるいは二、三枚ずつで掛け物などに表装され、国内外の数カ所の美術館や図書館に所蔵されており、展示されることも多い。とはいえ、イエール大学の稀覯本・手稿図書館に所蔵されていた一冊の書物のなかにその一枚があったことは、かれこれ四十年ほど前に同大学の大学院に『三宝絵』の研究と英訳を兼ねた注釈を博士論文として提出し、その数年後に*The Three Jewels*と題した単著を出版した私をふくめ、つい最近まで誰にも知られていなかったのである。事情が変わったのは、二〇一一年秋に同図書館で共同研究会を開催したときであった。東京大学史料編纂所の研究員であった和田幸大氏の発表によって、朝河先生が大学のため、日本研究振興のために購入した『手鑑帖』のなかにその断片の一枚が眠っていたことが、初めて明らかになったのである。そんなことを想像だにしていなかった私は驚いたどころではなかったが、それを切っ掛けにして、その後、国際共同研究チームを組み、「ザ・手鑑帖プロジェクト」（https://tenthousandrooms.yale.edu/project/tekagami-jo-shou-jian-tie-project）と銘打った活動を今日まで続けている。

「テクスト遺産」の定義は未だに決着していないが、その有益な枠組みが今後もあらゆる研究に活かされ、世界に分配された日本の様々な文化的遺産のひとつである古筆手鑑類についても、多くの方々によって再検討が進むことを願っている。その推進のためにも、右記の共同研究では国内外に所蔵される古筆手鑑のデジタル・データベースの整備を企図している。その整備がどれほど多くの発見に結びつくか、現段階では想像することしかできないが、少なくともそれが「テクスト遺産」としての古筆手鑑類に関心ある世界の研究者の役に立てば、これほど幸いなことはない。

付記　古筆手鑑に関する筆者の心もとない理解と知識は、慶應大学斯道文庫教授である佐々木孝浩先生の御学恩によるものです。ここに改めて感謝を申し上げます。また和田幸大氏の御研究は、「イェール大学所蔵『手鑑帖』所収、極札「源俊頼朝臣ねかはくは」の一葉について」（『東京大学史料編纂所研究紀要』二四号、二〇一四年）として報告されています。

明石における龍宮イメージの形成

——テクスト遺産としての『源氏物語』と『平家物語』をつなぐ夢

荒木　浩

あらき・ひろし——国際日本文化研究センター教授、総合研究大学院大学教授。専門は日本古典文学。主な著書に『説話集の構想と意匠』（勉誠出版、二〇一二年）、『かくして「源氏物語」が誕生する』（笠間書院、二〇一四年）、『徒然草への途——中世びとの心とことば』（勉誠出版、二〇一六年）、編著に『古典の未来学』（文学通信、二〇二〇年）などがある。

『平家物語』灌頂巻の建礼門院は、明石で龍宮の夢を見て、母と子・安徳帝の所在を知ったと後白河院に語る。この言説の由来は、エーコ『フーコーの振り子』が読者にパリの現実を幻視させたように、テクスト遺産としての『源氏物語』世界にある。本稿では、この現象を分析しつつ、文化の痕跡やレガシーの力としての古典の在処を探る。

パリ美術学校の学生ふたりが数カ月前にやってきて、一冊のアルバムを見せてくれました。小説（＝『フーコーの振り子』）のなかに名前の出てくる場所に、いちいち足を運んで、あの晩と同じ時刻に写真におさめ、私の登場人物の足取りを細大漏らさず再構成したのです。それどころか、第一一四章の最後で、地下水路を抜けたカゾボンが地下室から階段を上がると、どこかの中近東風の居酒屋に出た、汗ばんだ顔の常連客の人いきれと、脂ぎった串焼きのにおいのなかをビールのジョッキが行き交っていた、とそんな調子で私が書いた、その居酒屋の内部まで撮影してきたのです。私はそんな居酒屋が実際あることなど知らずに、あの界隈に軒を連ねる同じような居酒屋を思い浮かべながら創り出したのです。ところがふたりは紛れもなく、わたしが小説のなかで描いた居酒屋を発見したのです。……ふたりは、本物のパリがわたしの小説の場所に変わることを願ったのです。そして事実ふたりは、——パリで目にすることのできるあらゆるもののなかから

――わたしの描写と合致する側面だけを抽出したわけです。

（ウンベルト・エーコ『小説の森散策』和田忠彦訳、岩波文庫）

一、『平家物語』灌頂巻と建礼門院の命運

『平家物語』の最終局面で建礼門院徳子は、壇ノ浦の戦いで生き残り、京へと帰って、後白河院と再会する。そしてその後、彼女は往生を遂げ、物語は大団円を迎えた。諸本さまざまな彩りと構成で描き出すこの結末[1]は、語り本の覚一本『平家物語』では、周知の如く、巻十二の外に灌頂巻を立てて描かれ、最重要の位置づけを占める。

その灌頂巻の中に「六道之沙汰」と名付けられた一段がある。建礼門院の隠棲先である大原寂光院を尋ねてきた後白河院を前に、建礼門院が「我平相国《ワレヘイシヤウコク》のむすめとして、天子の国母《コクモ》となりしかば、一天四海、みなたなごゝろのままなり」（引用は新日本古典文学大系）と口を開き、目の当たりにした平家の興亡をめぐる体験と見聞を自己語りとして再話して、六道めぐりに比定していく。

建礼門院徳子は平清盛の娘で、後白河の子高倉天皇の中宮となり、安徳天皇（一一七八～八五）を産んだ。母・二位の尼時子は、平時信の娘で、後白河の妃・建春門院滋子の異母姉である。治承四年（一一八〇）、幼くして即位した安徳は、寿永二年（一一八三）七月、源（木曾）義仲入京で、三種の神器を具して都落ちする。同年、都では後鳥羽天皇が即位。敗走を重ねる平家の一行は、滅亡へと突き進んだ。

『平家物語』によれば、元暦二年（一一八五）三月二十四日、壇ノ浦の戦いで追い詰められた二位の尼は、先帝安徳を抱いて舷《ふなばた》に歩み寄った。敵の手にかからず、三種の神器とともに身を投げようというのだ。

二位殿は、このありさまを御らんじて、日ごろおぼしめしまうけたる事なれは、にぶ色のふたつぎぬうちかづき、ねりばかまのそばたかくはさみ、神璽《しんし》をわきにはさみ、宝剣を腰にさし、主上《しゆしやう》をいだきたてまッて、「わが身は女なりとも、かたきの手にはかゝるまじ。君の御ともに参る也。御心ざし思ひまい《（ゐ）》らせ給はん人々は、急ぎつゞき給へ」とて、ふなばたへあゆみ出でられけり。主上、ことしは八歳にならせ給へども、御としの程よりはるかにねびさせ給ひて、御かたちうつくしく、あたりもてりかゝやくばかり也。御《おん》ぐしくろうゆら〱として、御せなか過ぎさせ給へり。あきれたる御さまにて、「尼ぜ、われをばいづちへ具してゆかむとするぞ」と仰《おほせ》ければ、いとけなき君にむかひたてまつり、涙をおさへ申されけるは、「君はいまだしろしめされさぶらはずや。先《ぜん》

世《ぜ》の十善戒行の御《おん》ちからによッて、いま万乗のあるじとむまれさせ給へども、悪縁にひかれて、御運すでに尽きさせ給ひぬ。まづ東《ひんがし》にむかはせ給ひて伊勢大神宮に御いとま申させ給ひ、其《その》後西方浄土の来迎にあづからむとおぼしめし、西にむかはせ給ひて、御念仏さぶらふべし。この国は粟散辺地とて、心うきさかひにてさぶらへば、極楽浄土とて、めでたき処へ具しまい《（ゐ）》らせさぶらふぞ」と、なく〳〵申させ給ひければ、山鳩《やまばと》色の御衣《ぎょい》に、びんづらゆはせ給ひて、御涙におぼれ、ちいさくうつくしき御手をあはせ、まづ東をふしお《（を）》がみ、伊勢大神宮に御いとま申させ給ひ、其後西にむかはせ給ひて、御念仏ありしかば、二位殿やがていだき奉り、「浪《なみ》のしたにも都のさぶらふぞ」となぐさめたてまッて、ちいろの底へぞ入《いり》給ふ。

（『平家物語』巻十一「先帝身投」）

建礼門院も、この様子を見て、自らも「御《おん》やき石・御硯《おんすずり》」を左右の懐に入れて海に入水したが、源氏方の侍に、髪を熊手にかけられて引き上げられ、生き残る次第となったという。

女院は、この御ありさまを御らんじて、御《おん》やき石・御《おん》硯《すずり》、左右《さう》の御ふところに入れて、海へ入らせ給ひたりけるを、渡辺党に源五《げんご》馬允《うまノぜウ》むつる、たれとは知りたてまつらねども、御《おん》ぐしをくま手《で》にかけてひきあげたてまつる。女房達、「あなあさまし。あれは女院にてわたらせ給ぞ」と声々、口々に申されければ、判官に申て、急ぎ御所の御舟へわたしたてまつる。

（同「能登殿最期」）

以上が『平家物語』巻十一に描かれる、平家滅亡の象徴的な中心場面である。

二、建礼門院の自己語りと明石の夢

ただし右に描かれた状況は、『平家物語』灌頂巻「六道之沙汰」の建礼門院の自己語りでは、ポリフォニックな微差を含む。巻十一「先帝身投」の二位の尼は、先に傍線を付したように、自分は女であるが敵の捕り手にはかからぬ。帝と一緒に行くから、志を等しくする者はいざご一緒に、と叫んで入水した。だからこそ建礼門院も海に入ったはずなのだが、建礼門院が語るところは異なる。彼女によれば、「二位の尼《アマ》申を《（お）》く事さぶらひき」と母尼の遺言があったという。二位の尼は、「男のいき残らむ事は、千万が一《ひとつ》も有がたし。設又《タトイ》遠きゆかりは、を《（お）》のづからいき残りたりといふとも、我等が後《ゴ》世《セ》をとぶらはん事もありがたし。昔より、女は殺さぬならひなれば、いかにもしてながらへて、主上《シュシャウ》の後世をもとぶらひまい《（ゐ）》らせ、我等《ワレラ》が後世《ゴシャウ》をもたすけさせ給へ」と建礼門院に「かきくどき申《まうし》さぶらひし」——母は、女は殺さぬならいだから、あなたはなんとしても生き延びて、帝や私たちの来世の苦しみを救ってくれと懇願し、海に沈んだ。建礼門院は、以下を次のように語る。

二位の尼《アマ》、先帝をいだき奉て、ふなばたへ出《いで》し時、あきれたる御様にて、「尼《アマ》ぜ、われをばいづちへ具してゆかむとするぞ」と、仰《おほせ》さぶらひしかば、いとけなき君にむかひ奉り、涙をおさへて申さぶらひしは、「君はいまだしろしめされさぶらはずや。先世《ぜんぜ》の十善戒行《じふぜんカイギヤウ》の御力によッて、いま万乗のあるじとは生れさせ給へども、悪縁にひかれて、御運《ゴウン》既に尽き給ひぬ。まづ東《ヒンガシ》にむかはせ給ひて、伊勢大神宮に御いとま申させ給ひ、其後《そののち》西方浄土の来迎にあづからんとおぼしめし、西にむかはせ給ひて、御念仏侍《さぶ》らふべし。此国は粟散辺土とて、心うき堺《サカイ》にてさぶらへば、極楽浄土とて、めでたき所へ具しまい《(ゐ)》らせ侍らふぞ」と泣々《ナク〳〵》申さぶらひしかば、山鳩《ヤマバト》色の御衣《ギヨイ》に、びンづらいはせ給ひて、御涙におぼれ、ちいさううつくしい御手をあはせ、まづ東をふしお《(を)》がみ、伊勢大神宮に御いとま申させ給ひ、其後西にむかはせ給ひて、御《ヲン》念仏ありしかば、二位尼《ノアマ》やがていだき奉て、海に沈《シヅミ》し御面影《ヲンヲモカゲ》、目もくれ心も消《キエ》はてて、忘れんとすれ共《ども》、忘られず、忍ばむとすれ共《ども》しのばれず、残《ノコリ》とゞまる人々のお《(を)》めきさけびし声《コヱ》、叫喚《ケウクワン》・大《だい》叫喚のほのほの底《ソコ》の罪《ザイ》人も、これには過じとこそおぼえさぶらひしか。さて武士《モノヽフ》共にとらはれてのぼりさぶらひし時……（灌頂巻「六道之沙汰」）

記述はおおむね「先帝身投」の記述を踏襲しつつも、視点を変え、「海に沈し御面影、目もくれ心も消はてて、忘れんとすれ共、忘られず、忍ばんとすれ共しのばれず」と母建礼門院の目に写る我が子の最後を哀切に描く。建礼門院は母の遺言通り、地獄のような阿鼻叫喚の船に残り、人々とともに船端で、帝と母の入水を見守ったと読める。

これは『平家物語』との関係が議論される『閑居友』下八「建礼門院女院御庵に、忍びの御幸の事」[2]での建礼門院の語りに近しい。『閑居友』では「船に恐しき者ども乗り移り手侍しかば、今上お《(を)》ば人の抱き奉りて、海に入り給ひき。人〱、或は神璽を捧げ、あるは宝剣お《(を)》持ちて、海に浮《うか》みて、かの御供《とも》に入りぬと名乗《なのり》し声ばかりして、失《う》せにき。残れる者ども、目の前に命を失ひ、あるは、縄《なは》にてさま〴〵にしたため、いましむ」と「少しも情《なさけ》お《(を)》残すことな」い捕り手を描写し、当該部分に続く。

「……今はとて、海に入りなんとせし時は、焼石《やきいし》・硯《すゞり》など懐《ふところ》に入れて鎮《しづめ》にして、今上を抱《いだ》き奉りて、まづは伊勢大神宮を拝ませ参らせ、次に西方を拝みて入らせ給しに、我も入なんとし侍しかば、『女人をば昔より殺す事なし。構えて残り留まりて、いかなるさまにても後の世《よ》を弔《とぶら》ひ給べし。親子のする弔ひは、必ず叶《かな》ふ事也。誰《たれ》かは今上の後世をも、我後世をも弔はん』とありしに、今上は何《なに》心もなく、振《ふ》り分《わ》け髪《がみ》にみづら結《ゆ》ひて、青色の御衣を奉りたりしを見奉りしに、心も消ゑ《(え)》失せて、今日まであるべしとも覚《おぼ》えず侍き。されども、後世を弔ひ奉らむとて、身お《(を)》捨《す》て、命を軽《かろ》めて、祈り奉れば、いかでは諸仏菩薩も納《おさ》め給はざるべき。かゝれば、これに過ぎたる善知識はなしとこそ覚え侍れ」とぞ、申させ給ひける。

（『閑居友』新日本古典文学大系）

安徳帝を抱いて海に入る人物を、ただ「人」とだけ語る建礼門院は、自明のごとく、右でもその主体を明記せずに、母二位の尼と帝の入水を描く。続けてその人――「親子のする弔ひ」が「今上の後世」と「我後世」であることから、主体は母二位の尼であることは特定される――からの遺言を伝えるという、きわめて当事者的な自己語りらしさをより強く残すこの記述において、「焼石・硯など懐に入れ」るのは『平家』巻十一「先帝身投」の建礼門院ではなく、二位の尼の行為であった。そして自分も海に沈もうとした建礼門院に対し、尼は明確に「構えて残り留まりて」とある。だから建礼門院は海に入らず、帝の入水[3]を泣く泣く見守る。そして乗り込んできた「源氏の武士」（新大系脚注）によって捕縛された。灌頂巻の建礼門院の語りもこの文脈に同定される。

「これは、かの院の御あたりの事を記《しる》せる文に侍き」と『閑居友』は伝え、関連叙述はこれまでだが、『平家』灌頂巻の自己語りは、さらに次のように展開する。

…さて武士《モノヽフ》共にとらはれてのぼりさぶらひし時、播磨《はりまノ》国明石浦について、ちッとうちまどろみてさぶらひし夢に、昔の内裏《ダイリ》にははるかにまさりたる所に、先帝《センテイ》をはじめ奉て、一門の公卿・殿上人みなゆゝしげなる礼儀《レイギ》にて侍《さぶら》ひしを、都を出《いで》て後、かゝる所はいまだ見ざりつるに、「是はいづくぞ」ととひ侍ひしかば、弐位の尼と覚《おぼえ》て、「竜宮城《リウグウジヤウ》」と答《コタヘ》侍ひし時、「めでたかりける所かな。是には苦《ク》はなきか」ととひさぶらひしかば、「竜畜経《リウチクキヤウ》のなかに見えて侍《さぶ》らふ。よく〳〵後世をとぶらひ給へ」と申すと覚えて夢さめぬ。其後はいよ〳〵経をよみ、念仏して、彼《かの》御《ゴ》菩提《ボダイ》をとぶらひ奉る。是皆六道にたがはじとこそおぼえ侍へ」と申させ給へば、法皇仰《おほせ》なりけるは、「異《イ》国の玄奘《ゲンジヤウ》三蔵は、悟《サトリ》の前《マヘ》に六道《ダウ》を見《ミ》、吾朝《ワガテウ》の日蔵《にちザウ》上人は、蔵王権現《ザワウゴンゲン》の御力にて、六道を見たりとこそうけ給はれ。是程まのあたりに御覧ぜられける御事、誠にありがたふ《（う）》こそ候へ」とて御涙にむせばせ給へば、供奉《グブ》の公《ク》卿《ギヤウ》・殿上人も、みな袖をぞしぼられける。女院も御涙を流させ給へば、つきまい《（ゐ）》らせたる女房達も、みな袖をぞぬらされける。　（以上灌頂巻「六道之沙汰」）

建礼門院は「武士共《もののふ》」にとらわれて帰洛する途上に、播磨国明石浦で、ふとまどろんで夢を見た。その夢では「昔の内裏には、はるかにまさりたる所に、先帝をはじめ奉て、一門の公卿・殿上人みな」威儀正しく列していた。ここはどこ？と建礼門院が尋ねると、二位の尼とおぼしき人が、「竜宮城」だと答える。建礼門院が「苦はなきか」と問うと、それは「竜畜経のなかに見え」ている。くれぐれも私たちの後世をお弔いあれ、と言って、母は夢に消えた。

「竜蓄経」（『源平盛衰記』では「龍軸経」と誤伝）という経典は散逸し、内容も実在したか否かも不明だと考えられてきたが、近年、小番達の研究によって、(4)その逸文の引用が確認された。伝源信撰『万法甚深最頂仏心法要』巻中「妙法蓮華経提婆達多品十二」に「次ニ龍女ト者幼小女人也。有二五障三従ノ愁一。形ハ蛇身也。心愚ニシテ曲ナリ。是鬼畜也。併煩悩業苦ノ至極也。委ハ可レ見二龍蓄経一」（大日本仏教全書）と見えるところである。同項には「経云。女人ハ地獄ノ使ナリ…」、「経云。見龍女ノ成仏シテ…」とさらに二回「経」の引用があるが、これが「龍蓄経」であるかどうかは特定できない。小番は『万法甚深最頂仏心法要』の記述を分析して、「つまり、「龍蓄経」が記す内容とは、龍女の負の属性とともに、「煩悩業苦」の三道を輪廻する〈畜類〉たる衆生の様相と推測される」と述べ、さらに「女院に苦の有無を問われた一門の姿は龍宮城に堕した〈畜類〉のそれである。その彼らが負う苦とは、栄華を極めた一門の驕りに端を発し、数々の悪業によって齎されたもの、つまり輪廻三道を体現した者の苦である。龍蓄と化した一門が「龍蓄経」にみたものは、正に物語がこれまで辿ってきた彼ら自身であったにちがいない。しかしながら、一方でこの「龍蓄経」は、そのような彼らの救済にも関わる。この夢見をきっかけに法華経を読誦し、念仏を唱える女院は、龍蓄化した一門の救済の方途をそこに見出したのだろう」と論を進めた。

帝たちが龍宮にいるという設定は、巻十一「先帝身投」の「浪のしたにも、めでたき都のさぶらふぞ」という台詞、また安徳の入水による死を述べて、十善の君の最期は、あたかも「雲上《うんしやう》の竜くだッて海底の魚となり給ふ」と譬喩する記述（注3所掲参照）と響き合う。そして建礼門院はその後、京都の吉田に入り、同年五月一日に出家（灌頂巻冒頭「女院出家」）。改元して文治元年となった九月末に寂光院に入った

（灌頂巻「大原入」）。

三、安徳女帝説と『法華経』の龍女成仏

右に浮かび上がった安徳天皇と龍宮の関係について考察する際、次の『愚管抄』の記事が注目される。

其後《そののち》コソ、主上ヲバ安徳天皇トツケ申《まうし》タリ。海ニ沈マセ給ヒヌルコトハ、コノ王《きみ》ヲ平相国《へいしやうこく》祈リ出シ参ラスル事ハ、安芸ノイツクシマノ明神ノ利生《りしやう》ナリ。コノ厳島ト云フハ龍王ノムスメナリト申ツタヘタリ。コノ御神《おんかみ》ノ、心ザシフカキニコタヘテ、我身ノコノ王《きみ》ト成《なり》テムマレタリケルナリ、サテハテニハ海ヘカヘリヌル也トゾ、此ノ子細シリタル人ハ申ケル。コノ事ハ誠《まこと》ナラントヲボユ。
（巻五、日本古典文学大系）

安徳帝が厳島明神の転生である、というこの説について、榊原千鶴は、次のように敷衍している。

当時、安徳帝を龍女の生まれかわりであるとする風聞があり、慈円もなかばそれを信じていたことがわかる。そして、覚一本も次の通り、安徳天皇の誕生が厳島明神と関係することを示唆している。

此御むすめ后にたたせ給しかば、入道相国夫婦共に、あはれ、いかにもして皇子御誕生あれかし。位につけ奉り、外祖父、外祖母とあふがれん、とぞねがはれける。わがあがめ奉る安芸の厳島に申さんとて、月まうでを始て、祈り申されければ、中宮やがて御懐妊あて、思ひのごとく皇子にてまし〳〵けるこそ目出たけれ。
（巻第三「大塔建立」）[5]

一方、冨倉徳次郎『平家物語全注釈』は、灌頂の巻の龍女を次のように解釈していた。

『平家物語』では平家の尊信あつかった厳嶋明神はこの竜の王、遮竭羅竜王の第三の姫君の垂迹とし、その祭神市杵島姫命を竜女の化現と考えているのである。そうした竜王思想が、この一節の背景をなしているわけである。そうしおそらく風光明媚の明石の浦には竜宮城があるとの俗間信仰があったものであろうか。また、安徳天皇が海に身を投じられたので、死後竜王になったという信仰もこうした話に関連があったものであろう。
（『平家物語全注釈』下巻（二）二一三頁）

このように見てくると、本来ならその場所は安芸の厳島、そして教説の根拠としては「法華経五巻を、とくならへ」（『更級日記』新日本古典文学大系）などと女性に尊重される『法華経』巻五・提婆達多品第十二の「有裟竭羅龍王女。年始八歳。智慧利根善知衆生諸根行業」の八歳の龍女成仏を

想定するのが自然である。榊原は前掲論文を以下のように続けていた。

> さらに、安徳天皇の入水した年齢と、竜女の成仏した年齢とが、ともに八歳と暗合することは、安徳天皇を竜女に重ね合わせて考えさせる強い要素となっている。そして、そこに『法華経』の「提婆達多品」の竜女成仏の説を介在させると、覚一本が安徳天皇に付与した救済にかかわる意味が明らかとなる。『法華経』「提婆達多品」は、竜女が成仏する直前に「変成男子」を実現したとする。
>
> > 当時衆会。皆見龍女。忽然之間。変成男子。具菩薩行。即往南方。無垢世界。坐宝蓮華。成等正覚。三十二相。八十種好。普為十方。一切衆生。演説妙法。(中略)
>
> 覚一本は……竜宮城の夢の中で……そこに安徳天皇が御座すことを明記している。ところがたとえば延慶本では、「宗盛知盛ヲ始トシテ、受領検非違使共ガ並居テ候ケル所ヲ……」というように、安徳天皇に関する記述はみえない。安徳天皇以下平家一門の人々が並み居るとする覚一本の表現を、安徳天皇は竜女の生まれかわりであるという脈絡の上においてみるならば、「提婆達多品」での竜女の行いが安徳天皇の姿をかりて再現されることが推測できよう。すなわちそこに、竜女が衆生を救い悟りへと導いたように、平家一門の人々もやがては救われることが暗示されていると考えられる。

いわゆる安徳天皇女性説[6]と密接につながるこの言説は、一方で『万法甚深最頂仏心法要』が引く「龍蓄経」の文脈と同じであることに留意しよう。かつて山本ひろ子は『源平盛衰記』の建礼門院が「龍宮城に生れにけ」る人々を嘆き寂光院で「難行苦行の日重なり、転経念仏功積りて、仏に祈り申して候へば、さり共今は此の人々、龍蓄の依心を改めて、浄土菩提に至りぬらんとこそ覚えて候へ」と「語りおさめる」ことに注目した。じじつ延慶本では、当該部分「法華経をよみ、弥陀の宝号を唱え」て、救済と菩提を求める建礼門院が描かれている。山本は「ここは『法華経』であることが決定的に重要である。「龍蓄経」との連絡も気になるところだが、何よりも『法華経』の功徳を仰ぐことによって「龍蓄の依心を改め」ることができると信じられてた点が見逃せまい」と論じている。[7]

四、『平家物語』と明石の夢見の必然性

では『平家物語』灌頂巻の夢見は、なぜ厳島ではなく、明石において実現するのか。水原一は「延慶本・盛衰記・四部本いずれも、六道語りの後に別に改めて竜宮の夢を付加する。

語り物系でそれを明石の浦での夢とするのは瀬戸内海の長大な水路が竜にたとえられ、その諸所の島や瀬戸に竜宮への道があると信ぜられていた事に合わせたのであろうが、これら延・盛・四本ではその夢も明石の浦とせず、ある時の夢（四部本は寂光院でとする）としてのみ語るのである」（水原一「建礼門院説話の考察」『延慶本平家物語論考』加藤中道館、一九七九年）と説明する。覚一本のいささか唐突な設定には、何らか別の脈絡が前提となっていよう。

その前提について、水原は「瀬戸内海の長大な水路が竜にたとえられ、その諸所の島や瀬戸に竜宮への道があると信ぜられていた事」を挙げたが、明石の特定には至らないだろう。冨倉徳次郎『全注釈』は「おそらく風光明媚の明石の浦には竜宮城があるとの俗間信仰があったものであろうか」と推定したが、根拠はない。池田敬子「女院に課せられしもの――灌頂巻六道譚考[8]」は「本文の表面からうかがえる明石という地への限定は「内侍所都入」との関連であるが、その発想の根底には、明石なる地が龍宮への入口とされるという「龍宮譚」そのもののもつ伝承の世界があることは当然である」と注で述べたが、その「伝承」の具体には論が及んでいないのである。

そもそも明石とは『万葉集』以来の歌枕である。『平家物語』においても、明石の浦として、巻十一まで数例現れ、歌枕としての描出がなされている。大洋和俊は『平家物語』の歌語「明石の浦」を論じ、「灌頂巻で建礼門院が夢の中で死者となった先帝はじめ一門の人々を見る場所として明石は叙述される。いわば、死者が夢を通してこの世に再現する境界が明石であった。この世とあの世、日常と非日常としての夢、明石は畿内と幾外の境界であり、平氏の人々の出家、往生に関わる重要な地として「竜宮城」の語が答として用意されている」（大洋和俊「平家物語と和歌」（『静岡英和学院大学紀要』一〇、二〇一二年三月）と述べて、兵藤裕己『平家物語の読み方』（ちくま学芸文庫、二〇一一年）の参照を指示した。兵藤は、同上書の「はじめに」で「現実の行政上の境界である畿内堺が、じつは現世と他界、今と昔の時空の境界でもあった。だから畿内と幾外の堺には、境外のモノを統御する巫系の芸能民や宗教民が集住する」。「東の逢坂にたいして、西の明石（兵庫県明石市）も、ふるくから琵琶法師の拠点として知られた畿内堺である。源氏物語「明石」巻には、明石入道が「琵琶の法師になりて」光源氏のまえで琵琶を弾いたことが語られる」と述べる。また「付論　琵琶法師の位置」で兵藤は、龍宮に沈み、「竜王の眷属となった清盛以下の平家一門の霊は」「建礼門院によって鎮められなければならない」と論じた。佐伯真一は、尼二位の遺言と建礼門院の関係を「一門の鎮魂供養を果たすことを命じられた女院の任務を、亡魂自身の出現によって改めて確認するもの」（注1所掲『建礼門院という悲劇』第三章）と解している。

五、明石・夢・龍宮をつなぐ『源氏物語』のレガシー

このように、灌頂巻の明石と龍宮と夢のお告げ、という三つの要素については、さまざまな角度から議論があるが、[9] その一体的連合について、留意すべき点が残されている。それは『源氏物語』という古典文学の享受をめぐるミッシングリンクである。前掲した兵藤論に「源氏物語「明石」巻には、明石入道が「琵琶の法師になりて」光源氏のまえで琵琶を弾いたことが語られる」とあるが、それとは別の次元で、龍宮を夢見る場所として明石が認識されることについて、『源氏物語』が影響を及ぼした可能性を考えたい。

夢見の場所としての明石と『源氏物語』の関係については、たとえば、次の中世末期の連句に象徴的に示されている。

はかなきも頼みかけたる夢語り　叱
おもひに永き夜は明石《あかし》がた　秀

明智光秀の本能寺の変決行の意図をめぐって議論かまびすしい発句「ときは今天が下しる五月哉」を有する「天正十年愛宕百韻」に載るものである。「夢」と「明石」が付合となっているこの連句について、島津忠夫『連歌集』（日本古典集成）は、次のように注を付している。

◇夢語り　未来を暗示するものとして、自分が見た夢について、人に語ってきかせること。『伊勢物語』や『源氏物語』などに見える語。『源氏物語』手習《てならい》の「ゆめがたりもし出でて」とあるのは、横川《よかわ》の僧都の妹尼が初瀬の寺で見た夢を浮舟に語るところである。ここは夢の占い。「夢」は可隔七句物。

秋季（永き夜）恋。夜分。水辺。『源氏物語』明石の巻に見える。故桐壺《きりつぼ》帝の告《つげ》によって光源氏が須磨から明石におもむいたことにより、「夢語り」に「明石がた」と付く。

『源氏物語』須磨巻で、須磨に謫居することになった光源氏が、父桐壺帝の墓前を弔うと、夢に父帝が現れる。そして須磨移住後に、明石巻で、ふたたび父が夢に現れ、「住吉の神の導きたまふままに、はや舟出《ふなで》して、この浦を去りね」とさらなる転居を誘う。この父帝出現の翌日、突然明石の入道が「去《い》ぬる朔日《ついたち》の日の夢に、さま異《こと》なるものの告げ知らすることはべりしかば、信じがたきことと思うたまへしかど」と光源氏を迎えに来た。「御夢なども思し合はすることもあり

て」予感のあった光源氏は「夢の中《なか》にも父帝《みかど》の御教へありつれば、また何ごとをか疑はむ」と明石移住を決意した。(10) 明石の夢に現れる帝は、光源氏にとっては父。『平家』の安徳帝は、建礼門院にとっては子であった。

そして『源氏』の他の箇所で、明石はことさらに龍宮と結びつけられている。若紫巻の冒頭近くで「近き所には、播磨《はりま》の明石《あかし》の浦こそ、なほことにはべれ」と話題にされた明石には「海龍王《かいりゆうわう》の后《きさき》になるべき、いつき女《むすめ》」がいるとの噂が紹介される。明石の入道の娘のことである。「海のなかの龍王」という言葉も、須磨巻と明石巻に見える。

須磨の巻末尾では、荒れ狂う須磨の暴風雨に「さは、海のなかの龍王の、いといたうものめでするものにて、見入れたりけるなり」という叙述がある。十四世紀後半の『河海抄』は、この部分に「彦火々出見尊、釣はりをうしなひ給て、わたのへにいたりて尋給ひけるを、竜神、顔容貌絶世たりとめでたてまつりて、むすめ豊玉姫にあはせて、わたつみやに三年とゝめたてまつりし也〈日本紀にみえたり〉」(『紫明抄 河海抄』角川書店)という准拠を指摘していた。『源氏物語』によって初めて龍神と明石が結びつけられ、神話性を帯びつつ、それは中世において、文学のレガシー=遺産を構築していく。

六、須磨/明石という境界と彦火々出見尊説話の龍宮のなぞらえ

『源氏物語』における光源氏の須磨から明石への移動においても、すでにボーダーとしての意味が込められていた。藤井貞和は、ここに、畿内(王化《おうか》の民)・摂津国から、幾外(化《け》外《がい》の民)・播磨国へと境界を跨ぐ、重大な超越があると読む。(11) その解釈には議論のあるところだが、(12) この境界性自体は、明石と夢、そして龍宮への連想を支える大事な要素であろう。灌頂巻の建礼門院は、明石という『源氏物語』文学世界のレガシーのトポスに実在する、龍宮という都で、我が母と息子の先帝たちを夢見たのである。

ただし、明石は、平家の敗北逃走の叙述では、歌枕以上の存在感を持たない。

いくさやぶれにければ、主上をはじめたてまッて、人々みな御《お》舟にめして出《いで》給ふ、心のうちこそ悲しけれ。塩にひかれ、風に随ッて紀伊路《きのぢ》へおもむく舟もあり、葦屋《あしや》の沖に漕《こぎ》出でて、浪にゆらるゝ舟もあり。或《あるい》は須磨より明石のうらづたひ、泊定《とまり》めぬ梶枕《かぢまくら》、かたしく袖もしほ《(を)》れつゝ、朧《おぼろ》にかすむ春の月、心をくだかぬ人ぞなき。或は淡路のせとを漕《こぎ》とほり、絵島《ゑしま》が磯にたゞよへば、波路《なみぢ》か

すかになきわたり、友まよはせるさ夜鵆《よちどり》、是《これ》も我《わが》身のたぐひかな。（下略、『平家物語』巻九「落足」）

壇ノ浦後、建礼門院が夢見たであろう、都への復路の折の明石は、巻十一では先引池田論文が言及した「内侍所都入」にあたるが、やはり「名をえたる浦」として、哀切をそそる歌枕として描かれている。

同《おなじき》十四日、九郎大夫判官義経、平氏《へいじ》男女のいけどりどもあひ具してのぼりけるが、播磨国明石浦《はりまのくにあかしのうら》にぞつきにける。名をえたる浦なれば、ふけゆくまゝに月さへ《（え）》のぼり、秋の空にもおとらず。女房達さしつどひて、「一《ひと》とせこれをとを《（ほ）》りしには、かゝるべしとは思はざりき」なンど言ひて、しのびねになきあはれけり。帥《そつ》のすけ殿、つく〴〵月をながめ給ひ、いと思ひ残す事もおはせざりければ、涙にとこもうくばかりにて、かうぞ思ひつゞけ給ふ。

ながむればぬるゝたもとにやどりけり月よ雲井《くもゐ》のもの
がたりせよ

雲のうへに見しにかはらぬ月かげのすむにつけてもも
のぞかなしき

大納言佐殿《すけどの》

我身《わがみ》こそあかしの浦に旅ねせめおなじ浪にもやどる月
かな

「さこそ物がなしう、昔恋しうもおはしけめ」と、判官物のふなれどもなさけあるお《（を）》のこなれば、身にしみてあはれにぞ思はれける。（巻十一「内侍所都入」）[13]

しかし灌頂巻「六道之沙汰」では、建礼門院は、平家の敗走時の明石を次のように回想していた。

それに寿永《ジュエイ》の秋のはじめ、木曾義仲とかやにおそれて、一門の人々、住なれし都をば、雲井のよそに顧《カヘリミ》て、ふる里を焼野《ヤケノ》の原《ハラ》とうちながめ、古《イニシヘ》は名をのみ聞きし須《ス》磨《マ》より明石《アカシ》の浦づたひ、さすが哀《アハレ》に覚《ヲボヘ》て、昼《ヒル》は漫《マン》々たる浪路《ナミヂ》をわけて袖をぬらし、夜《ヨル》は洲崎《スサキ》の千鳥《チドリ》とともになきあかし、浦々島々《しまじま》、よしある所を見しかども、ふるさとの事は忘《わすれ》ず。

建礼門院は、須磨・明石を、昔は「名のみ聞」いたという。同じ「名」だが、傍線部の叙述など、単に「月よ雲井」とあった「内侍所都入」とは異なり、たとえば『源氏物語』須磨巻の「故里《ふるさと》を峰の霞は隔つれどながむる空は同じ雲居か」という光源氏の京都望郷（「ふるさと」は「都」をさす）がすぐ思い出されるように、『源氏』世界の影響が濃厚となっている。『源氏物語』のカノン化を受けて、平安後期以降、和歌史における明石という歌枕も『源氏』に表象された明石イメージの影響を強め、歌語としての意味領域を拡げていったという。[14]そして建礼門院の周辺には『源氏物語』の愛好と読解の文化があった。[15]建礼門院のいう明石の「名」は『源氏物語』の影響と文学史を含んだ歌枕であった。

『平家物語』の世界に対する『源氏物語』の影響は、様々に語られるが、[16]現実のレベルにおいて、また文献学的な追跡において、その認定には、個別の丁寧な分析が必要である。[17]灌頂巻における建礼門院のフィクショナルな自己語り・女語りの中に潜在し表出された『源氏物語』世界の投影は、どのようなレベルで分析すればよいのか。その時、テクスト遺産としての『源氏物語』という視点は、興味深い方法論を提示するのではないかと思う。[18]

ここで想起する説がある。建礼門院の父・平清盛には『源氏物語』明石入道へのなぞらえが存する、という高橋昌明の考察である。[19]後白河院が作成したと推定される『彦火々出見尊絵巻』に込められた寓意をめぐる議論だ。高橋は、石川徹の説などを踏まえて、「後白河が海幸・山幸説話におのれのメッセージを託そうと思ったとき、『源氏物語』が脳裏にかかったはずがない。というのは、『源氏物語』前半の山場である光源氏の須磨流離譚は、同説話を典拠にしており、ヒコホホデミノミコトが光源氏、ホノスソリノミコトが源氏の兄の朱雀帝、竜宮の竜王が明石入道、豊玉媛が明石の君の人間像に換骨奪胎されている、と考えられているからである」。後白河は、福原に常住する清盛を、明石入道のように見下していた、という。高橋はさらに踏み込んで、「ここまで書いた勢いに乗れば、清盛自身が自らを光源氏に擬していた、との想定すらあり得るだろう。ともに皇胤で太政大臣の経験者であるし、清盛も須磨にほど近い福原に自発的意志で移った」云々と推論を進めた。もっともこちらの比定については高橋も、「推論が合理性の範囲を超えて暴走したかもしれない」と慎重である。

清盛と後白河の心象にまで踏み込むのはともかく、すくなくとも『源氏物語』読解の歴史において、明石と龍宮と王の関係については、『河海抄』が、彦火々出見尊の逸話を所引して当該部を注釈していたように、確実な連想の伝統があった。もう一つ興味深い傍証がある。五月女晴恵によれば、『彦火々出見尊絵巻』に描かれた「龍王や龍宮の高官が「仏画に描かれる龍王の図像を意識して描かれたもの」であり、「当絵巻の巻六第三〜四紙に見える荒海と摩竭魚の描き方は、厳島神社所蔵「平家納経」提婆達多品（長寛二年・一一六四）の表紙に描かれたものと驚くほど近似している」。さらに同絵巻の「龍宮の女性たちと「平家納経」提婆達多品見返絵の龍女は、細部に至るまで共通性を有している」。結句「当絵巻における「龍王のひめきみ」が「葦原日本」へ向かう場面は、「平家納経」提婆達多品の見返絵に見えるような、龍女が海中の龍宮から湧出して海上を進んで行く場面を意識して描かれたと考える方が自然」と五月女は論じていく。(20)『源氏』の明石→彦火々出見尊と龍神龍女→『彦火々出見尊絵巻』→『平家納経』厳島神社→安徳帝と龍女→『平家』と連想を輻輳し、覚一本の建礼門院の語りを包摂するのである。

七　建礼門院の女語りと文学レガシー
——おわりに代えて

こうして、彦火々出見尊伝承という神話を軸に『源氏物語』と『平家物語』について、明石をめぐる紐帯が、もうひと重ね深く物語論的に展開する。『河海抄』の比定がどこまで遡れるか。それは注釈史上の文献学的問題だが、『源氏』レガシーを前提とした物語世界では、明石と龍宮の連想は、むしろ自明のことであった。『源氏物語』の熟読は、明石と夢の結び付きも、むしろ必然的なものとする。こうして、明石・龍宮・夢をめぐり、古代・中世文学史に新たな脈絡が発見される。灌頂巻で展開されるのが、平家滅亡のアナザーストリーとしての建礼門院の女語りであることも、『平家物語』に投影される『源氏物語』の文学史的意味を強く傍証することだろう。(21) それは、文学史の問題に留まらず、歴史や在地伝承を突き動かすような力を持つテクスト遺産としての『源氏物語』の力を、改めて私たちに再考させる契機となるのかも知れない。

注

(1) その詳細は、今井正之助「平家物語灌頂巻試論——本巻との関わりをめぐって」(『日本文学』一九八三年一月号)、佐伯真一『建礼門院という悲劇』(角川選書、二〇〇九年)など参照。

(2) その研究史の概観は、前掲注1佐伯書、第三章など参照。

(3) 『平家』巻十一の「先帝身投」では、「悲哉《かなしきかな》、無常の春の風、忽《たちまち》に花の御すがたを散らし、なさけなきかな、分段《ぶんだん》のあらき浪、玉体を沈めたてまつる。殿《でん》をば長生《ちやうせい》と名づけて、ながきすみかと定め、門をば不老と号して、老《おい》せぬとざしとかきたれども、いまだ十歳のうちにして、底のみくづとならせ給ふ。十善帝位の御《おん》果報、申すもなか〱おろかなり。雲上《うんしやう》の竜くだッて海底の魚となり給ふ。大梵高台《だいボンかうダイ》の閣《カク》のうへ、釈提喜見《シヤクダイキけん》の宮の内《ウチ》、いにしへは槐門棘路《クハイモンキヨクロ》のあひだに九族《キウゾク》をなびかし、今は舟のうち、浪のしたに御命を一時《いつし》にほろぼし給ふこそ悲しけれ」と叙述される。

(4) 以下の引用は、小番達「建礼門院関連記事の考察——『万法甚深最頂仏心法要』との関わりから」(『古代中世文学論考』第六集、新典社、二〇〇一年十月)。

(5) 榊原千鶴「覚一本『平家物語』における安徳帝の脈絡」(同『平家物語——創造と享受』三弥井書店、一九九八年、初出一九八八年十二月)。

(6) 田中貴子「安徳天皇女性説の背景——女と子供の成仏をめぐって」(『日本文学』二〇〇二年七月号)など参照。

(7) 以上、引用は、山本ひろ子「成仏のラディカリズム——『法華経』龍女成仏の中世的展開」(『岩波講座東洋思想第一六巻日本思想2』岩波書店、一九八九年)。関連する論考として、名波弘彰「建礼門院説話群における龍畜成仏と灌頂をめぐって」(『中世文学』三八号、一九九三年)など参照。

(8) 『国語国文』六三—三(一九九四年、同『軍記と室町物語』清文堂出版、二〇〇一年に再収)。

(9) 小番達「建礼門院が見た夢——龍宮城へ堕ちた平家一門」(『日本文学』二〇一三年八月号)が、近年の考察として管見に入った。

(10) 『源氏物語』の引用は新潮日本古典集成による。こうした一連の夢の記述についての私の理解については、拙稿「日本古典文学の夢と幻視——『源氏物語』読解のために」(荒木編『夢見る日本文化のパラダイム』法藏館、二〇一五年所収)及び同稿の一部を改稿したフランス語訳論文 'Rêve et vision dans la littérature japonaise classique: notes pour la lecture du Roman du Genji' (Arthur Mitteau 訳、*Extrême-Orient Extrême-Occident*. No.42, 2018.) 参照。

(11) 藤井貞和『源氏物語入門』「明石の君　うたの挫折」(講談社学術文庫、一九九六年)参照。

(12) 河添房江『源氏物語の喩と王権』「須磨から明石へ——光源氏の越境をめぐって」(有精堂、一九九二年)、『源氏物語事典』「須磨・明石」(大和書房、二〇〇二年)などに整理がある。

(13) 注8所掲池田敬子論考参照。

(14) たとえば『歌ことば歌枕大辞典』「明石」(角川書店、一九九九年)参照。大洋前掲論文は『平家物語』における「明石」を通覧し、『源氏物語』の「明石」とも比較している。

(15) 久保貴子「『建礼門院右京大夫集』の『源氏釈』『源氏物語』引用——表現の基底にあるもの」(『實踐國文學』八〇号、二〇一一年一月)など参照。

(16) その諸相については、横井孝「物語から平家物語へ——その序説」(『静岡大学教育学部研究報告(人文・社会科学篇)』四三号、一九九三年三月)など参照。

(17) たとえば櫻井陽子『『平家物語』本文考』第五部第二章、第三章他(汲古書院、二〇一三年)に精緻な考証例がある。

(18) 後白河の大原御幸自体にはしかるべき根拠がある。猪瀬千尋「文治二年大原御幸と平家物語」(『中世文学』六一号、二〇一六年)参照。

(19) 『平清盛　福原の夢』第3章「日宋貿易と徳子の入内」(講談社選書メチエ、二〇〇七年)。

(20) 五月女「「彦火々出見尊絵巻」の制作動機に関する一考察——絵巻の基となった説話と仏画の図様との共通性に着目しながら」(『佛教芸術』三三四号、二〇一四年五月)。

(21) 兵藤『平家物語の読み方』は、第十一章「建礼門院の物語」の冒頭に「女性の語り手」の節を立てる。また第十章「悪人の救済」において「平家物語の末尾に建礼門院の物語がおかれたのは、おそらく源氏物語末尾の浮舟物語の影響だったろう。入水が未遂に終わったヒロインが大原に隠棲するという趣向も、宇治川で助けられた浮舟が、小野(大原から八瀬にかけての京都北東部一帯)にかくまわれた物語を思わせる」と展開する『源氏物語』との比定論も注目すべき論点である。

付記　本稿はコロンビア大学での国際シンポジウム 'Borders, Performance, and Deities' の Session 5: "Dreams, Deities, and Borders"（二〇一九年三月十六日）において発表した「明石における龍宮イメージの形成――『源氏物語』と『平家物語』をつなぐ夢」と題する原稿に由来するが、テーマと内容を大きく改訂して活字化した。

◎コラム◎

テクスト遺産としてのモニュメント

——平時子の例

Roberta STRIPPOLI

本誌に収録された各論考には文書自体、または文章の物理的な媒体である冊子や絵巻物などに表されたテクスト遺産の概念について論じられている。本稿では更に別のテクスト遺産の形に焦点を当てる。物語などの文書や文書に基づいたパフォーマンスとしての能楽、口述で広まった地方伝説、などを基に作られた様々なモニュメントである。

　どのようなモニュメントがこのようなテクスト遺産に相当するのかというと、日本各地に見られる像、墳墓、そして様々な遺跡である。新旧共に存在するが、一般に、武将や宗教家などの歴史的人物、又は想像上の人物を記念するものである。例えば滋賀県野洲市には、平家物語に平清盛のパートナーとして登場するが歴史的人物としては確認されていない祇王の屋敷跡、墓と寺がある。野洲の他にも祇王の墓と称するものが京都、神戸、福井の三ヶ所に存在する。(1)

　これらのモニュメントはテクスト遺産と言えるだろうか。文書（テクスト）と文書が書かれている媒体以外にも、これらの機能と再創造とをテクスト遺産として考慮に入れるなら、然りである。

一、平時子

平時子（一一二六―八五年、二位殿・二位尼としても知られ、清盛の妻、幼帝安徳天皇の祖母）にまつわる遺産について幾つかの例を手短に考察する。時子の例は平家物語由来の伝説をめぐる文化遺産の代表的なものであるが、歴史的人物の生涯が何通りもの異なる話として語られて来たという点で興味深い。平家物語や能楽などの文学作品・パフォーマンスの中で時子は重要ながら単なる脇役として描かれてきた。それにもかかわらず、都や権力の中心から遠く離れた地方にあるもの

ロベルタ・ストリッポリ——ニューヨーク州立ビンガムトン大学准教授。専門は日本中世文学。主な著書に *Dancer, Nun, Ghost, Goddess: Giō and Hotoke in Traditional Japanese Literature, Theater, and Cultural Heritage*. Leiden: Brill, 2017、論文に「平家物語から能、縁起物、そして文化遺産まで——祇王と仏御前の物語」（『説話文学研究』五四、二〇一九年）、“Warrior/Monk, Demon/Saint: Humor and Parody in the Late Medieval Tale of Benkei” *Monumenta Nipponica* 70:1, 2015 などがある。

も含め、幾つかの町村が時子を地元伝説の主役に引き抜き、その地域のアイデンティティーを定め促進し強化するために利用してきた。

時子は平家物語に数回登場するが、中でも最も重要なのは巻十一、第九話の「先帝身投」である。場面は一一八五年四月二十五日、壇ノ浦の海戦の終局、平家の船上である。時子の傍には安徳天皇。安徳は長髪で高貴な六歳の少年、歳の割に大人びた様子である。祖母である時子の腕に抱かれた幼帝は、どこへ連れて行くのかと問う。時子は、前世の善行により天皇として生まれたが、悪縁が重なって御運はもう尽きたと思われる、と述べる。祖母の指示に従い幼帝は手を合わせ、東の方に向かって伊勢神宮に別れを告げ、西に向かって西方浄土へのお迎えを願って阿弥陀仏に念仏を唱えた。時子は「浪の下に都のさぶらふぞ」と言って、身を投げた。祖母と孫とはこうして海の底に沈んだ。(2)

覚一本平家物語ではこのような話が語られている。その後、他の媒体もこの話しの其々異なったバージョンを供するようになった。例えば能「碇潜」では壇ノ浦の戦いに焦点が当てられている。ここでは安徳天皇を伴って身投げしたのは時子の意思によるものではなく、平知盛の命令によるものだったということになっている。また、これらの出来事は日本各地で語り継がれる伝説によって様々だ。時子と安徳天皇とが入水後別れ別れになり、二人の遺体は波に運ばれ互いにかなり離れた場所に流れ着いた、という話もある。更には時子と孫の幼帝とが無事戦を逃れて人里離れた秘密の場所に篭った、という話すらある。これらの伝説は一般に文化遺産と呼ばれる特定の場所、モニュメント、記念物などを伴っている。伝説と文化遺産は相補関係にあり、モニュメントが史実、言い伝えの真実性の「根拠」となるのである。

（一）時子の遺体

時子の死を確認する伝説の例として興味深いのが山口県北部海岸の小さい入り江、二位の浜にある記念碑である。二位の浜は長門市から一〇キロほどの所にある。入江の中央にこの地域独特の植物ハマオモトに囲まれて「二位の局の石碑」と記された碑がある（図1）。この碑は時子を記念して一九二五年に当時の村長によって建てられた。地元の伝承によると、時子の遺体が壇ノ浦からここに流れ着いたという。この石碑の建立により、それまで口伝えで存続してきた伝説が忘れられることなく強化され思い出されることになったといえる。

広島の対岸にある宮島は海中の赤い鳥居で有名だが、ここも一例である。宮島には木像一体（宮島民族資料館にて保存）と高さ二メートル余りの石灯籠があるが、この灯籠は厳島神社に至る参道に並ぶ灯籠の一つである（図2）。この灯籠は当初、時子の遺体が見つかった場所の目印

図1　二位の局の石碑、二位の浜、山口県

図2　二位殿の灯籠、宮島、広島県

であった。木像は供養のために作られた。灯籠と木像は江戸時代、壇ノ浦の戦いから少なくとも五世紀後に作られたものである。宮島で時子の遺体が見つかった時の様子については様々な原典がある。

　棚守房顕覚書（一五八〇）によると、遺体は灯籠が建てられた有之浦に流れ着いた。この出来事を記念するために阿弥陀堂が建てられた。厳島道芝記（一七〇二）によれば、時子の遺体は砂に半ば埋もれていた。遺体を持ち上げた時に砂を動かしたにもかかわらず、海水は透明なままであったという。この清水の奇跡はその後何世紀にもわたり何度か起こり、この文献によると有之浦の海水はいつも透明だという。芸藩通誌（一八二五）によると、時子の木像は時寺としても知られる神泉寺に一六七六年に安置された。

図3　二位法尼肖像、厳島図会（一八三五）

厳島図会（一八三五）にこの木造の絵が載っている（図3）。

　もし時子の遺体が二位の浜に流れ着いたという「選択」が説明しにくいというなら、それに比べて遺体が宮島に流れ着いたという伝説の存在の方が理解しやすい。なぜならば、平家は一族の守護神である厳島神社と強い繋がりを有していたからである。一一六四年には平家納経として知られる、意匠を凝らして飾られた有名な装飾経が奉納された。清盛は政治的地位の達成について神々に感謝するために度々厳島神社を訪れ、壮大な儀式や天皇の参拝を催したため、宮島の名声も上がり、宮島と平家一門は運命を共にすることになった。壇ノ浦から宮島までは直線距離で二〇〇キロ離れているとはいえ、このような繋がりを考えると、時子が死後この島に戻ることにしたというのは想像に難くない。

(二)平家村

時子と安徳天皇が壇ノ浦で溺死せず、味方に助けられて難を逃れたとする多くの伝説は、墓を伴う。「墓」は仏教式の小さい石碑で、普通、記念する人物の遺体や遺灰は埋葬されていない。このような例の一つに長崎からそう遠くない諫早市に近い丘に(おそらく江戸時代に遡る)時子と安徳帝の墓があるが、この地域は昔平家の支配下にあり、地元の言い伝えによると壇ノ浦の戦いの後で二人がここに移り住んだという。平家村(又は隠れ里)は平家一門の秘密の住処で、源平合戦からの避難民である落人を主人公にした隠れ里伝説の膨大なコーパスの一部を為している。日本には平家とその子孫達が隠れ住んだ秘密の村があったという過去を持つ場所が何百とある。[3] 十二世紀末期には源平合戦の勝者達から復讐・虐待を受けないよう、平家との関係を秘密にしておかなければならなかったであろうが、平家が皇室と密接な関係にあったので高貴なイメージを連想させるため、その後何世紀かは平家との関係は人に自慢できるものとなった。そして、自分たちが落人の血統だと信じる人々にとっては、平家との関わりがその誇らしいアイデンティティーの要となった。

二、ヘリテージ・プロセスの一部としてのモニュメント

両者を含む本稿で簡単に紹介した地域の伝説(口承伝説・文書化された伝説)とモニュメントは平家物語に着想を得たテクスト遺産であると言える。このテクスト遺産によって、元となった伝説で語られた出来事が確認される場合もある。例えば二位の浜と宮島に関わる原典によると、時子は確かに壇ノ浦で溺死したことになる。たとえその場所が複数あったり壇ノ浦から離れた場所であったりしても、時子の遺体がみつかった場所に碑が立てられたということ自体が、その証拠となる。

一方、場合によっては文化遺産が原典にあるストーリーを変えたり「訂正」したりして現実には違う方向に事が進んだのだと主張することもある。数ある隠れ里伝説によると平家一門は滅亡を免れ、多くの者たちが逃げ延びて遠く都を離れた所で寿命を全うしたのだという。その証拠に時子の墓が諫早のような場所何ヶ所かで見つかっている。

このような書き直しはどの国(文化)でも行われる。世界中の学者達が、著名な物語が何世紀にも渡りどのように変化し、その変化の理由は何であるかについて考察している。文化遺産とは本質的に

ダイナミックで時代の要求に応じて変化を遂げるものであるから、物語の書き直しはよく見られるものだし、あって当然だという点では専門家の意見は一致している。(4) モニュメントには其々異なった起源があり、その場所の歴史に応じて進化するものだから、一つ一つ別個に研究しなければならない。

　情報源が充分ある場合、このような遺産の存在を解釈するということは「新しい事実」を広め始めたのは誰なのか、史跡の建立、記念物の作成に当たったのは誰か、そして創作当時の機能は何だったのか、すなわち、これらの物に関るヘリテージ・プロセス（遺産化過程）を理解することである。モニュメントの建設はプロセス中の一瞬でしかないが、それを管理し新しい意味を持たせることによってヘリテージ・プロセスは継続する。

　ここで一つ指摘したいのは、日本のテクスト遺産モニュメントの多くは小さいという事実である。特に墓は石を幾つか組み合わせて置いただけのものが普通である。ということは、何百年も経つ中で、このようなモニュメントは分解されたり建て直されたり、時には別の場所に動かされたりすることもよくあり、来歴を調べることが難しくなる。また、モニュメントが未だ存在するということ自体、誰かが熱心にモニュメントの存続に努め、必要ならば修復し、草木や天候による崩壊を防いだということを示している。

　歴史の本流に無視された一方で、これらの壊れ易いモニュメントを保存しようとする意志が存在した。それは地元の人々にとって、何百年もの間これらのモニュメントが或る意味・機能や価値を持ち続け、何らかの形で今日に及ぶからである。

注

（1）祇王の文化遺産についてRoberta Strippoli, *Dancer, Nun, Ghost, Goddess: Giō and Hotoke in Traditional Japanese Literature, Theater, and Cultural Heritage*, Leiden: Brill, 2017 及びロベルタ・ストリッポリ「平家物語から能、縁起物、そして文化遺産まで――祇王と仏御前の物語」（『説話文学研究』五四、二〇一九年）一二七―一三五頁を参照。

（2）『日本古典文学全集』三〇（小学館、一九七五年）三九四頁。

（3）横山高治『平家伝説と隠れ里』（かんよう出版、二〇一二年）を参照。

（4）David Lowenthal, *The Past is a Foreign Country-Revisited*, Cambridge, UK: Cambridge University Press, 2015. David C. Harvey, "Heritage Pasts and Heritage Presents: Temporality, Meaning and the Scope of Heritage Studies" *International Journal of Heritage Studies*, 7:4, 2001, pp. 319–338.

（訳：早出るみ子・ニューヨーク州立ビンガムトン大学）

◎コラム◎

テクスト遺産「運動」への期待
——文化政策の視点から

佐野真由子

さの・まゆこ——京都大学大学院教育学研究科教授。専門は文化政策学、外交史・文化交流史。主な著作に"La politique culturelle du Japon", in *Pour une histoire des politiques culturelles dans le monde: 1945-2011* (Philippe Poirier, ed., Paris: Comité d'histoire du ministère de la culture, 2011, pp.347-369)、『幕末外交儀礼の研究——欧米外交官たちの将軍拝謁』(思文閣出版、二〇一六年)、『万博学——万国博覧会という、世界を把握する方法』(編著、思文閣出版、二〇二〇年) などがある。

「テクスト遺産」について筆者が初めて伺ったのは、本書の編者のお一人、エドアルド・ジェルリーニさんからであった。四年ほど前のことだったと思う。当時ジェルリーニさんが研究滞在しておられ、筆者も勤務していた日文研の食堂でランチをご一緒しながら、まだ萌芽期にあったその発想に目を開かれる思いをしたのをよく覚えている。それからのすばらしい展開を、まずは心から寿ぎたい。継続的に詳しく活動を追わせていただいたわけではないが、ご自身で概念を模索するだけでなく、短期間に多くの研究者に呼びかけ、ネットワークを動かしたジェルリーニさんの実行力に感服している。

昨年七月、早稲田大学の事業として実現されたワークショップ「テクスト遺産の利用と再創造——日本古典文学における所有性、作者性、真正性」の当日には残念ながら出席が叶わなかったが、後から資料や動画を拝見して何より印象的だったのは、「文学研究を開く」という明白な方向を持ったこの試みに、多くの（古典）文学専門家らが積極的に参画された、という事実そのものである。筆者は文学のバックグラウンドを持つ者ではないので、その世界について安易なコメントは控えるべきだろう。が、ワークショップの資料にもある、「現代社会における古典の価値を改めて構想しながら、文学の総合的な概念と理解により広い意味と可能性を与え」ようという、おそらくはかなり革新的な呼びかけに対し、仮に捉え方の濃淡はあろうとも、多くの文学研究者が関心を持たれ、ご自身やその分野の研究展開に有意であると考えられたことは、それ自体、非常に興味深い文化史の一こまであった。

「テクスト遺産」という構想には、はたして初めから、こうして学者たちのあいだに「運動」を仕掛けるという戦略までが含まれていたのか、いつかぜひジェルリーニさんにお尋ねしてみたい。本稿では、その「テクスト遺産」の提案と表裏をなす形で、いわば提案の大前提となっている、「……このような遺産をめぐる討論には文学研究……の学者たちは未だ参加していない」（同ワークショップ資料より）という実態を筆者なりに検討し、そのうえで、「テクスト遺産」の意義について若干の考えを述べたい。

一、文学と文化遺産

文学は文化遺産か？と一般的な会話のなかで問われれば、自然に肯定しそうにも思うが、一方、文化遺産をめぐる学術上の議論に文学研究者が参加し、概念の形成に影響力を持ったり、または、文学を自らつくりだす作家や詩人が、（たとえば伝統的な祭礼の保持者のように）「文化遺産の実践者」に措定されたりすることはなかった。熟考の末にこの領域から文学を外したというわけではなく、とくに疑問が生じることもないまま、そのように推移してきたと言ってよいだろう。たとえば、ユネスコを中心に無形文化遺産の概念構築が進んだ過程では、当初、圧倒的に文化人類学の観点が優位であったところ、ユネスコ側のスタンスの変化もあって、次第に社会学や言語学など、他の学問分野の発言力が増したということを、かつて筆者自身がユネスコで勤務していた折に聞いたことがある。文学の場合、そうした分野間の綱引きの結果として抜け落ちたのでもない。

自然と枠に入らなかったものについて、その訳を追跡することは難しいが、考えられる理由は大きく二つある。

（一）文学の芸術性

一つには、文学というジャンルが、文化遺産の概念が必ずしも包含しない、いわゆる芸術の領域に属するものと理解されているからだろう。

「テクスト遺産」の提案が、文化政策現場の動きとの制度的な整合性をめざしているわけではないことを承知のうえで、ユネスコがすでに打ち出している文化遺産の定義を、ここで簡単にさらっておくことには意味があると思われる。いわゆる有形遺産を対象とし、そのうち「文化遺産」（もう一方のカテゴリーは「自然遺産」）の内容を、「記念工作物」「建造物群」「遺跡」と具体的に規定している「世界遺産条約」（一九七二年）は検討の対象から外し、二〇〇三年に成立した「無形文化遺産保護条約」による定義を見てみよう（日本語訳は外務省ホームページより引用）。

第二条　定義

この条約の適用上、

1　「無形文化遺産」とは、慣習、描写、表現、知識及び技術並びにそれらに関連する器具、物品、加工品及び文化的空間であって、社会、集団及び場合によっては個人が自己の文化遺産の一部として認めるものをいう。この無形文化遺産は、世代から世代へと伝承され、社会及び集団が自己の環境、自然との相互作用及び歴史に対応して絶えず再現し、かつ、当該社会及び集団に同一性及び継続性の認識を与えることにより、文化の多様性及び人類の創造性に対する尊重を助長するものである。……

2　1に定義する「無形文化遺産」は、特に、次の分野において明示される。

(a)　口承による伝統及び表現（無形文化遺産の伝達手段としての言語を含む。）

(b)　芸能

(c)　社会的慣習、儀式及び祭礼行事

(d)　自然及び万物に関する知識及び慣習

(e)　伝統工芸技術

さて、これらの文言から汲み取れる文化遺産の性格に比して、文学という存在は、高度に個人的な才能から生み出されるものであり、享受する側も、あくまでそれを前提としているのではないか。むしろん、その個人的才能の開花は、当の個人が生まれ育ち、現に帰属する文化と深く関係する。しかし、そのうえでやはり、文学は、個別の才能の産物であることにこそ意味があり、そのようなものとして鑑賞されるのであろう。

逆に、条約の述べる「世代から世代へと伝承され、社会及び集団が自己の環境、自然との相互作用及び歴史に対応して絶えず再現」するという性質を担保するのは、抜きん出た個別性ではなく、言うなれば匿名性である。その点で、昨年のワークショップの俎上にも載った、おそらくは文学の中核をなす「作者性」という概念は、文化遺産の議論にはなじみにくい。文化遺産の継承において個々の技能者を特定しうる場合ももちろん少なくないが、仮にそうであっても、そこでは個人の成果を特筆する以前に、その成果が集団の文化に帰するという位置づけが優先される。また、自ずとそのように認識されるところに、文化遺産は成立するのである。この議論に文学が席を占めてこなかったことは、自然な成り行きであったのではないか。

（二）文化遺産の国際政治性

いま一つ指摘しうるのは、文化遺産をめぐる議論の展開が、純粋に学術的というよりは、濃厚に国際政治性を帯びているという事実である。

文化政策史の角度から見て、一九七〇年代に始まった「世界遺産」、さらに、二十一世紀に入って稼働した「無形文化遺産」に代表される、「遺産」に関する一連の取り組みは、もともと一般社会からは遠いところで抽象的な方向性を謳う存在であったユネスコが、世界中で人口に膾炙するプログラムを打ち出すことに成功した、画期的なものであった。その結果として急速に進んだのが、「文化政策の国際化」である。各国が行う文化財保護などの施策に対して、国際社会の側から打ち出される理念の重みが増し、実際の制度運用にも影響を与えている。

では、「国際化」した文化政策の意義とはどういうことか。たとえば、先の「無形文化遺産保護条約」からの引用中、第二条第1項の最後の部分に、それが端的に表われている。――無形文化遺産は、「文化の多様性及び人類の創造性に対する尊重を助長するものである」という。この国際的理想のもとでは、各国内諸処の文化は世界が尊重すべき「文化の多様性」の一部となり、全体としての多様性を維持し、より豊かにするために、大事にされるのである。つまり、この思考回路は一面において、諸処にある文化――本来、個々に万全の意義を湛えていたはずの――を、より大きな全体の一構成要素に格下げする意味を持たざるをえない。

国際社会の側から見て重要なのは、それらすべての構成要素を公平な盤上に並べることであり、歴史的に脆弱な立場に置かれ、いわば盤上から除外されていた、旧植民地の人々や少数民族の文化を同じ舞台に引き上げるという意味が、ここには込められている。本稿の範囲で詳述はできないが、今日の国際文化政策がそうした歴史的補償の思想を内包したものであることは、同じ条約の全文、またその基盤をなした「文化多様性に関する世界宣言」（二〇〇一年）を読み込めば、了解されるであろう。

現実の政策における文化遺産の議論は、そうした政治的意思を直接の背景に持つものである。そして、その方向を担保するために「無形文化遺産保護条約」が選び取った顕著な具体的特徴の一つが、文字を介さない文化の継承、また文字を持たない文化自体を、重要視するということであった。多くの場合にそうした文化が「歴史的に脆弱な立場」に置かれてきたのみならず、そのような文化こそは、緊急に国際的な施策を講じなければ、消失してしまう可能性が高いからである。この優先順位は、同条約の成立に先立って試験的に運用された、「人類の口承及び無形遺産に関する傑作の宣言」というプログラムの段階から、とくに明確化されていた。

本項冒頭に、「純粋に学術的というよりは、濃厚に国際政治性を帯びている」と記したのは、ユネスコの動きを背景に盛んになった文化遺産関連の議論は、距離の遠近こそあれ、ここで触れたような国際文化政策のスタンスと無縁ではありえないという趣旨である。とりわけ、右の非文字文化に関する問題は、文学（とくに「テクスト」を伴うもの）が、その議論のなかに位置を得てこなかったことと、深く関係するように思われる。

二、一様の可能性

したがって、「テクスト遺産」という概念は、既存の文化遺産との間に、一定の矛盾を孕んでいることは否定できない。しかし、この概念を追求することは、以上に述べてきた文化遺産をめぐる議論の前提に対し、積極的にアンチテーゼを打ち出すという意義を持ちうるのではないだろうか。

文化多様性という美しい理念が持つ、歴史的に不遇に遭ってきた人々の文化に光を当てるという補償的性格は、実のところ、かえってそれらを脆弱なものと見なし続け、歴史的構造を上塗りする――植民地主義を再生産する――という危険性と表裏一体になっている。あからさまな植民地主義が過去のものとなったとしても、今日の国際文化政策は、まだこの危険性を撲滅するすべを見つけていない。高度な芸術と見なされるものが文化遺産の埒外と考えられていることや、文字を持たない文化が政治的に重視されていることこそは、この「表裏一体」が最もよく具現化された側面なのである。そこへ文学が「埒外」から積極的に参入を図ることは、そのような過去の構造を引きずった文化遺産の概念を壊すことにつながり、二十一世紀に残された課題へのチャレンジになりうる。

他方、すでにユネスコを中心に展開され、ある程度の蓄積もある文化遺産の議論に参入し、そのなかに安定的に位置を占めようとするのなら、あえて「テクスト」を掲げるよりも、たとえば「日本の古典のあり方」といった切り取り方のほうが有効であるように思う。それならば、先のワークショップでも議論されていた「所有性」や「作者性」のユニークさを含めて、「無形文化遺産」の一つのジャンルとなりえよう。

まったく個人的には、文学が強いて「文化遺産」的な方向をめざしたり、国際政治の波をかぶりにいったりしなくてもよいのではないかとも案じつつ、しかし踏み出したからには、できれば右に述べた前者のチャレンジを果たしてもらいたいと、心の底で強く期待してもいる。いずれにせよ、こうしてざっと考えをめぐらせただけでも、すでに着手されたこのテクスト遺産「運動」が、輻輳的な影響力を持った目の離せない試みであることが、あらためてよくわかった。数年後、数十年後にどのようなことが起きているか、非常に楽しみである。

◎コラム◎

日本の文化経済政策

――テクスト遺産を中心にみる現状と課題

林原行雄

りんばら・ゆきお――立命館大学客員教授（二〇二一年三月三十一日退任）、東京国立博物館評議員、昭和女子大学現代ビジネス研究所特別研究員。元第一勧業銀行（現みずほ銀行）常務取締役、元ユネスコ国内委員会副会長。主な著書に『財務からみる企業行動』（魁星出版、二〇〇六年）、『PPPが日本を再生する――成長戦略と官民連携』（福川伸次、根本祐二共編著、時事通信出版局、二〇一四年）、論文にY. Rimbara & A. Santomero "A Study of Credit Rationing in Japan" (*International Economic Review*, October, 1976)、「日本経済の長期停滞と保守的企業行動」（昭和女子大学現代ビジネス研究所二〇一九年度紀要、二〇二〇年）などがある。

一、文化財の経済的価値について

はじめに古典文学の「テクスト遺産」を含む、文化財の経済的価値の基本概念を明確にしておきたい。文化財の経済的価値は文化財の価値を金額で評価した値であるが、単位期間に取引が実現して発生するフローの価値と、一時点で測ったストックの価値の二種類がある。博物館所蔵の「テクスト遺産」が高価であるという時は、ストックとしての経済的価値を、「テクスト遺産」がオークションで高額で落札されたという時は、フローとしての経済的価値を表現している。経済的価値を国単位で、国際連合で合意された共通の基準で評価するモノサシが、国民経済計算でありフロー編とストック編がある。フロー編の代表的な統計がGDP（国内総生産）である。GDPは国内に所在する民間企業、政府、独立行政法人、NPO、個人など、あらゆる形態の経済主体が、年間など一定期間に生みだした、原則市場価値で評価した、モノやサービスの付加価値の合計額である。国民経済計算のストック編は、フロー編と整合的に作成され、期末貸借対照表勘定などが含まれる。ストック編はフロー編に遅れて作成が開始され、国連の勧告にしたがい整備が進められているが、基礎統計の制約などにより、統計の種類や作成のスピードはフロー編に比べ劣る。残念ながら国民経済計算では、フロー編とストック編とも、文化財という区分の統計は作成されていない。(1) 後記するアート東京の「日本のアート産業に関する市場調査」が、付加価値ではなく取引額に基づくが、わが国の文化財に関する唯一ともいえる包括的なフローの統計である。

二、日本政府の「文化経済戦略」とアート産業市場の推移

わが国の文化政策について、経済面からみた現状と課題について記したい。近年日本政府は、文化財の経済的価値を高めようという政策を、積極的に推進している。経済財政諮問会議の答申を経て閣議決定された骨太方針に基づき、二〇一七年末に内閣官房と文化庁は「文化経済戦略」を策定し、経済的メカニズムを文化振興のために効果的に活用し、文化芸術立国を目指すことを宣言した。(2) その中で「6つの重点戦略」を明示し、「文化経済戦略アクションプラン」として各施策を実施するとともに、毎年度進捗状況を把握・検証してＰＤＣＡサイクルを実行し、施策の進捗などを確認し、見直しながら、「文化経済戦略」の加速度的推進を目指す野心的な取組みである。「文化経済戦略」が策定された背景には、日本文化の国際的評価はもっと高められるべきという基本認識がある。同時に主要先進国の中で低位にある、二十一世紀の日本経済の成長率を高めたいという、政府の政策意図もある。付加価値に基づくＧＤＰベースの統計ではないが、取引額によるわが国のアート産業の市場規模の推計値は、付図のとおり二〇一六年から作成されており、アート産業市場は、二〇一八年は前年比五・三%増の三四三四億円、二〇一九年は前年比四・五%増の三五九〇億円（美術品市場に限ると、二〇一八年は前年比〇・九%増の二四六〇億円、二〇一九年は前年比四・九%増の二五八〇億円）と成長し、政府の文化経済政策の効果が表れたようにみえた。しかし二〇二〇年には新型コロナウイルス感染症の影響で、前年比一〇・九%減の三一九七億円（美術品市場に限ると前年比八・四%減の二三六三億円）と大きく落ち込んだ。(3) 単純な比較はできないが、二〇二〇年の名目ＧＤＰ成長率はマイナス四・七%であったことを考えると、日本の文化活動の経済的基盤の脆弱さが示されたようにみえる。

三、先進国の後塵を拝する日本のアート市場

先進国と比較しても、わが国のアート産業市場は後塵を拝している。コロナの影響がない二〇一九年でみると、世界のアート（美術品）市場の取引額は六四一・二億ドル（約六・九兆円）と推定されているが、前記日本の美術市場取引額（二五八〇億円、約二十三・七億ドル）は世界市場の三・八%を占めるにすぎない。日本の二〇一九年の名目ＧＤＰの世界シェア五・八%に比し相当低い。二〇一九年の主要国のアート市場取引額は米国二八三億ドル、英国一二七億ドル、中

国一一七億ドル、フランス四十二億ドルであり、わが国を相当上回る。(4) 経済同友会の報告書によれば、その理由はアート産業の「産業化」の遅れにあるという。「産業化」の真の目的は、単なる利益の追求ではなく、アートが持つ魅力を最大限に引き出し、その経済的自立と持続的発展を図り、心の豊かさの追求、人間形成、経済成長、国のソフトパワー強化を目指すことであるが、わが国の「産業化」に取り組むステークホルダーは、圧倒的に少ないという。わが国で開催される世界的に著名な文化財の企画展の人気は非常に高く、国民のアートに対する関心が低いわけではないが、本来的に高い価値を有する日本の美術品に対して、国民の関心を喚起できていないと説く。(5) たしかに欧米の主要博物館・美術館では常設展が混んでおり、入場の事前予約制をとっているところもあるが、(6) わが国ではメディアで評価が高い企画展に長蛇の列ができる一方、平常展は閑散としている光景を今でもみる。(7) これは平常展の展示品が劣るためではなく、美術品の評価をメディアの情報に頼り、独自の見識を持つ鑑賞者が少ないという、日本国民の美術品鑑賞の成熟度が、欧米に比しまだ低いためではないだろうか。経済同友会は対処策として①事業の収益性と向上を目指す文化財の調査・研究・発信などの活性化、②経済的に自立できる人材の育成、③裾野を拡大する制度・インフラの整備をあげる。ここでは美術品取引を活性化させることに対する税制の制約を指摘したい。個人が美術品を公益法人である美術館等に寄付する際、所得控除の算定に用いられる美術品の価値は、欧米では市場価格で評価されるのが一般的であるが、日本では取得価額で評価される。欧米で一般的に認められている文化財の物納の実例は、わが国では物納順位が後位のため非常に少ない。(8) 相続は文化財の流動性が高められる機会であるが、相続人は相続税負担を軽くするため、極力文化財の経済的価値を低く見積る傾向がある上、税制も文化財の流動性を低める体系になっている。

四、日本の文化経済政策は成長偏重
——望まれる保存修復環境整備

「文化経済戦略」では、〝文化は経済成長を加速化する原動力にもなる重要な資産として、無限の可能性を秘めている〟(「文化経済戦略」一頁)と考え、〝文化芸術を核とした「成長と分配の好循環の拡大」による文化芸術振興と経済成長の実現を目指すことが重要である〟(同四頁)と記す。経済的観点からは、このような問題意識は広く国民に共有されるべきと思うが、フローの経済的価値の増加を偏重する文化政策には違和感を覚える。「テクスト遺産」をはじめ文化財は、売買取引がなくフローとしての価値が生れなくとも、その本源的価値は、「国富」としての文化・芸術上のストック価値にある。そもそも売買されることがほとんどない文化財も多い。文化財を経年による劣化、気象変動や大規模災害などの自然災害、様々な人為災害から守る、長期保存措置と適切な修復は、文化経済政策に託された不可欠のマンデートである。

特にわが国の文化財は、古典文学の「テクスト遺産」をはじめ絵画、書跡、経典などが、紙である屏風、掛軸、絵巻物、書籍などに記されており、建造物や仏像彫刻では木造のものが多い。わが国は紙や木材の文化財の保存と修復の優れた技術を伝統的に有し、古いものでは千年以上も保存されている文化財も少なくない。経済学では市場に委ねる取引が経済的に最適でない状態や、環境汚染などの好ましくない問題が生じる場合を、「市場の失敗」と称する。経済成長に寄与する文化政策を目指しても、文化財の本源的価値が損なわれることが生じればそれは「市場の失敗」であり、その回避のためには文化財の保存と修復に、十分な資金を含む資源の投入がなされればならない。「文化経済戦略」でも〝文化財の計画的な修復、適切な状態での保存を行う」（同一四頁）と明記されたが、二〇二一年度の文化庁予算（案）一〇七五億円（前年度予算額一〇六七億円）のうち、美術工芸品の保存修理等の予算（案）は十二・九億円（同十二・八億円）にとどまるがとても十分とは思えない。(9) 仮に国宝・重要文化財について適正な保存修理がなされたとしても、国宝・重要文化財の指定がない優れた文化財の保存修理に、必要な手当てが施されているか憂慮される。本稿では「市場の失敗」を回避する経済的方策について述べる紙幅はないが、財政資金の活用など政府の裁量を重視する「大きい政府」を指向するか、極力規制を廃し市場取引の中で目的を達成することを重視する「小さな政府」を指向するか、経済学者の間でも意見が分かれる。(10) ここでは「市場の失敗」とともに「政府の失敗」も回避されなければならないことを指摘しておきたい。

五、古典文学の経済的価値が軽視されていないか

「文化経済戦略」には、〝我が国が有する文化芸術資源は、先達の地道な努力により、伝承・発展してきた重要な資産である〟（同一四頁）と記載されたが、美術作品、音楽、伝統芸能、舞台芸術などに紙幅が割かれ、古典文学についての記述がほとんどない。付図で参照したアート産業市場統計にも文学作品の出版は含まれていない。わが国が誇る世界的文学作品である「源氏物語」の、紫式部が著した原本が現存しないことは残念であるが、至宝「源氏物語絵巻」をはじめとする数々の「源氏絵」に加え、「青表紙本」「河内本」「別本」の三系統に分類される写本が多く残されている。「源氏物語」が今日世界的文学となったのは、中世の写本活動に負うところが大きい。(11) これらの写本は貴重な「テクスト遺産」であり重要文化財に指定され国立博物館な

付図　アート産業の市場規模の推移

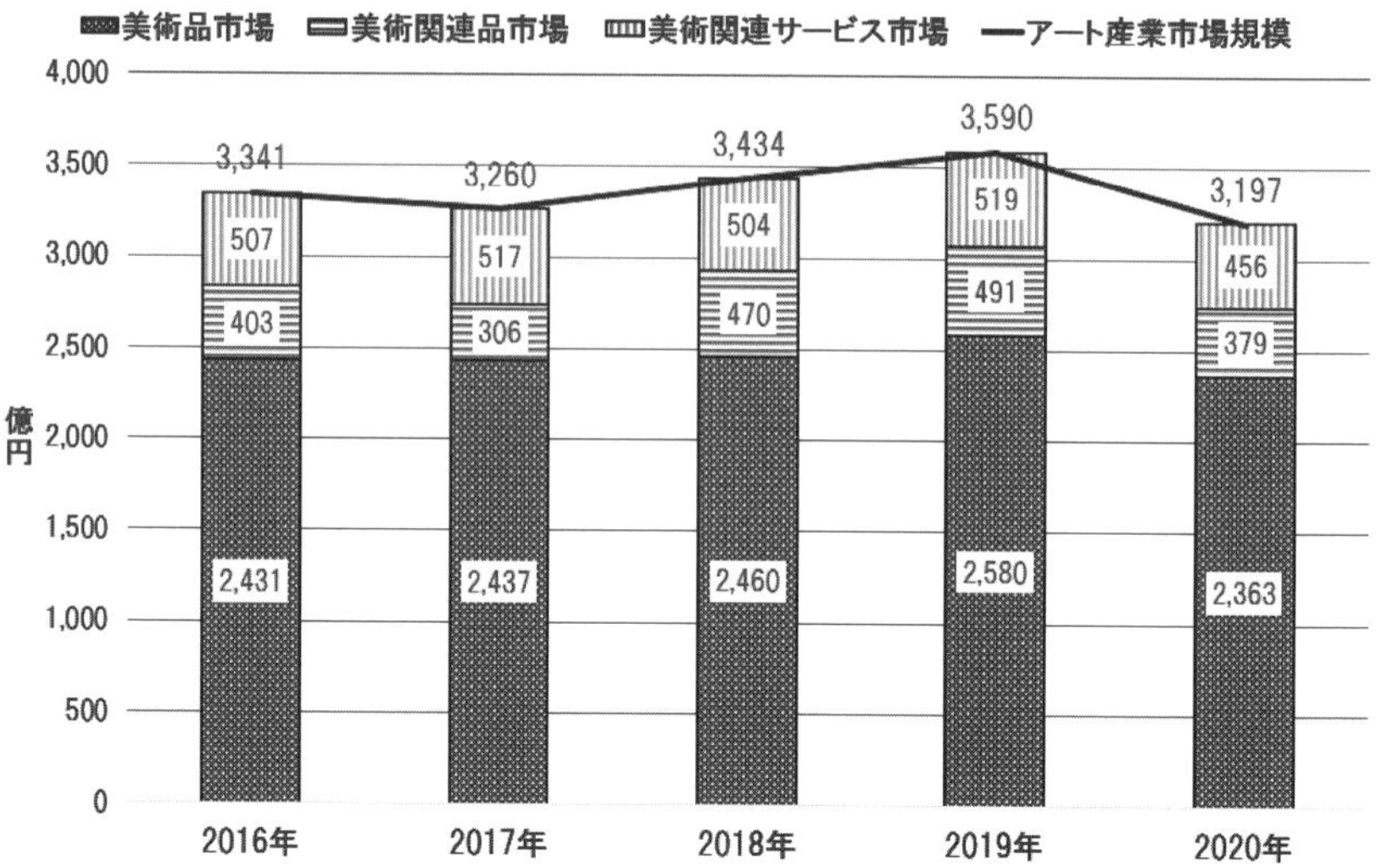

（備考）市場規模の推計方法の概要

市場の分類	推計の対象	推計の手法
①美術品市場	国内在住者による以下のチャネルでの以下の商品（美術品）の購入 • 画廊・ギャラリー、百貨店、アートフェア、美術品のオークション、ミュージアムショップ、インターネットサイト、作家からの直接の購入 • 美術品(日本画、洋画、彫刻、版画、現代美術、写真、映像作品、陶芸、工芸、書、掛軸・屏風)	本調査アンケート
②美術関連品市場	国内在住者による以下の商品（美術関連品）の購入 • 著名な絵画を複製したポスター・ポストカード • 展覧会の図録・カタログ等の美術書 • 著名な絵画・彫刻等をモチーフとしたグッズ	
③美術関連サービス市場	国内在住者による美術館・博物館への訪問に係る入場料の支払い	
	主要なアートプロジェクトへの訪問に係る消費	各種報告書

（出典）　アート東京・芸術と創造『日本のアート産業に関する市場レポート 2020』

どに収蔵されているものもあるが、小体の民間団体などが所蔵しているものも少なくない。写本は売買されることはなく、高いはずのストックとしての価値が評価されることはない。これはほんの一例であるが、ストックとしての「テクスト遺産」の経済的価値が正しく評価されないことは、多くの古典文学の貴重な「テクスト遺産」を持つわが国の国富を、不当に低く評価していることになる。貴重な文化財でありながら、その経済的価値が正当に評価されず、十分な補助がなされないため、「テクスト遺産」の管理経費が、各所蔵団体の過重負担になっていることにも目を注ぐべきである。「テクスト遺産」のストックの経済的価値評価が難しいことは理解するが、何らかの方法で経済的価値が推計されれば、「テクスト遺産」の未来への継承の重要性が広く認識され、所蔵団体の経済負担を緩和する誘因になるのではないか。さらに「テクスト文学遺産」を文学作品そのものではなく、その作品をめぐる様々な社会的過程ととらえるのであれば、無形文化遺産としての古典文学の経済的価値評価も必要になる。(12) わが国では古典文学や史実を題材として人気を集めている映画、テレビ、アニメ、漫画が多いが、学問の視点からすれば歪んだ形であるかもしれないが、二十一世紀の文化としてその経済的価値は、もっと評価されてよいように思う。後世の美術史家は今の時代の美術を、漫画とアニメの時代と評価するのではないか。日本文化の経済戦略はこのような大衆アート抜きでは語れないように思う。

おわりに
――「ケインズの美人投票」の警鐘

著名な経済学者ケインズは、株式投資を美人投票に喩えた。(13)「ケインズの美人投票」では、最も多くの投票を得た美女に投票した人に賞品が与えられる。そのため投票者は自分が最も美しいと思う美女に投票するのではなく、最も票を集めそうな美女に投票しなければならない。ケインズは株式投資が付和雷同的に目先の利益にとらわれ、長期的価値の追求がなされないことを警鐘したのである。(14) 残念ながら現代経済でも「ケインズの美人投票」と同様なことが生じ、バブル経済の崩壊や世界的金融危機などが発生した。文化財の経済的価値向上は、文化芸術の本源的価値の向上を究極的な目標として、長期的視点を持って行われることが求められ、「ケインズの美人投票」のような評価が行われてはならない。長い歴史を持つ誇るべき日本文化が、国際的プレゼンスを一層高め未来に継承されるために、文化財の経済的価値が適正に評価され、経済的基盤と環境が整備されることが必要である。政府、研究者、経済界などの関係者の、実りあるコラボレーションが望まれる。

注

（1）国連は一九五三年に、フロー統計のみを対象にした国民経済計算作成基準（United Nations, *System of National Accounts : 53SNA*）を作成した。*53SNA*の改訂版として作成された一九六八年基準の*68SNA*から、ストック統計も対象に加わり、日本の国民経済計算の作成基準も一九七二年に*68SNA*に移行した。一九九三年基準の*93SNA*を経て、二〇〇八年基準の*2008SNA*が、現在の国連基準の国民経済計算体系である。*2008SNA*ではストック統計の重要性が強調され、知的財産生産物が固定資産に認定され、その中に娯楽・文学・芸術作品の原本が含まれた（*2008SNA Annex* A3.51 p1846）。*2008SNA*には「昔に造られまたは新たに見出された歴史的記念物や芸術品も、生産資産に含まれる」とも記載された（*2008SNA* 3.43 p133）。*2008SNA*に準じてわが国の国民経済計算は、二〇一一年基準改定で、知的財産生産物が固定資産の内訳として記載され、二〇一五年基準改定で知的財産生産物に娯楽作品原本が含まれたが、わが国の国民経済計算体系に、文化財が包括的に表記されるまでには至っていない。

（2）内閣官房・文化庁『文化経済戦略』（二〇一七年）。https://www.bunka.go.jp/seisaku/bunkashingikai/kondankaito/bunkakeizaisenryaku/pdf/r1408461_01.pdf

（3）アート東京・芸術と創造『日本のアート産業に関する市場レポート　2020』による。

（4）諸外国の計数はClare McAndrew, *The Art Basel and UBS Global Art Market Report*, Art Basel, 2020による。同報告には日本について記載はなく、日本の美術市場が同報告にどのようにカバーされているか明らかでない。同報告と「日本の市場レポート」の調査の市場規模の推計方法・定義などが異なるため、あくまでも参考値としての比較である。尚為替レートは日銀による東京市場の中心相場の年間平均値を使用した。

（5）経済同友会「スポーツとアートの産業化に向けた課題整理」（二〇一九年三月）参照。

（6）日本の主要博物館・美術館ではコロナ対策のための臨時措置として事前予約制がとられた。

（7）二〇一六年の東京都美術館の「生誕三〇〇年記念　若冲展」では、入館まで最長五時間二十分待ちの事態が発生したと伝えられる（imidas伊藤若冲／若冲ブーム二〇一七年三月）。一方近年博物館・美術館で平常展と企画展の鑑賞者数のギャップを縮小する努力をしていることも記したい。たとえば東京国立博物館では日本絵画の代表作である長谷川等伯筆「松林図屏風」を、毎年新年に二週間平常展で展示することを恒例化している。

（8）文化庁「美術品等に係る税制優遇措置について」参照。https://www.bunka.go.jp/seisaku/bunkashingikai/kondankaito/hosaku/zeisei_sochi.html

（9）二〇一二年十月から二〇一四年三月にかけて東京国立博物館所蔵の狩野永徳筆国宝「檜図屏風」が全面的修理されたが、修理費用は外国金融機関の助成を受けて実施された。https://www.museum.or.jp/news/3363

（10）林原行雄「景観の経済学――経済優先が都市景観を悪くしたのか?」（地域開発センター『地域開発』二〇〇八年六、七、八月号）参照。

（11）橋口侯之介「メディアとしての写本」参照。http://www.book-seishindo.jp/2012_tanq/tanq_2012B-09.pdf

（12）エドアルド・ジェルリーニ「投企する文学遺産――有形と無形を再考して」（荒木浩編『古典の未来学　Projecting

Classicism』図書出版文学通信、二〇二〇年）五八四―五八六頁参照。

（13） J. M. Keynes, *The General Theory of Employment, Interest and Money*, London, Macmillan, 1936, Chapter 12, V.［塩野谷九十九訳『雇用・利子および貨幣の一般理論』（東洋経済新報社、一九五五年）第十二章五］。

（14） ケインズは自分の株式投資で成功し、また優れた近代絵画のコレクターであった。

蜘蛛の巣としての電子テクスト

――その来歴と現在

稲賀繁美

いなが・しげみ――京都精華大学教授、国際日本文化研究センター・総合研究大学院大学名誉教授。専門は比較文化、文化交流史。主な著書に『絵画の黄昏』（一九九七年）、『絵画の東方』（一九九九年）、『絵画の臨界』（二〇一四年）、三部作のほか『接触造形論』（二〇一六年、いずれも名古屋大学出版会）などがある。放送大学『日本美術史の近代とその外部』（NHK出版、二〇一八年）を現在放映中。

電子環境下、テクスト概念は、現在、抜本的変革期にある。物理媒体から遊離した意味の把捉には解読装置が不可欠となった。所有性・作者性・真正性の通念も根拠を喪失した。本稿はWebを「蜘蛛の巣」と再認識し、源氏物語五四帖から「山路の露」が解離した帰趨、敗戦後の文化財保護法成立過程の吟味から、text遺産の現在を問い直す。

一、「テクスト遺産」の概念

（一）texture

筆者は近年、「ウェッブのうえの遺産」に思案を巡らせている。Webといえば今日ならWorld Wide Webだろうが、語源としては織るweaveから派生して「網状組織」を指し、具体的には蜘蛛の巣が念頭にのぼる。【定義】で疑問を呈したとおり、テクストは縦糸と横糸との組織的な交差により織り上げられる「織物」を意味する。網状組織は自然界や生物も産出する。筋肉組織や血管の外壁には繊維が網状に重層することで、しなやかさと強度を獲得している。そこには遺伝子あるいは分子水準で、数学的に解析可能な構成原理が働いており、それゆえ、生成された繊維の網状組織には、すでになんらかの情報がおのずと内蔵され、それが紋様や特異な形態として、特定のパターンを示す場合も見られる。シマウマやジラフあるいはヒョウやトラの斑点や縞模様も、自然が仕組んだtexture。さらにコウイカのように皮膚の色彩や紋様を頻繁に変化させる生物の存在も知られている。それらの斑紋は迷彩として天敵から姿を隠したり、別の生物に擬態を示したりする役割を果たす場合もあれば、繁殖行動などのサインを送る情報伝達機能を発揮する場合もある。コウイカの場合、種としてその信号の意味を次世代に伝達するには個体の生存期間が短すぎる。高度に変幻自在な様子を見せる皮膚の変色や発光が、何の役割を担っているのか、まだ不明な生物も少なくない。

（二）digital

こうしてみると「テクスト」状の組織を構成して活用するのは、けっして人類に限定された営みではないことも見てくる。とはいえ繊維から糸を撚り、それを縦横に直交する位置に並べ機《ハタ》によって両者を編み上げる技術は、ヒトが太古に発明した、原初のデジタル技術だろう。デジタルというと、二進法と短絡する誤解が相場だが、digitalはdigitusから派生し、元来はdixすなわち十本の指。つまり分節化された整数の集積であり、フランス語などではnumériqueとの形容を得る。そこには、不可分に溶融する世界を、言語秩序によって切り分け、日本語で言うならば不定形の「モノ」を「コト」へと整序する営みが含意される。「モノ」は指折り数えられることにより「数」の秩序へと回収される。ここに情報の起源がある。

これもよく誤解されるので確認しておくなら、データdataとは語源からして「与えられた」モノであり、それだけでは「明証性」evidenceの証拠としては、役に立たない。あくまでデータは言語秩序という升目、あるいは網の目の尺度に照らして成型されることで、情報へと加工される。Informationとは語義からして「かたち」formへと「はめ込む」in操作であって、そこには知覚による取捨選択が必然的に介入する。こうした理屈についてゆけない、あるいはそのような詮索は無駄と頭ごなしに決める筋が、むしろ自然科学の研究者や学生に頻出するが、そこには日本における教育の欠陥も露呈している。Dataとinformationとevidenceの違いも曖昧なまま、情報literacy教育が行われる日本の融通無碍さは、日本文化なるものの、或る、ほとんど無意識な局面をも浮き彫りにする。すなわち、自然界を目的合理性に応じて恣意的に切り分け、選別し、或る焦点距離と倍率、さらには特異な偏光filter越しに観察するのが、自然科学の「方法」であり、そこで選択すべき方法を考察するのが「理論」theoryであって、これは「実践」practiceからは、峻別される。すくなくとも、それが、ギリシアに自らの知の淵源を遡及的に求める、現在の自然科学の前提条件である。

(三) theoryという「蜘蛛の巣」から逃れる獲物

こうした前提が不分明なまま、同様の輸入術語を、特段の反省もないままに表層的に濫用してきたのが、ユーラシア大陸の東端の列島に位置し、ながらく文明の掃きだめであった日本の文化的特性だった。仏教を経典の意味も不明なまま暗唱し、儒教秩序を輸入しても礼を忘却し、中国大陸の官僚制を移入しても科挙が廃止される国柄は、近代西洋科学の移入にあたっても、探求の原理は蔑ろにしたまま、いわば樹木を育てる根は無視して、熟した果実ばかりを体よく収穫しようとしてきた。この文化圏が蓄積した文化遺産とは何だったのか。その「良いとこ取り」には、暗黙のうちに「理論」軽視あるいは「理論抜き」への嗜好／志向が透けて見える。

本企画においても、西洋仕込みの研究者は、まず観察の枠組み：「テクスト遺産」を設定し、それに該当する対象：「遺産とみなされるテクスト」を選別のうえ、扱う方法（「所有性」「作者性」「真正性」）をあらかじめ指定する。ところが日本側参加者の多くは、自分が当然の所与あるいは対象と見做す材料を「自明」の出発点として、そこに「外」から指定された、文字通り「外来」の「方法」を適用してみる。ときにそれは居丈高な「理論志向」を示すが、時を経るにつれ、それはいつのまにか「国風化」されて、外来思想本来の先鋭さをどこかで中和され、「日本」化されて、当たり障りない「道具」のひとつに収まることが一般である。日本文化史を鳥瞰すれば、地域と時代によって、外来思想にいわば「被曝」する局面と、それを咀嚼して「骨なし」に溶け込ます局面とが、相互に交代した様子を辿るのは容易い。造形美術の領域で見るなら、異国文化だった鋳造や乾漆の仏像は、やがて木彫へと変貌を遂げ、漢画とやまと絵とは、公私の空間によって使い分けがなされ、室町水墨画は桃山障壁画に代替し、近世には琳派や浮世絵へと変貌し、近代では洋風画が日本画と「棲み分け」を演じてきた。

(四) Spider's web

こうした鵺的で主体性が不明確な学術に、筆者は頭ごなしに「欠陥」を指摘しようというのではない。むしろここに、日本列島が育んだ、というか消極的あるいは積極的に存続させ、結果的に残存した「遺産」のtextualな特性も見ることが肝要だろう。そしてそれは同時に、泰西由来の「理論」によっては汲み取れない残滓や不純物を、列島の文化史に堆積させ、反対に、理論的な公準に照らして模範的に料理できる素材をなおざりにする結果を生んだのではないか、といった仮説を立てることをも許す、自然⇅文化環境ではなかったか。

ここで「蜘蛛の巣」に話を戻そう。日本文化の見えざる

matrixが「蜘蛛の巣」だったと仮定しよう。なぜなら日本列島の文化史は、いかなる選択基準によって外部から様々な文化要素を取り入れ、あるいは拒絶したかに関して、事前に明白な規矩や基準を示そうとはしなかったからである。獲物を捕らえる蜘蛛の巣は、あくまで不可視でなければ、役にたたない。そして獲物が捕まって初めて、それが網の目に掛からぬほど微小でもなければ、網を破壊しかねないほどにまで強大でもない、あつらえ向きの寸法の獲物だったことも、あくまで事後に判明する。その獲物を栄養にして棲息するのが「主」たる蜘蛛のはずだが、この正体を見極めようと試みるのは(いろいろと厄介なので)、後回しにしよう。掛かった獲物だが、これがここで対象とすべき「遺産」なのか?それともそれを消化した結果が「遺産」なのか。

ここで、複数の解釈が分岐する。まず蜘蛛の巣の上に残され、栄養を吸い取られた残骸、獲物の死骸を「遺産」と見る解釈もあろう。考古学者の対象がそれである。過去の残骸の中に、貴重なる遺産を見出す立場である。またむしろ吸収された栄養こそが遺産を創るのだとすれば、遺産とは、むしろ蜘蛛の吐き出す糸、それが一本の糸で作り上げる蜘蛛の巣の形状さらには、獲物を捕らえるその能力にこそ認めるべきだ、とする主張も、ありうるだろう。獲物を捕らえてはその都度修繕され、補正され、成長を遂げる蜘蛛の巣、それこそがwebのうえに展開される情報として、学者が相手にすべきまっとうなる対象だ、という立場である。ここまでくると、研究者は、蜘蛛の巣の「主」たる蜘蛛なのか、との問いに至る。罠をかけて獲物を待ち構え、捕らえた獲物を料理するのが狩人としての研究者だ、と信じて疑わない筋もあろう。ここで遺産とは、蜘蛛が棲息していくための糧であり、食い潰しを招いて自滅しないためには、次々に新しい蜘蛛の巣をこしらえて、あらたな獲物を巻き込んでゆく新陳代謝metabolismが、学会の加齢にともなう老化を防ぐためにも、不可欠となる。深読みするならば、枯渇を防ぐ新機軸こそが、digital変換をした古典text群だったという話になる。

これは決して冗談ではない。実際に絶滅危惧種となって久しい工藝のさまざまな領域では、最期の技術保持者が鬼籍に入るまえに、その技能をデジタル撮影して文化財として保存するしか、喪失不可避の技能を後世に「継承」する手段がなくなっている。古文書を取ってみても、原本と同質の和紙や鳥の子紙を梳く技能はすでに消滅しており、表装を担当する表具師が居なければ、傷んだ原本を、定期的に膠によって補修する伝統も、もはや更新はままならない。さらに、古文書解読の技能についても、かつては師弟の間での相伝によって秘訣の伝承がなされた。「古今伝授」は形骸化の危機を内在させているが、ここに遺産相続の要を認めるならば、写真撮影の複写やデジタル変換などで物質としての「遺産」が増殖したとしても、その「担い手」「解読者」が絶滅すれば、もはや「遺産継承」は不可能、という話になる。蜘蛛が子孫を残して世代交代してくれぬことには、継承儀礼は滅びることとなる。ことは、継承者の居なくなった、絶滅危惧種指定の少数言語などの場合にも当て嵌まる。

「蜘蛛の巣」という理論の網の目。そこに懸かる獲物はいわば予定調和の結論を導く素材であり、理論とそれが捕らえるデータとの間には、暗黙の密約、循環論法の共犯性が隠されている。むしろ「蜘蛛の巣」に捉えられる「遺産」にはいかなる特性があるのか。反対に、「蜘蛛の巣」を巧みに掻い潜る微小な曲者や、「蜘蛛の巣」を壊しかねず、もとよりお呼びでもない寸法の大物とは、なにゆえ「遺産」の範疇から除外されねばならないのか。遺産テクストをめぐって考察する際には、こうした「取り零し」や「捕獲許容外案件」を無視することはできまい。

二、『源氏物語』

すこし具体的な例を検討しよう。明治期より遡る『源氏物語』の版本の揃いが二部、米国の首都ワシントンDC、議会図書館に保存されている。一方は六十巻、二二六葉の挿絵を伴う揃い、西暦でいえば一六五四年の年記を持ち、同図書館ではtreasureの扱いを受け、他方は三十巻からなる手軽な軽装本といってよい。以下は国文学畑からは離れた考察となる。

（一）版本「山路の露」

まず、これら両者とも「山路の露」と題する巻を含む。いうまでもなく、これは現在の五十四帖から構成される『源氏物語』には見えない巻名だが、専門家筋では、紫式部とは別人の後の作者が書き加えた「続きもの」として遇される。狭義の『源氏物語』千年紀の祝賀では「遺産」指定外となる。この「山路の露」で、光源氏の「息子」たる薫は、浮舟に再会する。もちろん「宇治十帖」の終局「夢の浮橋」には、両者が再び逢う場面など存在しなかった。「山路の露」の作者は、この結末には満足できず、続編を構想して、付け足したものと推定される。それが誰だったのか、作者の特定はできないものの、状況からみてこの物語が書き継がれたのは、西暦でいえば一一八八年から翌年あたりと推測されている。

次に、一六五四年の年記をもつワシントンの議会図書館本は、実検してみると承応三（一六五〇）年刊行の『絵入源氏物語』版本の摺り直しと判明し、山本春正の跋文を伴う。筆者は三十巻本との比較も試みたが、両者におおきな隔たりは見られず、前者から後者が派生したものかと推測できる。絵入り本『雲隠六帖』（寛文五年［一六五五］）などの流布から見ても、「山路の露」は十七世紀中葉には、版本により『源氏物語』が広く普及したこの時代、かなりの流布を見たものと考えられる。だが現在のところ、議会図書館が所有するのと同一の版本は日本の公共の蒐集には見出されていない。同館がこれを「宝物」扱いする所以であり、これは国際日本文化研究センターとの共催事業により、digital配信によりaccessibleになっている。

第三に、この版本による刊行がなるまで、数世紀にわたって「山路の露」の存在は、ほぼ忘れられていた。にもかかわらず、ここでこの帖は『源氏物語』の揃いのなかに、ふたたび場所を見出したことになる――五十四帖に付随する巻という扱いではあるけれど。となると、江戸初期の読者たちは、「山路の露」を『源氏物語』にありえた物語展開の可能性のひとつとして、受容していたことになる。たとえ、それがこの長編の必然的かつ決定的な「大団円」として万人から受け入れられていた、とまでは断定できないにせよ。とすれば、ここには文学テクスト遺産の「所有性」「作者性」「真正性」について、現代の『五四帖』絶対視とは異なる価値観が当時流布していたことになる。紫式部ではない作者の続編も『源氏物語』の一部を構成し、そうしたものとして当時の読者には「六十帖」として所有され、そこでは「山路の露」の「真正性」が現在のような真偽の別という尺度では斟酌されていなかったからである。

（二）「開かれた作品」

以上から判断するならば、ウンベルト・エーコUmberto Ecoが流行らせた「開かれた作品」opera apertaこそが、むしろ江戸初期当時の「健全」な認識だったことになる（蛇足だが、エーコはこの用語を、頭韻を踏んだ「駄洒落」として発明したのであって、日本で舶来理論が過度に「真面目」に受け取られ、テレヴィ藝人知識人として出発した自分の才覚が日本では無視されるのに、記号学者当人は当惑していた）。フランスではここ三十年ほどcritique génétique「生成批評」が盛んで、フローベールやプルーストの手稿研究に活用されているが、日本の前近代の文学遺産テクストの継承に、これをより「創作的」creativeに応用する可能性も開かれるのではあるまいか。そもそも無文字の神話などにdefinitive versionなどあろうはずもなく、その姿は口承の度ごとに変幻する。

さらに第四点として、この版本の本文は、現在八種類の残存が確認されている手書き写本の本文とは、看過しえない差異を呈している。国文学者はなお（ただしこの認識は二〇〇四年現在）どうしてこうした差異が生じたのかを説明するのに苦慮している。だがこの異文の存在からは、十二世紀当時、『源氏物語』の本文について、現在のように統一的な見解はまだ形成されておらず、当時の宮廷やその周辺の女官たちを含めた読者層で享受されていた『源氏物語』が、なお内容と文体において浮遊性を保持し、多様性を孕んだまま流通していた、という事態を示す傍証にはなるだろう。

よく知られるとおり、『源氏物語』を五十四帖のものとして「標準化」した努力は、その多くが藤原定家（1162-1241）に帰せられる。その証拠物件とされる、かれの日記によれば、西暦では一二二五年、五十四帖からなる『源氏物語』の「決定版」を編纂し、それによって、かれは自らの権威でその「真正性」を裏付ける。とともに、時系列上で矛盾をきたしたり（「年立」）、内容上齟齬を生じたりするような章段や異文を、定家は（横暴にも）排除した。そのなかには例えば「巣守」の巻が知られる。題名やその梗概、さらにはそこに含まれていた和歌に関しては記録が残るが、本文の総体はもはや今日まで生き残ることはなかった。とはいえ、残された断片的な証拠から、この「巣守」と先述の「山路の露」とがその主要なプロットや物語構造を共有しており、両者がまだ存続していた同時代には、ときに両者が混同されたらしい形跡すら、残されている。いささかの飛躍を交えて想像を逞しくするならば、こうした混乱もまた、江戸初期の版本と、現在残された写本とのあいだで『山路の露』にみられる本文の顕著な違いに、その痕跡を残している、とはいえまいか。その証拠物件が「テクスト」遺産となる。

（三）パラプセストとしてのテキスト遺産

紙面の都合もあり、ここでは細かい立証を省くが、「テクスト遺産」研究の立場から、ふたつの指摘を加えておきたい。まず京都で版行された『山路の露』には、あたかも上書きされた羊皮紙写本palimpsestに残された痕跡を探るように、十三世紀に『源氏物語』がいかにして「規範的典拠」canonへと編纂されていったのかを紐解く鍵が、それとなく隠されてもいたはずだ。ふたつめに、より重要なこととして、ここには十二世紀終わりの時期の「間テクスト性」intertextualityの、流動的で輪郭不分明な実相あるいは動態について洞察を与える材料が、凍結保存されていたことにもなろう。紫式部に帰される「真筆」の周辺に、副産物あるいは補遺として、いまや由緒も定かでない異文や続編が、あるいは拡大を遂げ、あるいは互いに競合しつつ犇めいたいたのだから。追加や修正、再編や逸脱、凝集や分離といった運動のなかを『源氏物語』は浮遊し、その最中で複数のテクストがあるいは評価され、批判され、問題視され、ついには拒絶されてゆく運命をたどっていた。「真正性」を獲得し「作者性」を裁定し、「所有性」が確立されるなかで、それ以前の多様にして雑多な「断片」がいかに生き延び、あるいは滅亡していったのかの軌跡も、現存する『山路の露』越しに探り当てることが許されよう。『源氏物語』の文学的遺産を「我もの」として、自らの財産目録のなかに「所有」appropriateすべく、紫式部の後の世代は、様々な工夫を凝らした。その生態を身近に観察する媒体として、ワシントン議会図書館本のdigitalizationも役立つはずである。(1)

三、文化財保護政策との絡み

「テクスト遺産」も「文化遺産」の一部だろうが、それは既存の行政管轄に収まる概念なのだろうか。ブツとしての「文化財」には明確な法的規定がある。こちらの搦め手の事情をここで瞥見しておくのも、無用ではあるまい。とりわけ、電子デジタル技術の長足の進歩とともに、文化遺産が物理的な「モノ」と、そこに織りなされている「コト」とに分離され、両者が分岐しているのだから。あまつさえ、「コト」の要素が電子媒体に転写されることで、「モノ」とは別途の、undingliches Ding（Wilem Flusser）という、ほぼ非物質的な永続性を獲得し、さらにそれとは裏腹に、digital dataは、電子機器の助けを得なければ起動せず、再生もできない世界へと隔離されているのだから。ここで古典的な「所有性」「作者性」「真正性」の概念は、いずれも有効性を喪失したが、法律環境はこの急速な変化に追いつくことができず、社会の随所で「海賊状況」に等しい無秩序あるいは無法状態が跋扈し、さらには文化遺産の「映しと移ろい」にかんして、従来の慣習的常識がいたるところで破綻を見せている。(2)

ここで再度、目先を変えて、文化財保護政策で七十年ほど前に発生した事態に目配せしよう。ワシントンDCに『絵入源氏物語』が所蔵された背景には、米軍の日本占領がある。重要な文化財のなにがしかが、占領政策の下で米国の所蔵に帰した。六十巻本も、蔵書印を見ると、広島県江田島の海軍兵学校図書室旧蔵だった（戦時中には「不敬」として忌避された『源氏物語』の珍しい版本が、兵学校に配架されていたわけだ）。海軍の解体とともに放出あるいは接収された遺産の一部が、海外に流出して「宝物」へとご栄転を遂げた事例である。とかく国文学という学術は、研究対象となる「遺物」には執心するが、その伝播経路や来歴に関しては、とりわけその現在の所蔵先が海外機関となると、ほとんど関心を示さない。

だが「蜘蛛の巣」には外来種も無視できない。海外における遺産テクストの蒐集という「蜘蛛の巣」に何がどのような条件で捕えられたのか。そしてそこに懸かった「獲物」ひとつひとつの来歴という軌跡も、また「パラ・テクスト」paratextとして「遺産テキスト」の周辺をなして形成される別所の「蜘蛛の糸」の一本をなす。来歴を辿る道程の軌跡の集合がなす「蜘蛛の巣」の形状には、文化遺産の移動の生態が転写されるからである。そしてその折れ曲がった巣の形状や、糸の結節点ひとつひとつには、移動の歴史を決定した要因や、巣の形状に影響を与えた時代・社会環境が反映し、その痕跡が記録として刻印されているはずだ。

(一) 占領政策と文化財保護

日本敗戦直後、ウォーナー伝説というものが広まった。古都の奈良や京都は米軍の無差別爆撃から守られたが、その陰には、日本美術史家だったラングドン・ウォーナーの働きがあり、ウォーナー作成の文化財リストが、奈良・京都を破壊から救ったというのである。ウォーナーが作成したリストは、ロバーツ委員会という戦後処理機関に提出されたものだが、それは元来、欧州で枢軸側が鹵獲し収奪した文化財を「復帰」するための基礎資料だった。日本の場合にも、朝鮮半島や大陸から違法に略奪された文化財を、戦後に返還することがロバーツ委員会の役目だったはずであり、奈良・京都が爆撃を免れたのは、ウォーナーの功績とは言い難い。そこには広島長崎の原爆被害から占領国の国民の意識を逸らせたい、占領軍側の意向があった。さらにいえば、戦争末期、日本の軍部には、奈良や京都ならば歴史的遺産の価値に鑑み爆撃を避けられるとみて、この地を密かに兵站基地にしようとする策動すらあった。また戦勝が確実となった時点で、日本敗戦後の占領政策に支障をきたしかねない爆撃は、戦略的にはかえって不適切ともなる。体よく保存された文化遺産は、接収の対象としても価値を発揮する。法隆寺の五重塔を解体して北米に移送する計画がある、といった噂も巷には流れていた。実際、フランスのロマネスク寺院が、ニューヨークのメトロポリタン美術館の別館にそのまま解体移送されて復元された実例もある。当時の政治情勢と北米合州国の財政状況を見れば、朝鮮戦争が勃発しなかった場合、こうした計画が実現に移されなかったとも限るまい。畢竟、文化財とか遺産とかは、政治の道具として、いかようにも利用される。(3)

(二) 文化財保護法制定の顚末

かつての「文化遺産」は少数の特権階級が「所有性」を発揮し、その「作者性」の「真正性」が市場価値を支えてきた。日本終戦までの帝室博物館は宮内省の管轄下にあったが、敗戦とともに文部省に移管されて国立博物館へと衣装替えした。今ではひと言で敗戦後の混乱期などと呼ぶが、ここで発生した混乱は本稿の「文化遺産」考察とも無縁でない。中華人民共和国成立と朝鮮戦争勃発までの時期、共産党と日教組は、職員組合組織が合法化されるのを受けて、国立博物館の「民主化」にも果敢な働きぶりを見せる。実名は当時の資料に見えるが、ここでは伏せることとする。文部省から着任した「先鋭分子」が、館長や次長を戦争協力の過去を理由に糾弾し、両者は早々に辞職する。「公職追放」に便乗した「戦争犯罪人」「粛清」の「人民裁判」だが、戦前から宮内省に勤務していた役人たちは、この動きに危機感を抱く。ところが朝鮮戦争（一九五〇―五三）とともに「レッド・パージ」が始まり「逆コース」の世相を迎えるや、組合幹部は辞職に追い込まれ、博物館は政治的には「無色」だが「透明」とはほど遠い環境となる。(4) 守衛が館蔵品を質屋に入れたことが発覚し、後任の館長は責任を回避して転出する。そうしたなか、法隆寺金堂の火災で壁画消失という大事件が勃発する。

これへの対策として文化財保護法が制定され（一九五〇）、文化財保護委員会が設立される。とはいえその構成員は、元華族のお殿様と天下りした元文部次官に、財務関係というわけで日銀総裁。元美術研究所所長が唯一の美術史の専門家で、委員長は浮世絵趣味の経済学者。(5) この五名が当初の委員会構成だったが、この構成には当初から批判が集まった。多少想像力を働かせれば容易にわかることだが、国宝指定品目の下馬評などは、事前に漏れれば評価額にも影響を与える。事務当局は当然の措置として、当該の委員にも、事前には指定予定品目リストを提示しない。これでは委員会はもとより形骸でしかなくなる。加えて、この法律は、寺社のみならず個人の私有財産にも国宝や重要文化財への指定を及ぼす。一度指定されてしまえば、輸出や売却の禁止のほか、さまざまな制約が負わされる。所有者には現状変更は禁止され、保存の義務が付されるが、それを補助する予算は微々たるもので、とても十分な手当はできない。このため指定品目の数は著しく限定され、著名で財力もある所有者からは、選から漏れたという不満も昂じる。その一方、指定を受ければ所有者名が公表されるため、これは課税対象となり、とりわけ相続税はほぼ個人では負担不可能となる。これでは文化財保護なのか、それとも違法売却促進なのか、法律制定の目的も意味不明となる。勢い、指定を受けるまえに早めに売却した方が安全という判断が生じる。財閥解体も重なり、本来ならば国家が購入して保存すべき名品が国外に流出することを、かえって促進する結果すら招いた。

(三) 講和条約と文化財使節の渡米

さらにこうした新法施行が、おりからの講和条約締結(一九五二)と競合する。サンフランシスコ講和条約締結にあわせて、当地で会期を合わせて日本古美術展が開催される。だがこれには、日本国内より北米を優先させるとは何事か、との批判もあり、「見たければ向こうからみにくればよい」という尊王攘夷の生まれ変わりのような反米意識もあった。さらには有識者ご本人たちですら目にしたことのない名品が北米行脚することへの反発、折柄の朝鮮戦争ゆえの「国宝の海外疎開」だといった冗談まで飛び出した。今日でも文化遺産の祖国復帰repatriationはしばしば話題となり、旧帝国主義宗主国への怨念が国民意識の高まりに応じて噴出することも稀ではない。さらに、もとより脆弱で乾燥に弱い木製品や漆、膠で表装した屏風の展示環境への不安も無視できなかった。サンフランシスコ会場の写真を見ると、作品の周りや大広間に盆栽や植え込みの鉢が大量に配置されている。生きた植物を置くことで、その葉の色を確かめつつ会場の湿度を調節するという、専門技官の「名人藝」だった。

とりわけ、冷戦下という時代は無視できない。日本の講和条約は共産圏やアジアの新興国を除外した、自由主義陣営に偏った措置だった。東京大学総長、南原繁の批判に対して、首相の吉田茂が「曲学阿世」呼ばわりをして議論を招いたことは、広く知られる。またインドや中国を無視した文化財展示の外交姿勢は、欧米自由主義先進国に阿る「卑俗な政治の装飾物」に過ぎないと、こうした国策もどきを痛烈に批判する勢力もあった。その裏では、北京で「雪舟　四百五十年記念展」(一九五六)が開催された。これは「世界平和評議会」の提唱であり、結局は複製主体の展示となったが、それすら、国立博物館の館員が委員長となって音頭を取るとは国家公務員の本義に悖るとして、日本政府筋から公然と非難されたりもしたという。

四、非物質的「テクスト遺産」
——文化財概念の刷新にむけて

およそこうした事例は、「テクスト遺産」の考察とは、表面上なんら関係ないようにも見受けられよう。だがこの七十年前の事例を「比喩」として読むならば、そこには電子版テクストへと移行した「遺産」が内蔵する様々な危機が、生生しく炙り出されてくるのではないか。冷戦下で「モノ」としての文化遺産とその管理保存につきまとった問題は、現在の電子化環境の無法地帯において、Cyber空間における別種の政治問題や利権関係へと変貌を遂げ、さらに一層陰湿な厄介ごとを増殖させている。所有性ownership、作者性authorship、真正性authenticityは、いずれも古典的概念としてはもはや失効している。だが我々はなおそれに代替する枠組みをWWWの「蜘蛛の巣」として構想・実現するには至っていないのだから。

地球表層を覆い尽くした電子webという新たな「蜘蛛の巣」のうえで、はたして我々人類は、自分たちが蜘蛛の巣の主なのか、それとも逆に、そこに囚われて脱出もできない獲物なのかを、考えなければならない時代を迎えている。電子の「蜘蛛の巣」そのものが、人類の頭脳という「蜘蛛」が編み出した「巣」である以上、もはやどちらが「巣の主」で「巣の獲物」なのか、分別もままならない。一旦流出するや無限増幅と複写転写によって二度と消去することもできない「ネットカルマ」（佐々木閑）の業に囚われ、電子回路の世界を循環する情報のbit数が幾何級数的に膨張・爆発を遂げるなか、見掛けの利便性に乗せられて、実際には自家中毒に絡め取られた餌食の自己再生産が、「遺産」の「実態」でない、という保証もどこにもないのだから。電子の「蜘蛛の巣」をどう扱うかは、「テクスト遺産」学においてなお開かれた課題だろう。(6)

注

（1）Shigemi Inaga, "A Short Commentary on Yamaji no Tsuyu, A story included in the Set of *Genji Monogatari* in the Library of Congress Collection," Washington D.C., 25 march, 2006.

（2）稲賀繁美編『海賊史観からみた世界史の再構築』（思文閣出版、二〇一七年）および『映しと移ろい』（花鳥社、二〇一九年）参照。

（3）編集部「文化財はいかにして救われたか」矢代幸雄「ウォーナー・リストをめぐって」（『藝術新潮』一九五七年十二月号、二七三―二九五頁）。吉田守男『日本の古都はなぜ空襲を免れたか』（朝日文庫、二〇〇二年、原題『京都に原爆を投下せよ』角川書店、一九九五年）。

（4）無名「文化財拾遺」（『藝術新潮』一九五七年十一月号（第八巻一一号、二六〇―二七五頁）。無記名記事だが、ほぼ筆者は特定できる。ただしその推定をここに記することは慎みたい。

（5）「告知版：国宝をつくる人々」（『朝日グラフ』一四〇四号、一九五一年七月十一日付）。

（6）本稿は、拙稿「タイムカプセルとしてのミュージウム」（川口幸也編『ミュージウムの憂鬱——揺れる展示とコレクション』水声社、二〇二〇年、三八九―四〇五頁）の続編として執筆した。この旧稿末尾に筆者の関連する論考の一覧書誌を挙げている。また、本書の企画の母体となったオンライン・ワークショップ「テクストの遺産の利用と再創造」における筆者による総括コメントは「個の喪失と文学的磁場の生成：テクスト遺産の顕現と変容を欧米の眼差しから吟味する」（『思考の隅景』連載二〇九回（二一〇回の誤記））として『図書新聞』三四六一号、二〇二〇年八月二十九日付に刊行している。あわせてご参照いただければ幸いである。

テクスト遺産とは何か

Edoardo GERLINI・河野貴美子

本書は、「テクスト遺産」をキーワードとして日本古典文学への新たなアプローチを試みるものであった。そこで、日本古典文学を「テクスト遺産」として捉え直してみるにあたり、本書各章、各コラム執筆者に「テクスト遺産」とは何か、その定義を文章化してもらった。

以下に掲げるそれぞれの定義は、「テクスト遺産」を、物質的な媒体と非物質的な内容とから捉えるもの、テクストの生成から継承までを含むプロセスとして捉えるもの、権威や力を備えるものとして捉える説もあれば、動的で固定せず変化や改変をも想定する説もある。また、一定の時間を経ることを条件とするもの、時間のみではなく地域をも超える存在とするもの、文字のみではなく音声や図像やパフォーマンス、想像力やイメージを支える基盤と考えるものなど、捉え方はさまざまである。

なお、本書の執筆者の専門領域は必ずしも日本古典文学研究とは限らない。執筆者それぞれの立場、観点から提出されたこれらの定義を、「テクスト遺産」というアプローチの多面的、多層的な可能性を示すものとしてここに提示したい。

エドアルド・ジェルリーニ

テクスト遺産とは、ある特定のテクスト（非物質的な内容）とその媒体（物質としての写本など）を対象とする解読、修正、校訂、書写、複製、評価、保存、翻訳、注釈、引用、上演など、テクストとその媒体をめぐる多様な利用と再創造という文化的かつ社会的プロセスである。そして、過去のテクストを通して現在の人々に過去に対する文化的アイデンティティーとその構築に関する再考を促すものである。

佐々木孝浩

私に限って言えば、「テクスト遺産」とは、江戸時代以前に日本で作られたり、日本で伝存してきた書物の総体である。そこに保存された文字や絵画はもとより、書物の物としての存在も、前近代の様々な情報を保存した、読み解き可能で貴重なテクストなのである。

海野圭介

時代や地域を越えて受容者の要求に応じて変化しつつ読み継がれていった人間の想像力と語りの力、美的表現の記憶。それは、書物や図像やパフォーマンスの形をとって、読み継がれ、語り継がれ、視覚的にまた直感的にも継承された。

盛田帝子

テクスト遺産とは、例えるならば、人類の叡智・経験・文化を表記文字として内包した種子である。人々の環境を改善し、危機的状況を救い、未来を切り拓く知恵が圧縮されている。種子（テクスト遺産）を発芽（再生・再利用）させるには、テクストの価値を知って解読し、社会と連携する人の働きかけが不可欠である。

河野貴美子

人間のことばを記す文字、文、書物などの媒体（モノ）と、それらを生み出す人知や社会環境について、その展開や消衰から見据え捉える概念。

兵藤裕己

テクスト遺産は「古典」とは限らない。和歌・物語・歌謡・俳諧・漢詩文・能狂言はもちろん、近世の小説、浄瑠璃、歌舞伎、俗謡、はやり歌、さらに風俗語彙や隠語の類など、歴史的にはぐくまれたことば（日本語）の持つ隠喩的なイメージの広がりと奥行きをささえるすべての書承・口承のテクストが「テクスト遺産」である。

飯倉洋一

ある時点（現在ないし未来を含めて）において、その時点までに百年以上、広く読まれ、言及され、働きかけられ続けたテクストを、その時点における「古典」と称し、それを読み、それに言及し、それに働きかける営為を、その時点における「テクスト遺産」と呼ぶ。

高松寿夫

テクスト遺産とは、文化圏など一定の地域的広がりの中で、原則として百年程度を超える期間にわたって読み継がれてきたテクスト。伝来の間の形式（原典かコピーか、書写本か刊本か）は問われず、本文の改変もある程度は許容され、場合によっては、多様な伝来のあり方そのものに遺産的価値が認められることもある。

陣野英則

テクスト遺産とは、他のさまざまな文化遺産に比べると、固定しない、すなわち動的なものであり、序列化されやすい面がありながらも、本来的には序列を拒むものでもある。

前田雅之

テクスト遺産とは、あるテクストが尊ぶべき遺産（レガシー）となっているものである。言い換えれば、時代の荒波に揉まれても価値を喪失しなかった一種の「規範」であり、またあるべき「権威」であり、故に、古典と古典語をもつ大概の文化圏では、一人前の大人になるための「教養」や「教育」手段であったテクスト、これがテクスト遺産となる。

山本嘉孝

個別の書物や作品をテクスト遺産として認識するよりも、テクストを媒介に時空を超えて人々の間で共有・伝承されてきた様々な「連続性」(continuity)をテクスト遺産として構想した方が、人間文化に対する理解が深まるのではないか。

阿部龍一

「テクスト遺産」という言葉を〈文学〉の「テクスト遺産」として理解するならば、それは単数あるいは複数の原作者が同時代の読者を想定して制作したテクストが遺産化されていった歴史的文化的過程全般を指すといえる。六国史や仏教経典のように著作された時点で遺産化されることをも明確に意識して著された歴史や宗教のテクスト群も視野に入れると、「テクスト遺産」の定義のニュアンスをどのように変える、あるいは広げるべきかも問われるべきであろう。

エドワード・ケーメンズ

「テクスト遺産」は、文学や文が書物として初めて存在した段階より時間の流れの中で伝達し保存した物質的な媒体となった物を意味する術語です。その媒体となった物の存在がなければ、現実に伝達や保存したその文学や文書の内容あるいはその文化的な役割と意味合いは、時間の流れに成り立って何等かの役割を果たすことがあり得ません。言い換えれば、テクスト遺産がなければ、過去や現在や将来の文学や文書の遺伝は不可能な現象になってしまう他はないです。文学や文書そのものの内容を媒体する物さえあれば、その文化的や社会的なそれぞれの役割ははじめて果たされることが可能となります。

荒木浩

『方丈記』が人と家は朝顔の露のようにはかなく無常を争う、と説くように、日本では宮廷でさえ幻の城と大差ない。何千年の遺跡を誇るヨーロッパとは違う。ところが、十世紀に滅びた羅城門は、説話の中で、また羅生門として謡曲などの世界で脈々とイメージを増幅させ、芥川龍之介から黒澤明のRashomon Effectとなって現代世界にそびえ立つ。

一方、エーコの『フーコーの振り子』が多くの読者にパリの現実を混同させたように、『源氏物語』は『更級日記』作者に浮舟を幻視させて往生を導き、『平家物語』の灌頂巻では建礼門院に明石で竜宮の夢を見せ、彼女の往生をその大団円となす。

このイメージの力と文学伝統を、テクスト遺産という発想の基盤に考える。

ロベルタ・ストリッポリ

テクスト遺産とは、テクスト（内容）とそれが綴られている媒体を合わせて示すものだと考えられる。しかし、テクスト遺産にはそれらのテクストを利用と再創造するプラクティスも含むのである。したがって、物語などのテクストに基づいて作られたモニュメントもテクスト遺産だと考えられる。

佐野真由子

人類が生み出したすべての文字資料。ただし、それを記した人々にとっての意味にとどまらず、その後の各時代を生きた人々、現代、そして未来の人々へと、世代を超えて伝達され、その間に新たな意味が付与されていくプロセス全体を含めた概念。

林原行雄

テクスト遺産は媒体に文字で書かれた文化遺産であり、後世に残されるべきと判断され現存する。後世まで残す意義は有形資産の媒体自体にある場合もあるが、多くはテクストに書かれた内容という無形資産にあることが多く、評者によって評価が分かれることも少なくない。テクスト遺産の意義は優品であるという正のものとは限らない。人類の反省として残された負の遺産もある。ユネスコ「世界の記憶」は、世界の人々の記憶に留めるべきテクスト遺産を適切に保存し、普遍的アクセスを確保し、その認知度の向上を目指すプログラムであり、この度懸案事項の解決が合意され、「世界の記憶」登録が再開される運びとなったことを喜びたい。

稲賀繁美

Text は texture から派生し、縦糸と横糸との絡み合いから成る。Web も weave すなわち「織り」から派生し、現在では電子情報流通網を指すが、元来は蜘蛛の巣を意味する。遺産とは蜘蛛の巣の糸か、そこに囚われて、捕食者としての蜘蛛に食われる獲物なのか？

古典は遺産か。本書に寄せられた論文とコラムは、そのような問題意識をもって、日本の古典文学を「テクスト遺産」として捉え直してみることを試みるものであった。遺産という言葉が「前代の人々が残した業績や文化財など」（『日本国語大辞典』第二版）という意味で使用されるようになったのは近代以降のことであるが、本書所収の各論文、コラムが明らかにしたように、前近代における各時代の人びとが目的をもってテクストを作り、読み、評価し、保存し、複製してきたその営みは、遺産という語彙と概念を用いることによって、過去から現在に至る大いに意味のあるプロセスとして浮かび上がらせることが可能で、理解しやすいものとなったのではないだろうか。

しかしまた同時に、文字と書物に基づく文化（テクスト）は、他の文化的生産物よりも捉えることの難しい、複雑で複層的な存在であることも明らかになっただろう。「テクスト遺産」という視点からみつめた場合、「テクスト」は形あるモノ（書物および書物に限らないさまざまな形態、ハード）と、その内実（ソフト）との二面性を有するものであること、「テクスト」研究はその両面への思考が絡み合う、ただならぬ難しさを抱えるものであることが明確となった。

ただそれは、テクストへのアプローチの限界を示すものでは決してなく、さまざまな未知の可能性へと我々を誘うものであると言えるのではないか。「テクスト遺産」という視点は、テクストの継承と断絶のありよう、つまり、いまあるモノが何ゆえ見えるモノとして継承されたか、そしてまた、いま見えないモノが何ゆえ消滅し忘却されたかという、時代や世代を超える歴史的な時間の経緯や蓄積、変化への考察を生み出すものである。あるいはまた、正統性や権威の実際、価値観や常識への問い直しをも迫るものである。

さて、それでは「テクスト遺産」という概念を用いた文学へのアプローチは、今後どのような新しい道を開きうるか。

一つには、文学研究と遺産研究の各領域での従来の常識を開き、ぶつけ合い、共通の言葉や概念を軸に対話を進め、新たな共同研究や学際的な研究を促すことが可能であろう。「テクスト遺産」という概念は、古典テクストを「死んだモノ」として放置してしまうのではなく、現在に至るプロセスでいかなる機能を果たしてきたのか、あるいは何ゆえ機能を喪失したのか、それを社会史、あるいは政治史、経済史といったさまざまなラインから再考することを促す。

そしてまた、現在の文化遺産政策と並び置くことによって、現代における古典のあり方を俯瞰、照射しつつ、個別のテクストのありようについてもより多角的に捉えることが可能となるであろうし、逆に文学研究、古典研究から遺産研究を刺激し、現代における共有問題として議論を深めることも可能であろう。

学際的研究、国際的研究の必要性ということが盛んにいわれる昨今ではあるが、「テクスト遺産」という概念は、まさに「テクスト」への思考をひらき、また深めるための恰好の方法となりうるのではないか。その可能性は本書において端緒についたばかりであるが、今回の試みを基として、現在ここにあるテクスト遺産をまた新たな命とともに未来に継承していくことを期したい。

あとがき

世界の古典文学を世界遺産として考えてみたらどうなるか。エドアルド・ジェルリーニ氏からこのようなプロジェクトの構想を伺ったのは、二〇一六年十一月のことであった。古典文学の現代的な意義や課題について、近年活発に研究が進められている遺産学との学際的な対話をはかりながら検討してみたいというジェルリーニ氏の提案は、不要不急の領域として見捨てられがちな古典学の、見捨ててはならない可能性を切り拓くものであろうという大きな魅力が感じられた。とはいえ、古典とは何か、文学とは何か、テクストとは何か、そして遺産とは何か、これらの問いを絡め合い、相互に関わらせながら、回答を探し出し、発信していくには、相応の準備や議論も必要であった。本書は、発案から四年余りの時間をかけて、ジェルリーニ氏がさまざまな研究者とのネットワークを築き、対話や討論を重ねた共同の成果として生み出されたものである。

本書の元となったのは、具体的には、「World Heritage and East Asian Literature – Sinitic Writings in Japan as Literary Heritage（世界遺産と東アジア文学　文化遺産としての日本漢文）」をテーマとして欧州委員会の「マリーキュリー・アクション（Marie Skłodowska-Curie Actions）」フェローシップに採用されたジェルリーニ氏の研究プロジェクトの一環として開催したオンラインワークショップ「テクスト遺産の利用と再創造　日本古典文学における所有性、作者性、真正性（Textual Heritage: Uses and Re-creations. Ownership, Authorship, Authenticity in Premodern Japanese Literature）」（主催：スーパーグローバル大学創成支援事業（SGU）早稲田大学国際日本学拠点、早稲田大学総合人文科学研究センター角田柳作記念国際日本学研究所、共催：早稲田大学総合研究機構日本古典籍研究所、後援：欧州委員会 EU Horizon 2020 Research and Innovation Programme “Marie Skłodowska-Curie Actions” (no.

792809）、二〇二〇年七月十八日、於早稲田大学）である。ジェルリーニ氏は、フェローシップ採用後、二〇一八年六月から二年間の予定で早稲田大学に滞在し、研究活動を展開していた。ところが新型コロナウイルス感染症の影響により、当初二〇二〇年四月に開催を予定していた当該ワークショップは七月に延期となり、また対面開催はかなわずオンライン形式による実施を余儀なくされた。とはいえ、オンライン開催となったことにより国内はもとより海外からもコメンテーターを招くことができ、また当日は高校生から一般まで二〇〇名を超える参加者が集う賑やかな会となった。

当該ワークショップは、ジェルリーニ氏にとって二年間の日本におけるプロジェクト活動の総決算というべきものであったわけであるが、研究開始後まもない二〇一九年四月六日に行った講演会「日本文学が世界遺産だとすれば　現在を過去に繋げる古典、記憶、アイデンティティー（What if We Took Japanese Literature as World Heritage? Classics, Memory, and Identity as a Link from the Present Back to the Past）」（於早稲田大学）を皮切りに、ジェルリーニ氏は短期間ながらきわめて精力的に発表や発信を重ねてきた。本書には、ワークショップでの登壇者のほか、ジェルリーニ氏が研究活動を通して学術交流を行ってこられた方々からのご寄稿もある。執筆者各位には、本プロジェクトの趣旨をご理解いただき、研究の新たなステージへとつながる貴重な発言をお寄せいただいた。この場を借りて篤くお礼申し上げたい。

「テクスト遺産」という概念のもとで今後いかなる思考を展開していくことができるか。本書の試みは、その有効性やさらなる可能性への扉が少なくないことを示すものとなったのではないか。プロジェクトを共同で推進してきた者として、この学際的な取り組みは多くの刺激に満ちたものであった。なお残された課題や問題点について、ご意見やご指摘を賜れれば幸いである。

最後になったが、勉誠社の吉田祐輔氏には、多くの時間を割いてコンセプトの根本的なところから数々の問いを投げかけていただき、本書を完成まで導いて下さった。心よりお礼を申し上げたい。

二〇二一年七月三十一日

河野貴美子

執筆者一覧（編者以下、掲載順）

Edoardo GERLINI・河野貴美子・佐々木孝浩・
海野圭介・盛田帝子・兵藤裕己・飯倉洋一・高松寿夫・
陣野英則・前田雅之・山本嘉孝・阿部龍一・
Edward KAMENS・荒木　浩・Roberta STRIPPOLI・
佐野真由子・林原行雄・稲賀繁美

【アジア遊学 261】

古典《こてん》は遺産《いさん》か？
日本文学におけるテクスト遺産の利用と再創造
Are Classics a Heritage? :
Uses and Re-Creations of Textual Heritage in Japanese Literature

2021年10月20日　初版発行

編　者　Edoardo《エドアルド》 GERLINI《ジェルリーニ》・河野貴美子《こうのきみこ》
制　作　株式会社勉誠社
発　売　勉誠出版株式会社
〒101-0061　東京都千代田区神田三崎町2-18-4
TEL：(03)5215-9021(代)　FAX：(03)5215-9025
〈出版詳細情報〉http://bensei.jp/

印刷・製本　㈱太平印刷社
ISBN978-4-585-32507-9　C1395

260 アヘンからよむアジア史

内田知行・権寧俊　編

と常盤大定の調査記録から　渡辺健哉

【コラム】『混一彊理歴代国都之図』の再発見　渡邊久

257 交錯する宗教と民族 一交流と衝突の比較史

鹿毛敏夫　編

はしがき　異宗教・多民族世界の混沌―その歴史と現在　鹿毛敏夫

第1部　流動する民族社会

鎌倉北条氏と南宋禅林―渡海僧無象静照をめぐる人びと　村井章介

ドイツ語圏越境作家における言語、民族、文化をめぐって　土屋勝彦

近代名古屋にとっての中東―実業界との関係を中心に　吉田達矢

民族をめぐる対立と交流の位相―滞日ビルマ系難民の国際移動の事例から　人見泰弘

第2部 宗教の断絶と叡智

ボーダレス化する世界と日本の宗教文化　井上順孝

ラダックのアイデンティティ運動―もうひとつの「カシミール問題」　宮坂清

インドネシア・アチェ州のイスラーム刑法と人権　佐伯奈津子

宗教と平和―宗教多元社会における戦争　黒柳志仁

第3部　個の相克と相対化される「国家」

戦国大名の「国」意識と「地域国家」外交権　鹿毛敏夫

日本中世の「暴力」と現代の「教育」　メイヨー・クリストファー

亡命作家の軌跡：西欧キリスト教世界の対岸から―フアン・ゴイティソーロのバルセロナ、サラエヴォ、マラケシュ　今福龍太

保育園で働く看護師の語りから考える多文化共生　梶原彩子

258 史料が語る東インド航路 一移動がうみだす接触領域

水井万里子・大澤広晃・杉浦未樹・吉田信・伏見岳志　編

序　水井万里子・伏見岳志・大澤広晃

第一部　長距離航路からみる世界

東インド航路のなかのアフリカ　伏見岳志

ケープ・ルートの多様化とオランダ東インド会社のケープ居留地建設　和田郁子

近代中国学の誕生とロバート・モリソン　橋本真吾

植民地をつなぎなおす―スペインとポルトガルの帝国再編　伏見岳志

スペインとキューバ、アフリカをつなぐ非合法奴隷貿易のネットワーク　八嶋由香利

第二部　史料が描く接触領域としての島々

文書館史料を通じて人と出会う―マダガスカル史研究史料としてのオランダ東インド会社文書　イヴェト・ランジェヴァ・ラベタフィカ、ルネ・バーシュウ、ナタリー・エファーツ（訳・末永信義）

十八世紀末から十九世紀初頭のセント・ヘレナ島における移動と接触―イギリス東インド会社関連史料から　水井万里子

256 元朝の歴史—モンゴル帝国期の東ユーラシア

櫻井智美・飯山知保・森田憲司・渡辺健哉　編

255 東アジアにおける知の往還

大学共同利用機関法人 人間文化研究機構
国文学研究資料館・
高麗大学校グローバル日本研究院　共編

アジア遊学既刊紹介

253 ポストコロナ時代の東アジア ―新しい世界の国家・宗教・日常

玄武岩・藤野陽平　編

序言　境界を越えた「連帯」のコミュニケーションへ―ポストコロナ時代の東アジア　玄武岩・藤野陽平

Ⅰ　ポストコロナ時代の政治とコミュニケーション

日本における新型コロナウイルス感染症とマスメディア報道　森類臣

新型コロナ対策優等生台湾の初動体制―開いたものと閉じたもの　藤野陽平

開放性・透明性・民主的参加に基づく先制的対応が功を奏して　玄武岩

中国：情報隠蔽から情報公開へ―ソーシャルメディアの活躍と独自な国民世論の形成　王冰

中国における既存メディアとソーシャルメディ共存時代の考察　牛静

香港における新型コロナについての一考察―市民社会の力　伍嘉誠

東アジアの新型コロナウィルス感染封じ込めにみる検討課題　上水流久彦

【コラム】朝鮮民主主義人民共和国における新型コロナ感染症対策　森類臣

Ⅱ　新型コロナウイルスと変容する社会

百年前のマスク―「スペイン風邪」瞥見　渡辺浩平

「自粛」する日本社会―三十四年分の新聞記事を数えてみる　森山至貴

COVID-19影響下のリモートワークで派生した組織コミュニケーション課題―特に「身体性問題」(DX/RW の穽陥)を超える為に　辻本篤

台湾山地先住民の村における新型コロナウイルス感染症のインパクト　宮岡真央子

「距離」と性的マイノリティ―韓国のナイトクラブにおける集団感染から　斉藤巧弥・芳賀恵

韓国におけるコロナ対策と(非)可視化される人々―在外同胞・移住民を中心に　趙慶喜

ジャーナリズム研究者が見たサイバー空間上のアンチ・コロナ運動　陳昌鳳

Ⅲ　コロナ時代にみる東アジアの信仰の姿

祭礼の中止、妖怪の流行―「疫病除け」を手掛かりに　天田顕徳

疫病と民間信仰―祭礼・アマビエ・鼠塚　鈴木正崇

コロナ問題と現代宗教　井上順孝

疫病と台湾の民間信仰　三尾裕子

感染症のパンデミックと分断の可視化―コロナテスト中の韓国社会と宗教を問う　李賢京

【コラム】香港におけるコロナと宗教　伍嘉誠

254 東アジアの歌と文字

真下厚・遠藤耕太郎・波照間永吉　編

【序言】東アジアにおける歌と文字の出会い　真下厚

【総論】中国辺境民族の歌と文字のかかわり　遠藤耕太郎

【総論】琉球歌謡の文字との出会い―『おもろさうし』の記載法を中心に　波照間永吉